KNAUR

Von Lena Johannson sind bereits folgende Titel erschienen:

Das Marzipanmädchen
Die Bernsteinheilerin
Die Bernsteinsammlerin
Die Braut des Pelzhändlers
Die unsichtbare Handschrift
Die Ärztin von Rügen
Haus der Schuld
Sanddornsommer
Villa Sanddorn

Über die Autorin:

Lena Johannson wurde 1967 in Reinbek bei Hamburg geboren. Nach der Schulzeit auf dem Gymnasium machte sie zunächst eine Ausbildung zur Buchhändlerin, bevor sie sich der Tourismusbranche zuwandte. Ihre beiden Leidenschaften Schreiben und Reisen konnte sie später in ihrem Beruf als Reisejournalistin miteinander verbinden.

Vor einiger Zeit erfüllte sich Lena Johannson einen Traum und zog an die Ostsee.

Lena Johannson

Sanddorn-
insel

EIN RÜGEN-ROMAN

KNAUR

Besuchen Sie uns im Internet:
www.knaur.de

FSC
www.fsc.org
MIX
Papier aus verantwortungsvollen Quellen
FSC® C083411

Vollständige Taschenbuchausgabe Mai 2019
Knaur Taschenbuch

Ein Imprint der Verlagsgruppe
Droemer Knaur GmbH & Co. KG, München

Redaktion: Dr. Gisela Menza
Covergestaltung: ZERO Werbeagentur, München
Coverabbildung: Douglas Waters; FinePic/shutterstock.com
Satz: Adobe InDesign im Verlag
Druck und Bindung: CPI books GmbH, Leck
ISBN 978-3-426-52381-0

2 4 5 3 1

1

Ursula

Jg. Handwerksges. su. Brieffr. i. aller Welt.
Chiffre J5403

Ach Mensch, wir sind bisher so gut durchgekommen.« Heike seufzte und hatte sofort wieder eine schuldbewusste Miene. Als ob sie etwas dafürkönnte, dass sich der Verkehr auf dem Übergang zur Rügenbrücke staute. Damit musste man in der Hochsaison rechnen. Von der Rückbank kam ein Stöhnen. Rahel, natürlich. Emily, die jüngste von ihnen, hatte wahrscheinlich noch nicht einmal wahrgenommen, dass sie nicht mehr fuhren. Sie schottete sich ab mit ihren großen Kopfhörern auf den Ohren und dem Mobiltelefon, ihrem Schatz, den sie nur selten aus den Augen ließ. Ursula musste über ihre Urenkelin schmunzeln. Sie hatte wirklich gerade eine schwierige Phase. Die hübschen hellblauen Augen umrandete sie mit dicken schwarzen Strichen, in ihrer niedlichen Stupsnase und im Bauchnabel, den sie gern präsentierte, steckten Metallringe. Das hätte Ursula ihr niemals erlaubt, für Rahel war es wohl eine gute Gelegenheit, ihren permanenten Zeitmangel auszugleichen. Emily malte sich ihre Finger- und Fußnägel blau oder neongelb an, ihre Kleidung war eigentlich immer schwarz, und die Jeans hatten Löcher.

»O Mann, Ur-Usch«, hatte sie mal gesagt und mit den Augen gerollt, »das gehört so!«

Die Kleine war in einer Trotzphase, daran gab es keinen Zweifel. Aber musste ihre Mutter sie deshalb manchmal Enemy nennen, Feind? Irgendwie gut, fand Ursula, dass sie nicht so angepasst war. Ein bisschen mehr Rebellion hätte ihrem eigenen Leben auch gutgetan. Und dem ihrer Tochter Heike sowieso, die war eindeutig zu brav und mausgrau.

»Ich werde noch in hundert Jahren nicht verstehen, warum wir unbedingt mit deinem ollen Passat Kombi aus Bad Bevensen starten mussten.« Das betonte Rahel nicht zum ersten Mal an diesem Tag.

»Meinst du, mit deinem flotten BMW wären wir im Stau schneller gewesen?« Ursula drehte sich zu ihr um. Rahel hatte mit ihrer Tochter mehr gemeinsam, als sie sich vermutlich eingestehen würde. Auch sie war blass, ihr Gesicht schmal. Auch sie betonte ihre Augen sehr auffällig, wenngleich eleganter. Ihre Lippen hatten die Farbe von Klatschmohn, der Nagellack passte exakt dazu. Wie schaffte sie es nur, die Farben entsprechend den Anlässen oder vielleicht auch ihrer jeweiligen Stimmung zu wechseln? Und zwar auch die des Lackes! Ursula wäre ihre Zeit dafür zu schade. Vielleicht auch deshalb, weil sie nicht mehr so viel davon hatte wie die anderen in diesem Auto. Jedenfalls, wenn die Natur sich nicht noch mit einer von ihnen einen bösen Witz erlaubte.

Rahel ging nicht auf Ursulas Einwand ein. »Wenn Emily und ich in einem Rutsch gefahren wären, hätten wir uns die Übernachtung in Bad Bevensen sparen können und würden schon am Strand liegen. Oder so.« Wie sie Bad Bevensen betonte. Als wäre es unter ihrer Würde, den Namen einer Ortschaft mit weniger als einer Million Einwohnern überhaupt in den Mund zu nehmen. Dass es immerhin ihr Geburtsort war, hatte sie anscheinend vergessen. Heike hatte sich damals für eine Hausgeburt entschieden, weshalb Bad Bevensen nun eben in Rahels Pass eingetragen war.

»Wir haben Urlaub, Kind, das heißt, wir haben Zeit. Es spielt doch keine Rolle, ob wir eine halbe Stunde eher oder später da sind.« Nach Urlaub sah Rahel keinesfalls aus in ihrem silbergrauen Bleistiftrock und passendem Blazer über der weißen Bluse. Wenigstens hatte sie den ausgezogen. War sonst ja nicht auszuhalten in dem stickigen Auto. »Du weißt bestimmt schon gar nicht mehr, wie Freizeit sich anfühlt, was? Immer nur Arbeit, das ist doch nichts.« Rahel holte hörbar Luft. »Ich freue mich deshalb umso mehr, dass du dir die Tage freigenommen hast, um mit uns nach Rügen zu fahren.« Ursula drehte sich noch einmal kurz nach hinten um und strahlte ihre Enkelin an. Die sichere Methode, Rahel wehrlos zu machen.

»Frei …«, sagte Rahel leise. Es klang wie ein Stöhnen. Kein Wunder, seit Stunden tippte sie auf ihrem Computerdings herum, und ständig schaute sie auf ihre Uhr. Es würde ihr wirklich guttun, mal ein bisschen abzuschalten. Sie rollten ein paar Meter, dann standen sie wieder. Trotz der vier offenen Fenster war es brütend heiß.

»Von Frankfurt über Bad Bevensen nach Rügen ist der direkte Weg. Wie hättest du denn fahren wollen?« Heike fühlte sich noch immer für die Verzögerung verantwortlich und ging in Verteidigungshaltung. »Musst du wegen einer zusätzlichen Übernachtung wirklich Theater machen?«

»Es geht nicht um die eine Nacht. Nicht nur«, kam es scharf vom Rücksitz. »Es fängt damit an, dass wir unbedingt alle mit einem Auto fahren mussten.«

»Vier Personen in zwei Autos? Das ist alles andere als umweltfreundlich.«

»Das stimmt, mein Kind.« Ursula tätschelte ihrer Tochter das Bein. Das spornte Heike anscheinend an.

»Außerdem ist das unsere erste Familienreise. Und die wollen wir doch von Anfang an zusammen genießen«, verkündete sie.

»Gottchen, ich komme gleich um vor lauter Genuss«, ätzte Rahel. »Mussten wir deshalb auch schön lange über Landstraßen und durch tausend Käffer zuckeln, für den Genuss?«

»Ich wollte Emily zeigen, wie hübsch die Niedersächsische Elbtalaue ist. Das ist ein Biosphärenreservat mit ganz vielen Elementen ursprünglicher Auenlandschaften. So oft findet man die nicht mehr. Es kann ja wohl nicht schaden, wenn Emily auch noch etwas anderes lernt als den Wert von PS oder Internetbandbreite.«

Rahel lachte kehlig auf. »Das hat ja fantastisch geklappt, Mutter. Ist dir nicht aufgefallen, dass Emily gar nicht rausguckt? Außerdem findet deine Enkelin garantiert alles voll bescheuert, was ihr jemand zeigt, der über zwanzig ist.«

Wie auf ein geheimes Stichwort schob Emily den Kopfhörer in den Nacken und sah sich um, als hätte sie bis jetzt geschlafen. Das Mädchen hatte ein angeborenes Gefühl für Timing.

»Wir fahren ja gar nicht mehr.« Vor ihnen lag schon die Insel, blickte man zurück, was Emily jetzt tat, präsentierte sich die stolze Silhouette von Stralsund. So schön hatte sich Ursula die Stadt gar nicht vorgestellt. Vielleicht konnte sie die drei überreden, auf dem Rückweg einen kleinen Stadtbummel einzulegen. »Bye, bye, Zivilisation«, grummelte ihre Urenkelin, »hoffentlich gibt es bei den Hinterwäldlern überhaupt Handyempfang.«

»Es sind keine Hinterwäldler, Emmchen«, erklärte Heike geduldig. »Rügen ist die größte deutsche Insel. Da leben ganz normale zivilisierte Menschen.«

»Es bleibt 'ne Insel. Das ist auf jeden Fall mal nich die große weite Welt.« Damit war für Emily die Sache anscheinend erledigt. Sie schob ihre Kopfhörer wieder auf die Ohren.

»Es heißt aber gar nicht Hinterweltler, also mit e, abgeleitet von Welt.« Heike guckte für Ursulas Geschmack viel zu lange in den Rückspiegel, um Emilys Aufmerksamkeit zurückzukriegen, während sie den Passat gerade wieder ein Stückchen vorwärtsrollen ließ. »Das machen ganz viele falsch. Aber richtig ist die Ableitung von Wald. Jemand lebt hinter dem Wald und bekommt darum nichts vom technischen Fortschritt mit.«

»Sie hört dich nicht.« Rahel sah einmal kurz von ihrem Computer auf und schüttelte den Kopf.

Ursula seufzte. Diese Hitze! Und dazu noch die dicke Luft. Womöglich war es keine so gute Idee, zu viert zu verreisen. Ach je, sie hätte sich besser beherrschen sollen. Heike hatte ihr Stöhnen wohl falsch verstanden. Jedenfalls setzte sie den Blinker. Wo wollte sie bloß hin? Die Autos auf der anderen Spur kamen doch auch nicht schneller voran. Sie zog nach links hinüber und fuhr einem moosgrünen BMW-Cabriolet vor die Stoßstange, wie Ursula aus dem Augenwinkel erkannte. Das war ganz schön knapp. Hätte der Fahrer nicht beherzt gebremst, wäre er ihnen reingefahren. Wildes Hupen von hinten. Heike schaute in den Rückspiegel, ihre Augen flackerten nervös. Wenn Ursula sich nicht täuschte, bekamen die Schweißperlen auf der Stirn ihrer Tochter gerade Zuwachs.

»Der soll sich mal nicht so anstellen«, sagte Ursula und lächelte Heike an. Im Rückspiegel sah sie, dass die anderen beiden nichts mitbekommen hatten. Emily nickte ständig mit dem Kopf und schob die Lippen vor, Rahel tippte ununterbrochen auf ihrer Tastatur herum. Vor lauter Konzentration kaute sie auf ihren makellos angepinselten Lippen herum. Was schmierte sie sich nur für ein Zeug auf den Mund, das nicht einmal nach Stunden, in denen Rahel aß und trank und sich obendrein auf die Lippen biss, weg war? Heike schminkte sich so gut wie gar nicht. Wieder sah Ursula zu ihr hinüber. Ihre Tochter war alt geworden. Nicht nur äußerlich. Was war nur mit ihren Träumen geschehen, die sie als junge Frau gehabt hatte? Ein ungutes Gefühl beschlich sie. Plötzlich sah Heike zu ihr herüber. Sie hatte wohl den Blick bemerkt.

»Die Ruhe und die Auszeit werden uns allen guttun. Dir ganz besonders, mein Kind.« Sie tätschelte noch einmal Heikes Bein und begann eine Melodie zu summen. Düstere Gedanken würde sie auf keinen Fall zulassen. Sie wollte ihre ganz besondere Reise genießen, von der ersten bis zur letzten Minute. Heikes leises Schnauben ignorierte sie.

Sämtliche Fahrzeuge mussten sich jetzt auf ihrer Spur einsortieren. Dann endlich hatten sie die Stauursache erreicht, einen Unfall zwischen einer Vespa und einem Transporter. »Du meine Güte!« Ursula hielt die Luft an, konnte aber ihren Blick nicht von dem ziemlich verbeulten Zweirad nehmen. Sie sah einen jungen Mann in Lederhose und Lederjacke. Leder … Sofort dachte sie wieder an Jens. Kürschner hatte er gelernt, das wusste sie. Das heißt, zuerst hatte er eine Schneiderlehre absolviert und sich später dann auf die Lederverarbeitung spezialisiert.

Der Verkehr verteilte sich erneut auf beide Spuren, Heike konnte endlich Gas geben. Emily zog sich wieder die Kopfhörer aus ihrem blau-gelb gefärbten Haar, das sie vor einer Weile an einer Seite rasiert hatte, an der anderen lang trug. Sidecut nannte man das wohl. War aber schon wieder out, wie Ursula sich hatte sagen lassen, darum wuchs die rasierte Seite jetzt wieder. So etwas gab's zu Ursulas Zeit noch nicht. Da waren Brennschere und Wasserwelle sehr modern. Aber die Zeiten änderten sich eben.

»Sieht auch nicht viel anders aus als auf dem Festland«, stellte Emily fest. »O Mann, ey, echt, Ur-Usch, wenn wir in so 'nem öden Kaff wohnen und es keinen Handyempfang gibt, dann kotz ich ab.«

»Ach, Emmchen, bitte!« Heike warf einen angewiderten Blick in den Rückspiegel.

»Keine Sorge, Emmilein, die Sanddornplantage, auf der wir wohnen werden, ist ein richtig moderner Betrieb. Da gibt es Internet und WLAN und das alles.«

»WLAN! Na, Gott sei Dank!« Sieh an, Rahel hörte ihnen also doch zu. Wenigstens mit einem Ohr.

Es war ein Wagnis, die drei zu dieser Tour zu überreden. Dann auch noch mit einer, nun ja, Überraschung im Gepäck. Aber Ursula hatte es so satt, immer Rücksicht darauf zu nehmen, was andere von ihr erwarteten, was die Nachbarn oder sonst wer von ihr dachten. In wenigen Tagen wurde sie achtzig. Wie lange sollte sie denn noch damit warten, sich so zu verhalten, wie all diese tollen jungen Frauen von heute es ihr vormachten. Die hatten Selbstbewusstsein und wussten, was sie wollten. Und was nicht! Zum Beispiel eine große Geburtstagsfeier. Nein, dazu hatte Ursula absolut keine Lust gehabt. Sie hatte ihre eigenen Pläne, und die betrafen nur ihre Familie. Was hatten sich Rahel und Heike ins Zeug gelegt! Alle Freunde sollten eingeladen werden, in Hannover wollten sie feiern, in dem gediegenen Biergartenrestaurant mit Blick auf den Maschsee, in dem sie doch immer so gerne war. Ja, sie war gern dort. Und zwar dann, wenn Rahel und Emily zu Besuch kamen und sie sich das Kochen sparen konnte. Rahel fuhr, und sie übernahm die Rechnung. Das hieß noch lange nicht, dass dieses Lokal ein besonderer Ort für sie wäre. Außerdem: Wen sollte sie schon einladen?

»Gottchen, du hast doch massig Freunde und Bekannte«, hatte Rahel gesagt. Bekannte? Ja. Freunde? Kaum. Nicht mehr sehr viele. Einige waren bereits gestorben. Blieben noch Nachbarn, ein paar Damen aus dem örtlichen Senioren-Klub, die Herren und Damen von der Wassergymnastik vielleicht, zu der Ursula eisern einmal pro Woche ging, und nicht zu vergessen ein paar Mitstreiter des Chors, in dem sie sang. Sollte sie viel Geld ausgeben, damit die sich alle satt futtern und miteinander tratschen konnten? Je mehr Gäste, desto weniger Zeit hätte sie als Jubilarin für jeden Einzelnen gehabt. Nein, sie hatte ihnen erklärt, sie wolle von der Summe lieber zu viert nach Rügen fahren. Für Heike war Ursulas Wort Befehl. Meistens. Im Sommer war in der Redaktion der *Bevensener Wochenzeitung* ohnehin nicht viel los, bei der sie so ungeheuer anspruchsvolle Themen bearbeitete wie das Jubiläum der ortsansässigen Therme oder den Ausbildungsstart von zwei Lehrlingen im örtlichen Autohaus. Sommerloch, das gab es anscheinend auch bei Provinzblättchen. Emily war wenig begeistert, mit drei Gruftis zu verreisen, wie sie sich ausgedrückt hatte. Ihr Pech, dass sie plante, einen Teil ihrer Ferien bei Oma Heike zu verbringen. Sie hatte noch nicht einmal ausgesprochen, sie sei ja kein Baby mehr und könne auch gut … da hatte Rahel klargestellt, sie würde Emily auf keinen Fall über zehn Tage allein zu Hause lassen. Rahel selbst hatte äußerst merkwürdig reagiert. Ursula hatte fest mit ihrer Weigerung gerechnet, nach dem Motto: Urlaub? Völlig unmöglich! Von wegen.

Bei dem Wort Rügen hatte sie aufgehorcht, gelächelt und erklärt: »Hübsche Idee, ich bin dabei.« Sie hatte sich sogar angeboten, ein schickes Lokal für den runden Geburtstag zu reservieren. Vermutlich, um nicht »in einer dieser schrecklichen gutbürgerlichen Gaststätten mit Plastikblumen auf dem Tisch« zu landen. Ursula schmunzelte in sich hinein. Auch in diesem Punkt hatte sie sich auf nichts eingelassen, was sie nicht wollte.

»Nein danke, Ra«, hatte sie erwidert und geheimnisvoll gelächelt, »ich möchte mich nicht festlegen. Wenn wir erst da sind, werden wir bestimmt etwas finden, das mir zusagt.«

»Ey, ich denk, das ist 'ne Insel. Wieso is'n hier kein Meer?« Ein gutes Stück vor Bergen hatten sie noch einmal im Stau gestanden, jetzt quälten sie sich in einer Kolonne weiter über die Bundesstraße 196 gen Norden. »Mann, ey, wir kommen echt nie an, und das sieht hier so aus wie irgendwo in Niedersachsen. Nee, schlimmer. Die haben hier vielleicht viele Bäume abgehackt. Voll krass!«

»Das machen die, damit ungeduldige Menschen wie du schneller ankommen.« Der Punkt ging an Heike. »Wir müssten gleich den Abzweig nach Ralswiek erreichen.« Sie bemühte sich redlich, Zuversicht auszustrahlen.

»Wieso eigentlich Ralswiek?« Rahel sah zum x-ten Mal auf ihre Armbanduhr. »Meines Erachtens hätten wir uns schon in

Samtens Richtung Westen halten und die Wittower Fähre nehmen sollen. Das hätte uns einiges Gezuckel erspart. Deutlich kürzer wäre es auch gewesen. Du hast dir mal wieder den längsten Umweg ausgesucht, der zu finden war.«

»Wenn wir deine Route gefahren wären, hätten wir fast nur Landstraßen gehabt, das hätte dir auch nicht gepasst.«

»Genau, und das hier ist eine Autobahn.« Ihre perfekt gezupften Augenbrauen schnellten hoch.

»Ich dachte, hier lang ist es schöner.« Heike verteidigte sich schon wieder. Vielleicht sollten sie in den nächsten Tagen mehr gemeinsam besprechen und nicht einer die Entscheidungen überlassen, überlegte Ursula. Könnte gut für den Frieden in der Truppe sein. »Da sehen wir wenigstens hin und wieder das Meer.« Sie lächelte in den Rückspiegel. »Und den Jasmunder Bodden und den Nationalpark Jasmund. Sozusagen eine kleine Inselrundfahrt zur Begrüßung.«

»Solange wir heute noch ankommen«, sagte Rahel seufzend. Ihre Finger flogen nur so über die Tasten ihres Computers. Wie lange das Ding wohl ohne Strom funktionierte? Rahel hörte auf zu tippen und drückte schwungvoll auf einen Knopf. Ein Zischen ertönte, als ob etwas aus ihrem Apparat wegfliegen würde.

»Die Störtebeker Festspiele sind hier?« Sie waren gerade an einem Plakat vorbeigefahren, und Emilys Kopf flog regelrecht herum, um die Ankündigung möglichst lange im Auge zu behalten. Was war denn nun los? Ihre Stimme überschlug sich beinahe. »Da war Celina letztes Jahr. Sie sagt, da waren echte Pferde auf der Bühne, und am Ende gab's ein Feuerwerk. Können wir da hingehen, bitte?« Sie räusperte sich. »Wäre ziemlich cool«, setzte sie in ihrem gewohnt lässigen Ton hinzu. Doch schon im nächsten Augenblick gab sie ihre Beherrschung, die vermutlich sehr erwachsen wirken sollte, schon wieder auf. Bei Lietzow überquerten sie den schmalen Steg zwischen Kleinem und Großem Jasmunder Bodden. Links Wasser, rechts Wasser.

»Geil, ganz viele Kiter!«

»Viele was?« Ursula folgte ihrem Blick.

»Kitesurfer, Uroma, guck! Das würde ich auch gerne machen. Darf ich, Mami?« Ursula schmunzelte und zwinkerte ihrer Tochter zu, die auch ziemlich belustigt wirkte.

»Wir können ja mal gucken, ob es in der Nähe von unserer Unterkunft auch eine Möglichkeit gibt. Und dann müssen wir herausfinden, ob du für einen Kursus nicht zu jung bist und was der Spaß kostet.«

»O Mann!« Emily, die eben noch kerzengerade dagesessen hatte, ließ sich jetzt in den Sitz fallen. »Du verdienst doch wohl genug Schotter.«

»Dafür arbeite ich auch sehr hart.«

»Ach, ist das schön!« Ursula seufzte und brachte die beiden damit zum Schweigen. »Der Bodden!«

»Was is'n das, Bodden? Ich kenn nur diese Holzschuhe.«

Während Heike ihr geduldig erklärte, dass auf Rügen Wasser und Land auf eine ganz besondere Weise miteinander verschlungen waren, wie man es auf keiner anderen deutschen Insel beobachten konnte, stellte Ursula erfreut fest, dass Emily sowohl ihr Handy als auch ihre Abneigung gegen diese blöde Insel offenbar komplett vergessen hatte. Sie guckte mal zur einen, mal zur anderen Seite aus dem Fenster und wirkte aufgeregt, wie es zu einem Mädchen von bald vierzehn Jahren passte.

Nachdem sie Juliusruh hinter sich gelassen hatten, entdeckte Ursula ein Schild, das Putgarten in neun Kilometern ankündigte. Na, Gott sei Dank, dann durften sie endlich aus diesem Saunakasten klettern.

»Gleich haben wir es geschafft. Ich bin schon ziemlich gespannt auf diese Sanddornplantage.«

»Was is'n das eigentlich, Sanddorn? Hat der Sand hier etwa Dornen?«

»Nein, das sind so kleine Beeren, die sind …«, begann Heike eifrig.

»Mann, Oma, das war ’n Witz!« Es war immer das Gleiche. Kaum hatte ihre Tochter mal Oberwasser, bekam sie einen Schlag in den Nacken und fiel in sich zusammen. Hoffentlich konnte dieses Coaching etwas daran ändern, dachte Ursula.

»Aha, du weißt also etwas über diese wunderbare Pflanze«, sagte sie an Emily gewandt. »Dann erzähl doch mal!«

»Na, das is eben so’n Strauch.«

»Das ist ein ganz besonderer Strauch«, erwiderte Ursula. »Er wächst gerne am Meer. Wenn es geht, wurzelt er sehr tief, hat er dazu aber nicht die Möglichkeit, streckt er seine Wurzeln auch dicht unter dem Boden weit aus. Zehn, zwölf Meter sind für ihn gar kein Problem. Und überall bildet er kleine Ableger. Die Früchte enthalten mehr Vitamin C als Zitronen, sagt man.« Ursula registrierte amüsiert, dass Rahel von ihrem Handy aufblickte und Heike sie von der Seite anstarrte. »Guck du mal lieber auf die Straße.«

»Du hast dich aber gut auf die Reise vorbereitet.« Heike hatte den Blick wieder auf die Fahrbahn gerichtet. »Das finde ich prima, das hält deinen Kopf wach.« Schweigen. »Das ist komisch, finde ich«, begann Heike dann wieder zögerlich, »du hast nie von Rügen gesprochen. Ich meine, du hast nie gesagt, dass du dich so für diese Insel interessierst. Du warst doch noch nie hier, oder?«

»Nein, noch nie.« Leider.

»Und warum jetzt? Ich meine, wir hätten auch nach Scharbeutz fahren können oder so.«

»Lass deiner Mutter doch ihr kleines Geheimnis«, mischte sich Rahel ein. »Ich finde, das steht jeder Frau. Aber davon verstehst du ja nichts.«

»Ach, Kinder, werde ich es noch erleben, dass ihr eine halbe Stunde ohne Streit auskommt?« Ursula stöhnte. Sie war wild entschlossen, sich ihre gute Laune nicht verderben zu lassen, aber die beiden machten es ihr wirklich nicht leicht.

»Nee, Ur-Usch, eher singt Bushido im Kirchenchor.«

»Wer?« Ursula wartete vergeblich auf eine Antwort, denn ein Ping ertönte aus Rahels Computer, woraufhin Emily eine Grimasse schnitt.

»O Mann, ey, das wird ja 'n toller Urlaub!«

Rahels Augen flogen über den winzigen Bildschirm, dann entspannten sich ihre Gesichtszüge, und sie klappte das Ding mit einem Seitenblick auf ihre Tochter demonstrativ zu.

»Muss ich hier abbiegen?« Das war eine T-Kreuzung. Geradeaus war also keine Option. Manchmal fragte sich Ursula wirklich, wie Heike durchs Leben kam.

»Ja, Kind«, antwortete sie ruhig. Schon bald tauchte ein Schild von Rügorange auf. »Da, das ist unsere Sanddornplantage«, rief sie fröhlich. »Wir sind gleich da.«

»Es geschehen noch Zeichen und Wunder«, sagte Rahel leise.

»Gott sei Dank, ey, ich kann echt nicht mehr sitzen.«

2

Ursula

Von der Straße ging es über einen Kiesweg und dann auf die Auffahrt eines alten Hauses im berühmten Stil der Bäderarchitektur. Weiße verschnörkelte Balkone, Säulen. Hier hatte jemand mit viel Liebe und wohl auch nicht wenig Geld ein betagtes Gebäude renoviert und modernisiert. Sehr schön. Ein Stück vom Eingang entfernt stand ein großes Schild:

Villa Sanddorn
Auszeit mit Einsicht – Coaching, Supervision
und Familienaufstellung in den Ferien

Rahel, den Hartschalenkoffer hinter sich herziehend, die Aktentasche unter dem Arm, entdeckte es zuerst.

»Oma Usch, sag bitte, dass das nicht wahr ist!«

Emily kam näher, um zu sehen, worüber ihre Mutter sich schon wieder aufregte. »O nee, ey, auf so'n Psychokram hab ich auch keinen Bock.«

Heike hatte am Auto ein paar Dehnübungen gemacht, jetzt kam sie mit ihrer alten Reisetasche angeschleppt. »Was gibt's denn Schönes?«

»Nichts Schönes, Mutter, sondern eine Falle.«

Ursula lachte schallend. »Also wirklich, liebe Rahel, du übertreibst. Ich wünsche mir von euch einen gemeinsamen Termin bei dieser Frau Marold zum Geburtstag. Ich zahle ihn sogar selber.« Ursula sah die drei der Reihe nach an. »Wir haben es nötig, meint ihr nicht? Es ist ja fast ein Wunder, dass wir vier alle lebend hier angekommen sind und sich niemand an die Kehle gegangen ist.«

»Was is'n Familienaufstellung?« Emily legte den Kopf schief.

»Das ist eine Therapie für Leute mit total gestörten Beziehungen, bei der andere Leute oder auch irgendwelche Figuren im Raum aufgestellt werden. Durch die Entfernungen zueinander, die Blickrichtungen und was weiß ich noch durchschaut der Therapeut dann im Handumdrehen«, sie schnippte, »wo die Probleme liegen und wie man sie lösen kann.« Ihre Wangenknochen waren angespannt. »Jedenfalls, wenn man dran glaubt.«

»Deshalb wolltest du unbedingt nach Rügen fahren, Mutti?« Heike sah sie betrübt an und schnaufte. »Es wäre wirklich nett gewesen, wenn du vorher mit uns darüber gesprochen hättest.«

»So, jetzt reicht's!« Rahels Wangen waren beinahe so rot wie ihr Lippenstift. Explosion voraus! »So leid es mir tut, Oma Usch, aber ich lasse mich nicht verar… verschaukeln. Für mich ist so ein Theater nichts. Und darum fahre ich jetzt sofort wieder ab.« Sie betonte jede einzelne Silbe.

»Ach ja, und womit?« Heike triumphierte.

»Mit einem Leihwagen. Den habe ich schneller vor der Nase stehen, als du dir vorstellen kannst. Und ich meine nicht, dass ich nach Hause fahre, sondern ich suche mir ein nettes Hotel, und wir treffen uns dann ab und zu. Nachdem eure Psycho-Räucherstäbchen-Bastmatten-Sitzungen beendet sind.«

»Ich bleib hier«, verkündete Emily.

»Ihr werdet alle hierbleiben!« Ursula war selbst ein bisschen von ihrem Ton überrascht. Den Gesichtern nach zu urteilen, hatte er die Wirkung, die sie sich wünschte. »Ich schlage vor, wir gehen erst mal hinein und sehen uns die Wohnung an, die ich für uns gebucht habe. Ihr habt mich hundertmal gefragt, was ich mir zum Geburtstag wünsche. Nun wisst ihr es. Geschenke müssen übrigens nicht zwangsläufig dem Schenkenden gefallen. Ein einziger Termin«, wiederholte sie. »Davon abgesehen ist das hier eine ganz normale Ferienunterkunft.« Sie hatte nicht übel Lust, die drei einfach stehen zu lassen, doch da entdeckte sie eine Frau, die gerade über den Hof auf sie zukam. Ursula beschirmte ihre Augen mit der Hand.

»Gottchen, was kommt wohl noch alles auf uns zu?«, flüsterte Rahel.

»Das erfahrt ihr noch früh genug«, antwortete Ursula. Sie freute sich diebisch über die verunsicherten Mienen.

»Guten Tag und herzlich willkommen in der Villa Sanddorn!« Die Frau, Ursula schätzte sie auf Anfang dreißig, war nun bei ihnen. »Mein Name ist Franziska Marold, nennen Sie mich gerne Franziska. Ich freue mich sehr, Sie hier bei uns an der Nordspitze Rügens begrüßen zu dürfen. Hatten Sie eine gute Anreise?«

»Es ging so.« Heike lächelte etwas gequält.

»Hätte besser sein können.« Rahel.

»Ganz schön weit hierher«, kommentierte Emily.

»Wir sind unfall- und pannenfrei angekommen, das ist die Hauptsache«, stellte Ursula fest.

Franziska nickte. »Ich zeige Ihnen jetzt erst einmal Ihre Wohnung.« Sie machte Anstalten, Ursulas Koffer zu nehmen, sah sie kurz an und zwinkerte. Dann hielt sie inne. »Ich muss Ihnen unbedingt sagen, wie toll ich es finde, dass Sie sich für dieses gemeinsame Abenteuer entschieden haben. Eine Frauenfamilie, die aus vier Generationen besteht, das allein finde ich schon faszinierend. Ich habe nur einen Halb- und einen Fastbruder.« Ursula fand ihr Lachen sehr sympathisch. »Aber das ist eine lange Geschichte. Jedenfalls hat mir Frau Henrici am Telefon schon so viel über Sie alle erzählt.« Unsichere bis erschrockene Blicke. »Sie scheinen eine ganz außergewöhnliche Truppe zu sein. Auf den ersten Blick so verschieden, aber wenn es darauf ankommt, unzertrennlich und füreinander da wie die Musketiere. Und trotzdem haben Sie Lust und den Mut, Ihre Beziehung noch einmal auf den Prüfstand zu stellen, um zu sehen, ob Sie vielleicht noch etwas besser machen können. Wirklich, Respekt, die Damen!« Sie deutete eine knappe Verbeugung an. Wieder sah sie dabei kurz zu Ursula hinüber, die ihr verstohlen zunickte. »Aber jetzt erst mal hinein in die gute Stube.«

»Franziska Marold?« Rahel hatte schon eine Weile einen sehr nachdenklichen Gesichtsausdruck. »Sagen Sie, es kann wohl nicht sein, dass ich im *Manager Magazin* etwas über Sie gelesen habe?«

»Wenn es schon ein paar Jahre her ist, so drei oder vier, dann ist das gut möglich.«

»Das glaube ich doch wohl nicht.« Na, das war auch für Ursula mal eine Überraschung! »Hatten Sie Ihre Praxis nicht in Hamburg?«

»Hatte ich, ja. Tja, mein Coaching-Konzept ist damals eingeschlagen wie eine Bombe. Damit hatte ich selbst gar nicht gerechnet.« Emily trollte sich. Sie blieb zwar in der Nähe, aber ab der Sekunde, in der ihre Mutter sich für Franziska Marold zu interessieren begonnen hatte, ging sie demonstrativ auf Abstand. »Ich bekam mehr Klienten, als ich verkraften konnte. Eine gefährliche Spirale. Je mehr man macht, desto mehr Empfehlungen und immer mehr Presseberichte.«

»Ist doch fantastisch. So etwas nennt man Erfolg!« Rahels kehliges Lachen hallte von der Fassade des alten Hauses wider.

»Ach wissen Sie …«

»Rahel.«

»Wissen Sie, Rahel, der Erfolg ist ein süßes Gift. Ich gebe zu, ich habe Nik überredet, meinen Namen anzunehmen, weil der in bestimmten Kreisen noch immer einen guten Klang hat. Mir ist durchaus klar, wie wichtig ein gewisser Erfolg insbesondere für

Selbstständige ist. Aber damals war ich geradezu süchtig danach und wollte so viel davon, wie ich nur haben konnte.«

»Natürlich, man weiß schließlich nie, wie lange so ein Lauf anhält.«

»Da haben Sie recht, so dachte ich damals auch. Bis ich merkte, wie ausgebrannt ich war und wie wenig Freude mir meine Arbeit manches Mal machte. Darum habe ich beschlossen, eine Auszeit zu nehmen.« Wieder lachte sie fröhlich und deutete auf ihr Firmenschild. »Ich wollte auch Einsichten gewinnen, allerdings habe ich mir mehr Zeit gegönnt als nur normale Ferien.«

»Und, haben Sie die Einsichten gewonnen, die Sie sich erhofft hatten?« Wenn Ursula sich nicht täuschte, lag ein Hoffnungsschimmer in Heikes Augen.

Franziska nickte. »Kann man wohl sagen. Wie Sie sehen, berate ich noch immer Menschen bei speziellen Fragestellungen oder an Scheidewegen. Aber ich habe meinen Lebensmittelpunkt von Hamburg hierher nach Rügen verlegt. Und ich mache mit meinem Mann noch ein paar andere Dinge, die uns riesig Spaß machen.« Plötzlich bekamen ihre Augen einen ganz besonderen Glanz. »Dazu gehört, dass wir uns um unsere Zwillinge kümmern, die vor sechs Monaten auf die Welt gekommen sind.«

»Voll süß!«, rief Emily.

»Und wir haben unser Coaching bei Ihnen?« Ach nee, auf einmal leuchteten Rahels Augen.

»Ja.«

»Gottchen, das ist ja … Meinen Sie denn, eine Stunde bringt schon was?« Ursula sah Franziska schmunzeln und musste sich beherrschen, nicht loszuprusten.

»Ich reserviere grundsätzlich sicherheitshalber immer ein paar mehr Termine für meine Gäste«, erklärte Franziska freundlich. »Sie haben schon recht, in einer Sitzung tauchen oft noch Fragen auf. Es wäre doch schade, wenn die unbearbeitet bleiben müssten.

Wenn Sie also weitere Termine wünschen, gern. Wenn nicht, ist es auch in Ordnung.« Nun hob sie endlich Ursulas Koffer an. »Gehen Sie ruhig schon vor, es ist die Wohnung Kap Arkona, wenn Sie reinkommen gleich links.«

Wie im Gänsemarsch gingen Rahel, Heike und Emily ins Haus. Schon drollig, je jünger die Frauen in ihrer Familie, desto größer war offenbar das Gepäck, das sie mitschleppten. Sie selbst hatte nur einen ledernen Reisekoffer im DIN-A3-Format. Darin hatte sie 1957 bereits all ihre Habseligkeiten nach Hamburg gebracht, als sie die Stelle bei der Post angetreten hatte. Heike hatte ihre abgewetzte Reisetasche dabei. Jede Wette, die hatte sie in diesem Eine-Welt-Laden erstanden, in dem sie fast alle ihre Kleidungsstücke kaufte. Rahel reiste mit elegantem anthrazitfarbenem Metalltrolley auf Rollen. Den Extraschminkkoffer, der mindestens halb so groß war wie der Trolley, konnte sie oben mit einem Klick befestigen. Sehr praktisch. Emily schließlich hatte für die nicht einmal zwei Wochen, die sie auf Rügen verbringen würden, ein Monstrum mitgebracht, das sie sich anscheinend auf den Rücken schnallen konnte und das Ursula verdächtig an einen Sarg erinnerte. Dem Umfang nach zu urteilen, hatte Emmchen den gesamten Inhalt ihres Kleiderschranks darin beerdigt.

»Das haben Sie prima gemacht«, sagte Ursula sehr zufrieden, ehe auch Franziska und sie ins Haus gingen.

3

Rahel

Ein Coaching bei Franziska Marold! Rahel konnte ihr Glück kaum fassen. Bezahlt von Oma Usch. Mit ein bisschen Geschick kamen noch ein paar Termine hinzu, die sie raffiniert nutzen würde, um vor allem ihre Fragestellungen zu lösen. Es war schließlich nicht so, dass alles in ihrem Leben wie geschmiert lief, wie die anderen wahrscheinlich dachten. Von wegen, du hast gut reden, du hast einen gut dotierten interessanten Job, wie ihre Mutter meinte. Oder Emily, ihr liebes Töchterlein. Die sah nur das Geld, das ihre Mutter Monat für Monat nach Hause brachte, ohne eine Vorstellung davon, was man dafür leisten musste, geschweige denn, wie viel davon übrig blieb. Von ihrem verkorksten Liebesleben ganz zu schweigen. Gut, was Männer anging, hatten die Frauen in dieser Familie anscheinend alle kein glückliches Händchen.

Rahel war angenehm überrascht von der Wohnung, die Franziska ihnen kurz gezeigt hatte, ehe sie losgelaufen war, um weitere Schlüssel zu holen. Moderne Möbel, ein großes Wohnzimmer mit Esstisch vor dem bodentiefen Panoramafenster, das sich zu einem geräumigen Balkon öffnen ließ. Von dort hatte man einen traumhaften Blick über die weiten Sanddornfelder. Was musste das im Herbst für ein Anblick sein, wenn die orange leuchtenden Beeren noch größer waren, die dicht an dicht an den Sträuchern saßen! Dahinter die beiden Leuchttürme. Dort war man schon am Meer. Ihr entfuhr ein Seufzer. Fast wünschte sie sich, sie hätte tatsächlich Urlaub. Doch Rahel war nicht nur wegen Oma

Usch mitgekommen. Das hatte sie bisher aber hübsch für sich behalten. Mutter und Großmutter würden sich noch früh genug aufregen. Emily sowieso.

»Alles da, was man braucht«, rief Heike gerade aus der Küche. Was brauchte man denn schon? Sie würden doch sicher essen gehen, oder etwa nicht? Womöglich wollte ihre Mutter sie auch im Urlaub mit ihren scheußlichen Dinkel-Tofu-Frischkost-Pampen quälen.

»Und das Badezimmer ist sehr schick!« Das war Oma Usch in einem ziemlich beeindruckten Ton. Da musste Rahel doch gleich mal gucken gehen.

»Nicht schlecht!« Sie nickte anerkennend und besetzte gleich mal ein Regal mit ihrer Kosmetiktasche.

»Cooles Zimmer, das nehme ich!« Alle drei stürzten gleichzeitig in die Richtung, aus der Emilys Stimme gekommen war.

»Das könnte dir so passen, Fräulein.« Rahel wusste sofort, dass dieses Schlafzimmer genau richtig für sie war, schön groß, und es hatte einen Schreibtisch. »Hier schlafe ich. Ich brauche einen Arbeitsplatz. In den anderen Räumen gibt es keinen, glaube ich.«

»Ja, klar«, brummte Emily. Wenn sie sich diesen schrecklichen Ton nur abgewöhnen würde. »Definiere Urlaub!«

»Denkt ihr nicht, dass Ursula sich ihr Zimmer aussuchen sollte?« Heike mal wieder. Wie es aussah, wollte sie in diesem Leben noch zur Mutter Teresa von Bad Bevensen gekürt werden.

»Schon gut, Kind, ich nehme das hier«, rief Oma Usch gerade aus dem anderen Schlafraum. Na also!

»Ist das nicht ein bisschen klein, Mutti? Und der Blick auf die Lagerhalle und das Büro von dieser Sanddornfirma ist auch nicht gerade schön.«

»Lass sie doch!« Rahel konnte es nicht fassen, sie redete Oma Usch ja förmlich ein, das größere Zimmer zu nehmen. Nur weil sie es ihrer Tochter nicht gönnte.

Glücklicherweise hatte Oma Usch ihren eigenen Kopf. »Mir gefällt's.«

Emily und Heike bezogen zwei Zimmerchen in der über ihnen liegenden Etage. Für die beiden reichte das, kleine gemütliche Schlafkammern, was brauchten sie schon mehr?

»Mein ehemaliges Büro und unser früheres Gästezimmer«, hatte Franziska bei dem kurzen Rundgang erklärt. »Sie sind zwar nicht sehr groß, aber ich habe den Blick aus den runden Giebelfenstern immer sehr genossen.« Und tatsächlich, darum beneidete Rahel die beiden wirklich, denn von dort oben konnte man sogar das Meer sehen.

Franziska kam mit den Schlüsseln zurück und drückte jeder von ihnen einen in die Hand.

»Meine Tochter braucht keinen«, wandte Rahel ein.

»Bist du bescheuert?«

»Emily, nicht in diesem Ton!«

»Sie werden bestimmt sowieso alle viel Zeit zusammen verbringen«, sagte Franziska unbekümmert, »aber so ist es doch praktischer. Mir scheint, Emily geht ganz gerne mal ihrer Wege, hm? Wenn jeder einen Schlüssel hat, müssen Sie sich nicht dauernd absprechen.«

»Es ist noch hübscher als auf den Bildern im Internet.« Oma Usch hatte online gebucht? Nicht zum ersten Mal hoffte Rahel, dass in ihren Genen mehr von ihr als von ihrer Mutter steckte.

»Freut mich, wenn es Ihnen gefällt. Das war ursprünglich unsere Wohnung, also meine und Niks. Das ist mein Mann und Herr über die Plantage. Den werden Sie früher oder später auch kennenlernen.«

»Und wo wohnen Sie jetzt?«, wollte Emily wissen.

»Wir sind nach Vitt gezogen, das ist ein kleiner Fischerort keinen Kilometer von hier unten am Strand.«

»Ach, wie schön!« Mutter verdrehte die Augen wie ein Kalb, das gerade abgestochen wurde.

»Wir hatten geplant, unsere Jobs zu reduzieren. Das hatte ich vorhin ja schon erzählt. Fischer Heinrich hat in Vitt ein für ihn viel zu großes Haus bewohnt, und er hat dort eine Räuchereibude geführt. Das macht er immer noch, aber er steht nicht mehr täglich selbst hinter der Theke. Dafür fährt er an manchen Tagen mit Gästen hinaus zum Fischen.«

»Könnten wir da auch mal mitfahren?« Oma Usch sah doch wahrhaftig begeistert aus. Rahel fiel nur eine Beschäftigung ein, die langweiliger war als Angeln. Das war: Zugucken beim Angeln.

»Wenn Sie Frühaufsteher sind, sicher.«

»Ich bin raus«, erklärte Emily bestimmt.

»Mein Mann hat vor Jahren als Naturführer im Nationalpark gearbeitet. Er weiß alles über diese Insel.« Sie lachte. »Er macht die Touren zusammen mit Fischer Heinrich. Der ist eher nicht so gesprächig.« Sie hob vielsagend eine Augenbraue. Dann schien ihr einzufallen, was sie eigentlich erzählen wollte. »Dass wir so schnell nach Vitt umziehen, war eigentlich nicht geplant, aber als mein Gynäkologe auf die Frage, ob es wohl ein Mädchen oder ein Junge wird, *beides* geantwortet hat, mussten wir umdenken.«

»Sie sagten, Sie seien nach Rügen gekommen, um Abstand von Ihrer Arbeit zu haben. Aber jetzt sind Sie doch schon lange hier, oder?« Mutter konnte ihre Neugier natürlich mal wieder nicht zügeln.

»Nein, zwar kommt es mir manchmal selbst so vor, doch es sind erst drei Jahre.«

»Was is'n eigentlich 'n Fastbruder?« Rahel hatte mal wieder keine Ahnung, was im Kopf ihrer Tochter vorging. Die anderen auch nicht, so wie sie sie ansahen. »Sie ham vorhin gesagt, dass Sie 'n Halb- und 'n Fastbruder haben.« Emily kräuselte die Nase wie immer, wenn sie konzentriert nachdachte. Das hatte einmal sehr süß ausgesehen, als sie sich noch nicht mit diesem Ring verunstaltet hatte wie Schlachtvieh.

»Tja, das war eine ganz sonderbare Geschichte, die wirst du mir vielleicht nicht glauben. Ich darf doch du zu dir sagen?«

»Klaro.«

»Gut. Du natürlich auch.«

»Cool!« Emily hielt der Marold eine Hand hin, die klatschte dagegen. Sie konnte anscheinend gut mit Kindern umgehen, war bestimmt nicht nur attraktiv und super erfolgreich, sondern obendrein noch eine Topmutter. Rahel biss die Zähne zusammen. Kunststück, sie hatte eben einen Mann, mit dem sie sich die Last teilen konnte.

»In der zweiten Nacht, die ich damals auf Rügen verbrachte, da habe ich von einem Jungen geträumt. Am Tag zuvor hatte ich Niklas kennengelernt. Der war sozusagen mein Chef für die nächsten Monate. Ich hatte mit ihm vereinbart, so eine Art Praktikum zu machen. Er konnte mich im Büro einsetzen und später bei der Ernte, dafür hat er mir meine Ferienwohnung bezahlt. Ich wollte ja nur raus, etwas ganz anderes machen, als Leute zu beraten. Jedenfalls war unsere erste Begegnung schon … Wie soll ich es sagen?«

»Du hast dich verknallt!«

»Emily!« Ob dieses Kind jemals lernte, was Diskretion oder Intimsphäre bedeutete?

Franziska lachte. »Das behauptet Niklas auch immer.« Dann wurde sie ernst. Man konnte direkt sehen, wie sie sich erinnerte und wie es sie noch immer aufwühlte. »Nein, es hat mich zwar erwischt, aber ganz anders. Das war mir in dem Moment natürlich noch gar nicht klar. Dann kam die besagte Nacht, und ich träumte von einem Jungen, den ich aus meiner Kindheit kannte. Zumindest war ich davon überzeugt, als ich am nächsten Morgen wach wurde. Ich wusste sogar noch seinen Namen: Jürgen. Mir fiel etwas ein, was ich völlig verdrängt hatte. Als kleines Mädchen hatte ich immer behauptet, dass ich einen Bruder hätte. Meine Eltern haben das allerdings immer vehement bestritten.« Sie zuckte kurz mit den Schultern. Rahel hing an ihren Lippen. Was für eine bizarre Geschichte. Auch die anderen hörten ihr fasziniert zu. »Tja, da musste ich beinahe dreißig werden und nach Rügen fahren, um die Wahrheit zu erfahren.« Sie lächelte versonnen. »Mein Vater hatte nämlich wirklich einen Sohn aus erster Ehe. Jürgen lebte bei uns, bis ich etwa zwei oder zweieinhalb war. Dann tauchte seine Mutter bei meinem Vater auf und verkündete, dass sie ihren Sohn zu sich holen wolle. Sie hatte inzwischen auch eine neue Beziehung, wie mein Vater, und hatte mit ihrem zweiten Mann einen weiteren Sohn.« Sie sah in die Runde. »Niklas.«

»Der Chef der Plantage ist Ihr Halbbruder?« Während sie die Frage stellte, fiel selbst Heike auf, dass das nicht sein konnte. Immerhin war er Franziskas Mann, das hatte die schon erzählt. Rahel seufzte. »Ach nee, das …«

»Am Anfang dachte ich das tatsächlich, und das war gar nicht lustig.« Sie zwinkerte Emily zu. »Ich habe mich nämlich ziemlich schnell in ihn verknallt. Es klingt ein bisschen kompliziert, ich weiß, ist es im Grunde aber nicht. Nik und Jürgen haben dieselbe Mutter, Jürgen und ich haben denselben Vater.«

»Haben Sie Ihren Bruder denn auch hier wiedergefunden, wenn ich fragen darf?« Oma Usch hatte ganz feuchte Augen. Alte Leute! Total rührselig.

»Ja, mein Vater hat mir endlich reinen Wein eingeschenkt. Jürgen lebt zwar nicht auf der Insel, aber auch nicht so furchtbar weit weg.« Sie räusperte sich. »O je, wenn ich an unsere erste Begegnung denke. Nach immerhin fast achtundzwanzig Jahren. Ich habe nur geheult.«

»O Gott!«, sagte Emily gedehnt. Mutter und Oma Usch tupften sich Tränen weg. Also wirklich. Das war doch albern. Blöd, dass Rahel ausgerechnet jetzt etwas im Auge hatte. Sie zwinkerte dagegen an.

»Jetzt habe ich mich aber gründlich verklönt. Morgen Nachmittag findet ein kleiner Begrüßungscocktail unten im Aufenthaltsraum statt. Und direkt danach haben wir ja auch schon unsere Coaching-Einheit. Ich bin schon sehr gespannt. Was Frau Henrici mir am Telefon geschildert hat, klang jedenfalls sehr interessant. Also, jetzt kommen Sie erst mal in Ruhe an und genießen Ihren ersten Abend.«

»Voll cool, die Tussi.« Gottchen, wie sollte sie aus ihrer Tochter noch einen zivilisierten Menschen machen, der sich für einen vernünftigen Beruf im Management eignete?

»Ja, wirklich sehr sympathisch«, sagte Oma Usch.

»Sag mal, Mutti, was hast du der denn über uns erzählt? Was kann denn da so interessant sein?« Da musste Rahel ihrer Mutter ausnahmsweise mal recht geben.

»Allerdings, Oma Usch. Du hast doch wohl nicht einen Seelenstriptease veranstaltet, das ist doch peinlich.«

»Was soll das'n sein?« Emily fläzte sich auf das Sofa.

»Ich habe ihr gar nichts über euch erzählt, kein einziges Wort. Nicht weil ich das peinlich gefunden hätte, sondern weil sie das nicht wollte.«

»Aber was hat sie denn dann gemeint, Mutti?«

»Das wüsste ich auch gern.« Rahel verschränkte die Arme vor der Brust. »Was Frau Henrici mir am Telefon geschildert hat, klang jedenfalls sehr interessant«, wiederholte sie. »Also, Oma Usch?«

»Ich habe ihr von dem anderen Grund erzählt, der mich nach Rügen führt.«

»Willst du Kiten lernen?« Emily lachte sich scheckig.

»Jetzt bin ich aber gespannt.« Rahel sah ihre Mutter an, die nickte. Sie waren sich selten so einig. »Und der wäre?«

»Das erfahrt ihr schon früh genug. Jetzt will ich meine Sachen ausräumen und mich einrichten.«

»So kommst du uns nicht davon.« Das wäre ja noch schöner, alle auf die Folter spannen und dann ins Kämmerlein verschwinden. »Dieser Grund muss doch etwas mit dem Coaching zu tun haben. Sonst hättest du Frau Marold doch nicht davon erzählen müssen.«

»Ich musste nicht, meine liebe Rahel, ich wollte es. Und ich gebe zu, ich habe ein bisschen geflunkert. Ich habe behauptet, dass ihr den Grund kennt und Feuer und Flamme dafür seid.« Das war es, kein weiteres Wort. Oma Usch setzte ihre typische Bis-hierher-und-nicht-weiter-Miene auf.

»Du machst es aber auch spannend«, sagte Heike seufzend. »Na gut, dann räumen wir eben erst mal unsere Zimmer ein.«

»Ich hab Hunger!« War ja klar, Emily wollte sich nur davor drücken, ihre Klamotten in den Schrank zu legen. Nachher aß sie sowieso wieder nur wie ein Spatz.

»Nach dem Auspacken gibt's Abendbrot.« Heike lächelte sanft. Rahel ahnte Schreckliches, es hatte mit Frischkornbrei zu tun.

»Ich will essen gehen«, maulte Emily.

»Gute Idee«, stimmte Oma Usch ihr zu. »Feiern wir unsere Ankunft auf Rügen!« Rahel sah zu ihrer Mutter. Sollte sie etwa einverstanden sein?

»Ach so, ja, können wir natürlich auch. Allerdings hatte ich für den ersten Abend heute früh vor unserer Abreise noch eine Dinkelrohkost vorbereitet.«

»Kind, wann bist du denn aufgestanden?«

»Das hat mir nichts ausgemacht. Ich dachte, man muss sich doch immer erst mal orientieren. Außerdem hat doch keiner mehr Lust, heute noch mal ins Auto zu steigen, oder?« Ach, manchmal lieferte Mutter ihr aber auch das perfekte Stichwort.

»Wenn Heike extra früh aufgestanden ist und sich solche Mühe gegeben hat, wäre es doch gemein, jetzt noch in ein Restaurant zu fahren.« Rahel lächelte süß.

»Lieb, dass du das sagst.«

»Ähm, na ja, und ich müsste noch mal weg. Könnte ich dein Auto haben, Mutter?«

»Wo willst du denn hin?« Dreistimmig.

»Leider habe ich es nicht so gut wie ihr und kann hier schön entspannen. Nicht nur. Ach, Oma Usch, nun guck doch nicht so. Ich soll für meine Firma ein Hotel in Sassnitz wegen einer Umstrukturierung beraten.« Puh, wenn Blicke töten könnten. Sah nicht aus, als hätte hier irgendjemand Verständnis für ihre Situation. Aber das war auch nicht zu erwarten gewesen. »Das Hotel soll an eine große Kette angeschlossen werden. Das packen die nicht allein, das ist ein Familienunternehmen, die haben keine Ahnung vom ganz großen Geschäft. Think big!« Okay, es war raus. Rahel hatte keine Lust mehr, sich zu rechtfertigen oder etwas zu erklären. »Der erste Termin ist heute Abend, ich werde unterwegs etwas essen.«

»Ey, nee, echt nich. Dinkelrohkost und Dauerarbeit, geil, da hätte ich voll zu Hause bleiben können. Wusste ich doch gleich, dass auf dieser dämlichen Insel alles Sch…« Rahel versuchte sie mit ihrem Blick zu durchbohren. »Mist is!« Emily hatte sich aufgerappelt und wollte losrennen. An Oma Usch kam sie nicht vorbei. Die fing sie aus vollem Lauf ab und schlang ihre Arme um sie. Das hätte sich Rahel mal erlauben sollen, da wäre Krawall garantiert.

»Es wäre ganz furchtbar gewesen, wenn du zu Hause geblieben wärst, Emmilein. Ich brauche dich nämlich hier«, sagte sie. Emily knurrte etwas Unverständliches, stemmte sich aber schon weniger gegen ihre Urgroßmutter. »Du warst doch immer unser Meisterdetektiv.«

»Detektivin, auch wenn man's nicht gleich sieht.« Das war Rahel so rausgerutscht. Verdammt! Schon fing sie einen Blick von Oma Usch ein, der töten wollte. Emily wurde rot. Keine Glanzleistung, gestand Rahel sich ein. Manchmal war ihr Mundwerk einfach deutlich schneller als ihr Hirn.

»Weißt du nicht mehr?«, sprach Oma Usch ganz ruhig weiter. »Du hast immer diese Bücher geliebt. Mit Geheimtinte und Sicherung von Fußspuren.«

»O Mann, Ur-Usch, das is schon voll lange her. Da war ich noch ganz klein.« Emily wand sich aus ihrer Umarmung, lief aber nicht weg. Immerhin. »Ich bin doch kein Baby mehr, Detektiv spielen ist so was von out! Dann schon eher Geocaching oder so, das kann cool sein.«

»Die Methoden überlasse ich ganz dir. Die Hauptsache, du hilfst mir bei der Suche.« Sie sah in die Runde. Seltsamer Blick, so geheimnisvoll. »Diese Bitte richte ich an euch alle.«

Rahel musste los, wenn sie nicht zu spät kommen wollte, und sie hasste es, zu spät zu sein. Neugierig war sie nun aber auch. »Und wonach sollen wir suchen?«

»Ja, Mutti, das wüsste ich auch gern. Du sagst, du warst noch nie auf Rügen. Wonach willst du hier dann suchen?«

»Nach einem Mann.«

4

Emily

Voll krass, das alles. Wenn das so weiterging, konnte das ja noch richtig lustig werden. Ur-Usch suchte also einen verflossenen Lover. Na ja, Lover … So richtig zum Zug gekommen scheint der Typ bei ihr nicht zu sein. Oder sie nicht bei ihm. Viel hatte sie ja noch nicht verraten. Ur-Usch stand wohl auf Salamitaktik und erzählte ihre schräge Story scheibchenweise. Jedenfalls waren Mami und Oma Heike mächtig ausgetickt. Emily ging neben ihrer Mutter zu Omas schraddeligem Passat.

»Oma wird jetzt anscheinend senil«, fauchte ihre Mutter und schloss das Auto auf. »Hoffentlich werde ich nie so! Na ja, besser als so zu werden wie …« Klang so, als wäre das gar nicht für ihre Ohren bestimmt, aber Emily hatte es nun mal trotzdem gehört.

»Ich finde Ur-Usch voll cool. Senil, du spinnst voll.«

»Vorsichtig, Fräulein, du sprichst mit deiner Mutter.«

Ach nee, so'ne Überraschung. »Außerdem find ich's irgendwie romantisch, dass Uroma nach hundert Jahren nach ihrer Jugendliebe suchen will. Voll süß.«

»Sechzig Jahre, nicht hundert.« Als ob das wortwörtlich gemeint wäre. Emily ersparte sich einen Kommentar. Während ihre Mutter ihre Lederlaptoptasche auf den Beifahrersitz legte, fischte sie ihr Sweatshirt vom Rücksitz. »Ich habe jedenfalls keine Zeit für diesen Kinderkram.«

»Nee, du musst ja arbeiten. Das hättest du Uroma übrigens mal 'n bisschen früher erzählen können. Die freut sich total, dass du mitkommst, und dann – bäm – lässt meine Mutter die Bombe platzen.«

»So einen kleinen Auftrag schüttel ich aus dem Ärmel. Ich werde schon auch Zeit mit euch verbringen.« Ja, ja, immer wie's passt. »Ich finde das Ganze nicht romantisch, sondern einfach nur albern und sentimental.« Mann, das wurde ganz schön kühl, nachdem die Sonne untergegangen war. Emily zog sich ihr Sweatshirt über den Kopf. Der Wind roch gut, irgendwie nach Meer und Strand und Ferien. »Wo will sie denn anfangen? Wenn ich sie richtig verstanden habe, hat sie doch kaum einen Anhaltspunkt.«

»Da hättest du es mit deinen diversen Lovern deutlich leichter.« Der warnende Blick ihrer Mutter spornte sie an. »Hättest gut zu tun, wenn du die alle aufstöbern wolltest.«

»Wenn du glaubst, dass du mich provozieren kannst, hast du dich geschnitten.« Und wovon träumst du nachts? »Ich muss jetzt los. Willst du etwa mit, oder was stehst du hier rum?«

»Vergiss es, Mami! Bin schon weg.« Emily drehte sich um. Bloß nicht heulen. Vielleicht merkte ihre Mutter mal, wie schroff sie gewesen war. Nee, nix, kein Wort, dass es ihr leidtat, dass sie es nicht so gemeint hatte. Willst du *etwa* mit? Hatte sie so gemeint, genau so. Emily blinzelte und ging zurück in Richtung Haus. Sie hörte die Autotür knallen, dann den Motor und schließlich Kies unter den Reifen. Sie hatte nicht mal Tschüss gesagt.

Als der Wagen außer Hörweite war, drehte Emily sich wieder um und schlug die entgegengesetzte Richtung ein. Wie gut, dass Franziska ihr einen eigenen Schlüssel gegeben hatte. Es dauerte noch, bis es dunkel wurde. Also auf zur ersten Erkundungstour! Bloß, wo lang? Sie holte ihr Handy hervor und rief eine Karte von Rügen auf. Mal sehen, was es hier in der Nähe so alles gab. Nix.

»Boah, ey, voll viel Landschaft hier!« Überall nur Felder rundherum und ein paar kleine Wege. Sie legte Daumen und Zeigefinger auf das Display und zog sie auseinander. Der Ausschnitt wurde größer. Aber es gab immer noch nix anderes als Sträucher. Halt, doch. Da tauchte ein Ortsname auf. Vitt. Hatte Franziska den Namen nicht erwähnt? Wenn sie und ihr Mann, der Plantagenbesitzer, da hingezogen waren, konnte es nicht so übel sein. Bestimmt war da was los. Obwohl … es sah echt nicht so aus. Vielleicht konnte sie es noch ein bisschen mehr vergrößern. Mist, schlechtes Netz. Egal. Gleich neben dem Ort war das Meer, das hatte sie noch gesehen. Und laut Maßstab war es nicht weit. In die Wohnung wollte sie auf keinen Fall zurück. Oma Heike diskutierte bestimmt noch mit Ur-Usch darüber, dass sie von Anfang an ehrlich zu ihnen hätte sein müssen und so'n Quatsch. Auf miese Laune und ewig lange Debatten hatte sie echt keinen Bock. Da machte sie sich lieber auf den Weg zwischen den Feldern hindurch. Wär doch gelacht, wenn es nicht irgendetwas Spannendes aufzustöbern gäbe. Sie musste ganz schön aufpassen, dass sie nicht mit ihrem nagelneuen Hoodie an diesen fiesen piksigen Sträuchern hängen blieb.

»Hoodie? Ich dachte, das ist ein Kapuzenpullover«, hatte Ur-Usch gesagt. Voll süß. »Gefällt mir. Endlich mal etwas Fröhliches, nicht immer nur Totenköpfe.« Dabei waren die Strichmännchen von *The Cure* alles andere als fröhlich. Aber so genau hatte Uroma wohl nicht hingeguckt. Überall war dieser Sanddorn. Emily war schon eine Weile gelatscht, und sie sah nichts anderes. Nur Sanddorn. Hinter ihr, vor ihr, links und rechts, einfach überall nur Sträucher in langen Reihen mit kleinen orangen Beeren dran. Wie die wohl schmeckten? Mussten ja der Hammer sein, wenn man die in solchen Massen anbaute. Mal probieren. Nee, lieber doch nicht. Nachher sind die roh giftig oder so. Quatsch, dann müssten die bestimmt Warnschilder aufstellen oder das Gelände einzäunen. Eins von den Früchtchen würde sie schon nicht umbringen. Emily griff zu.

»Aua! Scheiße, tut das weh«, murmelte sie. Selbst schuld, musst eben aufpassen. Die Dinger heißen nicht ohne Grund Sand*dorn*. Sie suchte sich eine Beere an der Spitze eines Zweiges aus, die sie gefahrlos pflücken konnte. Ha, geschafft. Na dann …

»Iihh! Bäh!« Sie spürte, wie sich ihr Mund zusammenzog. Sofort spuckte sie auf den Boden. Was hatte Uroma gesagt? Die haben mehr Vitamin C als Zitronen? Die waren auch mindestens dreimal so sauer. Widerlich! Emily schlich weiter zwischen den Strauchreihen entlang. Mann, das war alles voll öde.

»Scheiß Insel«, fluchte sie vor sich hin. »Scheiß Ferien!« Plötzlich raschelte es. Das war ganz in der Nähe gewesen. Instinktiv tauchte sie ab und lugte zwischen dicht mit Beeren bewachsenen Ästen hervor. Da war ein Typ, groß war der und ganz schön kräftig. Wie diese Kerle, die ständig in 'ne Muckibude rannten. Obwohl … Der hatte nicht das peinliche Schrankformat, sondern war eher schlank. Aber die Arme, die in kurzen Ärmeln steckten, erinnerten total an Popeye. Nur dass der hier eine Haut wie Zartbitterschokolade hatte. Was der hier wohl machte? Von der Insel stammte der jedenfalls nicht, das war mal klar. Er ging ganz langsam eine Reihe nach der anderen ab. Zwischendurch blieb er immer wieder stehen und zupfte auch mal ein Blättchen von einem der Sträucher. Jetzt riss er eine dieser quietschsauren Früchte ab. Emily grinste breit. Der würde gleich schön das Gesicht verziehen. Mist, der hielt das Ding nur dicht vor seine Nase und guckte es sich ewig lange an, als ob es daran etwas zu entdecken gäbe. Er schob es sich nicht in den Mund. Schade. Sah aus, als ob der Zartbitter-Popeye hier arbeitete. Emily ging weiter in die Knie. Besser, er bemerkte sie nicht. Sie wusste ja nicht mal, ob sie hier überhaupt durchlatschen durfte. Wieso war der um diese Zeit eigentlich noch auf dem Feld, konnte der nicht mal Feierabend machen? Vielleicht so'n Arbeitstier wie ihre Mutter. Jetzt drehte der auch noch um und kam in ihre Richtung. Emily hockte sich schnell auf den Boden. Dabei kam sie einem Busch zu nah. Die Ärmel ihres neuen Hoodies hatte sie hochgeschoben, die Dornen erwischten also direkt ihre nackte Haut.

»Aua!«, flüsterte sie und setzte in Gedanken noch alle Flüche hinzu, die ihr nur einfielen.

Während sie ihn nicht aus den Augen ließ, fiel ihr die Szene wieder ein, die sich vorhin in der Ferienwohnung abgespielt hatte. Ur-Usch hatte einen flachen Pappkarton aus ihrem Koffer hervorgeholt. Das war echt der Hammer! Dieser Koffer war sowieso schon so klein, dass Emily sich nicht vorstellen konnte, wie Ur-Usch ihre Klamotten da reingekriegt hatte. Und dann war da auch dieser olle Karton drin. Das lila Blumenmuster war schon voll verblichen, und an den Rändern war er gelblich und total abgegriffen. Oben drauf klebte ein Schnipsel Zeitungspapier. Das war echt nur ein Schnipsel, stand ja auch nicht viel drauf. Aber an der Schrift und an dem Papier hat man sofort gesehen, dass der voll alt war.

»Das ist eine Kontaktanzeige«, hat Ur-Usch verraten. Vom 1. April 1955! Voll krass. Tja, und dann hatte sie die berühmte Katze aus dem Sack gelassen. Sie war siebzehn, als sie die Anzeige in einer Zeitung gefunden hat. Nicht dass sie in dem Alter Zeitung gelesen hätte, sie war Lehrling bei der Fischereigenossenschaft Heiligenhafen gewesen. Wusste Emily gar nicht. Mann, auf so einen Job hätte sie überhaupt keinen Bock. Das muss doch voll gestunken haben. Echt eklig. Jedenfalls durften die Lehrlinge sich Fisch mit nach Hause nehmen, wenn der runtergefallen und deswegen 'n bisschen kaputt war oder so. Den hat Ur-Usch in das Zeitungspapier gewickelt, und dabei hat sie diese Anzeige entdeckt, in der ein junger Handwerksgeselle Brieffreunde in aller Welt gesucht hat.

Allmählich taten Emily die Knie weh in dieser blöden Haltung. Wollte der Typ da anwachsen oder was? Zuerst hatte Emily das echt komisch gefunden, dass jemand per Anzeige Brieffreunde suchte. In aller Welt. Das ging heutzutage übers Internet super einfach. Und da konnte man auch gleich Bilder von den Typen sehen, die bei so was mitmachten, oder Interessensgruppen gründen. Je länger sie darüber nachgedacht hatte, desto schöner stellte sie sich diese altmodische Art dann aber vor. Es dauerte bestimmt ein paar Tage oder Wochen, ehe man von der Redaktion einen Stapel Briefe bekam. Ein bisschen wie Weihnachten. Für Uroma musste das auch total spannend gewesen sein. Sie wusste doch so gut wie nix über den und hat ihm trotzdem geschrieben. Na ja, so ganz überzeugt war sie wohl selbst nicht. Sie hat sogar erzählt, dass sie gar nicht mit einer Antwort gerechnet hatte. Eigentlich hat sie diesem Handwerkertyp nämlich nur geschrieben, um Ruhe vor ihrer Mutter zu haben. Voll der Hammer! Ur-Uschs Mutter hat doch echt gedrängelt, dass ihre Tochter sich schnellstens einen Mann zulegte, damit sie nach ihrer Lehre gleich heiraten und Kinder kriegen konnte. Ey, Ursula war siebzehn! Wie war die Mutter denn drauf? Uroma hat erzählt, dass es schwere Zeiten waren. Der Krieg war ja noch nicht so lange vorbei, und die hatten kaum Geld. Deswegen sollte die arme Ursula schnell unter die Haube kommen, damit sie ihrer Mutter, die Kriegswitwe war, nicht weiter auf der Tasche lag. Echt hart. Aber Uroma war schon als junges Mädchen ganz schön clever. Die hat diesem Brieffreunde-Heini geschrieben, ihrer Mutter aber eine echte Heiratsanzeige untergejubelt, auf die sie angeblich geantwortet hatte. Emily musste grinsen. Uroma konnte sich noch genau an den Text erinnern: »Kaufmann mit eigenem Geschäft sucht solides und ehrliches Mädchen zw. Heirat.« Ihre Mutter hat das geschluckt. Uroma konnte sich selbst jetzt noch darüber kaputtlachen. Emily fand's auch irgendwie lustig. Andererseits hätte sie sich das nie gefallen lassen. Okay, ihre Mutter musste zwar auch alleine das Geld nach Hause bringen, aber Emilys Vater war nicht im Krieg gefallen, und ihre Mutter verdiente richtig Schotter. Trotzdem. Selbst wenn's anders wär, würde Emily im Traum nicht dran denken, superfrüh zu heiraten, nur damit sie mehr Kohle hätten oder damit ihre Mutter nicht mehr für sie bezahlen müsste. Nee, da würde sie lieber selbst arbeiten. Zeitung austragen oder so. Oder Sachen im Internet verkloppen. Sie wäre auf die Barrikaden gegangen. Aber Ur-Usch meinte, das, was sie sich erlaubt hat, war schon ein kleiner Aufstand. Viele Mädchen waren zu der Zeit mit achtzehn schon verlobt, mit zwanzig verheiratet und mit einundzwanzig Mutter. Voll der Horror und total spießig. Na ja, Ur-Usch hat sich das ja auch nicht gefallen lassen. Was sie genau geantwortet hat, wollte sie noch nicht verraten. »Das erzähle ich euch morgen nach unserem Coaching«, hatte sie angekündigt. Emily fand es jedenfalls irgendwie süß, dass sie diesen Typ, dem sie damals als Täuschungsmanöver geschrieben hat, jetzt finden wollte.

Na endlich! Zartbitter-Popeye verzog sich Richtung Produktionsgebäude. Emily wagte sich aus ihrer Deckung. Mann, sie hatte das Gefühl, dass es überall an ihr kribbelte. In Frankfurt war sie vielleicht mal im Skater-Park zum Gucken, oder sie ging bummeln. Felder, in denen man sich herumtreiben konnte, gab es zwischen den ganzen Hochhäusern und Villen nicht. Vermisste sie auch nicht. Sie lief zu der kleinen Straße und schüttelte Hosenbeine und Pulli gründlich aus. Sie wuschelte sich auch durch die Haare. Sicher ist sicher. Dann marschierte sie bis zu einem kleinen weißen Haus. War das etwa 'ne Kirche? Hier, mitten in der Botanik? Sah ja fast so aus. Immerhin hatte das Häuschen ein Kreuz auf dem Dach. Irgendwie hübsch. Aber nichts gegen das Meer, das sie endlich sehen konnte. Mann, war das schön! Es schimmerte grünlich, total geheimnisvoll. Ihr schien, als würde es niemals aufhören. Als Uroma erzählt hatte, dass sie zusammen verreisen würden, hatte sie vom Nordzipfel Rügens gesprochen. Emily hatte sich das heimlich auf der Karte angesehen. Irgendwo da ganz hinten war Schweden. Das konnte sie von hier natürlich nicht sehen, aber sie wusste, dass es da war. Vielleicht ging von Rügen sogar ein Schiff. Keine Ahnung, woher der Gedanke plötzlich gekommen war, aber er war irgendwie gut. Einfach weg. Ihre Mutter würde sie sowieso nicht vermissen. »Willst du etwa mit?« Wahrscheinlich wäre sie echt froh, wenn sie ihr Leben ohne Kind leben könnte. War bestimmt ein Unfall damals mit irgendeinem One-Night-Stand. Darüber sprach ihre Mutter ja nicht, weigerte sich standhaft. Dabei musste doch jeder wissen, wer sein Vater war, oder nicht? Sie seufzte und lief die Stufen in den kleinen Ort hinunter, dessen Dächer man schon von oben hatte sehen können.

Das war also das berühmte Vitt. Mann, ey, und hier ist Franziska freiwillig hingezogen? Nix los, keine Musik, keine Promenade mit Geschäften. Gerade mal halb acht und schon tote Hose. Nicht mehr lange, und es würde dunkel werden. Sie fröstelte. Jetzt stapfte sie an einer Holzbude vorbei. Heinrichs Fischhütte las sie. Sie ging quer über den weichen Sand bis an das Ufer, wo die Wellen an Land klatschten. Von oben hatte die Ostsee irgendwie schöner ausgeschaut. Von hier unten sah sie grau aus und voll langweilig. Egal, zum Baden oder noch besser zum Kiten war die Farbe wurscht. Hauptsache, es war nicht zu kalt. Emily bückte sich und wartete auf die nächste Welle. Mist, sie kam nicht ran. Sie wollte doch nur mal die Finger ins Wasser tauchen. Nee, so wurde das nichts. Sie musste näher ran. Ein Schritt, noch einer. Die nächste Welle sah etwas größer aus als die bisherigen, die würde es ja wohl bis zu ihr schaffen. Emily bückte sich wieder. Im nächsten Moment sprang sie zurück und wäre beinahe gefallen.

»Mann ey!«, schimpfte sie. Na toll, ihr rechter Schuh war klatschnass. Und sogar an ihren Pony waren ein paar Tropfen gespritzt. Blödes Meer! Kalt war es auch noch. Sie seufzte und sah sich um. Ein altes Ehepaar ging mit seinem Dackel zu den Stufen, über die Emily hergekommen war. Sie hatte keinen Schimmer, woher die so plötzlich aufgetaucht waren. Das waren auch schon die einzigen Menschen weit und breit. Keine Strandparty, nicht mal irgendjemand in ihrem Alter. Rügen war bestimmt so'ne Alten-Insel. Hier machten wahrscheinlich nur Grauköpfe Urlaub. Hätte sie sich ja denken können. Falsch, genau das hatte sie sich gedacht. Und gefragt, ob Ginny wenigstens mitkommen dürfte. Sie waren schon mal zusammen in die Ferien gefahren, und das war echt cool gewesen. Aber nein, Ur-Usch hatte drauf bestanden, dass dies ein Familienurlaub werden sollte.

»Ich hasse diese Insel!«, schrie sie in den Wind. Der Insel war's egal. Ein einsames Segelboot fuhr am Horizont davon. Das dachte gar nicht daran, hier anzulegen. Emily seufzte. Wenn sie irgendwie auf so ein Schiff käme, dann könnte sie abhauen. Schweden wär ganz cool. Sie ging unentschlossen ein Stück über den Kiesstrand. Nix, keine Surfer weit und breit und auch sonst nichts, das Abwechslung versprach. Sie schnaubte. Die Spitzen der Leuchttürme konnte sie von hier sehen. Immerhin. Aber auch nicht gerade superspannend. Langsam bekam sie Hunger. Allerdings hatte sie überhaupt keinen Appetit auf diesen fiesen Dinkelrohkostpamp, den Oma Heike mitgeschleppt hatte. Wie die das Zeug runterbekam, war ihr ein echtes Rätsel. Ihr fiel die Bude ein, an der sie vorbeigekommen war. Fisch war nun auch nicht gerade ganz oben auf der Liste ihrer Leibgerichte. Aber die hatten bestimmt ein paar Pommes. Sie ging zurück und schnaufte. Die hatten vor allem eines, nämlich geschlossen. Alle Luken dicht.

»O Fuck!« Emily war jetzt richtig sauer. Mit voller Wucht trat sie gegen die Holzhütte.

»Ey, geht's noch?«, rief eine Stimme von drinnen.

5

Emily

Eine Tür an der Seite flog auf, und ein Mädchen trat ins Freie. Ihre Haut am Hals und am Haaransatz sah rot und schuppig aus. Eklig, fand Emily. Vor allem guckte die so sauer, als hätte sie den Tritt abgekriegt, nicht die olle Bude.

»Sag mal, hast du sie noch alle?«, schimpfte sie sofort los.

»Jetzt chill mal, ist doch nichts passiert.«

»Glück gehabt, würde ich mal sagen. Hast du nicht gesehen, dass wir geschlossen haben?« Wir, wer sollte das denn sein? »Du kannst doch nicht einfach an die Luke hämmern wie bekloppt.«

»Hab ich ja gar nicht. Ich hab gegen die Scheißluke getreten.« Emily grinste schief.

»Witzig. Ich weiß ja nicht, wo du herkommst, aber hier macht man so was nicht.« Sie drehte sich um. Wollte die Emily einfach stehen lassen, oder was?

»Hier macht man so was nicht«, äffte Emily sie nach. »Tust du immer nur das, was man darf?« Sie reckte das Kinn und sah das Mädchen herausfordernd an, das sich jetzt wieder zu ihr umwandte. Die kniff die Augen zu und musterte Emily von oben bis unten.

»Nö. Aber ich mache bestimmt nicht hirnlos und ohne Grund etwas kaputt, was mir nicht gehört.«

»Ich hatte sehr wohl einen beschissenen Grund«, verteidigte Emily sich. »Ich hab voll Hunger und Durst. Aber auf dieser Scheiß-Hinterwäldler-Insel gibt es ja nichts.« Mann, was guckte die denn so komisch? Vor allem guckte die lange. Und zwar direkt in Emilys Augen. Ohne zu zwinkern. Die hatte entweder beneidenswert viel Selbstbewusstsein oder einfach die Ruhe weg.

»Findest du diese Fäkalsprache eigentlich schön?«, fragte sie plötzlich. Fäkalsprache. Wollte die mal Germanistik studieren, oder was?

»Klar, ist doch cool.« Mist, ihre Wangen fingen an zu glühen. Voll peinlich. Sie senkte schnell den Blick. »Findest du nicht?«

»Nee.« Sie ging in die Hütte zurück. »Falls du noch immer Hunger hast, kannst du einen Schokoriegel haben«, sagte sie von drinnen. Voll nett! Hätte Emily ihr gar nicht zugetraut.

»Wenn du keine Pommes hast«, rief sie. »Besser als nichts.« Sie folgte dem Mädchen und lugte vorsichtig in die Hütte. Mann, was da alles drin war in dem kleinen Ding. Ein richtiger Herd, Schränke, ein riesiger Kühlschrank und überall Regale. Stühle gab es nicht. Das Mädchen saß auf einem Holzfass, einen Hefter aufgeschlagen auf dem Schoß. Die guckte Emily nicht mal an, als sie den Riegel aus einem kleinen Pappkarton neben sich fischte und ihr hinhielt. »Ich hab aber kein Geld mit«, sagte Emily leise.

»Kein Problem, Heinrich, der Besitzer der Fischhütte, ist fast so etwas wie mein Opa. Ich darf mir was nehmen, wenn ich will.«

»Cool, danke.« Emily wickelte die Schokolade aus. Sollte sie jetzt lieber gehen? Irgendwie war das ganz gemütlich hier. Das Mädchen war total auf die zusammengetackerten Seiten konzentriert und beachtete Emily nicht die Bohne. »Was machst'n da?«

»Ich lerne Text.«

»Aha.« Wie war die denn drauf? Erst maulte sie rum, dann schenkte sie Emily was Süßes, und jetzt behandelte sie sie wie Luft. »Was denn für'n Text?«

»Ich spiele Theater bei den Stage-Kids. Ist 'ne ziemlich große Rolle. Die muss ich auswendig können, wenn wir mit den Proben anfangen.« Ein bisschen arrogant, die Gute.

»Was soll das für ein Stück sein? Kasperle und Hotzenplotz?« Emily brüllte los.

»Nein, wir spielen *Romeo und Julia – reloaded.* Vielleicht kennst du ja das Original von Shakespeare.«

»Klar, kennt doch jedes Kind. Außerdem komme ich aus Frankfurt. Da gibt es total viele Theater und so.«

»Dann kannst du dir ja vorstellen, wie viel ich lernen muss. Ich spiele nämlich die Julia.« Meine Güte, noch einmal tief atmen, und die platzte vor Stolz.

»Ich hätte keinen Bock, den ganzen Scheiß auswendig zu lernen. Aber auf dieser Insel kann man ja sowieso nichts anderes machen.« Sie lehnte sich lässig mit dem Rücken gegen die Arbeitsplatte neben dem Herd. »Ich muss hier einen Teil meiner Ferien verbringen. Voll öde. Echt, du wohnst hier, oder? Wie hältst du das aus?«

»So wahnsinnig lange wohne ich auch noch nicht auf Rügen. Aber ich find's richtig schön hier.« Hey, die konnte sogar lächeln. »Okay, anfangs war ich auch nicht so richtig begeistert. Ich habe das genauso gesehen wie du.« Sie klappte ihr Heft zu. »Inzwischen weiß ich, dass es hier nie langweilig wird. Alleine die Ostsee … Du kannst schwimmen, surfen, Stand-up-Paddling …«

»Irgendwo auf der Insel vielleicht, aber hier?« Emily zog die Mundwinkel runter. »Hier gibt es doch nicht mal einen richtigen Strand.«

»Hä, hast du keine Augen im Kopf? Da draußen direkt vor deiner Nase ist einer.«

»Das nennst du Strand? Na ja, du kennst wahrscheinlich nichts anderes. Ich war mit meiner Mutter schon auf Mallorca.« Nur für ein langes Wochenende, mehr Urlaub war mal wieder nicht drin gewesen. Aber das brauchte sie der Landpomeranze ja nicht auf die Nase zu binden. »Und auf Sylt war ich auch mal. Da kannst du kilometerweit latschen und bist immer noch nicht am Ende angekommen. Und feiner weißer Sand. Wie Puderzucker, sage ich dir.«

»Ja, das stimmt. Oben am Ellenbogen, ne?«

»Wo? Nee, auf Sylt habe ich doch gesagt.«

»Sylter Ellenbogen, so nennt man den nördlichsten Teil. Ist echt schön da. Du warst bestimmt nur im Süden.« Sie zog eine Augenbraue hoch. »Sansibar und so.«

Mist, die kannte sich echt aus. Themawechsel. »Das ist ein Strand! Aber hier? Alles nur Steine. Und winzig klein. Nee, das ist nichts für mich.«

»Wie gesagt, das fand ich am Anfang auch nicht so toll. Aber am Strand liegen ist doch sowieso öde. Und die Ostsee ist riesig. Vor allem ist sie immer da. Nicht wie die Nordsee mit ihrer blöden Ebbe. Musst ein bisschen aufpassen, wenn du hier schwimmen gehst. Die Strömung ist heftig.«

»Ich bin doch kein Baby mehr.«

»War ich auch nicht, als wir hergezogen sind. Trotzdem wäre ich beinahe ertrunken.«

»Echt?« Emily schluckte. Sie war nicht gerade eine gute Schwimmerin, hatte so eben ihren Freischwimmer geschafft. Ihre Mutter ging ja nie mit ihr ins Hallenbad. »Ich finde Kitesurfen sowieso besser. Das ist echt das einzig Coole, was ich bis jetzt auf Rügen gesehen habe.«

»Wie lange bist du denn schon da?«

»Heute angekommen.«

Wieder zog sie so arrogant die Augenbraue hoch. »Na dann …«

»Ich kann so was ziemlich schnell einschätzen, kannst mir glauben. Jedenfalls finde ich Kitesurfen ganz cool, aber das gibt es hier natürlich auch wieder nicht. Hier ist doch total der Hund begraben.«

Das Mädchen legte das Textheft beiseite und holte sein Handy aus einem Beutel, der hinter ihm gelegen hatte. »Manchmal sind hier auch Kiter«, sagte sie. Mann, die war nicht aus der Ruhe zu bringen. »Guck mal!« Sie stellte sich neben Emily und zeigte ihr ein paar Fotos auf dem kleinen Display. Kein Zweifel, die Typen waren direkt hier vor Vitt mit ihren Boards und Drachen auf dem Wasser. Alles junge Leute, einer sah sogar richtig gut aus. »Sind 'n paar drauf, kannst du dir gerne ansehen. Ich muss kurz weg.« Bestimmt waren die nicht von hier. Emily wischte über das Display. Der Dunkelhaarige war auf zwei Bildern, leider immer ziemlich weit weg.

»Cool.« Huch, wo war die Tussi denn hin? Erst machte diese Inselziege einen auf gute Manieren, von wegen, das tut man hier nicht, und dann ließ sie Emily einfach stehen, ohne ein Wort zu sagen. Oder hatte sie was gesagt? Emily war nicht mehr sicher, sie war so vertieft in die Fotos gewesen. Egal, es wurde sowieso Zeit, sich auf den Weg zu machen. Sie legte das Handy auf das Holzfass. Hier war ja sowieso Totentanz, kein Mensch weit und breit, also auch keiner, der das Handy klauen könnte. So ein altes Ding klaute sowieso keiner. Plötzlich hatte Emily eine Idee. Sie lauschte. Nichts. Schnell nahm sie das Mobiltelefon an sich, lief zur Tür und spähte um die Ecke. Von dem Mädchen keine Spur. Auch sonst war niemand zu sehen. Emily ließ das Handy in ihre Hosentasche gleiten. Die blöde Kuh hatte doch selber Schuld, man sollte seine Sachen eben nicht fremden Leuten anvertrauen. So etwas machte man in Frankfurt nicht.

6

Heike

»Es schmeckt dir nicht.« Heike seufzte. Sie war gerne extra früh aufgestanden. Nein, sie wäre gerne extra früh aufgestanden, wenn wenigstens irgendjemand die Mühe zu schätzen wüsste, die sie sich mit dem Essen gemacht hatte. Gesunde Ernährung war einer der Bausteine für ein langes, glückliches Leben. Wenn nicht der wichtigste Baustein. Sie wollte allen etwas Gutes tun, und jetzt? Rahel hatte einen Termin. Arbeit am ersten Abend des Familienurlaubs! Emily war verschollen, und Ursula hatte ihre Gabel auf den Teller gelegt und diesen sehr bestimmt von sich geschoben, nachdem sie eine Spatzenportion gegessen hatte.

»Nein, Kind, das ist es nicht. Werde du erst mal neunundsiebzig, dann wirst du auch feststellen, dass man im Alter nicht mehr so viel Hunger hat.« Heike wusste, dass ihre Mutter schwindelte. Sie lud sich den Teller noch einmal voll. Morgen schmeckte das Zeug gar nicht mehr. Wenn es frisch war, ging es. Und wenn man sich vorstellte, wie viel Energie es in die Zellen transportierte und wie viel Schlacken es ermuntern würde, den Körper zu verlassen, dann war es einfach das Beste, was man zu sich nehmen konnte. Sie schob sich eine Gabel in den Mund. Was konnte man eigentlich gegen diesen Frischkostbrei einzuwenden haben? Im Grunde schmeckte er doch … sehr neutral.

»Schöne Wohnung. Und so ein großzügiger Balkon.« Heike wusste nicht, was sie sonst sagen sollte. Wenn sie noch einmal mit Mutters verrückter Idee anfing, diesen ehemaligen Brieffreund zu finden, hätten sie wahrscheinlich gleich wieder Streit. Es hatte auch keinen Zweck, nach weiteren Einzelheiten zu fragen. Die würden sie alle zusammen erfahren, hatte ihre Mutter mehrfach erklärt, sie habe keine Lust, alles dreimal zu erzählen.

»Ja, sehr hübsch. Und die Luft … Ist sie nicht herrlich?« Sie hatten die beiden Kerzen in den Laternen angezündet, die vorne an der Balkonbrüstung standen. Nicht mehr sehr lange, dann würde es dunkel werden. Heike betrachtete ihre Mutter, wie sie dasaß, den Kopf in den Nacken gelegt, die Augen geschlossen, ein sehr zufriedenes Lächeln auf den Lippen. Nicht zum ersten Mal musste sie feststellen, dass ihre nun bald achtzigjährige Mutter flotter aussah als sie mit ihren siebenundfünfzig. Ursula trug ein orange geblümtes Leinenkleid mit passenden orangefarbenen Riemchensandalen. Wie gemacht für eine Sanddornplantage. Ihr graues Haar trug sie kurz, klassischer Pagenschnitt. Sie ging einmal im Monat zum Nachschneiden, weil die Frisur sonst ihre Form verlor, wie sie sagte. Jetzt hatte der frische Seewind ihren Schopf ordentlich zerzaust. Trotzdem sah ihre Mutter noch immer besser frisiert aus als sie, dachte Heike und schaufelte sich noch ein bisschen Brei in die Figur. Manchmal konnte ihre Mutter ihr richtig Angst machen. Ein bisschen zumindest. Genau wie ihre Tochter Rahel. Die beiden wussten anscheinend immer, was zu tun war, noch mehr, was sie wollten und was nicht, konnten offenbar alles. Sie ließen sich nicht die Butter vom Brot nehmen, das verunsicherte Heike.

Ihre Mutter öffnete die Augen. »Ich kann noch gar nicht glauben, dass wir jetzt wirklich alle hier sind.« Sie lächelte Heike an. »Ich freue mich so, dass ihr alle mitgekommen seid.«

»Tja, leider sind einige von uns schon wieder weg.«

Ursula lachte. »Sie brauchen etwas Zeit, um sich von dem Schreck zu erholen. Die beruhigen sich schon wieder.« Sie verschränkte die fleischigen Arme und fing an zu summen. Ihre Mutter war schon immer ein eher kräftiger Typ, das hatte Heike bestimmt von ihr geerbt. Mit zunehmendem Alter hatte sie noch einige Kilos zugelegt. Wie sagte sie immer? »Du musst dich entscheiden, Kind, ob du als Kuh sterben willst oder als Ziege. Ich entscheide mich für Kuh. Diese mageren faltigen Ziegen sind meistens schlecht gelaunt.«

Nicht nur äußerlich hatte sie sich verändert. Heike erinnerte sich, dass ihre Mutter früher streng war, resolut und immer pflichtbewusst. Das hatte sie auch von Heike erwartet. Nachlässigkeiten in der Schule oder später während ihrer Ausbildung zur Journalistin hätte Ursula niemals geduldet. Als sie vor ungefähr fünfzehn Jahren in Rente ging, fing sie an, das Leben etwas lockerer zu sehen und zu genießen. »Jetzt hole ich alles nach«, hatte sie verkündet. Was das genau sein sollte, hatte sie allerdings nicht gesagt. Wenn Heike so darüber nachdachte, hatte ihre Mutter nie viel über sich gesprochen. Ob sie ihren Job bei der Post gerne gemacht hatte? Heikes Vater war gestorben, als sie noch ein kleines Mädchen war. Heike erinnerte sich kaum noch an ihn. Er war ein Kollege, ein Beamter der mittleren Laufbahn, hatte ihre Mutter einmal gesagt und dabei ganz merkwürdig geguckt. Ob sie ihn überhaupt geliebt hatte? Heike hatte manches Mal den Verdacht gehegt, ihre Mutter habe sich den Ehemann eher aus praktischen Erwägungen gewählt. Andererseits … Sie hatte nach ihm keinen Partner mehr gehabt. Dabei hätte sie als junge Witwe bestimmt noch Chancen gehabt.

»Na, was geht dir durch den Kopf, mein Kind?« Ursula sah zu ihr herüber. Wahrscheinlich hatte sie gemerkt, dass Heike sie immer wieder anschaute.

»Nichts.« Heike erhob sich. »Auf die anderen brauchen wir wohl nicht zu warten. Dann räume ich mal den Tisch ab.«

»Nun werd mal nicht ungemütlich. Wir haben Urlaub, oder nicht? Es ist so ein herrlicher Sommerabend, den sollten wir noch etwas genießen.«

»Ich wollte ja auch nur …«

»Das Geschirr läuft dir nicht weg.«

»Nein, aber die Reste kleben an, und dann kriegt man die nur ganz schwer ab.«

»Ich bin sicher, die Spülmaschine schafft das.«

»Na gut. Aber ich könnte einen Zettel holen und einen Stift. Wir müssen noch eine Einkaufsliste schreiben.« Ihre Mutter seufzte. »Na ja, das können wir natürlich auch noch beim Frühstück machen. Obwohl … Es wäre schon klüger, wenn derjenige, der die Brötchen holt, auch gleich den Rest besorgt. Wir wollen doch sicher nicht jeden Tag essen gehen, das wird ganz schön teuer. Und leckeres Gemüse ist doch schnell gemacht.«

»Ich finde es besser, wenn wir morgen beim Frühstück alle gemeinsam besprechen, worauf wer Appetit hat. Du musst dich nicht um alles kümmern, Heike.« Sie zeigte auf die Schüssel mit dem Rest Frischkornbrei. »Du siehst ja, was dabei herauskommt.« Was konnte sie denn dafür, wenn sich niemand an das hielt, was sie vorbereitet hatte? Der Fehler lag bestimmt nicht an ihrer Planung. Aber bitte, wenn der Kühlschrank leer war und alle Hunger hatten, war es nicht ihre Schuld.

»Na schön, wie du meinst.« Sie setzte sich wieder. Ihre Mutter summte weiter. »Um alles muss ich mich vielleicht nicht kümmern«, begann Heike zögernd. »Aber ich bin immerhin deine Tochter. Also sollte ich mich wohl um deinen Geburtstag kümmern.« Das Summen erstarb, Ursula verdrehte die Augen und winkte ab.

»Wie du weißt, dachte meine liebe Enkelin Rahel auch schon, sie müsste das in die Hand nehmen. So ein Quatsch! Wir sehen uns in Ruhe um, lernen die Insel ein bisschen kennen. Der Rest wird sich schon finden.«

»Von alleine findet sich gar nichts, Mutti. Und wahnsinnig viel Zeit bleibt uns auch nicht.«

»Glücklicherweise weiß das niemand«, erwiderte sie. Klang geheimnisvoll. Und ein bisschen beunruhigend. Ob ihrer Mutter etwas fehlte? »Heike, ich habe neunundsiebzig Jahre Lebenserfahrung auf dem Buckel. Die haben mir gezeigt, dass sich eine haarkleine Planung nicht immer lohnt. Man muss flexibel sein, spontan. So erlebt man die schönsten Dinge.«

»Oder einen Reinfall«, murmelte Heike. Aber bitte, wie ihre Mutter ganz richtig sagte, sie war bald achtzig Jahre alt, und sie war noch im Vollbesitz ihrer geistigen Kräfte. Ihre Entscheidung. Wenn sie an ihrem runden Geburtstag keinen hübschen Tisch bekamen, schlecht und schrecklich ungesund aßen, war es nicht Heikes Schuld. Heike wischte in Gedanken an irgendwelchen Flecken auf der Tischplatte herum.

Plötzlich erhob sich ihre Mutter seufzend. »Wird langsam frisch.« Sie rieb sich die Arme. »Und müde werde ich auch. War ein langer Tag.« Sie lächelte entschuldigend. Wahrscheinlich konnte sie das viele Schweigen, die zähen Gesprächsfetzen nicht mehr ertragen. Heike war jedenfalls froh, aus der nicht gewählten Zweisamkeit zu entkommen. »Ich will noch meine Sachen in den Schrank räumen. Dann kann es morgen so richtig mit dem Urlaub losgehen, und alles ist an Ort und Stelle.« Heike folgte ihr in den Flur, Teller und Schüssel in der Hand.

»Ich mache hier noch schnell klar Schiff, dann packe ich auch aus.«

»Tu das. Und dann entspann dich ein bisschen, mein Kind.«

7

Rahel

Sieben Uhr und schon strahlender Sonnenschein. Rahel trug Lippenstift auf, presste ein Kosmetiktuch zwischen die Lippen und betrachtete sich im Spiegel. Perfekt. Sie würde den Fängen ihrer Familie nicht vollständig entkommen. Vielleicht war das die Chance, ein wenig am Strand zu liegen oder in einem Café zu sitzen und Farbe zu tanken. Sie hatte noch reichlich Make-up auftragen müssen, um frisch auszusehen. Mit etwas Glück sah auch sie bald aus wie die meisten Menschen in diesem Jahrhundertsommer: leicht gebräunt ganz ohne chemische Unterstützung. Bei dem Gedanken an das Coaching kribbelte es in ihrem Bauch. Sie freute sich jetzt schon darauf, ihrem Chef gegenüber beiläufig zu erwähnen, dass sie die Gelegenheit genutzt hatte, sich neben ihrem Auftrag auch noch die eine oder andere Sitzung bei einem der berühmtesten Coaches des Landes zu gönnen. Sie hatte ihn noch im Ohr. »Wenn Sie das Ding zum Abschluss bringen, dann geht es für Sie die Karriereleiter hinauf. Das macht sich natürlich auch auf Ihrer Gehaltsabrechnung bemerkbar.« Dabei hatte er ihr zugezwinkert. Mal wieder. Das Ding war die Angliederung des familiengeführten Hotels Kommödchen an eine international aufgestellte Hotelkette. RTS, Restrukturierung und Transformation, mit dieser etwas sperrigen Bezeichnung hatte ihr Boss die Chefin des Kommödchens überzeugt, sich bei den Liquiditätsengpässen helfen zu lassen. Anders ausgedrückt: Sie hatte nach dem Strohhalm gegriffen, um die Pleite abzuwenden. Dass die gute Frau nach der Transformation nur noch Mitarbeiterin eines Großkonzerns sein würde, ahnte sie jetzt noch nicht. Alles besser als den Laden dichtmachen zu müssen. Mein Job, ihr das begreiflich zu machen. Ein letzter Blick in den Spiegel. Das Kostüm elegant, aber nicht übertrieben, die Bluse trug sie jetzt etwas weiter offen. Denn ehe sie den wirtschaftlich angeschlagenen Familienbetrieb besuchen würde, traf sie Cord Mahler noch einmal. Der Manager der Hotelkette, den sie am Vorabend kennengelernt hatte, war ein echtes Sahneschnittchen. Genau richtig für eine kleine Urlaubsaffäre und ihr Netz und doppelter Boden bei ihrem Chef. Von dem hatte sie einfach schon zu oft gehört, dass der nächste Auftrag derjenige sein würde, der sie zum Senior Consultant machen würde, fünfundsechzigtausend Jahresgehalt inklusive. Doch noch immer war sie nur Consultant, unterbezahlt obendrein.

Im Wohnzimmer neben der Wohnungstür hatte sie noch einmal Gelegenheit, sich von oben bis unten zu betrachten. Das frühe Aufstehen hatte sich gelohnt. Sie würde sich diesen Cord Mahler schnappen. Ein leises Lächeln stahl sich auf ihre Lippen. Die Hand schon auf der Türklinke, hörte sie ein Geräusch. Es war doch nicht etwa noch jemand so früh auf den Beinen? Bestimmt Oma Ursula. Senile Bettflucht. Von wegen, ihre liebe Mutter kam die Treppe herunter. Sie rechnete offenbar nicht damit, dass schon jemand wach war, jedenfalls nahm sie Rahel gar nicht wahr. Eine gute Gelegenheit, sie zu beobachten, wie sie zur Balkontür schlurfte, sie öffnete und regungslos verharrte. Mein Gott, wie sie herumlief. Ihre Mutter trug doch wahrhaftig einen verwaschenen Schlafanzug mit einem riesigen Mickymaus-Kopf auf dem Rücken. Die Hose mit dem ausgeleierten Bund rutschte ihr nur nicht auf die Füße, weil sie sich, seit sie diese modische Entgleisung vor schätzungsweise fünfundzwanzig Jahren erstanden hatte, ungefähr zehn Kilo Speck auf die Hüften gefuttert hatte. Die Haare strähnig und zu einem Pferdeschwanz gebunden, der offenkundig bereits eine ganze Nacht überstanden hatte. Rahel seufzte leise. Ihre Mutter sah aus wie ein alt gewordener Teenager. Schon vor Jahren hatte Rahel es aufgegeben, ihr in Sachen Stil auf die Sprünge zu helfen. »Nicht jedem sind Äußerlichkeiten so wichtig wie dir. Mir sind Charakter und Geist wichtiger.« Damit hatte Heike jeden wirklich gut gemeinten Versuch abgewehrt. Das klassische Argument der Menschen, die nicht verstanden, dass auch Charakter und Geist von einer ansprechenden Verpackung profitierten.

Sie schnappte sich leise ihre Tasche. Bloß kein Geräusch machen. Sie hatte überhaupt keine Lust, mit ihrer Mutter darüber zu diskutieren, dass sie sich schon wieder aus dem Staub machte. Sie wandte sich zur Wohnungstür um. Klack! Rahel schloss kurz die Augen.

»Guten Morgen. Ich hatte dich gar nicht gesehen. Du willst doch nicht schon wieder arbeiten.« Rahel drehte sich um und blickte direkt in das vorwurfsvolle Gesicht ihrer Mutter.

»Guten Morgen. Von wollen kann keine Rede sein. Aber ich habe es eben nicht so gut wie ihr und kann faul Familienurlaub machen.« Rahel stellte die Dekomöwe aus Holz wieder auf, die auf der kleinen Kommode lag und die sie wohl mit dem Riemen ihrer Tasche umgestoßen hatte. Kurzes Schnaufen. Am besten, sie ging einfach ohne weitere Diskussion. Sonst musste sie sich noch dafür rechtfertigen, dass sie nicht einmal mit den anderen frühstücken würde.

»Willst du nicht wenigstens mit uns frühstücken?« Ihre Mutter zuppelte am Bund ihrer Schlafanzughose herum. »Ich fahre gleich Brötchen holen.«

»Mutter, ich stehe nicht freiwillig morgens um sieben auf. Dummerweise habe ich zu arbeiten. Und ich muss alles in aller Herrgottsfrühe schaffen, damit ich nachher mit euch Friede, Freude, Eierkuchen und Finde den Brieffreund spielen kann.«

Alles an ihrer Mutter war reiner Vorwurf. Sie kratzte sich am Kopf und blickte dann beleidigt auf ihre Fußnägel, die – Überraschung – vor Wochen einmal lackiert gewesen sein mussten. »Bis du im Bad fertig bist und Brötchen besorgt hast, bin ich wahrscheinlich schon zurück.« Sie merkte selbst, dass es nicht lustig klang. »Wie ich dich kenne, verfährst du dich doch wieder.« Noch ein Seitenhieb, den sie sich hätte sparen können, aber ihre Mutter forderte es doch heraus. Und mit einem Schlag wurde Rahel auch bewusst, wie sie das anstellte. Es war kein Vorwurf, den sie ausstrahlte, es war Unterwürfigkeit, gepaart mit Enttäuschung, das Ganze garniert mit ihrem unerträglichen Opferlammblick. Allein dieses Zusammenzucken, als hätte Rahel sie geschlagen. Neben dem Aufbegehren und der Ablehnung, die sie in sich spürte, keimte in ihr auch ein Fünkchen Mitleid auf. Ihre Mutter war, wie sie war, sie konnte nichts dafür. Na ja, vielleicht ein bisschen. »Wir wollen ernsthaft diesen Brieffreund suchen, den Oma Usch ein einziges Mal in ihrem Leben gesehen hat? Hältst du das wirklich für eine sinnvolle Idee?«

»Nicht alles im Leben ist sinnvoll. Manchmal ist es auch gut, einfach nur seinem Herzen zu folgen. Das haben die Frauen in dieser Familie viel zu selten getan.« Das klang düster. Rahel überlegte fieberhaft, was sie noch Nettes sagen könnte. Dann musste sie aber auch wirklich los. »Sie wünscht es sich zum Achtzigsten«, sagte Heike matt. »Du hast sie doch gehört, uns muss das nicht gefallen. Und irgendwie hat sie damit doch recht. Es geht darum, ihr eine Freude zu machen.«

»Genau deshalb spielen wir das Spielchen ja auch alle mit.« Rahel war sehr zufrieden mit sich, ein einigermaßen freundliches Lächeln zustande gebracht zu haben. Sie griff erneut zur Türklinke, den Autoschlüssel in der Hand.

»Du hättest wenigstens fragen können, ob du das Auto haben kannst oder ob wir es heute brauchen.« Ihre Mutter schloss die

Balkontür und schlurfte in Richtung Treppe, die nach oben zu ihrem Zimmer führte.

»Ich habe mir einen Leihwagen bestellt, Mutter.«

Rahel zog die Wohnungstür ins Schloss, durchquerte den kleinen Flur, machte die schwere Haustür hinter sich zu, und schon war sie im Freien. Im wahrsten Sinne des Wortes. Freiheit. Sie atmete auf und eilte über den Vorplatz zu dem schnittigen feuerroten Kleinwagen, der neben dem rostigen Passat ihrer Mutter parkte. Sie hatte ihn schon am Vortag bestellt. So war die Zeit im Stau auf der Rügenbrücke wenigstens clever genutzt gewesen. Gestern Abend hatte der flotte Flitzer bereits vor dem Haus gestanden, als sie gegen Mitternacht von ihrem Termin mit Cord Mahler zurückgekommen war. Den Schlüssel hatte sie auf dem Weg abgeholt. Perfekte Organisation. Genau so liebte sie es. Als sie den Wagen aufschloss, spürte sie die Blicke im Rücken. Sie brauchte sich nicht umzudrehen, sie wusste auch so, dass ihre Mutter nicht die Treppe hinaufgelaufen, sondern zurückgegangen und auf den Balkon getreten war. Einatmen, ausatmen, abwarten. Überraschenderweise blieb die Ermahnung, nicht zu spät zurück zu sein, aus. Die Wette hätte Rahel verloren. Sie knallte die Autotür zu, startete den Wagen und gab Gas. Familie konnte manchmal echt eine Bürde sein. Andererseits … Ihr Job schnürte ihr auch so manches Mal die Luft ab. Außerdem war sie als alleinerziehende Mutter eben auf ihre Sippe angewiesen.

Rahel bretterte nach Putgarten, weiter nach Altenkirchen und über die schmale Landzunge zwischen Juliusruh und Glowe, die den Bodden von der Ostsee trennte. Ihre Gedanken wanderten zurück zum vergangenen Abend. Der Termin mit Manager Mahler hatte lange gedauert. Er hatte ihr ausführlich erklärt, wie groß das Interesse seines Unternehmens am Kommödchen war. Die Vorteile lagen auf der Hand: beste Lage in Sassnitz in unmittelbarer Nähe von Strand und Promenade, treue Stammgäste ohne allzu hohe Ansprüche, die meist schon bei ihrer Abreise für das kommende Jahr buchten, ein Chef, der nicht rechnen konnte. Nichts Neues, Rahel kannte die Gründe, die aus Sicht einer Hotelkette dafürsprachen, sich das Haus einzuverleiben. Schon in Frankfurt hatte sie geahnt, dass es viel mehr um die Interessen des Tourismuskonzerns ging als um die des Familienbetriebs. Sie hatte den Verdacht, dass das gestrige Gespräch aus zwei Gründen so lange gedauert hatte. Erstens wollte Mahler sichergehen, dass sie wusste, welche Interessen sie hier wirklich zu vertreten hatte. Zweitens hatte er sofort ein Auge auf sie geworfen. Rahel entging es nicht, wenn jemand ihr auf die auffallend langen Beine, den Po oder den Busen starrte. Ihr sollte es recht sein. Sie schätzte, dass Mahler zwei oder drei Jahre jünger war als sie, also Anfang dreißig. Er brachte seine blonden Haare mit Gel so in Form, dass sie einen gewollt lässig zerzausten Eindruck machten. Dazu kamen ein knackiger Po und ein teurer Anzug, der seine athletische Figur zur Geltung brachte. Unter dem weißen Hemd schimmerte bronzefarbene Haut. Sein Gang in sportlich eleganten Segelschuhen federnd dynamisch. Exakt ihr Beuteschema. Ein Liebhaber würde ihr die Tage auf der Insel deutlich versüßen. Sie war ziemlich sicher, dass er nicht abgeneigt war. Trotzdem hatte sie ihm bei einem Daiquiri und zwei Cuba Libre sicherheitshalber weisgemacht, dass sie sich gleich am nächsten Morgen wiedersehen mussten, um weitere Eckdaten zu besprechen, ehe sie um zehn Uhr ihren ersten Termin im Kommödchen hatte. Sie hatte keine Zeit zu verlieren, um Mahler fest an die Angel zu kriegen. Sowohl für ihren Spaß als auch, damit er ihre Qualitäten in Frankfurt in den höchsten Tönen loben würde. Sie brauchte diesen Aufstieg in der Firma endlich. Sie hätte ihn schon längst gebraucht. Sie hatte ihn ja auch schon oft genug vor der Nase gehabt wie der berühmte Esel die Karotte. Nur hatte ihr lieber Chef sie jedes Mal mit einer fadenscheinigen Erklärung vertröstet. Ein weiterer Auftrag noch, dann … Von wegen. Dieses Mal musste sie dafür sorgen, dass er Wort hielt. Rahel seufzte und öffnete noch einen Knopf ihrer Bluse. Wenn sie nach Rügen nicht befördert wurde, dann war sie geliefert.

8

Ursula

Ursula gähnte, tastete nach ihrer Brille, schob sie sich noch verschlafen auf die Nase und blinzelte auf die Uhr. Noch nicht mal halb acht, und irgendjemand war schon auf den Beinen. Das Klappen der Wohnungstür musste sie geweckt haben. Zuerst hatte sie gedacht, es konnte nur Heike sein, die wahrscheinlich einen Hofladen plündern und Körner kaufen wollte, deren Namen Ursula noch nicht einmal gehört hatte. Sie hatte gehofft, dass ihre Tochter bei der Gelegenheit gleich Brötchen besorgen und mit Todesverachtung womöglich sogar Croissants mitbringen würde. Aber das war nicht Heike, die sich auf den Weg gemacht hatte, unmöglich. Es konnte nur Rahel sein, die mit quietschenden Reifen vom Hof gefahren war.

Ursula blickte zum Fenster und lächelte. Die Sonne schien, ein neuer wundervoller Tag. Und ein besonderer Tag. Sie setzte sich auf, ließ die Schultern ein paarmal kreisen, streckte die Beine, zog die Fußspitzen an und streckte sie gleich darauf aus. Noch mal das Ganze. Das musste genügen. Morgengymnastik war in ihrem Alter bestimmt sinnvoll, aber Leistungssport musste es ja nicht gleich werden. Es dauerte eine Weile, bis sie ihre Knochen aus dem Bett gehievt hatte. Eine alte Frau war nun mal kein D-Zug. Sie ging ein wenig steifbeinig zum Fenster. Da hörte sie die Wohnungstür erneut klappen. Sie spitzte die Ohren. Schritte entfernten sich. Nach wenigen Augenblicken sah sie ihre Tochter über den Hof gehen. Aha, dann war sie also mit ihrer Urenkelin allein. Das hieß, sie konnte sich im Bad Zeit lassen.

Als sie fertig war, rührte sich oben noch nichts. Ursula ging zur Treppe.

»Emily, Kleine, Zeit, wach zu werden! Du willst doch nicht unseren schönen Urlaub verschlafen.« War das ein Knurren? »Gleich gibt es frische Brötchen«, rief sie munter. »Wenn sich deine Großmutter nicht wieder verfährt«, ergänzte sie leise. Heikes Orientierungssinn war legendär. Oder besser ihr Orientierungsunsinn.

»Isnochsofrüh«, kam es von oben.

»Aber die Sonne scheint schon ganz wunderbar. Und du weißt doch, der frühe Vogel ...«

»... kann mich mal«, unterbrach Emily. Eine Sekunde später hörte Ursula ein klopfendes Geräusch. Füße auf dem Fußboden über ihr. Sie lächelte und ging in die Küche, um Kaffee aufzusetzen. Heike hatte einen Zettel auf dem großen runden Esstisch hinterlassen, dass sie einkaufen gefahren sei. »Nur das Nötigste. Wir besprechen dann gemeinsam, was wir in den nächsten Tagen essen wollen.« Das ließ hoffen.

Ursula hatte schon den Tisch gedeckt, als sie nackte Füße auf der Treppe hörte. Emily tapste lustlos herunter. Die Haare hatten noch keinen Kamm zu sehen bekommen. Sie trug eine schwarze Hose, oberhalb der Knie abgeschnitten, Fäden hingen überall heraus. Auch das T-Shirt war schwarz und obendrein mindestens drei Nummern zu groß. Ein Totenkopf glitzerte darauf. Er hatte eine Rose im Mund, wenn man das Mund nennen wollte.

»Na, Emmchen, hast du auch so gut geschlafen?« Brummen. Das hieß wohl Ja. »Ich auch! Diese gute Luft! Und so schön ruhig war's. Das bin ich gar nicht mehr gewöhnt.«

»Kein Wunder, bei dir in der Podbielskistraße gurkt ja auch eine Karre an der anderen.« Sie tapste in die Küche und kam kurz darauf mit einem Pott Kaffee wieder. »Ist Oma schon lange weg?«

»Sie müsste eigentlich gleich wieder hier sein.«

»Wenn sie sich nicht wieder mal verfährt. Ich hab voll Hunger!« Emily stellte den Becher auf den Couchtisch, ließ sich auf das Sofa fallen und schaltete den Fernseher ein.

»Ach, Emmchen, muss das sein?« Das Mädchen sah sie verständnislos an. Sie wusste offenbar wirklich nicht, was Ursula meinte. »Am Vormittag schon fernsehen.«

»Na und, ist doch voll langweilig sonst.« Der große flache Bildschirm wurde hell, aber das Bild ruckelte, fror ein, geriet wieder in Bewegung, fror wieder ein und verwandelte sich schließlich in grellgrüne Klötzchen. »O Manno, das glaub ich echt nicht.«

»Jetzt fällt es mir wieder ein, mit dem Satellitenempfang stimmt etwas nicht. Das hatte man mir bei der Buchung schon gesagt. Aber wir wollen schließlich auch nicht vor der Flimmerkiste hängen. Wir wollen Zeit miteinander verbringen, uns unterhalten, Spiele machen.«

»O Mann, Ur-Usch, das klingt voll nach Baby-Bespaßung. Das braucht kein Mensch.«

Sie würde Emilys harte Schale schon noch knacken. »Und wir wollen Jens finden. Dafür sind wir hier.« Sie schaltete das Fernsehgerät aus und kassierte ein völlig entnervtes Stöhnen. »Du warst gestern ja schon ganz schön lange unterwegs. Dann kennst du dich bestimmt schon richtig gut aus.« Ursula ließ sich neben ihr auf das Sofa fallen. Das ging aber auch tief nach unten. Hoffentlich kam sie aus eigener Kraft wieder auf die Beine. »Erzähl das deiner alten Uroma doch mal!«

»Da gibt's nix zu erzählen. Hier ist volle Kanne der Hund begraben. Tote Hose. Nix los, nada, niente.«

»Der Kaffee duftet richtig verführerisch.« Emily sah zu ihr herüber.

»Ist auch lecker.« Ein ertapptes Lächeln huschte über ihre Lippen. »Willst du auch einen?«

»Gerne.« Emily verschwand in der Küche. Ursula hörte das Klappen einer Schranktür, dann das Geräusch einer Tasse, die gefüllt wurde, dann ein technisches Klicken und Tippen. Sie stutzte. Nach wenigen Sekunden hörte sie Emilys Stimme, sehr freundlich und gar nicht mehr gelangweilt oder genervt. Offenbar hatte sie in der Mappe, die in der Küche lag, eine Telefonnummer entdeckt, die bei Problemen oder Beanstandungen anzurufen war, und Emily forderte auf der Stelle jemanden an, der den Fernseher in Ordnung bringen konnte. Ursula schüttelte lächelnd den Kopf.

Als die beiden wieder nebeneinander auf der Couch saßen, wollte Emily wissen, was Ursula dem Mann damals geschrieben hatte, von dem die Anzeige stammte.

»Ob du's glaubst oder nicht, ich kenne den Inhalt meines Briefs fast noch auswendig.«

»Echt?«

Ursula nickte. »Datiert war er auf den dritten Juli 1955. Sehr geehrter Herr, habe ich geschrieben.«

»Krass. Voll old-fashioned.«

»Das gehörte sich damals so. Was hätte ich denn sonst schreiben sollen?«

»Keine Ahnung. Hi, Jens, oder so. Ach nee, früher musste man sich ja erst mal siezen.« Sie kicherte.

»Ja, klar. Na ja, und dann habe ich geschrieben, dass ich mit Interesse seine Anzeige vom 1. April des Jahres im Berliner Tageblatt gelesen hätte. Sie wünschen sich Brieffreundschaften in aller Welt. Ich schreibe Ihnen, obwohl ich annehme, dass mein Interesse an einer Korrespondenz bei Ihnen nicht auf Gegenliebe stoßen wird.« So ausgesprochen klang das heutzutage wirklich ein bisschen albern. Ursula musste selbst lachen. Emily nicht.

»Wieso hast du das denn geschrieben? Nicht auf Gegenliebe stoßen, das heißt doch, du dachtest, er will von dir keine Briefe kriegen und dir auch keine schicken, oder? Aber er hat doch Brieffreundschaften gesucht. Kapier ich nicht.«

»Guck mal, er hat in seiner Anzeige doch Leute in aller Welt gesucht. Ich lebte damals in dem kleinen schleswig-holsteinischen Fischerstädtchen Heiligenhafen, das war nun wirklich nicht die große, weite Welt. Im Gegenteil. Wie würdest du sagen? Da war nix los, nada, niente.« Emily lachte. »Ich habe vermutet, dass er im turbulenten und zur damaligen Zeit schon sehr modernen Berlin oder zumindest im nahen Umkreis wohnte. Was hätte ich ihm von der großen, weiten Welt erzählen können? Aber genau die wollte er doch durch seine Anzeige kennenlernen, wenn auch nur schriftlich.«

»Stimmt. Voll blöd.«

»Ja, das kannst du wohl sagen.« Sie nahm einen Schluck Kaffee und erinnerte sich. »Ich habe mir keine große Hoffnung gemacht, dass er mir antworten würde, aber irgendwie hat mich seine Anzeige so angesprochen, dass ich es einfach versuchen musste. Denn im Grunde hatte ich den gleichen Traum wie er. Ich träumte von der großen, weiten Welt, von Reisen nach Rom, Konstantinopel oder womöglich sogar nach New York.« Sie lächelte versonnen. »Also schrieb ich ihm, dass ich Lehrmädchen im Büro der hiesigen Fischereigenossenschaft sei. Mein Kontakt zu anderen Ländern beschränke sich darauf, Fische, die unsere Kutter im Skagerrak, vor Norwegen und vor Island gefangen haben, an Fischhändler in Ostholstein und Lübeck zu verkaufen. Und dass mein Lehrlingslohn recht bescheiden sei, zu bescheiden, um meine Traumreisen wirklich zu unternehmen. Ich teilte seine Sehnsucht nach fremden Ländern und Kulturen. Ich fand, das sollte er wissen.« Sie zwinkerte Emily zu. »Den Schluss weiß ich wieder auswendig: ›Ich sende Ihnen diese Zeilen in der Hoffnung, in Ihnen eine gleichgesinnte Seele zu finden. Mit gespannten Grüßen von der Ostsee, Ursula Henrici.‹«

»Gleichgesinnte Seele«, Emily seufzte, »voll schön, Ur-Usch.« Dann räusperte sie sich. »Echt cool. Mann, das wär krass, wenn wir den Typen auftreiben könnten.« Sie nahm einen Schluck Kaffee. »Meine Mutter ist wohl sehr spät nach Hause gekommen, was? Die pennt doch sonst nicht so lange.«

»Deine Mutter ist schon längst unterwegs. Die Arbeit …«

Das arme Ding. Emily würde es natürlich nicht zugeben, aber sie war enttäuscht. »Weißt du was, wenn die anderen uns alleine lassen, dann gehen wir jetzt irgendwo schön frühstücken.«

»Hier gibt's doch nix.«

»Nada, niente? Auch kein nettes Café?« Emily schüttelte den Kopf. Wie traurig sie plötzlich aussah. »Hm, dann müssen wir wohl durchhalten. Lass uns wenigstens das schöne Wetter nutzen und uns die Sanddornfelder anschauen.«

»Hab ich schon gesehen, gestern Abend.«

»Aber ich nicht. Komm, du zeigst sie mir, ja?« Ursula holte zweimal Schwung, stützte sich ab und war wieder auf den Beinen.

»Okay, muss mich aber erst fertig machen.« Ursula seufzte. Wenn Emily im Bad verschwand, konnte es dauern. Wenn sie herauskam, sah sie exakt so aus wie vorher. Im besten Fall. Im schlechteren hatte sie sich dicke Balken um ihre hübschen Augen gepinselt. Nein, dieses Theater wollte Ursula nicht jeden Morgen erleben. Sie würde mit allen drei sprechen müssen, sonst verbrachte sie ihren Urlaub damit, auf eine der Frauen zu warten.

Hatte es da eben geklopft? Ursula marschierte zur Wohnungstür. Hoffentlich hatte ihre Tochter nicht schon am ersten Tag ihren Schlüssel verloren. Sie öffnete und blickte auf einen beeindruckenden Brustkorb. Ursula legte den Kopf ein wenig in den Nacken. Ein schwarzes Gesicht, schwarze strahlende Augen, schwarzes Haar, sehr viele sehr weiße Zähne.

»Guten Morgen. Sie aben angerufen. Isch bin der Mann für alle Fälle.« Er reichte ihr eine Pranke. »Mein Name ist John.«

»Au! Oje, ich glaube, meine Finger sind Matsch.«

»Pardon, das wollte isch nischt.« Er sah sehr erschrocken aus. Ursula lachte.

»Geht schon. Ich bin Ursula. Ich nehme an, meine Urenkelin hat angerufen.«

»Wegen des Fernsehers«, sagte er mit einer sehr schönen tiefen Stimme.

»Ja, das war Emily.« Wie aufs Stichwort erschien das Mädchen aus dem Badezimmer. Ihr Lächeln erstarb in dem Moment, als sie John sah. Sie starrte ihn an, ängstlich beinahe. Sie war doch sonst nicht so scheu.

»Das ist also die junge Dame, die nischt ohne den Kasten leben kann«, stellte er mit breitem Grinsen fest und sah ausgesprochen amüsiert aus.

»Könnten Sie auch nicht, wenn Sie mit Ihrer Mutter, Oma und Uroma mehr als zwei Tage Ferien machen müssten«, murmelte sie.

»Isch offe, isch kann elfen.«

»Elfen!« Emily kicherte und wurde im nächsten Moment knallrot. Dieser John für alle Fälle ging nicht darauf ein. Er verrückte mal eben die Kommode mit dem großen Flachbildschirm darauf, als hätte beides kein Gewicht. Dann machte er sich an Steckern und Kabeln zu schaffen, die es in verschiedensten Farben und unübersichtlicher Menge gab.

»Junger Mann, wenn Sie öfter Möbel durch die Gegend schieben, müssen Sie aber auf Ihr Kreuz aufpassen«, sagte Ursula.

»Das ist gar nischts. Isch bin anderes gewöhnt.« Er lachte und zeigte dabei wieder dieses unglaubliche Gebiss. »Noch ist es zu früh, aber wenn Sie sehen könnten, wie die Arbeit auf der Plantage ist, die Ernte, dann wüssten Sie, dass das ier nischts ist. Sanddorn ernten ist besser als jedes Fitnessstudio.« Er lachte. Ursula stellte fest, dass Emily näher gekommen war und ein wenig entspannter aussah als noch vor einer Minute. »Und, was aben die

Damen vor an diesem schönen Tag?«, fragte John, der offenbar fertig war und die Kommode wieder an ihren Platz schob. »Außer fernsehen«, ergänzte er grinsend.

»Wir wollten gerade sehen, ob wir irgendwo frühstücken können. Unser Brötchendienst hat uns im Stich gelassen«, erklärte Ursula ihm.

»In Vitt gibt es ein übsches Café.«

»Ach, echt? Hab ich gar nicht gesehen.« Emily wurde schon wieder rot.

»Direkt oberalb vom Strand. Mit etwas Glück können Sie draußen auf der Terrasse sitzen. Wenn Sie wollen, nehme isch Sie mit. Isch muss auch nach Vitt.«

»Das ist aber nett. Na dann, los!« Ursula schnappte sich ihre Bauchtasche und schnallte sie um.

»Oh, Ur-Usch, die ist voll peinlich.«

»Aber voll praktisch.«

Auf dem Weg zum Auto erzählte John von der Sanddornernte, die in den nächsten Tagen beginnen würde. »Die ersten Sträuscher sind so weit, abe isch gestern Abend noch kontrolliert.« Ursula fiel auf, dass er Emily zuzwinkerte, als er sagte: »Die Felder bergen immer wieder Überraschungen. Man glaubt gar nischt, welsche kleinen niedlischen Geschöpfe sisch darin verstecken.«

»Aha?« Wovon sprach der Mann? Ursula kam nicht dazu, ihn zu fragen, denn sie hatten den Geländewagen erreicht.

»Das kurze Stück kann man doch laufen«, maulte Emily. »Die Ur-Ursula ist gut in Form.«

»Urur?« John lachte. »Das glaube isch sofort, dass Sie gut in Form ist. Aber wenn man eine vollgestopfte Kühlbox zu Fischer Einrisch bringen soll …«

»Zu wem?«, fragten Ursula und Emily wie aus einem Mund.

»Fischer Heinrich«, brachte John mühsam heraus. »Ein furschtbarer Name. Jedenfalls ist die Box sogar mir zu schwer.«

Da war wieder sein fröhliches Strahlen. »Außerdem kann man zu Fuß leider unmöglisch an meiner Spezial-Safari teilnehmen.« Er hielt Ursula die Beifahrertür auf, während Emily plötzlich ganz flott auf die Rückbank stieg. »Türen schließen und Anschnallen, bitte! Isch begrüße Sie auf der Safari durch die sonnigen Sanddorn-Savannen.« Er startete den Motor. »Es erwarten Sie dornige Ochebenen mit zahllosen wilden Tieren, Sie werden staunen.«

So ein netter Mann! Ursula freute sich zum ersten Mal über die Fernsehsucht ihrer Urenkelin. Emily ließ den Gurt mit lautem Klicken einrasten und lachte unbekümmert, wie lange nicht mehr. Keine Diskussion, dass Anschnallen auf den hinteren Plätzen voll uncool ist, kein Gemoser über das langweilige Kaff, in das sie fahren würden. Es ging los. John fuhr quer über den Hof, vorbei an der Produktionshalle, dann gab er Gas und nahm Kurs auf unzählige Sanddornreihen. Der Wagen wackelte und hüpfte über kleine Hügel und Unebenheiten.

»Huch Gott!«, schrie Ursula und musste lachen. Auch von hinten kam haltloses Gekicher, und Ursula sah im Rückspiegel, dass Emily sich am Türgriff festklammerte und mit leuchtenden Augen nach draußen sah. Ursula ging das Herz auf.

»Da!«, rief Emily plötzlich. John und Ursula folgten mit den Blicken ihrem ausgestreckten Finger. Ein Fasan ergriff mit hässlich kratzendem Krakeelen die Flucht.

»Sehr gut aufgepasst, Mademoiselle«, lobte John. »Ein Vogelstrauß. Leider ist er in der letzten Wäsche eingelaufen.« Ursula merkte, wie ihr gesamter Körper bei diesem Geschaukel ins Schwingen geriet. So viel Spaß hatte sie lange nicht mehr gehabt. Sie entdeckte einen kleinen schlanken Greifvogel am Himmel.

»Und da, eine Weihe, oder?«

»Das ist doch kein Geier!« Emily prustete los.

»Nicht Geier, Emmchen, Weihe! Das sind Habichtvögel.«

»Ja, tatsäschlisch, Sie aben rescht.« John nickte Ursula zu. »Der da ist gerade auf Beutezug. Man erkennt es gut an dem typischen Gaukelflug.« Sie wusste gar nicht, worüber sie sich mehr freuen sollte, über das Auf und Ab des wundervollen Vogels am knallblauen Himmel oder über ihre Urenkelin, die nun vollends zusammenbrach und sich vor Lachen den Bauch hielt. »Und dort drüben, meine Damen, die gemeine Rügen-Antilope, sehen Sie? Zwei Stück am Wasserloch.« Zwei Rehe, die an einem kleinen, von Weiden umstandenen Tümpel auf dem freien Feld standen, das sie inzwischen erreicht hatten, blickten auf und rannten davon. »Sie sind sehr gemein, weil sie mit Vorliebe die Rinde von jungen Apfelbäumen und die Blüten der Erdbeeren fressen. Mistviescher.« Emily hatte sich gerade ein bisschen beruhigt, japste nach Luft und fing schon wieder an zu kichern. Auch Ursula musste schon wieder lachen. So hatte sie sich Rügen vorgestellt. Es war einfach alles ganz wunderbar.

Nach der wilden Querfeldeinfahrt lenkte John das Auto auf eine Straße. Sie betrachtete ihn von der Seite und fragte sich, wie alt er sein mochte. Mitte dreißig vielleicht, in Rahels Alter oder ein, zwei Jährchen älter. Jens war ungefähr so alt wie Ursula. Sie musste damit rechnen, dass er eine Familie gegründet hatte, wie sie. Damals in der Fremde, von der er nicht nur geträumt, sondern in die er sich selbst gewagt hatte. Dieser junge Mann könnte sein Enkel sein.

»Entschuldigen Sie, wenn ich Sie das frage. Sie stammen nicht zufällig von Kuba, oder?« Er setzte zu einer Antwort an, doch hinter ihnen wurde ein Knattern schnell lauter. Dann zog ein Motorroller haarscharf an ihnen vorbei, darauf ein dunkelhaariger Junge. Ohne Helm! Unverantwortlich. Sein T-Shirt flatterte im Wind. Ursula registrierte, dass Emily sich kerzengerade hinsetzte, um dem jungen Mann mit dem Moped möglichst lange hinterhersehen zu können.

»Kuba? Nein, isch komme aus dem Senegal«, antwortete John. Ursula nickte. Wäre ja auch ein zu großer Zufall gewesen. »Isch abe aber Freunde, die von Kuba kommen.«

John parkte schwungvoll vor einem »Parken verboten«-Schild am Ende der Straße. Ursula kletterte aus dem Wagen und reckte sich. Sie sah sich gründlich um. Wie hübsch hier alles war. Und wie gut die Luft roch. Warum war sie nicht viel früher nach Rügen gekommen? Emily wirkte seltsam unruhig. Sie blickte immer wieder in Richtung eines kleinen Holzhauses und zog ihre Schultern immer höher, als wollte sie den Kopf einziehen wie eine Schildkröte.

John hievte die Kühlbox auf seine Schulter. »Wenn Sie mögen, nehme isch Sie später wieder mit zurück.«

»Das ist sehr freundlich, junger Mann, aber ich denke, wir laufen nachher. Oder, Emmchen?«

»Klar, Ur-Usch, du entscheidest. Is ja auch deine Reise.« Wie lieb sie sein konnte. Wenn die anderen beiden es nur auch so sehen würden.

»Also dann …« John winkte ihnen mit der freien Hand fröhlich zu und ging.

»Bis später mal. Und vielen Dank für die Safari«, rief Ursula. »Hat wirklich Spaß gemacht.«

»Stimmt, echt mega«, gab Emily ihr recht.

Sie hörte John lachen, dann begann er ein Liedchen zu pfeifen, während er den Weg zum Strand hinunterging und auf ein Fischerboot zusteuerte, das dort vor Anker lag. Noch immer behielt Emily das Holzhaus im Auge. Ursula entzifferte Fischhütte über einer geöffneten Luke, die einen Tresen freigab. Fischhütte klang gut, nur leider nicht gerade nach Frühstück. An der schmalen Holztür stand ein Mann, der einem kitschigen Ölgemälde entsprungen sein könnte: grauer, struppiger Bart, trotz der Wärme eine derbe Wollmütze mit Bommel auf dem Kopf, blau-weiß gestreiftes Hemd und blaue Hosen. Anscheinend hatte er schon auf

John gewartet. Er folgte ihm nämlich zum Wasser und begrüßte ihn mit einem kräftigen Schlag auf den Rücken. Ursula verlor sich in dem Anblick der beiden Männer, die rein äußerlich kaum unterschiedlicher sein konnten und jetzt einträchtig aufs Meer hinausblickten.

»Hunger«, quengelte es neben ihr, sie erntete einen Knuff und sah in das fröhliche Gesicht ihrer Urenkelin.

»Hast recht, ich könnte jetzt auch ein halbes Schwein auf Toast verputzen.« Sie legte den Arm um Emily. »Guck mal, das Café sieht doch sehr hübsch aus.«

»Hä? Wo kommt das denn her. Hab ich gestern gar nicht gesehen.« Was sie am Vorabend glatt übersehen hatte, schien ihr jetzt so gut zu gefallen, dass sie Ursula geradezu mit sich zog. Es ging eine Treppe hoch auf einen grasbewachsenen Hügel direkt oberhalb des Strandes. Die Tische und Stühle vor dem reetgedeckten Häuschen waren noch frei. Eben trat eine dunkelhaarige Frau aus der Tür. Sie war mit Eimer und Lappen bewaffnet.

»Guten Morgen, die Damen«, grüßte sie. »Nehmen Sie ruhig schon Platz.« Sie lächelte ihnen freundlich zu und begann die Tische abzuwischen. »Muss ich jeden Morgen machen«, erklärte sie. »Der Sand, die salzige Luft und manchmal auch Vogeldreck.« Sie lachte.

»Nehmen wir den hier, Emmchen? Ich glaube, da haben wir den besten Blick über den Strand, das Wasser und bis zum Kap Arkona ganz an der Spitze der Insel.«

»Jo.« Emily drehte einen der Stühle so, dass sie das alles garantiert nicht sehen konnte, sondern auf das Café schaute und genau hinter einem riesigen Sonnenschirm saß, der jetzt noch zusammengeklappt war. Was ging nur in diesem Kind vor? Ursula ließ sich auch nieder. Sofort reichte die Wirtin ihnen zwei Karten.

»Wollen Sie frühstücken? Dann nehme ich mal schnell die Bestellung auf.« Na, die hatte es aber plötzlich eilig.

Ursula sollte es recht sein. »Ich nehme das Matrosenfrühstück«, erklärte sie gut gelaunt.

»Für mich Bockwurst mit Kartoffelsalat. Haben Sie Ketchup?«

»Klar.«

»Super.«

»Du bist doch nicht etwa schwanger, Emmchen?« Ursula schmunzelte, machte sich aber auch ein kleines bisschen Sorgen. Als sie nämlich mit Heike schwanger gewesen war, hatte sie sich gefühlt neun Monate von Bockwurst ernährt. Allerdings ausschließlich mit Senf.

»Also echt, Ur-Usch«, entfuhr es Emily. »Jungs sind doch voll blöd. Alles Vollpfosten, total kindisch.« Ach nee. Ursula lächelte. Klang fast so, als wäre das Mädchen schon mal verknallt gewesen. Bestimmt hatte der Angebetete sie übersehen oder eher als Kumpel auf der Rechnung gehabt. Die niedlichen Dinger mit langen Haaren und körperbetonten Kleidchen kamen sicher besser an als Emily mit ihrem schwarzen Totenkopf-Schlabber-Look. Falls sie darüber reden wollte, hätte sie jetzt eine Gelegenheit gehabt. Doch Emily schwieg mit hochgezogenen Schultern und vor der Brust verschränkten Armen. Also wechselte Ursula das Thema.

»Das ist aber auch ein wunderschönes Plätzchen. Das Dorf wirkt so verträumt, als wäre hier die Zeit stehen geblieben. Guck mal, wenn die Sonne auf die Strohdächer scheint, glänzen sie fast silbern.«

Emily drehte sich kurz um. »Hm«, machte sie.

»Die Luft ist so herrlich, noch nicht zu heiß, aber auch nicht mehr kalt. Und nur niedliche Schäfchenwolken am perfekt blauen Morgenhimmel.« Sie seufzte zufrieden. »Dazu diese herrliche Ruhe!«

Sie hatte es noch gar nicht ausgesprochen, da hörte sie Stimmen, die schnell lauter wurden, und Sohlen auf Sand und Kies. Viele Stimmen und viele Sohlen. Ursula zog die Stirn in Falten und beschirmte die Augen mit einer Hand. Eine schnatternde Traube überwiegend grauhaariger Menschen steuerte direkt auf die kleine Caféterrasse zu.

Die Touristengruppe bestand aus rund dreißig Personen, schätzte Ursula, die zwar von der »wundascheenen Aussischt« schwärmten, aber offenbar kein Gespür für die leise Morgenstimmung hatten. Es wurden Stühle gerückt, Fotos gemacht, wieder Stühle knirschend durch den Kies geschoben. Sie seufzte laut und vernehmlich.

»Mir gommen von do tschechischn Gränze«, sagte einer der Herren entschuldigend zu Ursula. »So a scheens Määr habm mir do nicht.« Emily kicherte, und Ursula zwang sich zu einem Lächeln. Wenigstens setzten sich nun alle und vertieften sich in die Speisekarte. So kehrte Ruhe ein. Kurz. Dann erschien eine Dame und baute sich vor der Gruppe auf. Ihre beige Stretchhose und ihr dunkelblauer Blouson spannten sich über ihrer fülligen Figur.

»So, die Herrschaften«, rief sie. Meine Güte, diese Stimme konnte vermutlich Tote aufwecken! »Ich hoffe, Sie haben sich alle für ein Heißgetränk entschieden. Es gibt für alle das einfache Frühstück. Und dann starte ich auch gleich mal mit meinem Vortrag.«

»Ach du Schreck«, entfuhr es Ursula leise.

»Hm?«, machte Emily und sah irritiert auf. Sie hatte mal wieder ihr Handy vor der Nase.

»Unser Thema an diesem schönsten Ort der Insel ist die Flucht aus der DDR.«

Das gefiel Ursula gar nicht. Ob sie mit Emily ins Innere des Cafés flüchten sollte? Andererseits war es draußen so schön. Und dieser blau-beige gekleidete Feldwebel konnte nicht viel jünger sein als Ursula. Die Frau hatte sicher einiges zu erzählen, vielleicht sogar aus eigener Erfahrung. Das konnte doch ganz interessant werden. Emily stocherte ohnehin nur ab und zu in ihrem

Kartoffelsalat und tippte ansonsten auf ihrem Handy herum. Also bleiben wir erst mal sitzen, beschloss Ursula und spitzte die Ohren. Nicht nötig. Die gute Frau dämpfte ihre Stimme kein bisschen.

»Über fünftausend Bürger der Deutschen Demokratischen Republik unternahmen nach dem Bau der sogenannten Mauer einen Fluchtversuch über die Ostsee«, erklärte sie gerade. Sie verschränkte die Hände auf dem Rücken und ging vor ihren Zuhörern auf und ab wie ein Befehlshaber vor seinen Truppen.

Fluchtversuch über die Ostsee. Plötzlich musste Ursula an einen Kurzurlaub denken, den sie 1989 in Travemünde verbracht hatte. Dort hatte damals eine Schwedenfähre auf offener See einen jungen Mann aus dem Wasser gefischt, der in ein Krankenhaus gebracht wurde. Unglaubliche achtunddreißig Kilometer soll er geschwommen sein, hatte es damals geheißen. »Der hat aber auch Schwein gehabt«, hatte sie jemanden sagen hören. »Hätten ihn die Patrouillenboote der DDR vor dem Rettungsboot der Schwedenfähre erreicht, wär das böse ausgegangen.« Später erfuhr Ursula aus der Zeitung, dass dieser Mann der letzte Mensch gewesen war, der vor dem Mauerfall über die Ostsee geflüchtet war.

»Sie können sich nicht vorstellen, mit welchen Nussschalen sich die Leute auf den Weg gemacht haben. Viele Tote sind von Fischern gefunden oder an dänische Strände gespült worden. Einige sind nie wieder aufgetaucht. Nur jeder Fünfte ungefähr gelangte in den Westen«, dozierte die Dralle mit den dunkel gefärbten Haaren. Mitgefühl hörte sich anders an. »Über viertausendfünfhundert Flüchtige wurden von den Genossen der Grenzbrigade Küste an der Republikflucht gehindert. Die meisten übrigens schon auf Rügen, also noch an Land.« Ursula stutzte. Das klang jetzt sogar regelrecht zufrieden, als würde die gute Frau keineswegs auf der Seite der Gescheiterten stehen, die für ihren mutigen, aber erfolglosen Versuch festgenommen worden waren. »Zwei Drittel der Republikflüchtlinge waren unter einundzwanzig Jahre alt. Warum setzten sich die Menschen einer solchen Lebensgefahr aus?« Sie machte eine Kunstpause, sah von Tisch zu Tisch wie eine Oberlehrerin und zog sich den Blouson glatt.

»Na, weilse sich mol 'ne Dschiens koofen wollden!«, rief ein beleibter Mann und stopfte sich sein Wurstbrötchen in den Mund. Einige lachten. Feldwebel wippte auf den Zehenspitzen.

»Richtig«, sagte sie zackig. »Man hatte den jungen Leuten schon sehr früh die Gehirne mit der Gier nach westlichen Konsumgütern vernebelt. Aber dafür setzt man doch nicht sein Leben aufs Spiel!«

»Na hören Sie mal!« Ursulas Hand knallte auf den Tisch, Geschirr klapperte. Mit einem Mal herrschte Ruhe, vom Kreischen einer Möwe mal abgesehen. »Die Menschen haben ihr Leben riskiert, weil sie es nicht damit verbringen wollten, sich vorschreiben zu lassen, was sie zu denken haben. Es ging doch nicht um Konsum«, ereiferte sie sich. »Es ging um Freiheit!« Alle starrten sie an, sogar Emily schaute entgeistert von ihrem Handy auf.

Das Gesicht von Feldwebel blau-beige lief rot an. Strammen Schrittes kam die Frau auf Ursula zu und baute sich vor ihr auf.

»Freiheit, ja?« Ihre Augen wurden zu Schlitzen. Sie tippte an den Kragen von Ursulas Jacke. »Bedeutet Freiheit etwa, dass man alles haben kann, am besten umsonst?« Ursula sah sich um. Alle Mitglieder der Reisegruppe trugen eine winzige Fahne am Revers. »Sie tragen kein Abzeichen«, sagte Feldwebel auch schon. »Sie gehören doch gar nicht dazu.«

»Stimmt. Gott sei Dank«, gab Ursula zurück und hielt dem Blick der Frau stand.

»Dann mischen Sie sich bitte nicht in meinen Vortrag ein«, zischte Feldwebel, machte kehrt und bezog wieder Posten vor ihrer Truppe. Ursula schnappte nach Luft, pumpte sich auf. Jens hatte seine Insel verlassen, weil er in Freiheit leben wollte. Nicht wegen blöder Jeans oder anderer Konsumgüter. Es durfte doch wohl nicht wahr sein, dass es jetzt noch Menschen gab, die über die Motive der Flüchtlinge logen und ihr Verhalten in den Schmutz zogen.

»Wollen wir mal los, Ur-Usch?«, platzte Emily in ihre Gedanken. »Oma Heike wartet bestimmt schon.« Ursulas Wut verpuffte allmählich. Diese Reiseführerin, oder was immer sie war, gehörte zu den Unverbesserlichen. Die Mitglieder der Reisegruppe waren alt genug, sich ein eigenes Urteil zu bilden. Es war nicht Ursulas Angelegenheit.

»Hast recht, Kind.« Sie winkte der Kellnerin, zahlte, und die beiden machten sich auf den Weg. Als Ursula an Frau Feldwebel vorbeiging, erntete sie einen Blick, als würde die sich gleich auf sie stürzen.

»Dämliche Stasi-Tussi«, murmelte Ursula und hoffte ein ganz kleines bisschen, dass Feldwebel sie gehört hatte.

»Mann, die war aber schräg drauf.« Emily stapfte neben ihr die Stufen hinauf, die zu der kleinen Vitter Kapelle führten.

»Das kannst du laut sagen. Hätte nicht gedacht, dass es so etwas noch gibt, fast dreißig Jahre nach dem Fall der Mauer.« Ursula schnaufte.

»Und ich hätte nicht gedacht, dass du einer fremden Frau so den Marsch bläst. Respekt!«

9

Heike

Das konnte doch nun wirklich nicht wahr sein. Heike seufzte tief. Dabei hatte es so gut angefangen. Ihr Passat hüpfte über einen Sandweg und setzte auf. Das waren aber auch Schlaglöcher. Würde sie einen Mini fahren, wäre sie schon längst darin verschwunden. Sie hatte in Putgarten Brötchen holen wollen und war auch problemlos dort angekommen. Kunststück, von der Villa Sanddorn kam man fast zwangsläufig nach Putgarten, wenn man nicht gerade in die andere Richtung direkt zur Steilküste fuhr. Das war selbst für sie zu schaffen. Dann musste sie aber irgendwie den Abzweig zum Supermarkt verpasst haben. Jedenfalls war sie schon wieder aus dem Ort raus gewesen und hatte immer gehofft, dass an der Strecke noch ein Bäcker liegen würde, bis sie schließlich nach einer ziemlich langen Fahrt in Dranske gelandet war. Zuerst hatte sie sich über ihren wirklich völlig unbrauchbaren Orientierungssinn geärgert. Vor allem schwante ihr, was sie sich anhören müsste, wenn sie zurück war. Da hatte sie ihrer Sippe ja mal wieder eine schöne Vorlage geliefert, um sich den Rest des Urlaubs über sie lustig zu machen. Doch das letzte Stück der Strecke hatte direkt am Wasser entlanggeführt. Sehr hübsch. Und dann gab es in Dranske auch noch direkt am Ortseingang einen großen Supermarkt. Nicht gerade ein Bioladen, aber darauf legten die anderen ja sowieso keinen Wert. Kurz entschlossen hatte Heike außer Brötchen gleich noch Aufschnitt, Reis, Nudeln, Milch und einen Berg Gemüse gekauft. Sogar ein paar Süßigkeiten waren in ihren Einkaufswagen gewandert. Wenn sie mit den prall gefüllten Taschen nach Hause käme, würde sicher keine dumme Fragen stellen, warum sie so lange unterwegs war. Ganz bestimmt würden sich alle freuen, dass der Einkauf für die nächsten Tage schon erledigt war.

Warum war sie nicht einfach auf demselben Weg zurückgefahren, den sie gekommen war? Aber nein, Orientierungswunder Heike musste ja unbedingt eine andere Route ausprobieren. Nur weil die Ausfahrt des Supermarkt-Parkplatzes auf eine andere Straße führte als die Einfahrt und sie sich nicht getraut hatte, mal eben über die Einfahrt zu huschen. Irgendwann hatte sie einen Wegweiser zu einem Hotel Seeblick entdeckt und war ihm gefolgt. Dumme Idee. Nordrügen hatte etwa die Form von einem Pilz. Während Putgarten und Vitt am rechten Ende des Hutes lagen, befand sich Dranske ziemlich genau am linken Ende. Dort, wo Bodden und die weite Ostsee ganz nah beieinanderlagen. Das mit dem Bodden hatte sie selbst Emily doch gerade gestern erklärt. Seeblick konnte auf dieser Insel viel bedeuten, half also kein bisschen, wenn man sich nicht auskannte und den Weg nach Hause finden wollte. Irgendwie war sie jedenfalls auf diesen Holperweg geraten. Vor einer Minute waren ihr Spaziergänger entgegengekommen, hatten demonstrativ mit den Köpfen geschüttelt und mit den Händen in der Luft herumgewedelt. Heike hatte schmal gelächelt und gewinkt. Sie ahnte ja selbst, dass sie hier mit dem Auto gar nicht fahren durfte. Das letzte Fahrzeug hatte sie vor einer ganzen Weile gesehen. Es hatte dort gestanden, wo der Asphalt aufgehört hatte. Egal, irgendwann musste diese Schotterpiste doch wieder auf eine befahrbare Straße führen. Aus der Milch war dann vermutlich schon Sahne geworden. Sie schnaufte.

Von wegen befahrbare Straße. Der blöde Weg endete vor einer hölzernen Absperrung. Endstation. Heike drehte den Zündschlüssel herum. Ruhe. Sie ließ die Hände in den Schoß sinken und schloss die Augen. Na großartig! Sie sah das mitleidige Gesicht ihrer Mutter und die abfällige Miene ihrer Tochter förmlich vor sich. Rahel wäre so etwas nie passiert. Rahel. Sie war ihrer Mutter kein bisschen ähnlich, sondern kam ganz nach ihrem Vater. Der Gedanke tat weh.

Gregor war Besitzer einer Presseagentur und Dozent an der Hamburger Journalistenschule gewesen, die Heike besucht hatte. Ein attraktiver Mann mit Chancen bei wahrscheinlich so ziemlich allen seinen Schülerinnen. Doch er hatte ausgerechnet Heike gewählt, die schüchterne junge Frau, die sich selbst für unscheinbar, um nicht zu sagen unansehnlich hielt. Sein Werben schmeichelte ihr. Vor allem sein Vertrauen in ihre Fähigkeiten.

»Du hast Talent!« Damit hatte er sie gekriegt. »Du hast mehr Talent als all die anderen.« Zum ersten Mal in ihrem Leben fühlte sich Heike besonders im positiven Sinn. Sie schmolz dahin, sah sich schon an der Seite dieses charismatischen Mannes als Chefin der Presseagentur und vielleicht irgendwann selbst als Dozentin. Dass die Schwangerschaft schnell dazwischenkam, erschütterte sie nicht. Wenn beide wollten, konnte man Kind und Karriere doch wunderbar unter einen Hut bringen. Dummerweise wollte nur eine. Der andere brachte unterdessen ganz etwas anderes unter einen Hut oder besser unter seine Bettdecke. Offenbar war Gregor aufgefallen, dass eine andere Schülerin doch noch ein wenig talentierter war. Worin auch immer.

Sie atmete tief durch und ließ ihren Blick über die Felder rundherum schweifen. Hübsch war es hier. Zum ersten Mal erlaubte sich Heike, die Vergangenheit einmal ganz in Ruhe Revue passieren zu lassen. Sie hatte ihre Ausbildung damals zu Ende gebracht, ein Schritt, auf den sie noch immer sehr stolz war. Es war nicht einfach gewesen. Erst das Getuschel der Mitschüler, als ihr Bauch immer dicker wurde, dann die Nebenjobs, mit denen sie sich durchbrachte. Nach bestandenem Abschluss war sie aus ihrem geliebten Hamburg nach Bad Bevensen gezogen. Sie war ein Stadtmensch gewesen, hielt es jedoch für richtiger, ein Kind eher ländlich großzuziehen. Außerdem suchte man bei der *Bad Bevensener Wochenzeitung* gerade eine Redakteurin für Lokales. Heike bekam die Stelle und tauschte damit die ständige Sorge, Gregor und seiner Flamme über den Weg zu laufen, die er innerhalb von wenigen Monaten geheiratet hatte, gegen die Nähe zu ihrer Mutter Ursula in Hannover, die schnell mal den Babysitter spielen konnte. Meine Güte, das war jetzt mehr als dreißig Jahre her. Dreißig Jahre Berichte über den jährlichen Heidschnuckenmarkt, über Aufführungen der Laientheatergruppe, das neue Programm des Kirchenchores und Ausstellungen von Hobbymalern und -malerinnen, die zum größten Teil kein Gefühl für Farben und Formen hatten. Schrecklich.

Gregor hatte sich nie um seine Tochter gekümmert, umgekehrt hatte Rahel nie großes Interesse an ihm gezeigt. Nicht einmal bezahlt hatte er für sie. Heike hätte klagen können, aber sie war zu stolz gewesen, wollte es alleine schaffen. Wenn sie jetzt ganz ehrlich zu sich war, hatte sie wohl eher den Konflikt gescheut. Nun war Gregor tot, vor ein paar Wochen gestorben. Seine Frau leitete die Agentur, die sie von ihm geerbt hatte. Eigentlich stand Rahel wenigstens ein Pflichtteil zu, eine kleine Entschädigung für das bescheidene Leben und die Entbehrungen, die sie als Tochter einer alleinerziehenden Mutter hatte hinnehmen müssen. Andererseits brauchte Rahel nicht noch mehr Geld. Es war Heike immer wieder ein Rätsel, wie sie es geschafft hatte, sich unter diesen schwierigen Umständen zu einer derartig selbstbewussten und unglaublich erfolgreichen Frau zu entwickeln. Insgeheim bewunderte Heike sie dafür, obwohl sie fand, dass es so viel Wichtigeres gab als Ruhm und Geld. Reichtum hatte für sie eine ganz andere Bedeutung. Einmal hatte Rahel ihr beispielsweise ein Smartphone geschenkt, eins von diesen modernen teuren Dingern, die man auch zum Fotografieren und zum Navigieren im Auto benutzen konnte. Heike fand es viel zu kompliziert und war damit nicht zurechtgekommen. Also hatte sie es kurzerhand Zuhair geschenkt, einer jungen Syrerin, die sie im Café International ihres Kirchenkreises kennengelernt hatte. Ihr fiel ein, dass sie den Vertrag längst hatte kündigen wollen. Zuhair telefonierte noch immer auf Heikes Kosten. Aber irgendwie fühlte sich das gut an. Das machte Heike reich.

Sie stieg aus, stemmte die Hände in die Hüften und sah sich um. Der Wind rauschte leise, Vögel schrien. Dieses Rauschen … Das war nicht nur der Wind. Das war das Meer. Heike sah auf die Uhr. Plötzlich musste sie schmunzeln. Die anderen rechneten bestimmt nicht mehr mit ihr und hatten inzwischen sicher längst irgendwo gefrühstückt. Außerdem predigte ihre Mutter ihr doch immer, dass sie nicht für alles verantwortlich war. Sollten sie doch mal ohne sie zurechtkommen. Sofort meldete sich ihr schlechtes Gewissen und erinnerte sie daran, dass sie immerhin einen Zettel auf dem Tisch hinterlegt hatte. Egal, schließlich hatte sie weder geschrieben, dass sie bald zurück sei, noch war von einem gemeinsamen Frühstück die Rede gewesen.

Sie schlug sich auf einem kleinen Trampelpfad durch dichtes Buschwerk und stand mit einem Mal am Strand. Tiefblaues Wasser, so weit das Auge reichte, Wellen schwappten gleichmäßig ans Ufer. Ach, war das schön! Heike fühlte sich so frei wie schon lange nicht mehr. Sie ging ein paar Schritte über die Steine, um den feinen Sand zu erreichen, drehte sich nach rechts und entdeckte ein gutes Stück entfernt eine Frau mit einer Staffelei. Ein warmes Gefühl machte sich beim Anblick von Leinwand und Farbpalette in Heikes Bauch breit, und sie ging ohne weiter darüber nachzudenken auf die Malerin zu.

Die Frau war auffallend groß, eine beeindruckende Erscheinung mit strubbeligen Haaren, die ihr in alle Richtungen vom Kopf abstanden. In die wilde Frisur hatte sie ein knallblaues Tuch gewickelt, das mit Himmel und Meer um die Wette leuchtete. Als Heike schon fast bei ihr war, fiel ihr ein, dass die Künstlerin es möglicherweise als Belästigung empfinden könnte, wenn sich eine neugierige Urlauberin näherte. Noch nicht ein einziges Mal hatte sie von ihrer Leinwand aufgeschaut, dabei musste sie die Schritte durch den knirschenden Sand gehört haben. Stattdessen malte sie vollkommen vertieft und mit ausgesprochen viel Körpereinsatz, der an einen übermütigen Dirigenten denken ließ. Heike entschied sich zum stillen Rückzug, stolperte mitten in ihrer Zeitlupendrehung über die eigenen Beine, die wie ein Tau verdreht waren, ruderte mit den Armen und landete dank eines beherzten Ausfallschritts nicht auf den Knien, sondern mitten auf ihrem Hintern.

Die Malerin drehte sich um. »Hoppla, wo kommen Sie denn her?« Sie hatte ein offenes, freundliches Gesicht, legte den Kopf in den Nacken, sah Heike wieder an und lachte. »Alles Gute kommt von oben. Aber Sie werden doch wohl nicht vom Himmel gefallen sein?« Mann, wie peinlich. Es war der erste ganze Tag auf der Insel. Sie hatte sich schon gründlich verfahren, zweimal, und jetzt blamierte sie sich vor dieser Fremden. Es war zum Heulen. Die fröhliche Miene über ihr wurde ernst. »Oje, haben Sie sich wehgetan? Warten Sie, ich helfe Ihnen.«

»Geht schon, danke«, murmelte Heike. Jetzt erst merkte sie, dass ihr tatsächlich Tränen in die Augen gestiegen waren. »Ich bin eben ein Trampel.«

»Sie sollten so etwas nicht sagen, sonst glauben Sie es am Ende noch.« Die Malerin sah nicht so aus, als würde sie Scherze machen. »Habe ich mal gelesen. Autosuggestion«, fuhr sie ganz ernst fort, nachdem sie Heike mühelos auf die Füße gezogen hatte. »Wenn wir einen Satz oder eine Aussage immer wieder hören, halten wir das irgendwann für wahr, egal, wie bekloppt es ist. Das geht leider auch, wenn man sich selbst immer wieder sagt, dass man blöd ist.« Mit einem Mal kehrte das Strahlen in ihr Gesicht zurück. »Glücklicherweise klappt das auch mit positiven Botschaften. Ich dachte zum Beispiel lange, dass ich nicht besonders gut malen kann. Also, ich fand's selbst ganz okay, und es hat mir eben Spaß gemacht«, erzählte sie, »aber ich habe lange niemandem meine Bilder gezeigt. Seit 'ner ganzen Weile ist das anders. Ich bin voll gefragt.« Sie lachte glücklich. »Wenn ich jetzt mal wieder an mir zweifel, sage ich mir: Gesa, du kannst das, du hast's drauf. Ach ja«, sie streckte Heike die Hand hin, »ich bin Gesa.«

»Heike. Freut mich.«

Gesa schnitt eine Grimasse. »Leider klappt das mit der Suggestion nicht immer.« Sie seufzte theatralisch. »Im Moment bin ich nämlich überhaupt nicht zufrieden und glaube nie im Leben, dass ich das besser hinkriege.« Sie wandte sich der Staffelei zu.

»Darf ich mal sehen?« Gesa ging einen Schritt zur Seite, sodass Heike neben sie treten konnte. Es war ein überraschend naturalistisches Gemälde. Den ausladenden Gesten nach zu urteilen, die Heike schon von Weitem aufgefallen waren, hätte sie eher auf moderne Kunst oder etwas Expressionistisches getippt. Doch sie sah den Strand, im Hintergrund die Nordspitze Rügens mit den Leuchttürmen und die blaugrün schimmernde Ostsee beinahe wie auf einem Foto. Nur das Segelboot, das es auf dem Bild gab, existierte in der Realität nicht. »Das ist richtig gut!« Ihr fehlte nur etwas Weiß für die Wellenkämme, aber sonst war es wirklich unglaublich schön.

»Danke. Ich wollte nur noch die Wellen etwas weiß machen«, sagte Gesa und drückte auch schon Farbe auf ihre Palette. Heike nickte. Eine Weile sah sie ihr still zu. Ein wirklich gutes Bild. Doch irgendetwas fehlte immer noch. Heike legte den Kopf schief und versank in dem Anblick. Es war zu gut, beinahe steril, eben wie ein Foto. Es fehlte die unverwechselbare Handschrift der Künstlerin. Es fehlte Leben.

Gesa trat einen Schritt zurück, dann seufzte sie theatralisch. »Ich weiß nicht, es fehlt noch immer was. Oder?«

»Stimmt. Ich meine, es ist toll. Ich wünschte, ich würde das so hinkriegen.« Heike zögerte. Komplimente brachten Gesa nicht weiter. Und wenn sie schon selbst davon anfing … »Aber Sie haben recht, Ihre Persönlichkeit fehlt, finde ich.«

»Das war so klar«, sprudelte Gesa los.

»Entschuldigung, es ist wirklich richtig gut. Sie müssen gar nichts daran ändern. Ich dachte nur, weil Sie gesagt haben …«

Gesa prustete los. »Ich muss mich entschuldigen. Ich meine doch nicht Ihren Kommentar, ich meine mich.« Sie deutete auf die Staffelei. »Das ist eine Auftragsarbeit. Die bringen etwas Kohle. Das Motiv finde ich auch klasse. Von hier aus hat man mal eine andere Perspektive auf die Nordspitze der Insel. Außerdem mag ich, wie die verschiedenen Blautöne des Himmels und der Wölkchen sich in den unterschiedlichen Farben des Wassers spiegeln und zerfließen. Aber es war klar, dass ich's nicht hinkriegen würde. Ich bin bei allen Auftragsarbeiten irgendwie gehemmt. Sonst bringe ich immer irgendetwas in meine Bilder, das meine Fans mir inzwischen schon blind zuordnen könnten, etwas Charakteristisches. Kaum habe ich einen festen Auftrag, zack, kriege ich's nicht gebacken. Da wird echt die Scholle in der Pfanne bekloppt. Dabei muss dieses Bild besonders gut werden. Mein Auftraggeber will es morgen seiner Frau zur silbernen Hochzeit schenken. Sie haben sich vor siebenundzwanzig Jahren genau hier das erste Mal geküsst. Romantisch, oder?«

Heike ging nicht darauf ein. Romantik war nun wirklich nicht ihre Kernkompetenz. »Ist lange her, dass ich gemalt habe, und längst nicht so toll wie Sie«, sagte sie stattdessen. »Aber wenn Sie hier vielleicht etwas mehr Licht hineinbringen.« Sie deutete auf die dunkelgrünen Büsche und Bäume. »Ich weiß, in der Natur ist es so dunkel.« Weiter kam sie nicht.

»Jo, das probier ich jetzt.« Gesa drückte sofort zitronengelbe Farbe aus der Tube und tupfte sie großzügig in die runden grünen, teilweise fast schwarzen Flächen, die den gesamten rechten Bildrand einnahmen. Gott, so mutig wäre Heike nie gewesen. Doch sie sah auf den ersten Blick, dass es genau richtig war. Sie nickte eifrig, als Gesa sie zwischendurch fragend ansah, und freute sich. Die schien doch tatsächlich Wert auf ihr Urteil zu legen. Wie durch Zauberhand verwandelte sich das Bild von einer fotorealistischen Darstellung in ein ausdrucksstarkes Gemälde mit Charakter. Gesa tupfte wild verschiedene Gelbtöne, dann wieder einen Hauch Hellgrün hier und da. Und obwohl sie die blauen Flächen nicht anrührte, war es, als würden die sich vor ihren Augen in einen lebendigen Himmel und ein bewegtes Meer verwandeln. Heike hätte sogar schwören können, den Wind durch die Bäume wehen und Blätter und Äste in Bewegung versetzen zu sehen. »Hammer«, sagte Gesa schließlich und ließ den Pinsel sinken. »Jetzt ist es fertig!« Sie sah Heike fassungslos an. War da womöglich sogar ein bisschen Bewunderung in ihrem Blick? Nein, das bildete sie sich bestimmt nur ein. »Woher wussten Sie so genau, was dem Bild fehlt und was ich machen muss, damit es den letzten Kick bekommt?«

»Wusste ich ja nicht. Das war nur so eine Idee.« Heike erzählte, dass sie als junges Mädchen wahnsinnig gern gezeichnet hatte. Jetzt fiel es ihr selbst erst wieder ein: Ehe sie sich für die Journalistenausbildung entschieden hatte, wollte sie sogar Künstlerin werden. Ihre Mutter hatte dazu eine eindeutige Meinung gehabt. Kunst und vielleicht Deutsch auf Lehramt, ja, Malerei, nein. Nur wollte Heike sich nicht theoretisch mit Kunst beschäftigen, sie wollte Farbe an den Fingern haben und mit Pinsel und Palette Welten betreten, die ihr ganz allein gehörten.

»Schnickschnack«, hatte Ursula entgegnet, »davon kann sich kein Mensch ernähren. Wovon willst du leben, von Luft und Liebe?« Sie hatte Heike prophezeit, für immer und ewig am Hungertuch zu nagen oder im Bett eines windigen Galeristen zu landen, der ihr versprach, sie ganz groß herauszubringen. Stattdessen war sie zur Journalistenschule gegangen und in Gregors Bett gelandet. Haha.

Heike und Gesa plauderten eine ganze Weile. Als ob sie sich schon jahrelang kennen würden, schoss es Heike durch den Kopf.

»Jetzt muss ich aber los«, sagte Gesa schließlich. »Hat mich echt gefreut. Hauptberuflich arbeite ich bei Rügorange.«

»Da wohnen wir«, fiel Heike ihr ins Wort.

Gesa strahlte sie an. »Super, dann sehen wir uns ja bestimmt noch. Wenn du Lust hast, können wir mal gemeinsam losziehen und malen.«

»Wirklich?« Heike konnte ihren Drang, Gesa zu umarmen, gerade noch beherrschen.

»Logo! Also, bis bald.« Sie schüttelte Heikes Hand. Mann, die hatte Kraft! Heike blieb unschlüssig stehen, dann lief sie hinter Gesa her. Es war längst Mittag durch, jetzt machte sich vermutlich sogar Rahel Sorgen, falls die von ihrem Termin überhaupt schon wieder zurück war. Heike konnte es sich nicht erlauben, sich ein drittes Mal zu verfahren.

»Fährst du jetzt zur Plantage?«, rief sie.

»Nö, wieso?«

»Schade.« Heike ließ die Schultern hängen und erklärte ihr die Lage.

»Ich lach mich tot. Sich hier oben zu verfahren, Donnerwetter, dazu gehört schon etwas!« Es klang nicht gehässig. Heike musste selbst lachen. »Findest du dein Auto denn wieder?« Heike nickte. Sie gingen zu Fuß zum Wagen, in dem der Käse vermutlich inzwischen geschmolzen und die Milch sauer war. Gesa kletterte mit ihrer Ausrüstung auf die Rückbank und lotste Heike zum Parkplatz Nord, wo ihr eigenes Auto stand. Von dort brauchte

Heike ihr nur hinterherzufahren und an der Stelle links abzubiegen, an der Gesa nach rechts fuhr. Dann ein Stückchen geradeaus, schon war sie in Putgarten. Obwohl sie ahnte, dass ihre Mutter vor Sorge wahrscheinlich komplett durch den Wind war, dass sie und Emily möglicherweise die Hälfte des ersten Ferientags damit verschwendet hatten, auf sie zu warten, und dass Rahel sich mal wieder über sie lustig machen würde, fühlte sich Heike auf wunderbare Weise aufgewühlt und geradezu beseelt. Plötzlich nahm sie die Farben der Umgebung viel intensiver wahr, das Braun bereits abgeernteter Felder, das Grün der Bäume, das Blau des Himmels und das kräftige Dunkelrot einer Mohnblüte, die es geschafft hatte, sich in den August zu retten. Wenn ihre verehrte Tochter ständig verschwinden konnte, um zu arbeiten, konnte sie sich ja wohl mit dieser Gesa zum Malen treffen. Selbstverständlich würde sie ihrer Mutter bei der Suche nach ihrem Brieffreund helfen. Und natürlich war sie auch für Emily da. Das Kind war genug damit gestraft, dass sich seine Mutter nicht kümmerte. Aber es gab ja wohl keinen Grund der Welt, nicht auch einmal an sich zu denken und etwas ganz ohne Pflicht ausschließlich aus Spaß an der Freude zu tun.

10

Rahel

Rahel war über Putgarten, Juliusruh, Glowe und schließlich Prora nach Binz gefahren. Der Koloss von Prora, von dem man früher nur Schauderhaftes gehört hatte, wurde zu einer Ferienanlage der Extraklasse umgebaut. Sie hatte sich im Internet einige der Eigentumswohnungen angesehen, die zum Verkauf angeboten wurden. Sehr edel und mit traumhaftem Blick. Wenn sie es dieses Mal nicht vermasselte, konnte sie sich vielleicht mal eine solche Wohnung leisten. Emily würde ausflippen vor Freude. Rahel lächelte und presste im nächsten Augenblick die Lippen aufeinander. Du darfst es nicht vermasseln! Warum sollte sie? Hatte sie noch nie. Und trotzdem hatte ihr Chef die Beförderung mit kräftiger Gehaltserhöhung und Erfolgsbeteiligung immer wieder hinausgeschoben. Mit fadenscheinigen Begründungen. Dieser miese … Ihre Drohungen, dass sie sich nach einer anderen Unternehmensberatung umsehen würde, wenn er nicht endlich Wort hielt, perlten an ihm ab.

»Du weißt schon, dass mich so ein Headhunter angerufen hat«, hatte sie ihm mit charmantem Lächeln vorgeflunkert. »Deine Konkurrenten würden mich mit Kusshand nehmen.« Er hatte sie nur kalt angesehen und gemeint, er wisse doch, wie sehr sie an ihm hänge. Vermutlich hatte ihm irgendjemand durchgesteckt, dass Rahel sich mit der Penthouse-Wohnung im Herzen von Frankfurt hoffnungslos übernommen hatte. Sie konzentrierte sich auf ihre Kiefermuskulatur. Locker lassen. Wenn sie weiter so fest die Zähne zusammenbiss, bräuchte sie mit Ende dreißig womöglich ein Gebiss. Horrorvorstellung. Mit einer Hand knetete sie an ihrem Nacken herum. Schon wieder bretthart. Wenn sie diesen Spannungsschmerz nicht bald loswurde, bekäme sie bestimmt wieder Migräne.

Okay, konzentrier dich! Ehe sie die Chefin des Kommödchens traf, wollte sie aus Cord Mahler herauskitzeln, worum es bei der angeblichen freundlichen Übernahme wirklich ging. Dass es nicht die klassische Unternehmensberatung war, die das Ziel hatte, den Familienbetrieb wieder in die schwarzen Zahlen und eine gesunde Zukunft zu führen, hatte sie natürlich längst kapiert. Nun wollte sie mehr darüber wissen, was der Manager der D.M.B.-Kette genau mit dem kleinen Hotel im aufstrebenden Sassnitz vorhatte. D.M.B. – Dominium Maris Baltici. Das bedeutete so viel wie Ostseeherrschaft. Sehr passend. Wahrscheinlich war es genau das, wovon Mahler träumte. Sollte er ruhig. Je mehr sie über ihn und seine Pläne erfuhr, desto größer war ihre Chance, dieses Mal endlich ihren Teil des Kuchens abzukriegen. Deshalb hatte sie ihn gestern überzeugt, sich gleich heute Morgen noch einmal zu treffen, damit sie besser in das Konzept der Hotelkette einsteigen konnte, wie sie ihm erklärt hatte.

Cord Mahler wartete in einem blausamtenen Cocktailsesselchen auf sie. Weiße Wände, riesige Kristallleuchter an der Decke. Alles kühl, alles edel. Genau, wie Rahel es mochte. Sie begrüßte ihn mit einem strahlenden Lächeln. Kein Küsschen links, Küsschen rechts. Dafür hätte er aufstehen müssen. Doch er blieb sitzen. Schlechte Manieren. Aber sie wollte ja auch nur einen Flirt, eine Affäre und keinen Ehemann. Rahel ließ sich lässig-elegant in den Sessel neben ihm gleiten und bemerkte sofort seinen Blick, der von ihren scharlachroten Lippen über ihre eng geschnittene Bluse bis hinunter zu ihren roten Pumps – exakt derselbe Farbton wie die Lippen – wanderte. Die Schuhe lagen deutlich über ihren

Möglichkeiten. Aber für Terry de Havilland musste man eben mehrere Hundert Euro auf den Tisch legen. Nicht der einzige Schmerz, den ihr diese High Heels bescherten, aber sie verfehlten ihre Wirkung nie. Haben sich die teuren Dinger wenigstens gelohnt. Rahel hatte früh kapiert, dass man mit günstigen Tretern, Klamotten von Billigmarken und einer Zweizimmerwohnung in Rüsselsheim nie als erfolgreiche Unternehmensberaterin ernst genommen wurde. Man musste in eine gute Außenwirkung investieren. Nur dann glaubte einem jemand, dass man zu den Besten gehörte. Wenn sich ihre Investitionen allerdings nicht bald auszahlten, brauchte sie dringend einen Plan B.

»Wie ich gestern schon sagte«, begann Mahler, »Sassnitz holt immer mehr auf, was die Beliebtheit bei Urlaubern angeht.« Er zeigte beim Lächeln die Zähne. »Natürlich gibt es auch andere Möglichkeiten, aber Bauplätze sind rar. Vor allem in einer solchen Lage. Für die D.M.B.-Kette wäre es am einfachsten, ein etabliertes Haus zu übernehmen, um ihre Marktstellung auf Rügen auszubauen.«

»Wie ich gestern schon sagte«, konterte Rahel, »bin ich Ihnen gerne zu Diensten.« Sie sah ihm tief in die Augen und schlug das Bein über, wobei ihre Schuhspitze kurz sein Knie streifte. »Streng genommen ist allerdings die Familie Kommer mein Auftraggeber.«

»Der Auftraggeber Ihres Chefs«, korrigierte er mit seinem Zahnpasta-Grinsen. »Der clever genug war, mich in die Überlegungen einzubeziehen, wie man das Hotel vor der sicheren Pleite bewahren kann. Wir wissen beide, dass der Betrieb nur durch eine Übernahme zu retten ist.« Rahel nickte, obwohl sie noch keine Ahnung hatte. Sie hatte ja noch nicht einen einzigen Blick in das Kommödchen geworfen, geschweige denn ihre Situationsanalyse gestartet.

»Ich mag Ihre Ehrlichkeit«, sagte sie und bemühte sich um einen tiefen Tonfall. Ihre rechte Hand wanderte wie zufällig zum

Kragen ihrer Bluse. Sie fuhr gedankenverloren mit einer Fingerspitze am Stoff entlang und registrierte, dass seine Augen brav folgten. »Ich verstehe nur nicht, warum Sie den Umweg machen. Ich meine, Sie hätten Frau Kommer mit einem großzügigen Angebot doch leicht selbst davon überzeugen können, dass Sie ihr Retter sind. Unser Honorar ist nicht gerade unerheblich. Eine Summe, die dem Hotel nun entzogen wird. Warum?«

»Damit ich mit Ihnen zusammenarbeiten kann.« Er betonte es wie eine Frage, neigte sich vor und legte eine Hand auf ihren Oberschenkel, während er ihr in die Augen sah. Dezent war das nicht gerade, aber Rahel freute sich, dass Mahler offenbar angebissen hatte.

»Ein guter Grund!« Ihre Augenbrauen schnellten kurz in die Höhe.

Er lehnte sich wieder zurück. »Sie sind eine Frau.« Sein Blick wanderte langsam von ihren langen, schlanken Beinen hinauf bis zu ihrem Dekolleté. Schon fast unverschämt, wie er dort verharrte. Rahel hätte in dieser Sekunde über ihn herfallen können. Sie hatte schon viel zu lange keinen frechen Liebhaber mehr gehabt. »Der derzeitige Boss des Kommödchens ist ebenfalls eine Frau. Sie wird zu Ihnen mehr Vertrauen haben als zu mir. Außerdem ist die D.M.B. bedauerlicherweise auf Rügen nicht besonders gut angesehen. Sie wissen ja, wie das ist. Da kommt jemand vom Festland, macht sich auf ihrer schönen Insel breit und will den Rüganern auch noch erklären, wie Tourismus funktioniert.«

»Rügenern«, rutschte es ihr heraus.

»Was? Ist doch egal«, sagte er schroff. Den Bewohnern dieser Insel womöglich nicht, dachte sie, schluckte den Kommentar jedoch hinunter. »Jedenfalls lehnen hier viele alles ab, was von außen kommt. Da ist die junge Chefin Lore Kommer keine Ausnahme. Zwar kommen Sie auch von außen, aber trotzdem glaube ich, dass die Frau Ihren Argumenten eher offen gegenübersteht als meinen.«

Dessen war Rahel sich sicher. Diese ganz eigene Mischung aus Professionalität und dem Auftreten einer wohlwollenden großen Schwester war ihre Spezialität. Damit würde es ihr mühelos gelingen, diese unerfahrene Erbin für sich zu gewinnen und Einfluss auf sie auszuüben. Ein Kinderspiel.

Mahler umriss noch kurz, wie er das Kommödchen zu modernisieren und den Erfordernissen des Marktes anzupassen gedachte. Es klang ein wenig nach auswendig gelerntem Text. Wahrscheinlich ein Zeichen seiner Routine. Dass die Interessen seiner Hotelkette im Vordergrund standen, und das war vorsichtig ausgedrückt, lag auf der Hand. Je mehr er plauderte, desto klarer wurde auch, mit welchen Argumenten sie den Übernahmepreis drücken sollte. Das Geld, das Frau Kommer in die Unternehmensberatung investierte, war in Mahlers Augen nicht ihr Verlust, sondern seiner. Schließlich handelte es sich um eine Schmälerung des Betriebsvermögens des Hotels, und das würde demnächst mehr oder weniger ihm gehören. Seiner ganz eigenen Logik nach war diese Summe nur durch einen entsprechend niedrigeren Preis gutzumachen. Dass Frau Kommer auf diese Weise im Grunde zweimal Verlust machte, erwähnte Rahel nicht. Ihr Mitgefühl hielt sich auch in engen Grenzen. Wer einen Gastronomiebetrieb in bester Lage mit beeindruckender Zahl an Stammgästen gegen die Wand fuhr, war einfach fehl am Platz und verdiente keinen Erfolg. Ehe sie sich verabschiedeten, machte Rahel noch einmal unmissverständlich deutlich, wie enorm viel Fingerspitzengefühl der Auftrag erforderte. Als enger Freund ihres Chefs war es für Mahler sicher eine Kleinigkeit, Rahels Leistung in einem Maß zu betonen, dass der nicht anders konnte, als den in Aussicht gestellten Schritt nach oben auf der Karriereleiter inklusive Gehaltserhöhung endlich wahr zu machen.

Als sie ihre scharlachroten Pumps wieder ins Auto schwang, war Rahel mehr als zufrieden. Endlich. Dieser Auftrag brachte ihr den lang ersehnten Aufstieg und das Geld, das sie schon seit Jahren mit vollen Händen unter die Leute brachte. Dank Oma Usch musste Rahel nicht einmal Spesen vorstrecken, sondern bekam noch ein professionelles Coaching gratis, mit dem sie sich brüsten konnte. Und diesen sexy Typen Mahler gab es quasi als Cocktailkirsche obendrauf. Wenn's mal läuft, läuft's. Sie lachte, während sie parallel zum Ostseestrand und durch die Schmale Heide nach Sassnitz fuhr.

Das Kommödchen lag wirklich sehr hübsch an einem Hang oberhalb der Stadt. Ruhige und dennoch zentrale Lage, großes Grundstück mit altem Baumbestand. Allein das dürfte eine hübsche Stange wert sein. Das Haus im typischen Stil der Bäderarchitektur zeigte deutliche Spuren des Sanierungsstaus. Farbe blätterte ab, vor dem Wintergarten, von dem Rahel von der Straße aus nur eine Ecke sehen konnte, flatterte rot-weißes Band. Mitten in der Saison!

»Lore Kommer«, begrüßte eine mittelgroße Frau Rahel, kaum dass sie zur Tür herein war. »Frau Reinecke, nehme ich an?«

»So ist es. Freut mich.« Rahel erwiderte den kräftigen Händedruck.

»Kommen Sie bitte. Wir setzen uns in den Wintergarten. Wenn Sie sich trauen«, sagte Lore Kommer mit einem merkwürdigen Unterton. »Kaffee, Tee, Wasser?«

»Sehr gern einen Kaffee, am liebsten Latte macchiato, wenn Sie haben.«

»Selbstverständlich. Bin gleich wieder da.« Lore Kommer verschwand, und Rahel nutzte die Zeit, sich einen ersten Eindruck zu verschaffen. Die alten Möbel wirkten abgewohnt, überall standen Staubfänger herum. Von allem viel zu viel. Auch die Wände verschwanden fast völlig hinter Bildern, davon viele alte Fotografien. Die meisten zeigten das Hotel, als es noch bessere Zeiten erlebte. Sie ging zurück in den Wintergarten und setzte sich. Der war wirklich ein Schmuckstück. Vor allem hatte man von hier einen herrlichen Blick über die Ostsee. Unverbaubar!

»Die Baubehörde hat den Lieblingsplatz unserer Gäste letzten Winter gesperrt«, erklärte Lore Kommer, wieder zurück, und stellte ein hohes Glas vor Rahel ab. Darin der perfekte Farbverlauf von Weiß über sämtliche appetitlichen Brauntöne zurück zum Weiß der Milchschaumhaube. Die war mit Kakaopulver in Form einer lachenden Sonne garniert. Diese albernen Dekoschablonen waren so was von out. Trotzdem entlockte das Muster Rahel ein Lächeln. Sie musste an Cord Mahler denken. Er hatte ihr nicht einmal einen Kaffee angeboten.

»Warum, was ist mit dem Wintergarten?«

»Einsturzgefährdet«, erklärte Lore Kommer und ließ sich in einen Korbstuhl gleiten. »Angeblich. Na gut, das Holz ist hier und da wohl wirklich morsch, aber der hält noch mindestens zwanzig Jahre, wenn Sie mich fragen.« Und dann begann sie zu erzählen. Von ihren Urgroßeltern, die das Haus mit ihren eigenen Händen und aus eigener finanzieller Kraft gebaut und um einen Seitenflügel erweitert hatten. Von den Großeltern und schließlich Lores Eltern, die den Betrieb übernommen und jeweils vergrößert hatten. »Mund-zu-Mund-Propaganda ist noch immer die beste Werbung.« Sie lächelte zufrieden, sah aber auch sehr müde aus. Die blonden Haare waren bereits grau gesträhnt, dabei war sie ein Jahr jünger als Rahel, wie den Unterlagen zu entnehmen war. Ihre Wangen wirkten eingefallen, um ihre Augen schimmerten dunkle Ränder. »Unsere Gäste haben uns kräftig weiterempfohlen. Die Kinder, die mit ihren Eltern hergekommen sind, wurden erwachsen und kamen irgendwann mit dem ersten Freund oder der ersten Freundin und dann mit eigenen Kindern. Während ihre Eltern uns noch immer treu blieben«, erzählte sie stolz. »Es war notwendig, weitere Zimmer anbieten zu können. Es war aber nicht möglich, gleichzeitig Geld in den Bestand zu investieren.«

»Aber mit der Zimmerzahl müssen doch auch die Einnahmen gestiegen sein«, wandte Rahel ein. Der Latte macchiato war perfekt. Nicht nur, dass er ihr endlich die erste Koffeinration des Tages lieferte, das Aroma war obendrein ausgezeichnet, der Schaum luftig und cremig zugleich.

»Ja, schon«, bestätigte Lore Kommer, »nur gilt das auch für die Kosten. Personal vor allem, aber natürlich auch Heizkosten im Winter, mehr Wäsche, mehr Strom. Sie wissen ja, was alles daran hängt.«

»Die Nachfrage regelt den Preis«, warf Rahel mit einer gewissen Härte ein. »Wenn die Nachfrage so gestiegen ist, haben Sie doch wohl entsprechend die Preise erhöht.« Sie kannte die Antwort, noch ehe Lore Kommer den Mund aufmachte.

»Wissen Sie, das ist genau das, was alle Hoteliers auf der Insel gemacht haben. Vor allem nach der Wiedervereinigung, als wir plötzlich zum Reiseziel der reichen Herrschaften aus dem Westen wurden.« Sie zog eine Augenbraue hoch. »Unsere Gäste gehören gewissermaßen zur Familie.« Gottchen! Rahel musste an sich halten, nicht den Kopf zu schütteln. »Sie sollen sich im positiven Sinn zu Hause fühlen. Viele von ihnen könnten sich keine teureren Zimmer leisten. Sie sollen aber keinesfalls ständig auf jeden Euro achten müssen. Verstehen Sie? Ich möchte nicht, dass Eltern ihren Kindern kein Eis kaufen, weil schon das Hotel so viel des Urlaubsbudgets verschlingt. Wir bieten erstklassigen Service und ein gemütliches Haus zu moderaten Preisen.« Sie machte sich gerade und verschränkte die Arme vor der Brust.

Rahel lächelte sanft. »Das finde ich einfach großartig.« Lore Kommer entspannte sich. Gut. »Das muss man sich aber auch leisten können.« Das sagte die Richtige, aber das wusste ihre Gesprächspartnerin glücklicherweise nicht.

»Wir hätten es geschafft«, sagte Lore Kommer trotzig. Plötzlich wurden ihre Gesichtszüge weich, sie senkte den Blick. »Wenn Großvater nicht an der Leitung des Hotels geklebt hätte, bis er weit über achtzig war.«

»Gottchen«, entfuhr es Rahel. »Entschuldigung, aber das ist nun wirklich ein Alter, in dem man den verdienten Ruhestand genießen sollte. Meine Großmutter begleitet mich übrigens auf dieser Dienstreise. Wir werden hier ihren Achtzigsten feiern.« Perfekt! Lore Kommers Miene verriet allzu deutlich, dass diese sehr persönliche und emotionale Information Rahel ein großes Stück Vertrauen bescherte. »Sie ist regelrecht aufgeblüht, seit sie in Rente ist.«

»Wie schön.« Lore Kommer seufzte. »Tja, mein Großvater konnte wohl nicht ohne sein Kommödchen. Jedenfalls hat er zum Schluss keinen Überblick mehr gehabt, hat einen viel zu hohen Kredit aufgenommen. Zu haarsträubenden Konditionen. Daran haben wir noch immer zu knabbern. Dann die hohen Kosten für meine Schwester. Sie hat im Hotel mitgearbeitet, bis sie krank wurde.« Lore Kommer räusperte sich. Es fiel ihr offensichtlich schwer, über dieses Thema zu sprechen. »Hätten wir den Umbau ihrer Wohnung nicht finanziert, hätte sie umziehen müssen. Das konnten wir nicht zulassen. Ich meine, wofür ist man schließlich eine Familie? Sie verstehen das bestimmt.«

Rahel nickte beklommen. Liebe Güte, ein Hotel mit Schulden, und dann wurden auch noch Gelder für private Zwecke entnommen. Kein Wunder, dass die Kommer jetzt mit dem Rücken an der Wand stand.

»Das Angebot von Herrn Mahler erschien uns wie der berühmte Strohhalm und wie ein Wink des Himmels gleichzeitig.« Ihre Augen bekamen einen geradezu verträumten Glanz. »Es ist aber auch ein sehr glücklicher Zufall, dass die D.M.B.-Kette gerade eine ganz neue Schiene ins Leben rufen will. Kleine familiengeführte Hotels mit Charme und eher moderaten Preisen. Bisher waren die ja eher auf Protz und finanzstarke Klientel spezialisiert«, sagte sie, und ihre Ablehnung war greifbar. »In die neue Schiene passen wir perfekt hinein, sagt Herr Mahler.« Wieder dieser entrückte Blick. »Mir ist schon klar, dass wir durch die Höhe des Anteils, den wir abgeben müssen, die alleinige Entscheidungsgewalt verlieren. Aber dafür sind wir mit einem Schlag aus den roten Zahlen heraus und haben obendrein die Mittel für die notwendigen Sanierungen zur Verfügung.« Sie sah sich um. »Noch eine Saison ohne den Lieblingsplatz unserer Gäste wäre eine Katastrophe.«

»Wie ich sehe, hat Herr Mahler Ihnen die Vorzüge seines Angebots bereits dargelegt. Mir scheint, Sie haben auch begriffen, wie sehr Sie profitieren. Ich verstehe nicht ganz, warum Sie uns trotzdem noch hinzugezogen haben. Wir sind nicht ganz billig …«

»Das ist wahr. Wissen Sie, die D.M.B. hat auf der Insel und auch bei unseren Nachbarn auf Usedom oder auf dem Darß keinen sonderlich guten Ruf. Wenn man ein verlockendes Angebot erhält, fragt man sich, ob es einen Haken gibt oder ob ein anderer Unternehmer einem womöglich noch bessere Konditionen bieten könnte.« Sie lächelte schmal. »Vor allem scheuen wir uns, trotz aller Vorzüge unseren Betrieb faktisch in fremde Hände zu legen. Und das müssten wir. Herr Mahler und seine Geschäftsführer könnten Entscheidungen gegen unseren Willen durchdrücken. Wir wollten einfach wissen, ob es für uns noch eine andere Chance gibt. Sie werben mit einer schnellen Analyse. Wer weiß, vielleicht finden Sie einen Weg, wie wir alleine wieder auf die Füße kommen. Meine Eltern sollten zwar auch allmählich ans Aufhören denken, aber wenn wir das Kommödchen alleine wieder flottkriegen könnten, würden wir alle dafür schuften wie die Ackergäule.« Sie lächelte, und die Hoffnung in ihren Augen versetzte Rahel einen Stich.

11

Rahel

Rahel parkte ihren flotten Flitzer neben dem verstaubten Passat Kombi ihrer Mutter. Wieso war das Auto so dreckig? Heike hatte es doch extra vor der Reise noch durch die Waschanlage gefahren. Rahel vermutete, dass ihre Frau Mutter sich mal wieder verfahren hatte und wahrscheinlich irgendwo im Nirgendwo über landwirtschaftliche Wege gehoppelt war, die für Trecker bestens geeignet waren, für Pkws dagegen gar nicht. Womöglich war sie sogar mitten am Strand gelandet und durch den Sand gepflügt. Rahel konnte sich ein Schmunzeln nicht verkneifen. Die Aktentasche unter dem Arm, machte sie sich auf den Weg. Dabei wanderten ihre Gedanken zurück zum Kommödchen. Im Grunde hatte Cord Mahler schon ganze Arbeit geleistet. Lore Kommer war nur Millimeter von der alles entscheidenden Unterschrift entfernt. Rahel brauchte ihr nur noch zu bestätigen, dass es keine andere Rettung für das Hotel gab. Der Salat, zu dem sie sich hatte einladen lassen, war ausgezeichnet gewesen. Hausgemachtes Dressing. Das Brot dazu war ebenfalls handgemacht. Der Kaffee, das Essen – Lore Kommer war nicht nur die Erbin, sie hatte ihr Küchenhandwerk von der Pike auf gelernt und war darin brillant. Während Rahel auf die Villa Sanddorn zusteuerte, sah sie vor sich, was alles aus diesem hübschen kleinen Hotel zu machen war. Mit dem nötigen Kapital natürlich, aber vor allem mit Einfallsreichtum und den vorhandenen Stärken. Sie schob die Gedanken beiseite und ließ den Kopf kreisen. Wenn sie nur endlich diese Nackenschmerzen loswerden könnte. Lore Kommer hätte längst selbst einen Schlachtplan entwickeln können. Man musste blind sein, um das Kommödchen nicht zurück in die schwarzen Zahlen zu manövrieren. Das war nicht Rahels Aufgabe. Doch, dachte sie, genau das war ihre Aufgabe. Wütend ließ sie erneut den Kopf kreisen, viel zu kräftig. Außerdem hätte sie nicht gleichzeitig die Schultern hochziehen sollen. Es gab ein hässliches Knirschen, und Rahel schrie auf.

»Alles in Ordnung, Madame, oder kann isch elfen?«

Rahel erschrak, fuhr herum und spürte, wie etwas an ihrem Hals einrastete. »Au, verdammt, tut das weh!« Aus dem Augenwinkel erkannte sie eine ziemlich breite Männerbrust und sehr muskulöse und sehr hübsch braun schimmernde Arme. »Wie, elfen?«, knurrte sie, und die breite Brust verschwand aus ihrem äußerst eingeschränkten Sichtfeld. »Wie eine Elfe sehen Sie nicht gerade aus.«

Sie hörte ein tiefes Lachen hinter sich. Kräftige Hände legten sich auf ihre Schultern. »Sie aben misch schon verstanden«, sagte er und begann ihren Nacken zu kneten.

»O Gott«, stöhnte sie.

»So schlimm?«

»Nein, so gut!« Sie hielt still. Ihre Tasche hatte sie einfach in den Staub fallen lassen. »Ich wusste gar nicht, dass hier auch Massagen angeboten werden. Habe ich ein Glück.«

Wieder das tiefe Lachen. »Aben Sie wirklisch. Das ist nämlisch eine Spezialbeandlung, die Sie nirgends buchen können.« Eine ganze Weile verharrte Rahel und genoss einfach nur das Kneten und Streichen. Dann unternahm sie einen vorsichtigen Versuch, ihren Kopf zu bewegen. Es ging. Sie sah nach links, dann nach rechts. So weit hatte sie ihren Kopf schon seit Ewigkeiten nicht mehr drehen können. Und das fast völlig schmerzfrei!

»Ah, Sie sind geeilt.« Er klopfte ihr zum Abschluss zart auf den Rücken.

»Geeilt, ja, äh, geheilt. Stimmt, Sie haben mich wirklich …«

Rahel drehte sich um und blickte in ein Gesicht, das eine ebenso appetitliche Farbe hatte wie der Latte macchiato vorhin. Dazu diese Augen! Dunkel, warm, amüsiert, ohne überheblich zu wirken. Er trug ein beinahe blendend weißes T-Shirt, auf dem ein etwas kindgerecht gezeichneter Löwe eine grün-gelb-rote Fahne schwenkte. Ungefähr so erotisch wie ein Bauch-weg-Schlüpfer. Doch unter dem Shirt zeichnete sich ein Waschbrettbauch ab, da wäre Rahel jede Wette eingegangen.

»Kap Arkona?« Er sah sie erwartungsvoll an.

»Bitte?«

»Ihre Ferienwohnung«, sagte er lächelnd. »Isch nehme an, Sie geören zu den anderen drei Damen. Zwei abe isch bereits kennengelernt.«

»Oh, ach so, ja.« Sie lachte. »Ja, ich bin die Vierte im Bunde.«

»Dann sehen wir uns gleisch wieder«, verkündete er, und Rahel freute sich. »Ihr Coaching steht auf dem Programm.« Er zwinkerte ihr zu. »Geht es denn wieder?« Um zu unterstreichen, was er meinte, legte er eine seiner großen Hände an ihren Hals.

»Ja, ja, es ist viel besser. Danke sehr, Herr …«

»John.« Seine Hand wanderte von ihrem Hals und streifte kurz ihren Arm. »Bis später.«

»Ja, bis …« Rahel sah, wie er sich umdrehte und zur Villa ging. Sie blickte auf ihren Arm und hätte wetten können, dass dort ein rötlicher Streifen entstanden war, wo seine Fingerspitzen entlanggefahren waren, so warm war ihre Haut geworden. Wieso hatte sie keine eindeutigen Signale ausgesendet, wie sie es sonst tat, wenn ihr ein Mann gefiel? Warum hatte sie ihn nicht eingeladen, zum Essen oder auf einen Kaffee, als Dankeschön? Das musste sie bei nächster Gelegenheit nachholen. Und dass diese Gelegenheit kam, dafür würde sie sorgen. Rahel schnappte sich ihre Tasche. Als sie sich aufrichtete, fiel ihr Blick nach oben zum Balkon. Dort stand Oma Usch und lächelte.

Der Raum, in dem das Coaching stattfinden sollte, war hell, seine bodentiefen Fenster gingen in den Garten hinaus, der Boden war beige und terrakottafarben gefliest. Es gab einen derben handgewebten Teppich in der Mitte des Zimmers, auf den sich Emily sofort im Schneidersitz fallen ließ, und ein paar Stühle und Sessel. Rahel hatte das Business-Kostüm gegen eine Caprihose und eine Bluse getauscht, die sie über einem Streifen ihres nackten, durchtrainierten Bauchs lässig geknotet hatte. Zehn Sit-ups und Unterarmstütz täglich sollten schließlich nicht umsonst sein, und dieser John hatte angedeutet, dass sie sich gleich wiedersehen würden. Statt der Pumps trug sie flache Ballerinas. Tatsächlich tauchte John auf, begrüßte die Damen fröhlich und schenkte ihr ein Extralächeln. Welch ein Prachtkerl. Aus der flachen Ballerina-Perspektive erkannte sie erst richtig, wie groß er war. Sie beobachtete fasziniert, wie er die Sitzmöbel, die im gesamten Raum verteilt waren, zu einem gemütlichen Rund arrangierte. Hinter einer verstellbaren Wand, die ihr noch gar nicht aufgefallen war, holte er einen massiven Tisch hervor, als würde der nichts wiegen, und platzierte ihn im Zentrum des Zimmers. Von diesem Sahneschnittchen würde sie sich gern mal auf den Arm nehmen lassen.

»Viel Spaß den Damen. Und gute Erkenntnisse«, sagte er und ging. Schade. Aber die ersten Erkenntnisse hatte Rahel jetzt schon gewonnen.

»Das ist mal ein Mannsbild!« Rahel zuckte zusammen. Oma Usch war lautlos neben sie getreten. Wahrscheinlicher war, dass sie sich Rahel durchaus geräuschvoll genähert hatte, sie es vor lauter Faszination nur nicht mitbekommen hatte. »Schade, dass er nicht ganz in meiner Altersklasse liegt.« Sie zwinkerte vergnügt. »Andererseits … Ist heutzutage doch groß in Mode, dass ältere Frauen sich junge Kerle angeln.«

»Ältere«, bestätigte Rahel, »nicht alte. Außerdem kannst du bei so vielen Muskeln davon ausgehen, dass nicht viel Masse fürs

Hirn übrig geblieben ist.« Hoffentlich klang sie lässig und gänzlich desinteressiert. »Für mich wäre der nichts. Ich stehe mehr auf Männer mit Köpfchen und Klasse«, schob sie sicherheitshalber hinterher.

Ursula zwinkerte erneut. »Und mit Kasse, oder?«

Rahel schnappte nach Luft. Glücklicherweise blieb ihr eine Antwort erspart, weil in dem Moment Franziska Marold auftauchte. Gleich hinter ihr kam Heike ins Zimmer gestürmt. Sie war mal wieder komplett durch den Wind, wie es schien. Immerhin trug sie eine anständige Hose und eine kurzärmelige Bluse, die sogar ganz flott aussah.

»Guten Tag, die Damen, ich hoffe, Sie haben sich gut bei uns eingelebt.« Franziska hatte ein Tablett mit Cocktailgläsern auf dem Tisch abgestellt und fing an, diese zu verteilen.

»O nein«, rief Rahel, als Franziska Emily eins der Gläser reichte.

»Also wirklich, Ra, du stellst dich manchmal aber auch an!« Ursula verdrehte demonstrativ die Augen.

»Die sind alle ohne Alkohol«, klärte Franziska sie auf. »Schließlich brauchen wir unsere Sinne heute alle noch.« Emily schnitt eine Grimasse in ihre Richtung, Rahel senkte den Blick. Warum konnte sie auch nicht einfach manchmal ein wenig entspannter sein? Sie atmete tief durch. »Ich heiße Sie noch einmal von ganzem Herzen willkommen«, sagte Franziska freundlich und hob ihr Glas. »Auf Sie, Frau Henrici, auf Ihre Pläne und vor allem auf Ihre wundervolle Familie, die Sie begleitet!«

»Darauf trinke ich gerne.« Ursula strahlte. Rahel dachte an Lore Kommer. Wozu ist man schließlich eine Familie? Plötzlich wünschte sie sich einen Schuss Alkohol in ihrem Glas, einen großen.

Auch ohne Prozente war das Mixgetränk köstlich und sehr erfrischend. Den Sanddornsaft konnte man herausschmecken, ohne dass er dem Ganzen eine zu saure oder bittere Note verpasst hätte. Während sie tranken, erzählte Franziska von sich, ihrem Konzept, mit dem sie die Coaching-Welt vor einigen Jahren aufgemischt hatte, und von ihrem neuen Leben als Mutter von Zwillingen, als Landwirtin und Restaurantbetreiberin.

»Letzteres mache ich natürlich nicht professionell, ich habe weder das eine noch das andere gelernt. Aber ich hatte schon immer Schwierigkeiten, mich für etwas zu entscheiden. Oder wie ich inzwischen gern sage: Ich brauche viel Abwechslung, sonst langweile ich mich schnell. Deshalb ist es für mich ideal, meinen Mann auf der Plantage zu unterstützen, in Heinrichs Fischhütte unten in Vitt auszuhelfen und natürlich weiter Klienten zu begleiten, wie Sie jetzt.«

Rahel spürte einen Stich. Das klang so unbeschwert, so perfekt, vor allem so freiwillig. Sie hatte sich im Grunde ihren Job nach den Verdienstmöglichkeiten ausgesucht, nicht nach ihren persönlichen Vorlieben. Und sie konnte sich keine Abwechslung gegen Langeweile leisten, wenn sie Emily mehr bieten wollte, als Heike ihr geboten hatte.

Franziska räumte die Gläser zur Seite. »Wenn Sie Wasser mögen, greifen Sie gerne zu. Dort drüben stehen saubere Gläser. Und dann erzählen Sie mir doch mal, was Sie heute so gemacht haben.« Franziska sah zuerst Rahel an.

»Leider kann ich mich nicht ausschließlich Ursula und ihren geheimnisvollen Plänen widmen.« Sie bemühte sich um ein bescheidenes Lachen und ignorierte Emilys genervten Blick. Hoffentlich hatte die Marold den nicht bemerkt. Die hielt diese Familie anscheinend für bilderbuchartig. Musste nicht sein, dass sie mitbekam, wie viele Spannungen es in Wahrheit gab. »Sie wissen ja, wie das ist, wenn man in seinem Beruf sehr gefragt ist. Ich arbeite für eine renommierte Frankfurter Unternehmensberatung …«

»Ja, spannend«, fiel Emily ihr ins Wort. »Und was hat das damit zu tun, was du heute gemacht hast?«

»Eine Menge, junge Dame«, sagte Rahel zuckersüß. Sie hätte ihrer Tochter eine Ohrfeige verpassen mögen. »Denn das ist die Erklärung dafür, dass ich den ganzen Tag beruflich unterwegs war.« Sie sah Franziska an. »Ich berate ein kleines Hotel in Sassnitz, das nicht aus eigener Kraft auf die Füße kommt und droht, von einem Großkonzern geschluckt zu werden.« Gottchen, den letzten Nebensatz hätte sie sich sparen sollen.

»Ach. Hast du gar nicht erzählt.« Heike sah sie überrascht an. »Dass du die vor so einem Finanzhai retten willst, meine ich. Das finde ich wirklich schön.« Verdammt, Rahel geriet da gerade in eine Situation, die ihr gar nicht gefiel. Immerhin sah sogar Emily ein wenig versöhnt aus. Vielleicht doch ganz gut. Über den Ausgang ihrer Verhandlungen musste sie gegenüber ihrer Familie ja nicht unbedingt Rechenschaft ablegen.

»Ich war zuerst zu einer Besprechung in Binz und dann in Sassnitz. Ich habe also schon einiges von dieser schönen Insel gesehen«, schloss sie ihren Bericht. Dann hörte sie zu, wie ihre Mutter von ihrem Malheur berichtete. Ha, hatte sie's doch gewusst, dass Heike mit dem Auto irgendwo in der Pampa gelandet war. Oma Usch und Emily waren schlau genug gewesen, nicht auf Heikes Rückkehr zu warten, sondern waren frühstücken gegangen. Gerade regte sich Ursula fürchterlich über eine Stasi-Tussi auf, wie sie sich ausdrückte.

»Mutti!« Heike warf ihr einen vorwurfsvollen Blick zu.

»Ist doch wahr!« Ehe sie sich komplett in Rage reden konnte, schaltete sich Franziska ein.

»Wissen Sie, liebe Frau Henrici, die Wiedervereinigung war eine gute Sache. Leider gibt es nicht wenige Menschen hier im Osten, gerade unter den Älteren, die vom Kuchen, der zu verteilen war, nicht besonders viel abbekommen haben. Sie haben noch immer das Gefühl, die sogenannten Wessis würden sie und ihre Lebensleistung nicht für voll nehmen. Manchmal habe ich selbst den Eindruck, dass der eine oder andere von einem ziemlich hohen Ross auf die damalige DDR und das, was aus ihr geworden ist, herabschaut. So entstehen Abneigungen, die auf alles projiziert werden, was mit der ehemaligen BRD zu tun hat.«

Rahel hing an ihren Lippen. Welch eine kluge Frau und so besonnen. Sie hoffte inständig, noch die eine oder andere Einzelstunde mit ihr abstauben zu können. Erst jetzt fiel ihr auf, dass die kluge Frau Zeichenblöcke und Unmengen von Buntstiften auf dem Tisch verteilt hatte. Was hatte das denn zu bedeuten?

»Schön, los geht's«, verkündete Franziska anschließend. »Ich möchte Sie bitten, ein Bild davon zu malen, wie Sie sich Ihren Aufenthalt hier vorstellen, was Sie sich davon erhoffen. Keine Sorge, es geht weder um Können noch darum, etwas besonders gut zu machen.« Anscheinend hatte sie Rahels Blick richtig gedeutet. »Ich möchte nur, dass jede von Ihnen in sich hineinhört und das zu Papier bringt, was sie vor sich sieht, wenn wir mal davon ausgehen, dass Ihre Ferien hier quasi perfekt verlaufen. Und bitte: Wenn Sie auch alle hier sind, um mit Frau Henrici zu feiern und sie in einer bestimmten Sache zu unterstützen, lassen Sie das bitte außen vor. Es geht um Ihre ganz eigenen Wünsche und Bedürfnisse.« Sie nickte ihnen aufmunternd zu.

»Das ist ja schön.« Heike. Typisch. »Ich hatte schon befürchtet, Sie stellen uns jetzt so peinliche Fragen. Dass jeder etwas malen darf, finde ich gut.« Da war Rahel ganz anderer Meinung, behielt das aber hübsch für sich. Sie fühlte sich an die Zeit erinnert, in der Emily noch klein war und sie mit Super-Müttern unzählige Papiersterne ausschneiden musste. Albern! Rahel hatte einfach kein Händchen für so etwas. Selbst mit einer extra stumpfen Bastelschere schaffte sie es, sich einen Finger zu amputieren. Kneifen war dummerweise keine Option. Wie hätte sie dann vor der Marold dagestanden? Oma Usch hatte sich ein bequemes Plätzchen gesucht und kicherte schon über ihre ersten Striche, Emily hockte auf dem Boden und starrte mit kraus gezogener Stirn auf ihren Zeichenblock, und Heike machte sich ans Werk, als wäre ihr die Aufgabe seit Stunden bekannt.

12

Ursula

Jetzt bin ich aber mal gespannt!« Ursula war ziemlich schnell fertig gewesen und hatte auf die anderen warten müssen. Ihr Bild war nicht künstlerisch wertvoll, vermutlich erkannten die anderen gar nicht, was sie da zu Papier hatte bringen wollen. Egal. Den Drang, Beifall einzuheimsen, hatte sie lange nicht mehr. Das war wohl die Weisheit des Alters. Was die anderen drei wohl gemalt hatten? Sie war wirklich neugierig. Sie hatte sich erhofft, dass die Frauen miteinander ins Gespräch kamen. Dass so ein Coaching auch noch Spaß machte, hätte sie nicht zu hoffen gewagt.

»Möchten Sie dann gleich anfangen, Frau Henrici?« Franziska sah sie freundlich an. »Jeder erzählt, was er gemalt hat. Die drei anderen möchte ich bitten, die Künstlerin immer erst ausreden zu lassen. Ist sie fertig, sind Fragen und Anmerkungen erlaubt. Ich gehe davon aus, dass Ihnen allen Wertschätzung und Respekt selbstverständlich sind. Grundsätzlich möchte ich keine Kritik hören. An den Wünschen eines Menschen kann nichts falsch sein. Aber vielleicht werden Sie von dem einen oder anderen Urlaubstraum überrascht sein. Dann dürfen Sie natürlich nachhaken. Möchte eine der Frauen nicht näher auf einen bestimmten Punkt eingehen, wird das natürlich respektiert.« Wieder nickte Franziska ihr zu. Dann mal los.

»Das hier ist das Meer. Und das soll ein Fischerboot sein.« Emily kicherte, Rahel zog ein Gesicht, als hätte sie nicht mal ein Boot oder Schiff erkannt. »Die vier Figuren darauf sind wir. Sie haben von diesen Ausflügen mit dem Fischer erzählt«, wandte sie sich an Franziska. »Das stelle ich mir toll vor. In den Sonnenaufgang tuckern, die Luft ist noch ganz klar, dann wird es immer wärmer, und man lässt sich durch die Gegend schaukeln.« Emily und Rahel sahen aus, als würde Ursula gerade davon schwärmen, sich kräftig den Fuß zu vertreten, Heikes Blick war in die Ferne gerichtet. Wo sie mit ihren Gedanken wohl gerade war? »Ist ja nur ein Beispiel«, erklärte Ursula schnell, »ein Symbol für eine gemeinsame Tagestour, bei der alle von Anfang bis Ende zusammen sind. Das wünsche ich mir.« Sie sah in die Runde. Na, keine Kommentare? Emily lächelte, Rahel senkte den Blick.

»Hat jemand Fragen?« Das war Franziska. Als sich niemand zu Wort meldete, sagte sie: »In Ordnung. Ich hätte eine Frage. Schön, ich habe Ihnen von Fischer Heinrich erzählt, aber es gibt ja eine Menge Ausflugsmöglichkeiten auf Rügen. Sie hätten auch eine Dampflok zeichnen können, eine Tour mit dem Rasenden Roland. Ist es Zufall, oder hat das Boot eine besondere Bedeutung?« Diese Franziska Marold war aber wirklich gut. Ursula schmunzelte. Sie hatte da vorhin, die Buntstifte in der Hand, plötzlich einen Gedanken gehabt.

»Na ja, ich würde mir wünschen, dass meine Tochter, meine Enkelin und meine Urenkelin verstehen, dass wir alle im selben Boot sitzen.« Irritierte Gesichter. »Wir haben dieselben Wurzeln. Ich habe mal gehört, dass es ein Generationengedächtnis gibt. Was ich von meinen Großeltern und Eltern mitbekommen habe, das gebe ich weiter. Unterbewusst irgendwie. Ich fürchte, bis zu dir Emmchen. Das ist in euren Köpfen drin, ob ihr wollt oder nicht. Außerdem …« Sollte sie es ansprechen? Sie sollte. »Außerdem kopieren wir alle ein Muster. Wir ziehen alle unsere Kinder alleine groß. Ohne Mann. Es wäre schön, wenn Emily es irgendwann besser machen würde.«

»Das haben wir uns doch nicht ausgesucht«, sagte Rahel schnippisch.

»Und da gibt es ja wohl Unterschiede«, wandte Heike ein. »Du bist früh Witwe geworden, Mutti. Das ist etwas anderes, als verlassen oder durch eine bedeutungslose Affäre schwanger zu werden.«

»Na, vielen Dank!« Rahel verschränkte die Arme vor der Brust. Nicht mehr lange, und Franziska bekam einen Eindruck davon, wie schwierig die Beziehungen zueinander waren.

»Ich krieg sowieso keine Kinder.« Emily pustete sich eine Strähne aus der Stirn. »Ist doch voll Horror. Wir haben die Umwelt doch jetzt schon kaputt gemacht. Wie sollten die denn aufwachsen?«

Es ging eine Weile hin und her, dann leitete Franziska sanft auf das nächste Bild über. Heike war an der Reihe. Als junges Mädchen hatte sie eigentlich ganz hübsch gemalt, fiel Ursula ein. Mal sehen, was … Das war doch nicht möglich.

»Kind, das hast du gemalt?« Ursula riss die Augen auf.

»Ja.«

»Mann, Oma Heike, das ist ja cool!«

»Ich weiß, dass du als Mädchen immer gern gezeichnet hast. Ich wollte dich auf eine Kunstschule schicken, weißt du noch? Aber du wolltest lieber schreiben.« Ursula sah sie an. Schade, hätte sie sich nur durchgesetzt, aus ihrer Tochter hätte etwas werden können.

»Nein, Mutti, das war genau andersherum. Ich wäre sehr gern zur Kunstschule gegangen.«

»Nein!« Oder doch? Sie hatte das anders in Erinnerung, aber manchmal täuschte man sich nach so vielen Jahren.

»Wirklich gut. Fast ein bisschen Chagall«, sagte Rahel anerkennend. Ursula betrachtete das Bild. Abenddämmerung. Unter einem riesigen Baum waren viele Menschen. Sah aus, als ob sie etwas feiern würden.

»Das sind wir, oder?« Sie zeigte auf vier Frauen, die ein wenig abseits der anderen beisammensaßen. Erstaunlich, obwohl die Gesichter klein und nur angedeutet waren, konnte man genau erkennen, welche Figur wen darstellte.

»Du bist doppelt, Oma«, rief Emily und legte den Finger auf eine Gestalt am Himmel, die über allen anderen schwebte und schützend beide Arme ausbreitete. Um sie herum ganz viele kleine Farbkleckse, bunte Sterne vielleicht.

»Gottchen, du hast dich in den Himmel gemalt. Du wünschst dir doch nicht, dass du tot bist?« Alle starrten Rahel an. »Ich meine nur. Himmel, Engel, tot.«

»Mann, Mami, du bist voll daneben.«

»Keine Sorge«, sagte Heike leise, »das ist bestimmt nicht mein Wunsch.«

»Ich habe das auch ganz anders verstanden«, schaltete sich Ursula ein. »Sieht eher so aus, als würdest du die ganze Bande zusammenhalten, als würdest du zufrieden sein, weil endlich mal alle friedlich beisammen sind, oder?«

»Ich möchte nichts dazu sagen, wenn ich nicht muss.« Heikes Wangen glühten. Schade. Ursula hätte sich gewünscht, dass ihre Tochter die Chance nutzte, aus sich herauszukommen.

»Natürlich nicht«, sagte Franziska. »Vielleicht bekommen Sie später Lust. Jetzt Sie, Rahel?«

»Lieber nicht. Ich glaube, ich habe die Aufgabe nicht ganz richtig verstanden.« Ihr Bild lag falsch herum vor ihr auf dem Tisch. »Ich habe einfach nur Rügen gemalt mit schönem Wetter.« Sie lachte. »Tut mir leid, das war nichts.«

»Du kannst es uns doch trotzdem zeigen«, bat Heike.

»Möchte ich aber nicht. Du willst ja auch nichts zu deinem Bild sagen.«

»Dann ist jetzt die junge Frau an der Reihe«, unterbrach Franziska. »Emily?« Emmchen hatte ganz rote Flecken am Hals, das arme Ding, so aufgeregt war sie.

»Ja, also, ähm, das da auf dem Surfbrett bin ich. Und das soll ein Kite sein. Ist nicht so gut geworden.«

»Ich finde es sehr hübsch«, sagte Heike.

»Das erkennt man sofort«, stimmte Ursula ihr zu.

Emmchen lächelte. »Ich hatte das so verstanden, dass wir alles malen sollen, was wir uns für diesen Urlaub wünschen.«

»Ganz genau.« Franziska nickte.

»Deswegen gibt's uns alle doppelt. Hier seid ihr nämlich die Figuren am Strand, die mir zugucken. Das da seid ihr drei beim Skat oder so, während ich bei so'ner coolen Beachparty bin. Das in der Ecke sollen die Störtebeker Festspiele sein.« Sie zeigte etwas mit dem Finger. »Wir sitzen in der ersten Reihe.« Sie lächelte scheu. Wie niedlich sie sein konnte.

»Was ist mit der Szene in der anderen Ecke? Da sehe ich nur zwei Figuren.« Stimmt, Franziska hatte recht. Ursula musste genau hinsehen, so klein hatte Emily die zwei Personen gemalt.

»Das sind meine Mutter und ich.« Ihre Stimme wurde immer leiser. »Wär ganz schön, wenn wir auch mal was zu zweit machen würden.« Jetzt musste Ursula aber wirklich die Ohren spitzen, das Mädchen war ja kaum noch zu verstehen. »Und ich dachte, vielleicht erzählt mir meine Mutter mal was über meinen Vater.« Stille. Rahel war blass geworden unter ihrer Schminke.

»Ist dir eigentlich aufgefallen, dass du die Einzige bist, die hier nur an sich denkt?«, platzte sie los. Emily sah sie erschrocken an und erstarrte.

»Moment mal …« Weiter kam Franziska nicht.

»Ich will kiten, ich will ins Theater, ich will Party machen. Ich, ich, ich! Und ganz hintenrum kommst du auch noch mit der Frage nach deinem Erzeuger. Das hast du dir ja fein ausgedacht.« Franziska gab sich alle Mühe, und auch Heike versuchte zu beschwichtigen, aber Ra war in Fahrt. Unmöglich, sie zu stoppen. »Du denkst, wenn du den Wunsch vor allen äußerst, muss ich ihn dir auch erfüllen. Falsch gedacht, mein Fräulein.« In dem Moment sprang Emily auf und rannte los. »Tut mir leid, meine Tochter ist einfach noch nicht reif für so ein Coaching.« Rahel lächelte Franziska an, ihre Stimme flatterte, und auch sie war jetzt hektisch rot gefleckt.

»Ich denke, wir beenden das an dieser Stelle, wenn Sie alle einverstanden sind. Ich sehe mal nach Emily«, sagte Franziska. Zustimmendes Nicken. Ehe sie ging, wandte sie sich an Rahel: »Ihre Tochter hat die Aufgabe verstanden und erfüllt. Sie hat alles richtig gemacht.«

13

Emily

Wieso konnte Franziska nicht ihre Mutter sein? Die hatte voll viel Verständnis. Echt, wenn Franziska sie nicht aufgehalten hätte, wäre Emily abgehauen. Egal, wohin. Bloß weit weg! Und für immer. Jetzt stapfte sie nach Vitt. Für ein paar Stunden. Sie musste sich bewegen, sonst würde sie doch noch platzen. Franziska fand auch, dass Emily ein Recht darauf hatte, etwas über ihren Vater zu erfahren. »Sie hat es nicht so gemeint, dass du nur an dich denkst.« Das hatte Franziska auch gesagt. Von wegen. »Du hast bei ihr einen wunden Punkt getroffen, und sie wusste sich nicht anders zu helfen, als um sich zu schlagen.« Na ja, konnte schon sein. Sie trat nach einem Stein, der in hohem Bogen davonflog und mit leisem Klicken landete. Emily wollte nach Hause. Obwohl … Das blöde Frankfurt konnte ihr eigentlich gestohlen bleiben. Da war Ginny, ihre Freundin, okay, aber die hatte auch andauernd was anderes vor. Dödelte mit ihrem Handy rum oder traf sich mit Leuten.

Scheiße, Handy. Ihre Hand wanderte zu ihrer Hosentasche. Da steckte tatsächlich noch immer das Telefon von dieser Fischhütten-Trulla. Klar, wo sollte es auch sonst sein? Emily hatte es in die Tasche gestopft und behalten. Keine so tolle Nummer. Bestimmt hielten die wenigen Jugendlichen hier so richtig zusammen, waren richtig dicke Freunde. Anders als in Frankfurt. Wenn die rauskriegten, dass sie sich das Teil ungefragt geliehen hatte, vermöbelten die sie bestimmt. Wurschtegal, sollten sie sie doch totschlagen. Sie vermisste sowieso keiner. Doch nicht so egal. Am besten, sie legte das Smartphone unauffällig auf den Tresen der Fischhütte. Sie kickte noch einen Stein vor sich her, dann erreichte sie den kleinen Ort. Auf der Terrasse des Cafés saßen noch ein paar Gäste. Die Fischhütte hatte mal wieder geschlossen. Hatte die eigentlich auch mal geöffnet?

»Täglich mittags bis 14:30 Uhr und abends ab 17:30 Uhr« stand auf einer Schiefertafel. Jetzt war es fünf. Emily würde warten. Sie ging durch den Sand und kletterte auf einen großen Findling, von dem sie einen guten Blick über das Wasser hatte. Außerdem konnte sie die frechen Möwen beobachten, die auf einer Art Zaun hockten, der ein Stück ins Meer ragte. Emily erinnerte sich, dass daran das Boot befestigt gewesen war, für das John am Vormittag die Kühlbox geschleppt hatte. Alle in einem Boot. Blödsinn. Obwohl … Vielleicht hatten sie wirklich alle das Problem, das keiner sie leiden konnte. Außer Ur-Usch natürlich. Warum sonst waren wohl alle Männer abgehauen?

Emily hatte den Kopf in den Nacken gelegt und die Augen geschlossen. Die Sonne fühlte sich schön warm an auf ihrem Gesicht. Wieso wurde es plötzlich dunkel, woher bitte schön kam denn jetzt ein Schatten? Da war doch eben noch keine Wolke am Himmel gewesen. Sie blinzelte. Neben dem Findling stand ein Junge und sah sie an. Emily riss die Augen ganz auf. Den hatte sie doch schon gesehen. Logo, das war der Typ, der vorhin viel zu schnell und ohne Helm auf der Vespa an ihnen vorbeigedüst war. Die möchtegern-coole verspiegelte Sonnenbrille erkannte sie drei Meilen gegen den Wind.

»Hallo«, sagte er und schob sich eine dunkelbraune Locke aus dem Gesicht. Seine Haut war karamellbraun. Ob der mit dem Zartbitter-Popeye verwandt war? Nee, der war dunkler.

»Hi«, gab sie lässig zurück.

»Hast du Ronja gesehen?«

»Kenn ich nicht.« Emily schloss die Augen wieder. Der sah voll süß aus, der Typ. Jetzt bloß cool bleiben. Sie spitzte die Ohren.

Keine Schritte im Sand, nichts. Doch, jetzt, ein Rascheln. Sie schielte zu ihm hinüber. Er hatte es sich auf dem Stein neben ihr bequem gemacht und sah auf das Wasser.

Als er ihren Blick bemerkte, streckte er ihr die Hand hin. »Ich bin Rafael.« Voll der süße Name!

»Emily, hi.«

»Emily. Schöner Name.« Ihr Herz hüpfte. »Hoffentlich hat Ronja unsere Verabredung nicht vergessen.« Ihr Herz plumpste in ein Loch. »Ich will mit ihr kitesurfen.«

»Ach, echt? Das würde ich auch gerne lernen«, sprudelte es aus ihr heraus.

»Dann kann ich dir Ronja nur empfehlen. Ich hab zwar einigermaßen den Bogen raus, aber sie zeigt mir immer noch ein paar neue Tricks.«

»Meinst du, ich kann bei ihr einen Kurs buchen? Hier?« Wenn Franziska ihrer Mutter den Marsch geblasen hatte, dann spendierte die Emily als Wiedergutmachung vielleicht doch ein paar Stunden.

Rafael lachte. »Ronja ist keine Lehrerin, die macht das nur so zum Spaß. Ich kenne kein Mädchen, das im Kiten so gut ist wie sie. Frag sie einfach, ob sie's dir zeigt.« Er fuhr sich durch die Locken und sah wieder über das Meer. Der war ganz anders als die Jungs in der Schule. Der lächelte sie total süß an und machte nicht einen auf dicke Hose oder supercooler Macker.

»Mal sehen, mach ich vielleicht«, sagte sie.

Auf einmal hörte sie jemanden kommen. Rafael drehte sich um und sprang auf. Ein Mädchen, einen Neoprenanzug über dem Arm, kam mit federnden Schritten und wippendem Pferdeschwanz den Weg hinunter. Das war doch … O nein, ey, ausgerechnet die blöde Fischhüttenziege! Zu Emilys Ärger sah die viel besser aus als am Abend davor. Lässige Klamotten, eine Sonnenbrille in den Haaren.

»Hallo, Ronja, das ist Emily.« Rafael sah fröhlich von einer zur anderen.

»Wir kennen uns schon«, entgegnete Ronja frostig. »Na, jetzt weiß ich wenigstens, wie du heißt.« Sie legte den Kopf schief. »Kann das sein, dass du etwas hast, was mir gehört?«

»Nee, was soll'n das sein?« Emily wurde heiß. Hoffentlich sah man ihr das nicht an.

»Das weißt du ganz genau. Mein Smartphone.«

»Mein Smartphone«, äffte Emily sie nach. »Geht's auch 'ne Nummer kleiner? Kannst du nicht einfach Handy sagen?« Ronja ließ eine Augenbraue hochschnellen und hielt Emilys Blick stand, ohne etwas zu sagen. Mann, hatte die ein Selbstbewusstsein! »Woher soll ich wissen, wo das Ding ist?«, polterte Emily. »Du musst schon selbst auf deinen Kram aufpassen.«

Ohne Emily aus den Augen zu lassen, sagte Ronja: »Kannst du mir bitte mal dein Handy leihen, Rafi?« Rafi! Wie affig.

»Bestimmt ist dir dein Smartphone in das Heringsfass geflogen«, warf Emily ein und lachte. Dabei war ihr nicht nach Lachen zumute, sie ahnte nämlich, was Ronja vorhatte. Vielleicht konnte sie sie irgendwie ablenken. »Überhaupt, seid ihr hier alle so unhöflich? Du hast mich gestern einfach alleine in der stinkigen Bude hocken lassen. Bist einfach abgehauen, ohne Tschüss zu sagen.«

»Wie bitte? Ich habe gesagt, dass ich wiederkomme. Ich musste Heinrich III. die Tagesschau einschalten. Mache ich immer, wenn keiner zu Hause ist.« Emily registrierte, dass Rafael belustigt zwischen ihnen hin und her guckte, als würde er ein Tennisspiel verfolgen.

»Ja, klar, Heinrich III. Der gehört bestimmt zu deinem komischen Romeo-und-Julia-Ding.«

»Er ist so was wie mein Opa. Und er kann seit einem Schlaganfall nichts mehr alleine. Also kümmere ich mich um ihn, wenn die anderen alle unterwegs sind.«

»Hättest du ja mal sagen können«, meinte Emily kleinlaut.

»Habe ich gesagt.«

»Hast du nicht. Das wüsste ich ja wohl.«

»Vielleicht hast du nicht zugehört.«

»Ja, klar, Schuld haben immer die anderen. Vor allem ich!« Emily spürte ihre Wut und Trauer von vorhin mit aller Macht zurückkehren.

»Mädels, beruhigt euch mal! Ist doch kein Drama.« Er reichte Ronja sein Handy und beobachtete Emily. Das konnte sie trotz verspiegelter Sonnenbrille sehen. O Mann, sie saß ganz schön in der Patsche. Ronja tippte, eine Sekunde, dann klingelte es in Emilys Hosentasche.

»Ach nee!« Ronja stemmte die Hände in die Hüften. »Du hast es echt geklaut.«

»Spinnst du? Du warst weg, und ich wusste nicht, wann du zurückkommst, ob überhaupt. Mann, ey, ich hab's sicher verwahrt, damit es eben nicht geklaut wird.«

»Ist klar.« Ronja streckte ihr die Hand entgegen. »Her damit!«

»Erst nimmst du zurück, dass ich es geklaut habe, sonst …« Emily holte aus, um der blöden Kuh einen Schreck einzujagen. Sie sollte büßen, dass sie sie vor Rafael eine Diebin genannt hatte. Blöderweise waren ihre Finger total rutschig und das Telefon auch, das sie die ganze Zeit in der Hosentasche umklammert gehalten hatte. Es flutschte aus ihrem Griff. Emily versuchte noch es zu packen. Keine Chance. Es flog in die Luft, vollführte einen Salto, ehe es mit einem dumpfen Klatschen im Meer versank. »Scheiße«, flüsterte sie. »Das wollte ich nicht.«

»Nee, natürlich nicht. Mann, wie asozial bist du denn?«

»Ich hab doch gesagt, ich wollte das nicht«, schrie Emily.

»Erst klaust du, und jetzt lügst du auch noch.«

Als ob die Beschuldigungen nicht schlimm genug waren, noch dazu in Rafaels Gegenwart, gab Ronjas Blick ihr den Rest. Sie sah nicht wütend aus, sondern total enttäuscht. Das hielt Emily keinen Moment länger aus. Sie stürzte sich auf sie.

»Das nimmst du sofort zurück!« Emily brüllte und drückte Ronja in den Sand. Mist, wenn es nach den Muskeln in den Armen ging, war die mit dem Zartbitter-Popeye verwandt. Emily wusste kaum, wie ihr geschah, da hockte Ronja auch schon über ihr. Na warte! Emily griff nach Ronjas Pferdeschwanz und zog so kräftig, wie sie nur konnte.

»Au! Bist du irre?« Überall flog Sand durch die Luft. Emily spürte die Körnchen in der Nase, im Mund und in den Augen. Immerhin war sie jetzt wieder obenauf.

Plötzlich spürte sie Arme, die sich um ihren Brustkorb legten. Sie wurde von Rafael weggezogen.

»Was soll das?«, protestierte sie. »Halt dich gefälligst raus, das ist unsere Sache.« Rafael zerrte sie ein Stück von Ronja weg und ließ sie kurzerhand in den Sand fallen.

»Geht's wieder?« Er lachte. »Mädchen, die sich prügeln. Das hatte ich auch noch nicht.« Erneut lachte er. Emily und Ronja holten Luft, doch er war schneller: »Habt ihr nur noch Sand in der Birne, oder hat eine von euch mal daran gedacht, das Handy aus dem Wasser zu fischen, ehe es mit der Strömung verschwindet?«

»Ist es bestimmt schon«, sagte Ronja leise, stand auf und klopfte die kurze Hose und das Shirt aus. »Selbst wenn wir es finden würden, könntest du es in die Tonne schmeißen. Das ist hin«, behauptete sie traurig. Blöder Mist, Emily fühlte sich schuldig. Sie hatte das olle Ding wirklich nicht absichtlich in die Ostsee geschmissen, aber sie hatte damit herumgewedelt. Sie hätte es gar nicht bei sich haben dürfen. Emily war keine gute Schwimmerin und hatte Schiss vor Quallen. Sie schlüpfte aus den Schuhen. Außerdem taten die Steine unter den Fußsohlen verdammt weh. Da musste sie jetzt durch. Sie zog ihren Kapuzenpulli über den Kopf. Hätte sie bloß die hübsche Unterwäsche angezogen, die ihre Mutter ihr geschenkt hatte. Aber nein, da stand sie nun in Hemd und Höschen mit Delfinen drauf. Megapeinlich! Sie stakste in die Richtung, in die das blöde Ding geflogen war. Mann, war das kalt! Mit zusammengebissenen Zähnen ging sie tiefer und tiefer hinein. Das Platschen hinter sich ignorierte sie. Wahrscheinlich schmiss Ronja mit Steinen nach ihr. Falsch gedacht. Rafael hatte sich ebenfalls ausgezogen und pflügte mit eleganten Kraulzügen an ihr vorbei. Er bremste ab, konnte noch immer stehen, und sah sie fragend an.

»Da irgendwo muss es sein.« Emily deutete in die Richtung. Rafael tauchte ab.

»Bringt doch sowieso nichts«, rief Ronja. Und warum hatte sie dann bitte schön auch ihre Klamotten ausgezogen und balancierte jetzt barfuß und in ziemlich cooler Sportunterwäsche über das Holzgeländer, das vom Strand in die Ostsee ragte?

»Ich denke, das ist so'n Hightech-Teil«, rief Emily, »ist das dann nicht wasserdicht?«

»Soll es eigentlich sein. Aber Salzwasser verträgt das garantiert nicht.«

Rafael tauchte auf. »Na los, wer es findet, hat einen Wunsch frei!« Er lachte Emily an, die jetzt zum ersten Mal seine braunen Augen sehen konnte. Zum Dahinschmelzen, der Typ sah echt megagut aus.

»Die Wette gilt.« Emily holte tief Luft, hielt sich die Nase zu und versuchte zum Boden zu tauchen. Voll schwer! Das hatte sie von den wenigen Schwimmbadbesuchen viel leichter in Erinnerung. Sie öffnete die Augen. Es brannte wie die Hölle, und viel erkennen konnte sie auch nicht. Schnell zurück an die Oberfläche. Rafael schoss auch gerade aus dem Wasser. Er schüttelte sich, glitzernde Tropfen flogen aus seinen Locken.

»Hallo, hallo?«, sagte er, die Hand am Ohr. Dann hielt er einen Badelatschen hoch, der anscheinend schon länger im Wasser gelegen hatte. »Sorry, Ronja, Fehlalarm.« Lachend warf er die Plastiksandalette an den Strand und ging sofort wieder auf Tauchstation.

»Rafi ist viel zu weit da drüben«, meinte Ronja. »Es ist da hinten ins Wasser geplumpst.« Sie zeigte auf die Stelle, kam aus dem Gleichgewicht, rutschte mit dem Fuß über das feuchte Holz und schrie. »Au! Auch das noch!«

»Hast du dir wehgetan?« Emily war gerade ungefähr an der Stelle, auf die Ronja gezeigt hatte, da fühlte sie etwas Glattes unter ihrem Fuß. »Ich glaube, ich hab's!«, rief sie fröhlich. Sie atmete tief ein, peilte die Stelle an und ging mit dem Kopf unter Wasser. Mit der Hand tastete sie an ihrem Bein entlang, bis sie den metallenen Gegenstand an ihren Zehen zu fassen bekam. Das fühlte sich gut an. Sie packte zu, richtete sich auf und streckte die Hand mit dem Telefon in die Höhe. »In der Hütte gibt es doch bestimmt Süßwasser. Du musst es gleich abspülen.« Während sie aus den Wellen watete, hielt sie das Smartphone noch immer hoch. Sie sah, wie Ronja sich langsam auf dem Holzgerüst Richtung Strand bewegte. Anscheinend konnte sie den rechten Fuß nicht aufsetzen. »Was ist mit dem Fuß?«

»Ich muss in irgendetwas getreten sein. Das tut total weh.«

»Bestimmt ein Splitter«, vermutete Rafael, der gerade aus dem Wasser stieg. Tropfen liefen über seine braune Haut und funkelten in der Sonne wie Diamanten.

»Das tut so weh!« Mist, die fing jeden Augenblick an zu heulen. Und alles wegen ihr. Emily lief zu ihr. Rafael hakte Ronja an einer Seite unter, Emily an der anderen. Langsam gingen sie zur Fischhütte. Der Mann, den John am Vormittag getroffen hatte, kam ihnen entgegen. Das musste Fischer Heinrich sein.

»Kinder, Kinder, euch kann man auch nicht aus den Augen lassen.« Heinrich sah Emily an. »Du bist bestimmt die Kleine, die bei Ziska und Nik Urlaub macht, was?« Er lachte sie freundlich an. Emily nickte.

»Ich glaube, Ronja hat sich einen Splitter in den Fuß gejagt«, erklärte Rafael.

»Wird man hier auch mal bedient?« Eine Frau in einem goldenen Bikini und in ein weißes Tuch gewickelt sah sich ungeduldig um.

»Kundschaft«, knurrte Heinrich. Laut rief er: »Ich komm schon. Sind Sie hier im Urlaub oder auf der Flucht? Mann, Mann, Mann, Ihre Ungeduld hätten Sie nich mitbringen brauchen auf unsere schöne Insel.« Er sah zu der Dame am Tresen, dann zu Ronja und fuhr sich mit der Hand unter die Mütze.

»Wenn Sie eine Nadel haben, hole ich den Splitter raus«, sagte Emily.

»Kannst du das denn?« Ronja sah sehr skeptisch aus.

»Logisch. Ich gehe in Frankfurt auf eine Waldorfschule.« Ehe sie sich die gewohnten dummen Sprüche anhören musste, redete sie weiter: »Ja, da tanzt man seinen Namen. Haha. Vor allem lernt man da ziemlich coole Sachen. Buchbinden und so. Und Schnitzen. Da haut sich immer mal einer einen Splitter in die Haut. Wir haben alle gelernt, wie man die rauspult. So was gehört bei uns zum Unterricht.« Zum ersten Mal war sie richtig stolz, dass sie nicht auf irgendeine Normalo-Schule ging. Keine Minute später hielt sie einen langen, dünnen Holzspan in die Luft. »Da haben wir den Übeltäter. Ich würde ein Pflaster drübermachen, damit kein Schmutz in die Wunde kommt. Aber eigentlich müsstest du jetzt wieder schmerzfrei auftreten können.«

Ronja drückte an ihrem Fuß herum. »Tut echt nicht mehr weh.«

Rafael hatte sich von Heinrich ein Pflaster geben lassen und reichte es Emily. Ihre Fingerspitzen trafen sich, sie sahen sich kurz in die Augen.

»So, das war's.« Emily betrachtete zufrieden ihr Werk und schlang die Arme um ihren Oberkörper. Sie merkte jetzt erst, dass sie zitterte. Der Wind bestimmt, der war schon ganz schön kühl.

Ronja stand auf und machte ein paar Schritte. »Alles weg. Danke!«

»Schon gut. Immerhin habe ich Schuld an dem ganzen Schlamassel.«

»Du kannst doch nichts dafür, dass ich mir einen halben Balken in die Haut getreten habe.«

»Na ja, nee, aber sonst …«

»Ist dir kalt?« Rafael hatte plötzlich ein Badetuch zur Hand und legte es ihr über die Schultern. Seinen Arm ließ er dort liegen. Emily machte sich steif. Seine Haut war längst getrocknet und ganz warm. Sie konnte seinen Herzschlag spüren. O Mann, das war voll schön. Aber auch total komisch.

»Geht schon, alles fit«, sagte sie und schob ihn von sich. Da fiel ihr etwas ein. Sie hatte das Handy hochgeholt, sie hatte einen Wunsch frei. Sie schloss kurz die Augen und wünschte sich megadoll, dass Rafael sie noch einmal in den Arm nahm. Ganz fest!

14

Ursula

Heike und Rahel räumten den großen Esstisch der Ferienwohnung ab.

»Jetzt bin ich aber wirklich gespannt, Mutti«, sagte Heike zum x-ten Mal. Den für sie katastrophalen Tag schien sie schon wieder vergessen zu haben. Stattdessen fieberte sie offenbar wirklich Ursulas Geschichte entgegen. Nach dem ersten Schock war sie schnell Feuer und Flamme dafür gewesen, sich auf die Suche nach einem Menschen zu machen. Die Aufgabe erfordere gründliche Recherche, hatte sie verkündet, das sei etwas anderes, als Informationen für einen Artikel über Heidschnuckenfeste zu sammeln. Ihre einzige Sorge war, dass sie nichts herausfanden. Oder nur Dinge, die Ursula lieber nicht gewusst hätte. Emily trug einen schwarzen Pullover mit der Aufschrift *Fuck*. Wenn ihr Englisch auch sehr begrenzt war, wusste Ursula doch, was das bedeutete. Das Kind wirkte verschlossen und hatte nicht verraten, wo es gewesen war, was es in den letzten Stunden gemacht hatte. Das arme Ding hatte noch immer an der hässlichen Szene am Ende des Coachings zu knabbern. Kein Wunder. Wenigstens hatte Emmchen mit erstaunlichem Appetit gegessen. Rahel hatte leckere Antipasti und Pizzabrötchen mit verschiedenen Füllungen von einem Italiener in Putgarten geholt, den Franziska ihr empfohlen hatte. Sie mühte sich redlich, schön Wetter zu machen. Das würde nicht einfach werden. Ra hatte es gründlich vermasselt.

»Also, Oma Usch, dann spann uns mal nicht länger auf die Folter«, sagte sie gerade und sah lächelnd in die Runde. »Ich habe zwar noch nicht ganz verstanden, was du dir genau von dieser Suche versprichst, aber es ist anscheinend eine Familienangelegenheit. Also hat es höchste Priorität!« Tu dir einen Gefallen und trage weniger dick auf, dachte Ursula. Rahel sah erwartungsvoll zu Emily, die nur eine Augenbraue hochzog, den Blick aber gesenkt hielt.

»Wie ich euch kurz erzählt habe, hat Jens, der Mann, den wir finden wollen, vor bummelig sechzig Jahren per Zeitungsanzeige nach Brieffreundschaften gesucht, und ich habe mich gemeldet.« Ihre Hände strichen über den vergilbten Zeitungsschnipsel, der auf dem Pappkarton mit dem lila Blumenmuster klebte. »Er stammt von Rügen.« Sie öffnete den Karton und merkte, wie sich ihr Herzschlag beschleunigte. Sie wollte Jens finden, wollte wissen, was aus ihm geworden war, und dabei brauchte sie Hilfe. Sie hatte gar nicht darüber nachgedacht, dass sie diese drei Streithennen dafür ziemlich tief in ihre sehr persönliche Vergangenheit schauen lassen musste. Aber das gehörte nun einmal dazu. Sie nahm seinen ersten Brief zur Hand. Das bräunliche Papier zitterte leicht in ihren Fingern. »Am besten lese ich euch den Brief mal vor. Das war der allererste, den ich von ihm bekommen habe.«

Sassnitz, 27.8.1955

Verehrtes Fräulein Ursula,
eben habe ich Ihre freundlichen Zeilen gelesen. Sie stammen von Anfang Juli, und ich hoffe sehr, dass Sie es nicht als unhöflich erachten, wenn ich erst jetzt antworte, doch die Anzeigenabteilung des Berliner Tagesspiegels hat mir Ihren Brief erst heute Morgen zugesandt.

»Als unhöflich erachten«, flüsterte Emily und zog ein Gesicht.
»Pst«, machte Heike.

Wahrscheinlich ist diese lange Frist damit zu erklären, dass alle Briefe, die auf die Anzeige eingehen, erst gesammelt und dann gemeinsam zugestellt werden. Allerdings war dies in meinem Falle unnötig. Meine Hoffnung, dass einer der vielen ausländischen Besucher, die nach Westberlin kommen, sich für einen Gedankenaustausch mit einem jungen Handwerksgesellen interessiert, hat sich nicht erfüllt. Ihr Brief war die einzige Antwort auf meine Annonce. Und obwohl Westdeutschland in diesem Mai die staatliche Souveränität erhalten hat, bin ich fest der Ansicht, dass Ihre in der BRD liegende Heimatstadt Heiligenhafen nie und nimmer als Ausland zu bezeichnen ist. Dennoch antworte ich Ihnen mit Freuden, liebes Fräulein Ursula. Nicht, weil mich die Erkundung der Verschiedenheiten unserer beider Lebenswelten reizt, wie es bei der Korrespondenz mit einer jungen Dame aus Japan oder Südafrika der Fall gewesen wäre. Nein, gerade die Ähnlichkeiten des von Ihnen beschriebenen Alltags mit meinem Leben drängen mich dazu. Ich wohne nämlich nicht, wie Sie sicher meinen, in Berlin, wo mir die Welthaltigkeit, nach der ich mich so sehne, täglich vor die eigene Haustür gespült würde, sondern genau wie Sie in einem Ostseestädtchen, genauer in Sassnitz auf Rügen! Ich arbeite dicht beim Hafen – unsere zweite Gemeinsamkeit. Unsere dritte ist, dass wir beide Lehrlinge sind, Sie im Büro, und ich – da enden die Übereinstimmungen – lerne Schneider in der Werkstatt meines Vaters.
Mehr weiß ich (noch) nicht über Sie, liebes Fräulein Ursula, doch wünsche ich mir für Sie, dass Ihr Leben in Heiligenhafen dem meinen hier in Sassnitz nicht allzu sehr gleicht.
Sassnitz wurde Ende des Krieges von den Alliierten bombar-

diert, da war ich acht Jahre alt. Die Erinnerung an diesen schrecklichen Tag steht mir bis heute klar vor Augen. Unser Haus, welches direkt am Hafen steht, wurde getroffen.

»Gottchen«, entfuhr es Rahel.

Wir hatten Glück im Unglück, die gesamte Familie hat überlebt und wurde von Nachbarn aufgenommen, mit deren Tochter ich zur Schule ging.
Dass ich eine Schneiderlehre antrat, war der Wunsch meines Vaters. Er ist einer der besten Schneider der Insel, doch der Mangel an guten Stoffen macht ihm fast noch mehr zu schaffen als seine Kriegsverletzung. Wir bekommen oft noch Uniformen aus dem Krieg, um Kindermäntel oder Damenjacken daraus zu fertigen.
Ich möchte nicht düster enden, darum schreibe ich Ihnen, dass ich mit Zuversicht in die Zukunft blicke. Das Leben wird ganz allmählich leichter, die Wirtschaft in unserem Teil der Republik wird sich sicher bald so gut entwickeln wie die in Westdeutschland. Und auf Rügen fallen im Sommer schon wieder Scharen von Touristen ein! Sollten Sie, liebes Fräulein Ursula, meinem ehrlichen Wunsch auf eine weitere Korrespondenz mit Ihnen zugeneigt sein, würde ich mich aufrichtig freuen. Wer weiß, vielleicht ergibt sich irgendwann auch die Gelegenheit, Sie auf unserer schönen Insel begrüßen zu dürfen.
Mit besten und erwartungsvollen Grüßen verbleibe ich
Ihr Jens Carstensen

Ursula ließ den Brief sinken. Sie brauchte eine Sekunde. Als sie aufsah, erblickte sie drei Gesichter, die unterschiedlicher nicht sein konnten, sich aber mit einem Schlag ähnelten. Aus allen sprach die pure Faszination.

Heike fand ihre Stimme als Erste wieder: »Wie alt war dieser Jens damals?«

»Knapp neunzehn.«

»Klingt voll wie ein alter Professor, nicht wie ein junger Typ«, warf Emily ein.

»Damals hat man sich noch so ausgedrückt.« Ursula lächelte sie an. »Voll uncool, oder?« Sie zwinkerte und freute sich über Emmchens Lachen.

»Früher war man auch viel mehr im Training«, gab Heike zu bedenken. »Da wurden noch Mengen an Briefen geschrieben, weil es noch keine Mails oder SMS gab.«

»Telefonieren war teuer, außerdem hatte kaum jemand ein Telefon.« Ursula nickte. Alle hingen kurz ihren Gedanken nach.

»Mir ist da etwas aufgefallen«, sagte Heike dann. »Dieser Jens schreibt, dass die BRD nie und nimmer als Ausland zu bezeichnen ist. Und du sagst, der Brief stammt aus dem Jahr 1955. Das stimmt doch nicht. Die Bundesrepublik ist schon seit 1949 ein eigener Staat!«

»Gut aufgepasst, Tochter.« Ursula freute sich über Heikes Strahlen. Nun ja, sie quälte alle Welt mit Frischkornpampe und fand nicht mal nach Hause, wenn sie sich nur hundert Meter weit weg bewegte, aber sie hatte einen klugen Kopf. »Ein eigener Staat ja, aber kein wirklich souveräner. England, Frankreich und die USA hatten noch immer in allen wichtigen Belangen das letzte Wort. Viele glaubten, es handele sich um eine Art Übergangsphase. Niemand konnte sich vorstellen, dass Deutschland für immer getrennt werden könnte.«

»Stimmt ja auch«, sagte Emily gelassen. »Hat zwar ganz schön gedauert, aber die Teilung wurde doch wieder aufgehoben.«

»Glücklicherweise.« Ursula nickte wieder.

»Ich finde viel spannender, wie es nach dem ersten Brief weiterging. Immerhin hat der Typ dich gleich eingeladen.«

»Ja, das hat er. Trotzdem war ich erst mal enttäuscht.«

»Hä, wieso das denn?«

»Das verstehe ich auch nicht.« Ra sah aus, als würde sie das Ganze kein bisschen interessieren. Anscheinend hatte sie nur auf eine Gelegenheit gewartet, ihrer Tochter recht zu geben. »Der Brief klang doch nett. Und ein Handwerker war damals doch nichts Schlechtes.« Sie kassierte ein Kopfschütteln von Heike. »Was? Gottchen, heute ist ein Handwerker natürlich auch nichts Schlechtes.«

Bloß nicht schon wieder Reibereien. Ursula erklärte schnell: »Berlin war schon damals eine aufregende Stadt, zwar nicht gerade Rio de Janeiro oder San Francisco, aber doch lebendig und ein Magnet für junge Leute. Und ich hatte ja gedacht, dass er dort lebt. Aber ihr habt schon recht, die Enttäuschung dauerte nicht lange.« Sie lachte leise. »Rügen war besser als nichts. Vor allem gefiel mir sein Stil. Er konnte wirklich gut schreiben. Später habe ich mich immer sehr auf Post von ihm gefreut.« Sie seufzte. »Wer weiß, vielleicht hätte er Schriftsteller werden können. Aus ihm wäre sicher etwas ganz anderes geworden, wenn er in einer besseren Zeit aufgewachsen wäre.«

»Was denn, Bundeskanzler vielleicht?« Emily kicherte. »Hört sich an, als wenn der sich total für Politik interessiert hat.«

»Das haben wir damals alle, Emmchen. Wir haben den Krieg erlebt und dann den Kalten Krieg zwischen Russland und den USA, der zum großen Teil über die beiden deutschen Staaten ausgetragen wurde. Es hieß zwar, dass von deutschem Boden nie wieder Krieg ausgehen darf, nur so richtig daran geglaubt hat keiner, dass wir so lange Frieden haben könnten. Die Wirtschaft hat floriert, aber die Angst war damals allgegenwärtig und damit auch ein großes Interesse an Politik.«

Rahel goss sich Rotwein nach. »Was hast du ihm eigentlich geantwortet?«

»Seine Ehrlichkeit hat mich beeindruckt. Er hätte mir auch weismachen können, dass er die berühmten Waschkörbe voller Briefe erhalten hat und dass er erst mal sondieren will, aus welchem Kontakt sich eine lange Bekanntschaft entwickeln könnte. Hat er aber nicht. Also habe ich ihm auch reinen Wein eingeschenkt. Apropos …« Ursula sah Rahel an.

»Gottchen, Entschuldigung.« Ra füllte Ursulas Glas. Heike trank grundsätzlich keinen Alkohol, Emmchen war noch zu jung dafür.

»Ich habe ihm verraten, dass ich meiner Mutter gegenüber behauptet hätte, dass es eine Heiratsannonce war, auf die ich geschrieben hatte, weil sie unbedingt wollte, dass ich sehr früh unter die Haube komme. Außerdem habe ich ihm ein Foto beigelegt.« Ursula musste lächeln. Sie hatte damals gar nicht besonders viele Aufnahmen von sich besessen. Trotzdem hatte es eine Ewigkeit gedauert, ehe sie sich für ein Bild entschieden hatte. »Tja, und dann habe ich ihm natürlich mehr über mich erzählt, dass ich bei uns zu Hause die Nachzüglerin war, das Nesthäkchen, Tochter einer Kriegerwitwe, die in der genossenschaftlichen Fischverarbeitung beschäftigt ist. Ich war damals siebzehn. Einer meiner Brüder, der Lieblingssohn meiner Mutter, war in der Ukraine vermisst, mein anderer Bruder nach Stuttgart gegangen, wo es mehr Arbeit gab. Mein Vater war in Stalingrad gefallen. Ich hätte wahnsinnig gerne studiert, Naturwissenschaften vielleicht oder Philosophie, aber dafür war natürlich kein Geld da. Meine Mutter hatte es schwer genug, mich durchzubringen. Darum habe ich eine Lehre gemacht. Büroarbeit wird überall gebraucht, dachte ich mir damals. In meiner Fantasie habe ich einen Job weit weg von Heiligenhafen bekommen, in Berlin vielleicht oder in Hamburg, wo ich die großen Pötte hätte beobachten können, die in die weite Welt fahren. Vielleicht einmal bei einer Reederei arbeiten und selbst mitfahren, das waren meine Träume. In der Realität wäre ich ewig geblieben, nur um es meiner Mutter recht zu machen. Sie hatte mit Vaters Tod doch schon genug auszustehen. Ich war fleißig und ehrgeizig, bin immer pünktlich nach Hause gekommen. Alles nur, um meiner Mutter keinen Kummer zu machen.«

»Du warst ja richtig angepasst damals. Davon merkt man heute aber nichts mehr.« Die gute Rahel. Wenn sie manchmal auch das Fingerspitzengefühl eines Elefanten hatte, spürte sie offenbar, wie sehr die Erinnerung Ursula aufwühlte.

»Stimmt, wie du diese Stasi-Tussi abgefertigt hast, war echt mega.« Emmchen zwinkerte, und Ursula lachte.

»Ich muss auch sagen, Mutti, ich habe heute ganz neue Seiten an dir kennengelernt. Ich dachte, du hast schon immer deinen Kopf durchgesetzt. Außerdem dachte ich, du bist gleich nach deiner Lehre nach Hamburg gezogen.«

»Ja, das hatte sich dann doch so ergeben. Aber das erzähle ich euch heute nicht mehr. Huch Gott, es ist ja schon nach Mitternacht!« Sie hatte gar nicht gemerkt, dass es so spät geworden war, und spürte mit einem Schlag die Erschöpfung. Aber zufrieden war sie auch, sehr zufrieden. »Seht ihr, meine Lieben, so hatte ich mir das vorgestellt. Wer weiß, vielleicht überrascht eine von euch uns auch noch. Oder wir lernen uns sogar alle ganz neu kennen. Jetzt muss ich aber wirklich ins Bett. Schließlich brauche ich meinen Schönheitsschlaf.«

15

Rahel

Rahel betrachtete sich lange im Spiegel. Sie war seit sechs Uhr wach, hatte noch eine halbe Stunde gelegen und sich bemüht, wieder einzuschlafen. Keine Chance. Also war sie aufgestanden, eine Runde gejoggt, hatte auf dem Weg Brötchen mitgebracht und sich nach der Dusche die Nägel frisch lackiert. Apricot-Orange – perfekt zur Villa Sanddorn. Nun trug sie den passenden Lippenstift dazu auf. Sehr gut. Eigentlich gefiel ihr, was sie sah, aber trotzdem fühlte sie sich niedergeschlagen. Gott sei Dank hatte sie mit Emily noch ein paar Worte gewechselt, ehe sie ihr eine gute Nacht gewünscht hatte. Doch sie war nicht komplett dämlich. Ihr war klar, dass sie sich gestern danebenbenommen hatte. Ausgerechnet vor Franziska Marold, die ihr höflich, aber bestimmt klargemacht hatte, was sie von ihrem Auftritt hielt. Das Schlimmste war, dass sie ihre eigene Tochter vor den Kopf gestoßen hatte. Vor versammelter Mannschaft. Ganz großes Kino, ehrlich. Sie musste das wieder hinbiegen. Wieso musste dieses Gör sie auch ausgerechnet auf seinen Erzeuger ansprechen? Ebenfalls vor versammelter Mannschaft. Sie könnte sich schon wieder aufregen. Rahel presste die Lippen auf ein Kosmetiktuch. Wenigstens konnte sie heute Punkte sammeln, indem sie auf Familie machte. Sie wollte dem Kommödchen einen Besuch abstatten, und wie es der Zufall so wollte, stammte dieser Jens ausgerechnet aus Sassnitz. Das war also die erste Anlaufstelle für das Detektivinnen-Quartett. Da konnte Rahel doch bestens familiäre mit beruflicher Pflicht verbinden.

Zwei Stunden später saßen sie in Heikes Klapperkiste. Genau wie bei ihrer Ankunft vorgestern. Unfassbar, dass es heute erst ihr zweiter ganzer Tag war. Rahel kam es vor, als wären sie schon eine Ewigkeit als Notgemeinschaft unterwegs.

»Sind das da Schienen?«

»Geht's dir heute nicht so gut, Mutti?«

»Was? Doch, mir geht's prima.« Dann fiel der Groschen bei Oma Usch. »Ich sehe natürlich, dass das da Schienen sind. Ich meinte: Wenn wir in der Nähe der Gleise bleiben, müssten wir sein Elternhaus leicht finden können. Er hat mir damals geschrieben, dass sie gar nicht weit vom Bahnhof wohnen würden.«

»Der Bahnhof war eben ausgeschildert«, meldete sich Rahel zu Wort. »Du musst da vorne links abbiegen, Mutter.«

»Ich erinnere mich genau, dass er schrieb, wie er sehnsüchtig den Fernzügen hinterherschaute.« Ursula blickte angestrengt aus dem Fenster.

»Fernzüge, echt?« Emily hatte ihre Kopfhörer zu Hause gelassen, wie erfreulich.

»Ja, ja, es ging vor allem nach Schweden rüber.«

»Wohl eher mit der Fähre, Ur-Usch!«

»Mit einer Eisenbahnfährverbindung, um genau zu sein«, erklärte Ursula. »Sogar der Orientexpress ist hier gefahren.«

»*Der* Orientexpress?« Da bekam Oma Usch jetzt aber bestimmt etwas durcheinander.

»Ich weiß ja nicht, an welche Verbindung du denkst, aber der Orientexpress stand schließlich für eine Zusammenfassung mehrerer Routen. Der Teil, der über Sassnitz ging, verband Schweden mit Istanbul.«

»Das ist ja interessant. Was du alles weißt, Mutti.« Heike lächelte. Ja, schleim dich mal ein. Rahel starrte hinaus. »Ich glaube, das da vorne ist schon der Bahnhof.« Heike riss das Lenkrad herum.

»Huch Gott«, rief Ursula, Emily quietschte, Rahel griff hastig nach dem Vordersitz, um sich festzuklammern.

»Entschuldigung!« Heike lachte. »Habe den Parkplatz fast zu spät gesehen. Der ist doch ideal.«

»Und jetzt?« Emily trug eine abgeschnittene Jeans und ein sonnengelbes Shirt. Kein Schwarz. Rahel wusste gar nicht, dass ihre Tochter so etwas besaß.

»Genau, wo wollen wir anfangen?« Sie sah Emily zustimmend an. Die wandte sich ab. »Hast du eine Adresse?«

»Mutti hat mir Jens' erste Anschrift gegeben, und ich habe gestern noch ein bisschen im Internet recherchiert. Den Fischersteig gibt es auch noch. Allerdings ist er heute an einer ganz anderen Stelle.« Gottchen, Ursulas Blick konnte selbst Arnold Schwarzenegger zum Weinen bringen. »Ich habe dir gesagt, dass es nicht einfach wird, Mutti. Aber wir lassen uns doch nicht ins Bockshorn jagen, oder?« Heike sah betont fröhlich in die Runde. Wahrscheinlich verteilte sie gleich Lupen, Geheimtinte und gab jeder einen Tarnnamen. »Ich habe im Internet eine alte Karte von Sassnitz gefunden«, erzählte sie weiter. »Ich hatte natürlich keinen Drucker, darum habe ich den Bereich abgezeichnet, der für uns wichtig ist. Hier!« Sie faltete einen Bogen Papier auseinander, der locker als historischer Innenstadtplan Karriere machen konnte. Sie musste die halbe Nacht daran gesessen haben. »Der Bahnhof und die Bahnhofstraße. Zwischen der Bachstraße – das ist die da hinten – und dem Bahnhof gab es damals noch nichts, schon gar nicht diesen Parkplatz, sondern nur Grünfläche. Der Fischersteig war die Parallelstraße der Bahnhofstraße.«

»Was wollen wir eigentlich hier, wenn es diesen komischen Stieg sowieso nicht mehr gibt? Jedenfalls nicht hier.« Emily sah ratlos aus.

»Steig, es heißt Fischersteig.« Agatha Heike Christie war in ihrem Element. »Wir gehen von der Bahnhofstraße bis zur Lindenallee.« Sie drehte erst sich einige Male hin und her, dann ihre Sassnitz-Skizze. »Früher gab es dazwischen nur zwei Straßen, die Radvan und eben den Fischersteig. Vielleicht wurden die zwar umbenannt, aber es stehen noch alte Häuser. Dann klingeln wir und fragen.«

»Ja, genau, weil in alten Häusern bestimmt noch die Bewohner von 1900 leben.« Rahel schüttelte den Kopf. Dummerweise hatte sie auch keine bessere Idee. Also machte sie sich auf den Weg, und die anderen folgten ihr.

»Radvanstraße«, rief Emily irgendwann, »hast du das nicht gesagt?«

»Ja, richtig.« Heike strahlte. »Die gibt es also noch. Ich frage mal den alten Herrn da hinten.« Schon stiefelte sie los.

»O nee, da gibt es keine alten Häuser mehr. Wurden alle weggerissen. Da steht jetzt die Rügen-Galerie. Geschäfte, Ärzte, Wohnungen. Ist ein riesiger Komplex geworden. Dafür ham sie den Fischersteig damals plattgemacht.«

Sie bedankten sich und streiften ein wenig planlos durch den Ort. Von einer Schneiderei oder einem Ledergeschäft Carstensen wusste der alte Herr nichts. Auch Emilys Blick per Handy ins aktuelle Branchenbuch brachte kein Ergebnis.

»Das habe ich mir wohl zu einfach vorgestellt.« Ursula ließ nun wirklich den Kopf hängen.

»Na, na, Mutti, wir sind doch erst am Anfang. Wir finden heraus, wo die Kirchenbücher von Sassnitz lagern. Oder noch besser, wir wenden uns zuerst an das Einwohnermelde- beziehungsweise an das Ordnungsamt.«

»Ist das weit?« Emily hatte offensichtlich keine große Lust, noch länger durch die Hitze zu laufen.

»Ich könnte auch eine Pause gebrauchen.« Oma Usch schnaufte beängstigend. Und lieferte Rahel ein perfektes Stichwort für ihren Auftritt.

»Ich kenne hier ganz in der Nähe ein zauberhaftes kleines Hotel. Dort kann man sehr gut Kaffee trinken.«

»Ist das dieses Hotel, das du vor dem Großkonzern retten wirst?«, wollte Heike wissen.

»Na, so ein Zufall!« Emily schnitt eine Grimasse.

»Kein Zufall«, gestand Rahel, »aber der Kuchen dort soll der beste weit und breit sein. Ist das ein Argument?«

»Allerdings! Kommt, meine Damen, ich lade euch ein.« Oma Uschs Laune war mit Kuchen zuverlässig zu verbessern. Wenigstens etwas.

Sie bekamen einen Platz im Garten, wo man als Ersatz für den baufälligen Wintergarten eine Terrasse improvisiert hatte. Lore Kommer war nirgends zu sehen.

»Die Chefin ist heute wohl gar nicht im Haus?«, fragte Rahel betont beiläufig das junge Mädchen, das Getränke und Kuchen brachte.

»Nein, sie hat heute ihren Schwesternnachmittag. Ihre Schwester ist meine Mutter«, erzählte sie unbefangen, während sie Teller und Tassen hinstellte. »Sie ist ziemlich krank. Damit die beiden sich einmal pro Woche sehen können und Tante Lore sich um bestimmte Dinge kümmern kann, übernehme ich hier den Service.«

»Das ist aber nett.« Oma Usch lächelte ihr freundlich zu, ihre Augen hatten einen ganz warmen Glanz.

»Tante Lore und meine Mutter haben ein enges Verhältnis. Ich freue mich immer, wenn die beiden Zeit miteinander verbringen. Das tut Mutti immer so gut.« Sie seufzte kurz. »Dann lassen Sie es sich mal schmecken.«

»Seht ihr, darum musste ich den Auftrag einfach annehmen, statt nur mit euch Urlaub machen zu können«, sagte Rahel leise und sah in die Runde. »Das hier ist ein Familienbetrieb, und die brauchen wirklich dringend Hilfe.«

»Richtige Entscheidung!« Ursula tätschelte ihr kurz die Hand.

»Ja, ich finde das auch ganz prima, Rahel. Das hättest du uns doch wirklich von vornherein sagen können«, fand Heike. Sogar Emily nickte.

Der Tag wurde immer besser. Rahel heimste nämlich gleich den zweiten Pluspunkt ein, denn die drei waren hingerissen von dem Gebäck. Ob Waffel mit heißen Kirschen und Vanilleeis oder Sanddornschnitte, alles war hausgemacht, und das schmeckte man. Die Stimmung kam aus dem Keller und stieg höher und höher. Oma Usch, Heike und Emily diskutierten eifrig darüber, ob es wirklich sinnvoll sei, nach Bergen zum Einwohnermeldeamt zu fahren, oder ob man nicht besser online eine Anfrage schickte.

»Ich würd's auf jeden Fall über die sozialen Netzwerke versuchen«, nuschelte Emily mit vollgestopftem Mund. »Der ist doch bestimmt bei Facebook.« Sie stutzte, überlegte kurz, dann sagte sie: »Na ja oder seine Enkel oder so.«

»Gut, darum kümmerst du dich, Emmchen, ja?« Heike wartete ihr Nicken ab und machte sich dann eine Notiz. Anschließend referierte sie darüber, dass Ursula sich auf eine Archivsuche einstellen müsse. »Die ist nötig, wenn dieser Jens schon lange nicht mehr hier wohnt.« So eine Suche sei aufwendig und darum teuer. Heike schlug vor, es zuerst auf gut Glück mit seinem Namen und der alten Adresse zu probieren. Parallel sollten sie zu viert sämtliche Briefe auswerten. »Jede noch so kleine Information kann uns die Detektivarbeit erheblich erleichtern. Namen von Bekannten oder Nachbarn, spätere Adressen.«

Rahel hörte ihnen mit einem Ohr zu. Hin und wieder lächelte sie zustimmend oder sagte: »Denke ich auch.« Oder: »Sehe ich genauso.« Das verschaffte ihr die Möglichkeit, unauffällig den Betrieb im Kommödchen zu beobachten. Einmal sah sie eine ältere Dame aus der Küche kommen. Vermutlich Lore Kommers

Mutter. Später tauchte ein älterer Herr auf, der einen Karton in Richtung Küche schleppte. Ihr fiel auf, wie nett alle miteinander umgingen. Das junge Mädchen war die einzige Servicekraft, und es herrschte reger Betrieb. Womöglich war Frau Kommer senior die Einzige in der Küche. Trotzdem kein Anzeichen von Hektik, kein Schimpfen oder Scheuchen. Noch etwas fiel auf: Aus Frankfurt war Rahel es gewöhnt, dass Menschen sich lautstark äußerten, wenn ihnen etwas nicht passte. Gelobt wurde äußerst sparsam. Hier war es ganz das Gegenteil. Nicht eine Kritik, die sie aufschnappte. Stattdessen war den Gesprächsfetzen der umliegenden Tische zu entnehmen, dass man gerne und häufig herkam. Ständig betonte jemand, wie gut ihm Atmosphäre und Service gefielen, von den Speisen ganz zu schweigen. Diese Familie Kommer lieferte eine hervorragende Leistung ab, zumindest was die Gastronomie betraf. Gottchen, es war beinahe ein Jammer, dass sie von dieser D.M.B.-Kette geschluckt werden sollten.

In Bergen waren sie nicht weitergekommen. Die Mitarbeiterin in der Verwaltung konnte sich zwar noch an eine Schneiderei Carstensen erinnern, die es in ihrer Kindheit gegeben hatte, aber zu der Familie hatte sie keinen Kontakt gehabt. Es sah nicht so aus, als ob dieser Jens jemals nach Rügen zurückgekehrt wäre. Wie ihre Mutter schon befürchtet hatte, käme man vermutlich nur noch über eine Archivsuche weiter, die aber zum einen pro Stunde bezahlt werden musste, zum anderen konnte es Wochen dauern, ehe man überhaupt ein Ergebnis erwarten durfte. Oma Usch trug es mit Fassung.

»In diesen sozialen Netzwerken sind doch Millionen von Menschen angemeldet, oder?«, hatte sie gesagt. »Da wird doch irgendjemand dabei sein, der eine Spur für uns hat.« Natürlich hatte es weder Mutti noch Emily über das Herz gebracht, ihr zu erklären, dass man nicht Millionen von Menschen mit einer einzigen Anfrage erreichte. Stattdessen hatten sie tapfer Aufgaben verteilt, wobei Rahel es irgendwie geschafft hatte, ausgelassen zu werden. Sie hatten Abendbrot gegessen und sich dann wieder versammelt, um weiter die Briefe unter die Lupe zu nehmen.

Sassnitz, Sonntag, 11.12.1955

Liebes Fräulein Ursula,
zerknirscht greife ich erst heute, zwei Monate nach Erhalt Ihrer Post, zur Feder. Gewissermaßen als Entschuldigung für die lange Wartezeit antworte ich in aller Ausführlichkeit auf Ihre Zeilen, die mich sehr erfreut haben.
In den letzten Monaten habe ich sieben Tage die Woche gearbeitet. Hatte ich noch in meinem letzten Brief an Sie darüber geklagt, dass unsere kleine Schneiderei mit Lieferschwierigkeiten in Bezug auf Stoffe und Garne zu kämpfen hat, so ist Anfang Oktober viel Arbeit auf mich, meinen Vater und unseren Gesellen Hermann zugekommen.

»Geselle Hermann!«, rief Heike und zückte ihr Notizbuch. »Vielleicht haben wir Glück und erfahren noch den Nachnamen.« Rahel bezweifelte, dass es sich um eine hilfreiche Information handelte, verkniff sich aber jeglichen Kommentar.

Wir erhielten einen enormen Auftrag, um den mein Vater und ich bei einer Fahrt nach Berlin nachgesucht hatten, übrigens die Reise, bei der ich die Gelegenheit genutzt hatte, die Anzeige im »Berliner Tagesspiegel« aufzugeben. Genaueres zu sagen ist mir nicht erlaubt. Nur so viel: Zusammen mit 23 Ballen besten dunkelblauen Wollstoffs, ebenso vielen Ballen echter Futterseide sowie allerlei Kurzwaren erhielten wir auch einen Termin für die Fertigstellung, der einzuhalten beinahe unmöglich war. Darum blieb mir zum Briefeschreiben keine Zeit, selbst

Schlafen und Essen wurde für die vergangenen sieben Wochen auf das Notwendigste beschränkt. Zum Glück bot meine ehemalige Schulfreundin Henriette ihre Mithilfe an. Sie kam nach ihrem Feierabend und arbeitete täglich bis Mitternacht in unserer Schneiderei. Nun ist der Auftrag abgeschlossen, und das Erste, dem ich mich widme, sind diese Zeilen an Sie.

Liebe Ursula, es macht mich sehr froh, dass Sie mir wieder geschrieben haben, obwohl ich nicht der Berliner »Mann von Welt« bin, für den Sie mich vielleicht gehalten haben. Meine Familie besteht seit Generationen aus kleinen Handwerkern und Landarbeitern. Die einzige schillernde Figur ist mein Onkel Oskar, der schon vor meiner Geburt nach Amerika ausgewandert ist.

Mit Freude habe ich festgestellt, dass wir beide fast gleich alt sind. Sie sind 17, ich bin mittlerweile 19, es wäre doch gelacht, wenn wir nicht noch mehr fänden, was uns verbindet. Dies zum Beispiel: Ihr Geheimnis, das Sie nur angeblich auf eine Heiratsannonce geantwortet haben. Ich schwöre, ich werde es auf ewig für mich behalten.

Ich bewundere Ihren Mut, liebes Fräulein Ursula, sich so gegen den ausdrücklichen Willen Ihrer Mutter zu stellen, sich möglichst bald zu verloben. Dass Sie diesem Brief ein Lichtbild von sich beigelegt haben, wie man es machen würde, um ernsthaft auf eine Heiratsannonce zu antworten, zeigt, wie listig Sie bei dieser Täuschung zu Werke gehen. Zu meinem Vorteil, denn so habe ich ein Bild von Ihnen, welches mir übrigens außerordentlich gut gefällt. Ich kann mir lebhaft vorstellen, dass es Sie einige Mühe kostet, in Ihrer beengten Eineinhalbzimmerwohnung überhaupt etwas vor Ihrer Mutter geheim zu halten.

Mir scheint, Ihre Frau Mutter hat für Ihre Zukunft eine recht rückschrittliche Vorstellung. Heiraten, Kinder kriegen, den Haushalt versorgen – für eine junge Frau hier in der DDR ist

das immer weniger der angestrebte Lebensplan. Unsere Führung betont bei jeder Gelegenheit, dass Frauen uns Männern ebenbürtig sind. Gleichberechtigung im Beruf und im Alltag ist bei uns das angestrebte Modell. Das »Neue Deutschland« berichtete kürzlich über eine junge Frau in der Lausitz, die als Baggerfahrer arbeitet. Dies ist die Zukunft, auch wenn die Gleichberechtigung von Mann und Frau im Westen noch wenig Anerkennung findet.
Aber ich will nicht wieder politisch werden, liebes Fräulein Ursula, denn Sie schrieben ja, dass das Politische Sie nicht so sehr interessiert, und Sie mit meinen Ausführungen zu langweilen liegt mir fern.
Ich grüße Sie also aus dem windumtosten winterlichen Sassnitz und wärme mich an der Hoffnung, bald wieder von Ihnen zu hören.
Ihr Jens

»Hast du Henriette und Onkel Oskar auch schön aufgeschrieben?« Rahel konnte sich ihre Ironie nicht verkneifen. Ihre Mutter bemerkte es gar nicht, so eifrig war sie bei der Sache. Vielleicht war sie auch nur schlau genug, um des Friedens Willen nicht darauf einzugehen.

»Natürlich. Jeder Hinweis kann ausschlaggebend sein.«

»Wieso hatte der denn Schiss, dich mit Politik zu langweilen?« Emily blickte ihre Urgroßmutter fragend an. »Du hast doch gesagt, jeder hat sich damals dafür interessiert.«

Oma Usch sah ertappt auf ihre faltigen Hände. »Da hast du recht, Emmchen. Jeder um mich herum.« Sie lächelte entschuldigend. »Ich habe erst durch Jens' Briefe damit begonnen, wenn ich ehrlich bin. Bei uns in Heiligenhafen war es in den Fünfzigern geradezu unschicklich für ein junges Mädchen, sich um Politik zu kümmern. Wir sollten unsere hauswirtschaftlichen Fähigkeiten verbessern und uns einen möglichst wohlhabenden Mann angeln.« Sie lachte. »Ich war völlig fasziniert davon, dass es in der damaligen jungen DDR offenbar ganz anders war. Ich fand das ungeheuer spannend. Politische Bildung war dort von der Grundschule an immer Thema.«

Rahel holte tief Luft. Oma Usch würde jetzt hoffentlich nicht anfangen, die DDR zu glorifizieren. Sie kam nicht zu Wort. »Natürlich wurden der Sozialismus und die Weltanschauung von Marx, Engels und Lenin in die Köpfe der jungen Menschen gehämmert, während der Kapitalismus verteufelt wurde«, erklärte Ursula weiter. »Aber junge Frauen gleichberechtigt einzubeziehen hat mich einfach beeindruckt. Darum habe ich angefangen, Zeitungen zu lesen und im Radio die Nachrichten zu verfolgen.«

16

Ursula

Ursula öffnete die Augen. Ihr Rücken tat weh. Sie hätte ihr eigenes Kissen mitbringen sollen. Aber im Auto war ja so schon kaum Platz gewesen. Sie reckte sich. An manchen Tagen war es nicht schwer, sich selbst etwas über das Alter vorzumachen. Der heutige gehörte definitiv nicht dazu. Jedes einzelne Lebensjahr schien ihr an diesem Morgen in den Knochen zu stecken. Bleischwere Müdigkeit gab ihr den Rest. Sie blinzelte. Schon fast halb zehn? Sie hatte verschlafen. Warum hatte sie nur niemand geweckt? Mühsam wälzte sie sich auf die Seite und stand auf. Ihre Knie beschwerten sich mit messerscharfen Stichen über das Gewicht. Am liebsten wäre sie auf der Stelle zurück unter die Decke gekrochen.

Sie sah aus dem Fenster. Blauer Himmel. Menschen gingen über den Hof zu der kleinen Seitentür, über der Sanddorn-Lädchen zu lesen war. Vielleicht war das alles eine ziemlich dumme Idee, vielleicht hätte sie sich damit begnügen sollen, mit den dreien einen schönen Urlaub zu verbringen, in dem sie sich im besten Fall ein wenig näherkamen und Reibereien aus der Welt schaffen konnten. Das wäre schon eine Herkulesaufgabe gewesen. Aber nein, sie musste ja obendrein nach Jens suchen. Ursula schnaufte. Schnapsidee. Andererseits … ein gemeinsames Projekt brachte die vier Frauen zwangsläufig zusammen. Sonst würde doch jede die Zeit hier alleine verbringen und sich höchstens dazu herablassen, mit ihr Geburtstag zu feiern. Rahel würde arbeiten. Heike würde sich aus Pflichtgefühl mit ihr abgeben und jede Chance nutzen, sich mit einem Buch zurückzuziehen. Und Emmchen würde am liebsten dieses komische Surfen mit Drachen lernen. Ursula spürte, wie ihre Lebensgeister zurückkehrten. Das Mädchen brauchte etwas, das ihm wirklich Freude machte. Sonst war sie am Ende noch froh, wieder in die Schule gehen zu müssen. So weit würde Ursula es nicht kommen lassen.

Auf dem Küchentisch lag ein Zettel von Rahel: »Die Seeluft scheint euch allen gut zu bekommen, ihr Schlafmützen. Ich habe gefrühstückt und gehe etwas spazieren. Bis später, Rahel.«

Schon an der Treppe, die nach oben führte, hörte Ursula tiefes Schnarchen. Sie schmunzelte. An der Sache mit der Seeluft schien etwas dran zu sein.

»Bin auch draußen! Eure heute arg zerknitterte Ur-Ursula«, schrieb sie auf Rahels Zettel und verließ leise die Wohnung. Dann marschierte sie zielstrebig auf das Sanddorn-Lädchen zu. Es war klein, wie der Name schon sagte. Dicht an dicht standen Regale, die mit Gelee, Marmelade, Säften, Likör, Seifen und Lotionen und natürlich mit Tee und getrockneten Sanddornbeeren gefüllt waren. In den wenigen Lücken zwischen oder über den Regalen hingen Bilder an den Wänden, Aquarelle und Öl wahrscheinlich. Das wäre etwas für Heike.

»Guten Morgen!« Ein kleinwüchsiger Mann stand hinter dem Tresen und strahlte sie an. Dafür musste er den Hals recken, um nicht hinter dem Kassentisch zu verschwinden. »Kann ich Ihnen helfen, gnädige Frau?« Ehe sie antworten konnte, sprach er weiter: »Ich sage es lieber gleich: Ich kann Ihnen nicht helfen, fürchte ich. Ich weiß nicht einmal, wie man dieses Kassenmonster bedient, geschweige denn kann ich Ihnen qualifizierte Auskunft über Inhaltsstoffe oder Herstellungsvorgänge geben. Der junge Mann, der hier eigentlich arbeitet, musste aufs Klo. Das ist der Nachteil, wenn man mit dem Chef und der Chefin befreundet ist, dann muss man einspringen und Jobs übernehmen, mit denen man nichts zu tun hat.« Ob der gleichzeitig sprechen und atmen konnte, oder ob er wohl gleich hinter dem Tresen umkippen würde? »Ich bin Florian. Oder auch Giftzwerg, wie Nik gerne sagt.« Er kam um die Kasse herumgewackelt und streckte ihr die Hand hin. Als Ursula ihm ihre reichte, deutete er einen Handkuss an. Seltsamer Kerl. Aber ziemlich sympathisch.

»Freut mich, junger Mann. Ich bin Ursula oder auch Ur-Usch, wie meine Urenkelin gerne sagt. Bestimmt können Sie mir doch helfen. Ich suche nämlich die Chefin, Franziska Marold.«

Er deutete eine Verbeugung an. »Gerne zu Diensten.« In dem Moment kam ein junger Mann herein, der grüßte, sich bei Florian bedankte und hinter der Kasse Posten bezog. »Wie Sie sehen, bin ich hier jetzt abkömmlich und könnte Ihnen den Weg zu den Büros zeigen«, bot Florian an.

»Das wäre sehr nett.«

Er führte sie in eine große Halle, in der verschiedene Apparaturen standen. Heiß war es und so stickig, dass es Ursula erst mal den Atem verschlug. Wofür die Metall-Ungetüme wohl gebraucht wurden? Bei den großen gläsernen Ballons stellte sich diese Frage nicht. Darin schimmerte eine orange leuchtende Flüssigkeit. Hochprozentig, da war sie sich sicher.

»Eigentlich darf hier niemand ohne Haarnetz rein«, schrie Florian gegen den Lärm der Maschinen. »Aber Sie wollen ja in die Verwaltung. Da mache ich mal eine Ausnahme und lasse mich von Nik dafür beschimpfen, wenn er uns erwischt.« Er zwinkerte kess. Sie fanden Franziska tatsächlich in einem der Büroräume. Florian verbeugte sich wiederum formvollendet und ließ sie allein.

»Alles in Ordnung, Frau Henrici? Haben Sie in der Wohnung alles, was Sie brauchen?«

»Aber ja, meine Liebe, wir fühlen uns alle sehr wohl.«

»Das höre ich gerne. Wie kann ich Ihnen helfen?« Sie warf einen Blick auf ihre Uhr. »Leider habe ich nicht sehr viel Zeit, ich muss gleich nach Vitt. Thekla und Fischer Heinrich verreisen mal wieder. Nik und ich kümmern uns in der Zeit mit Rosa und ihrer Tochter Ronja um die Fischhütte. Wir wollen heute quasi die Übergabe machen.«

»Ich will auch nicht lange stören.« Ursula räusperte sich. »Dieses Coaching gestern hat mir sehr gut gefallen. Sollte meine Tochter, meine Enkelin oder auch meine Urenkelin allein zu Ihnen kommen, also, ich meine, mit einer Frage oder einem Problem, irgendetwas, das nicht so auf die Schnelle zu klären ist, dann laden Sie die Damen ruhig zu einer weiteren Stunde ein. Nur wenn Sie das einrichten können natürlich. Und selbstverständlich komme ich dafür auf. Schreiben Sie das einfach auf die Rechnung.«

»Das ist sehr großzügig. Die drei können sich glücklich schätzen, eine solche Mutter, Oma und Uroma zu haben.« Franziska lachte.

»Ach was, ich gebe eben lieber mit warmen Händen als mit erkalteten Flossen.« Perfekte Überleitung. »Da wäre noch etwas. Ich möchte Emily gern so einen Surfkurs schenken. Dieses mit den Drachen, wissen Sie?«

»Kitesurfen?«

»Ganz genau. Emily wünscht sich das, nur ist Rahel nicht damit einverstanden.« Sie räusperte sich wieder. Diese Franziska Marold war sehr nett, aber alles musste sie auch nicht wissen. »Aus bestimmten Gründen«, fügte sie vage hinzu. »Kurz und gut: Rahel soll nichts davon mitkriegen. Gibt es hier in der Nähe eine Möglichkeit? Dann könnte Emmchen alleine hingehen und müsste sich nicht fahren lassen.«

»Das ist schwierig. Vitt hat keine Wassersportschule … Was rede ich denn da?« Franziska schüttelte den Kopf über sich selbst. »Haben Sie ein bisschen Zeit?«

»Jetzt?«

»Ja. Wenn Sie Lust haben, begleiten Sie mich nach Vitt. Ronja ist zwar keine professionelle Lehrerin, aber ein Talent auf dem Brett. Wir können sie fragen.«

Und ob Ursula Lust hatte. Auf dem Weg erzählte Franziska, dass Ronja noch nicht sehr lange auf Rügen lebte.

»Ihre Mutter Rosa ist mit ihr hergezogen, weil sie hier einen Job gefunden hat. Sie betreut Heinrich III., den Vater von Fischer Heinrich. In der Familie heißen alle Männer so, deshalb haben sie sich der Einfachheit halber durchnummeriert«, erklärte sie lachend. »Übrigens haben Thekla und ich diese Arbeitsstelle für Rosa eingefädelt. Thekla ist Rosas Mutter. Es ist ein bisschen wie bei Ihnen: drei Generationen, drei Frauen.« Sie schlenderten an den Sanddornfeldern vorbei, die sich bis zum Horizont erstreckten. Die Luft war seidenweich und duftete nach Sommer und Meer. »Jedenfalls hat Ronja sich am Anfang ein bisschen schwergetan. Dann hat sie Anschluss gefunden. Florian, den Sie vorhin kennengelernt haben, leitet eine Theatergruppe für Kinder und Jugendliche. Ich wünschte, Sie könnten die Stage-Kids in Aktion erleben. Sie sind einfach wunderbar. Momentan studieren sie gerade eine moderne Romeo-und-Julia-Version ein.« Sie schwieg eine Weile, dann hatte sie den Faden anscheinend wieder gefunden. »Ronja hatte es, wie gesagt, zuerst nicht ganz leicht auf der Insel. Sie hat neben der Theatergruppe noch mit ein paar Jugendlichen herumgehangen, die leider nicht besonders viel Grips hatten. Mit ihnen ist sie an einem windigen Tag hier unten am Strand schwimmen gegangen, obwohl sie im Wasser sehr unsicher war. Wären Niks Mutter und ich damals nicht gerade hier spazieren gegangen, ich weiß nicht, ob das Mädchen heute noch leben würde«, sagte sie beklommen. »Die Strömung ist hier ziemlich stark, müssen Sie wissen.« Ursula schluckte. Vielleicht war der Kurs doch kein guter Einfall. Offenbar neigte sie momentan zu Schnapsideen. »Niks Mutter hat Ronja damals aus der Ostsee gefischt. Und sie hat ihr das Versprechen abgenommen, vernünftig schwimmen zu lernen. Tja, Ronja hat dabei ihre Liebe für den Wassersport entdeckt. Heute bewegt sie sich in den höchsten Wellen wie ein Fisch. Vor allem kann sie Strömungen einschätzen und bleibt schon mal an Land, wenn der Wind sie auch noch sosehr reizt.«

Sie gingen eine schmale Gasse entlang, die vermutlich nur wenige Touristen kannten. Neben der Tür eines reetgedeckten Hauses, die von Stockrosen eingerahmt war, hing eine Schiffsglocke.

»Ach, wie entzückend!« Ursula spürte, wie Gefühle in ihr hochkamen, die sie sehr bewegten. Eine alte Kate mit Strohdach, ein kleiner gepflegter Vorgarten, dazu die Nähe der Ostsee, die sich mit leisem Rauschen und ihrem typischen Geruch bemerkbar machte, genau so hatte sie sich als junge Frau Jens' Heimat vorgestellt.

Als sie sich eine Stunde später allein auf den Rückweg machte, war Ursula voller Tatendrang und bester Laune. Ha, von wegen alte Frau, sie fühlte sich wieder wie ein junger Hüpfer. Na ja, eher wie ein mittelalter Ackergaul. Aber immerhin. Ronja war zwar nicht da gewesen, aber sie sei am Nachmittag zu Hause, hatte Rosa erklärt. Ursula würde mit Emily wiederkommen, dann konnten sich die Mädchen gleich beschnuppern. Immerhin war keine Zeit zu verlieren, der Urlaub dauerte schließlich nicht ewig. Die Begegnung mit Fischer Heinrich und vor allem mit Thekla war ein Erlebnis gewesen. Thekla war eine sehr kräftige Frau, die ihre stattliche Figur jedoch nicht zu kaschieren versuchte. Im Gegenteil, sie zog mit ihren grellbunten Kleidern und dem passenden riesigen Modeschmuck Aufmerksamkeit auf sich. Schnell hatten sie festgestellt, dass Ursula und sie etwa gleich alt waren. Fischer Heinrich, den sich Thekla vor rund einem Jahr geangelt hatte, wie sie lachend erzählt hatte, war bestimmt fünfundzwanzig Jahre jünger. Ein erstaunliches Paar, das Ursula sehr beeindruckte.

Zurück an der Villa Sanddorn, steuerte Ursula auf das Lädchen zu. Sie wollte endlich mal Sanddornnektar probieren. Der sollte ja so gesund sein. Eine große Frau mit einem bunten Tuch in den strubbeligen Haaren rannte sie beinahe um, weil sie just in dem Moment aus dem Laden stürmte, in dem Ursula hineinwollte.

»Hoppla! ’tschuldigung. Alles gut? Ich hab Sie doch nicht zu sehr erschreckt?« Sie lachte fröhlich. Sah nicht so aus, als ob sie sich tatsächlich Sorgen machen würde.

»Nein, nein, alles in Ordnung.«

»Moin erst mal.«

»Moin? Sagt man das hier?«

»Haben die Gäste eingeschleppt, die denken, das sagt man überall in Norddeutschland.« Sie lachte wieder. Na, die hatte ja ein sonniges Gemüt. »Ich find’s praktisch. Passt zu jeder Tageszeit. Ich bin Gesa.« Eine Pranke griff nach Ursulas Hand und schüttelte sie heftig. »Wohnen Sie in der Villa, in Kap Arkona?« Ursula nickte. »Tolle Wohnung, ne?« Sie nickte wieder und brachte ihre Finger in Sicherheit. »Ach, dann gehören sie zu der Frauen-Kombo! Ich habe schon eine von Ihnen kennengelernt. Gestern. Da hatte ich frei und habe gemalt. Auf der anderen Seite, am Nordufer Wittow. Die hatte sich ziemlich verfahren, und ich habe sie zurückgelotst.«

»Das war meine Tochter Heike. Nett von Ihnen, dass Sie sie auf den rechten Weg zurückgebracht haben.«

Schon wieder das laute, offene Lachen. »Sie sind gut, Ihre Tochter hat mich ja vorher auf die richtige Fährte gebracht.« Ihr Blick war plötzlich voller Bewunderung. »Die hat sich mein Bild nur eine Sekunde angesehen und wusste, was ich machen muss, damit es gut wird. Ich meine, richtig gut.« Sie dachte anscheinend an die Begegnung mit Heike zurück. Plötzlich war sie wieder im Hier und Jetzt. »Grüßen Sie sie von mir, und sagen Sie ihr, sie soll sich ruhig mal melden, dann können wir gemeinsam mit unseren Malsachen losziehen.«

»Das sage ich ihr auf jeden Fall.«

Gesa nickte und ging mit langen Schritten über den Hof davon.

Das war mal wieder typisch Heike. Ihr Malheur, dass sie sich verfahren hatte, hatte sie eingestanden. Aber von dem Zusammentreffen mit dieser Malerin Gesa kein Wort. Obwohl sie ihr künstlerisch auf die Sprünge geholfen hatte. Ein Jammer, dass Heike nicht auf eine Kunsthochschule gegangen war, dachte Ursula. War das womöglich wirklich ihre Schuld?

17

Emily

Wir gehen nach Vitt, stimmt's?« Irgendwie süß, dass Uroma es so spannend machte, aber auch ein bisschen nervig.

»Ja.«

»Willst du wieder in das Café, wo wir gefrühstückt haben?«

»Nein.«

»O Mann, Ur-Usch, muss ich dir alle Würmer aus der Nase ziehen?«

»Was wäre eine Überraschung, wenn man schon vorher alles verraten würde?« Was sollte sie dazu sagen? »Siehst du, deshalb kannst du ziehen, so viel du willst, ich sage kein Wort.« Ur-Usch hatte heute echt einen Clown verspeist, wie es aussah. Sie grinste die ganze Zeit vor sich hin. Voll niedlich. Eine Überraschung in Vitt. Was konnte das schon sein? Da gab es nix, außer dieser dauernd geschlossenen Fischhütte und dem Café.

»Ha, ich weiß«, rief Emily. »Die Stasi-Tussi hält wieder einen Vortrag, und du willst ihr eine Sahnetorte ins Gesicht klatschen.«

Ur-Usch bekam einen Lachanfall und musste stehen bleiben. Sie schüttelte den Kopf, konnte aber nicht sprechen.

Als sie wieder Luft hatte, sagte sie: »Du hast wirklich die besten Ideen, Emmchen. Aber Sahnetorte ist für die viel zu schade, die esse ich lieber auf. Wenn ich dieser Tante noch einmal begegne, buddel ich sie im Sand ein, sodass nur noch der Kopf rausguckt, und warte, bis die ersten Bienen, Mücken und Fliegen kommen.«

»Pfui, Uroma, bist du fies.« Emily musste auch lachen. »Wenn du doch ein bisschen von der Torte opfern würdest, kämen die Bienen und Wespen bestimmt schneller.«

»Die guten Ideen hast du auf jeden Fall von mir«, meinte Ur-Usch schmunzelnd und tätschelte Emily den Kopf.

In dem kleinen Ort angekommen, marschierten sie in eine schmale Gasse, die Emily vorher noch gar nicht aufgefallen war. Ob Ur-Usch diesen Jens ausfindig gemacht hatte und ihr als Erstes davon erzählen wollte? Nee, gestern hatten sie noch nicht die kleinste Spur. Voll unlogisch, dass Ur-Usch über Nacht etwas rausgekriegt hatte. An einem reetgedeckten Haus läutete sie eine Glocke. Na, mal sehen, wer jetzt wohl aufmachte. Emily musste nicht lange auf die Antwort warten. Nach wenigen Momenten stand eine knallbunte Dickmadam vor ihnen.

»Da seid ihr ja«, rief sie und strahlte. »Ich bin Thekla.« Sie wedelte mit der Hand. »Kommt rein, kommt rein!«

Dunkel war es hier drinnen, obwohl draußen die Augustsonne vom Himmel knallte. Dafür war es allerdings auch kühl. Echt angenehm. Emily folgte den beiden alten Damen, die losschnatterten wie alte Bekannte, in die gute Stube. Alte Möbel, ein Kachelofen. Emily hätte fast geschrien, so sehr erschreckte sie sich, als sie den Mann in dem Schaukelstuhl entdeckte. Mann, ey, der sah auf den ersten Blick aus wie ein Toter.

»Hier geht's heute zu wie im Taubenschlag, was Heinrich?«, rief Thekla und streichelte ihm über die Schulter. Emily fiel ein, was diese Ronja erzählt hatte. Ein gewisser Heinrich III. war so etwas wie ihr Opa. Und er konnte sich nicht mehr bewegen. Warum, hatte Emily vergessen. Der Alte da bewegte sich keinen Millimeter, und diese Thekla hatte ihn Heinrich genannt. O Mann, sie waren doch nicht etwa bei …

»Hallo.« Ronja erschien im Türrahmen. Doch, genau da waren sie. Ronja warf Emily einen Bick zu, dann kam sie näher und begrüßte Ur-Usch höflich. Hä, hatte die Emily etwa nicht erkannt, oder was? Oder war sie es gar nicht selbst, sondern eine Zwillingsschwester?

»Hi, ich bin Ronja.« Sie gab Emily die Hand.

»Emily, hi«, antwortete sie leise. Keine Schwester, sondern das Original. Na super, das konnte ja heiter werden.

»Schön, dass du dir Zeit für uns nimmst«, fing Ur-Usch fast ein bisschen feierlich an, nachdem sich alle an den großen Tisch gesetzt hatten. »Bestimmt hat Thekla dir schon erzählt, worum es geht.«

»Ungefähr.« Gesprächig wie eine Auster. Emily überlegte, ob sie nach Ronjas Fuß fragen sollte. Wäre irgendwie nett, und die Katze wäre aus dem Sack, dass sie sich schon kennengelernt hatten. Warum eigentlich? Wenn die Fischhütten-Tussi Bock auf so ein albernes Versteckspiel hatte, bitte schön. Sie sah zwischen Ronja und diesem Heinrich im Schaukelstuhl hin und her. Irgendwie alles unheimlich hier.

»Meine Urenkelin Emily ist hier mit mir im Urlaub und möchte sehr gerne dieses Surfen lernen. Sag mal, Emmchen, wie heißt das noch?«

»Kiten.«

»Genau, das kann ich mir einfach nicht merken.« Ur-Usch kicherte. »Franziska sagt, du bist ein großes Talent auf dem Brett.«

»Na ja, ich komme ganz gut klar.«

In der Disziplin *fishing for compliments* hatte die auf jeden Fall Talent.

»Ich möchte Emily gerne einen Kurs schenken. Und es wäre toll, wenn der hier in Vitt stattfinden könnte, damit Emmchen nicht jedes Mal gefahren werden muss.« Bei Emmchen hatte Ronja gegrinst. Ja, mach dich ruhig lustig. Ronja war auch nicht der Mega-Name. Etwas anderes sickerte langsam in Emilys Bewusstsein. Sie sah ihre Uroma an, die vergnügt lächelte.

»Echt, du willst mir einen Kurs schenken? Oh, du bist voll lieb, Ur-Usch.« Sie drückte ihr einen dicken Kuss auf die Wange. Mist, peinliche Aktion. Schneller Blick zu Ronja. Die lächelte. Aber nicht so von oben herab, sondern voll nett irgendwie.

»Deine Mutter wird davon weniger begeistert sein, darum muss sie ja nicht unbedingt etwas erfahren.« Ur-Usch zwinkerte. »Deswegen habe ich dich auch in keiner der Schulen angemeldet.« Sie sah Ronja an. »Du würdest Emily eine sehr große Freude machen. Und mir auch. Natürlich sollst du meiner Urenkelin nicht umsonst Privatstunden geben. Wenn du also Lust hast, dir in deinen nächsten Ferientagen etwas zu verdienen …«

»Ich muss noch ziemlich viel Text lernen.« Ronja zögerte. War ja klar, dass sie Emily keine Freude machen wollte. Warum auch? Selbst schuld. Emily senkte den Blick. Hätte ich auch nicht gemacht, wenn die mir vorher das Handy stibitzt hätte. »Aber das kann ich auch abends, wenn es dunkel wird.« Emily sah überrascht auf. »Ich schlage vor, wir gucken gleich mal, wie du dich auf dem Brett anstellst. Wenn du der Typ Bewegungslegastheniker bist, tue ich mir das nicht an.«

»Wie, gleich?« Emily war mulmig. »Du meinst jetzt?«

»Ja. Was dagegen?«

»Das wäre doch toll, Emmchen. Da könnte ich zugucken.« Ur-Usch kriegte sich gar nicht ein vor Begeisterung. »Eine prima Idee, Ronja, vielen Dank!«

»Ich habe gar keine Badesachen unter. Ich wusste ja nicht …«, stammelte Emily.

»Unterwäsche wirst du doch wohl anhaben.« Ronja lächelte spöttisch. »Ich leihe dir einen Neo.« Einen was? Emilys Beklemmung verwandelte sich in Panik. Neo war doch der Typ aus dem Film *Matrix*. O Mann, Ur-Usch, was hast du mir da eingebrockt?

Keine halbe Stunde später kniete Emily in einem Ganzkörperkondom, das Neoprenanzug hieß, auf einem Brett und war schwer damit beschäftigt, nicht ins Wasser zu fallen. Ronja hatte ihr einen Vortrag darüber gehalten, dass der Einzelkurs mit ziemlich viel Theorie und Übungen an Land anfangen würde. Wahrscheinlich hoffte die Ziege, dass Emily kniff. Nix da, nie im Leben! Angeblich konnte Ronja einschätzen, ob jemand geeignet war, indem sie seine Balance und seine Beweglichkeit testete. Wer's glaubt …

»Es wäre ganz gut, wenn du das Brett langsam mal loslassen und dich aufrichten würdest«, rief Ronja gerade. Klar wäre das gut, bloß dass sie dann bestimmt sofort das Gleichgewicht verlieren und runterfallen würde. »Du musst noch gar nicht aufstehen, es reicht, wenn du erst mal den Oberkörper streckst und locker kniest.« Locker! Sehr witzig. Emily löste den Griff der linken Hand, dann den der rechten. Von gestrecktem Oberkörper konnte noch keine Rede sein, sie machte einen Buckel wie Quasimodo. Ihr Blick fiel zu Ur-Usch, die neben Thekla saß. Sie hatten sich am Strand Campingstühlchen aufgebaut und verfolgten das Schauspiel. Neben ihnen stand Rafael! Emily machte sich gerade.

»Gut!«, rief Ronja. »Siehst du, so ist es viel leichter. Jetzt kannst du dich ausbalancieren, indem du ganz locker in der Hüfte bist.« Ha, die konnte ihr viel erzählen. Emily wollte viel lieber locker auf den Füßen stehen. Sie stützte sich mit den Händen auf dem Brett ab und setzte einen Fuß auf. Puh, das schaukelte ganz schön. Egal, langsam den zweiten Fuß nachziehen. »Sehr gut. Jetzt brauchst du dich nur noch aufzurichten. Und dabei immer schön weich in den Knien bleiben«, rief Ronja ihr zu, die auf dem Brett stand, als wäre das fest auf einem Pfahl im Ostseegrund verankert.

»Kannst sicher sein, dass ich weiche Knie habe«, rutschte Emily raus. Ronja lachte. Mist, das war nicht für ihre Ohren bestimmt.

»Einfach loslassen und die Arme zum Ausbalancieren an die Seite«, riet Ronja ihr. Von wegen einfach. Emily hob eine Hand vom Brett, legte sie aber sofort wieder ab. Tolle Haltung. Ihr Hintern zeigte weit nach oben, während alle viere an dem Board festzukleben schienen. Sie musste sich hinstellen. Jetzt. Emily löste beide Hände vom Brett und streckte den Rücken durch. Das war ja einfach. Applaus und Jubelrufe vom Strand. Emily riss einen Arm in die Höhe und winkte. Blöde Idee, dachte sie, wackelte, als hätte sie ein bockendes Pony unter sich, und flog auch schon in die Wellen. Board zurückholen, erst mal wieder draufkommen, der nächste Versuch. Emily segelte noch einige Male ins Wasser, kam aber immer schneller auf die Füße und konnte sich immer länger halten.

Ronja gab ihr Tipps. »Beine etwas breiter auseinander, leicht in den Knien wippen!« Sie verlor nie die Geduld, lachte Emily nicht aus. Sie lobte sie sogar. »Gut so, ja, genau so. Das machst du echt gut!« Schließlich erklärte Ronja die Aufnahmeprüfung für beendet und bestanden.

»Das heißt, du bringst es mir bei, so richtig mit Kite?« Emily konnte ihr Glück kaum fassen.

»Klar.«

»Das sah schon ziemlich gut aus. Hast du wirklich noch nie auf einem Board gestanden?« Rafael nahm Emily das Brett ab und trug es für sie. Total süß. Ur-Usch und Thekla hatten das wackelige Schauspiel im Wasser nicht bis zum Schluss verfolgt. Die Hitze hatte die beiden bestimmt zurück in das kühle Häuschen getrieben.

»Nein, noch nie.« Emily schnaufte. Der Test war nicht nur aufregend, sondern auch ganz schön anstrengend gewesen.

»Respekt, dann hast du echt Talent.«

»Glaube ich auch. Wenn du jeden Tag kommst und natürlich die Theorie paukst, kannst du's in deinem Urlaub ziemlich weit bringen«, meinte Ronja ernsthaft.

»Glaubst du? Das liegt dann aber an der tollen Lehrerin«, sagte Emily und merkte, wie sie rot wurde. »Richtig cool, dass du mir Unterricht geben willst. Obwohl ich dir … Also, ähm …«

»Obwohl du mir das Handy geklaut hast?« Hätte sie das nicht ein bisschen netter ausdrücken können?

»Ja, so ungefähr«, murmelte Emily.

»Schwamm drüber. Dafür hast du mir den fiesen Splitter aus dem Fuß gepult.«

»Na toll«, meldete sich Rafael zu Wort, »gleich liegt ihr euch weinend in den Armen und versprecht euch Freundschaft fürs Leben. Und ich?«

»Chill mal, Rafi«, gab Ronja lässig zurück. »Gegen Frauenfreundschaften haben Männer eben keine Chance.« Sie zwinkerte Emily zu.

»Super, das heißt, du gibst einen Privatkurs, und ich kann mir eine neue Kite-Partnerin suchen.« Er lehnte das Brett an einen Schuppen neben der Fischerhütte, in der Ronja wohnte.

»Heul doch«, neckte Ronja ihn. »Ach komm, du hast doch sowieso nie Zeit. Musst doch ständig bei euch im Restaurant helfen. Außerdem … Gib Emily zwei Tage, danach können wir das erste Mal zu dritt los.«

»Abgemacht?« Er sah die beiden an und hielt ihnen nacheinander die rechte Handfläche hin, damit sie abklatschen konnten.

»Abgemacht«, antworteten sie wie aus einem Mund.

»Ich muss jetzt auch los.« Schade. »Hast recht, Ronja, meine Mutter braucht mich. Also, bis später.«

»Ich hoffe, Rafael ist nicht doch sauer, wenn du jetzt so viel Zeit mit mir verbringst«, fing Emily vorsichtig an, als sie sich aus dem Neoprenanzug schälte. Mann, war das Ding eng. Wie sollte man da ohne Dosenöffner rauskommen?

»Nee, wieso?«

»Na ja, ihr seid doch befreundet, oder? Ich meine, ihr …«

»Wir sind kein Paar, falls du das meinst.«

»Nicht?« Das hatte bestimmt total desinteressiert geklungen, aber innerlich riss Emily die Siegerfaust in die Höhe.

»Auf keinen Fall! Rafi ist in Ordnung, aber überhaupt nicht mein Typ. Ganz ehrlich, ich stehe nicht auf Silberkettchen und Gel in den Haaren.« Sie lachte.

»Außerdem hat der bestimmt an jedem Finger zehn, wie meine Oma immer sagt.« Emily hielt den Atem an.

»Nö. Rafi macht immer einen auf Mister Lover Lover, aber eigentlich ist der ein bisschen schüchtern.« Ja! Emily hätte am liebsten einen Tanz aufs Parkett gelegt. Das Leben meinte es echt gut mit ihr. Rügen war die tollste Insel der Welt, und das hier würden die schönsten Ferien werden, die sie jemals erlebt hatte. Jede Wette!

18

Heike

Die Kirchenbücher der Insel lagerten auf dem Festland. Heike hatte es noch einmal in Sassnitz versucht. Sie war in ein Seniorenwohnheim gegangen und hatte sich nach der Schneiderei Carstensen erkundigt. Ohne Erfolg. Zwar hatten sich einige der betagten Herrschaften an den Betrieb oder die Familie erinnert. Eine Dame wusste sogar noch, dass ein Spross ins Ausland gegangen war. Das musste Jens sein!

»Nein, junge Frau, ich weiß nicht, ob der wiedergekommen ist. Das ist schon so lange her.« Wo auch immer Heike nachfragte, niemand konnte ihr einen Hinweis darauf geben, dass dieser Jens Carstensen noch am Leben war. Sie hatte den Eindruck, dass überhaupt niemand aus der Familie mehr existierte. Jedenfalls nicht auf Rügen. Da stand sie nun alleine in der Hitze. Ihr Hanfshirt war durchgeschwitzt und roch nach nassem Hund. Heikes Laune war auf dem Tiefpunkt.

Der Tag hatte schon damit angefangen, dass sie verschlafen hatte. Es war also ihre Schuld, dass kein gemeinsames Frühstück zustande gekommen war. Gut, Mutti hätte sie ja auch mal wecken können. Und Rahel war sowieso schon unterwegs gewesen. Heike seufzte. Trotzdem. Irgendwie hatte sie nach dem gestrigen Tag, den sie alle zusammen verbracht hatten, auf eine Veränderung gehofft. Sie wünschte sich so sehr, dass sie vier alle mehr zusammenrückten. Aber nicht einmal Mutti schien sonderlich viel Wert darauf zu legen, sonst hätte sie doch wenigstens zu dritt den Verlauf des Tages besprochen. So hatte Heike mit Emily gefrühstückt, wenn man eine Tasse Kaffee als Frühstück bezeichnen wollte, und sich dann allein auf den Weg nach Sassnitz gemacht. Sie hätte Emily sehr gerne mitgenommen, nur hatte die keinen Bock, wie sie erklärt hatte.

»Ich habe zu tun«, hatte sie behauptet. »Du hast mir doch selbst aufs Auge gedrückt, bei Facebook und Instagram nach diesem Briefheini zu suchen.« Dann hatte sie sich mit ihrem Handy auf das Sofa gekuschelt und obendrein den Fernseher eingeschaltet. Morgens um halb elf!

Tief in Gedanken versunken, stapfte Heike vom alten Rathaus in Richtung Wasser. Ihr Magen knurrte. Sie hätte längst etwas essen müssen, aber zum einen wollte sie nicht lange wegbleiben. Konnte doch sein, dass Mutti und Rahel wenigstens den Nachmittag gemeinsam gestalten wollten. Zum anderen hatte sie kein Café gefunden, das sie angesprochen hatte. Am Kurplatz angekommen, starrte sie auf die Ostsee. Was tat sie hier? Sie hatte Erkundigungen eingezogen, aber nichts herausfinden können. Sie sollte zurückfahren und das den anderen mitteilen. Heike rührte sich nicht vom Fleck. Sie konnte wetten, dass Rahel die Gunst der Stunde nutzte und entweder arbeitete, bummelte und Klamotten kaufte oder beides. Und Mutti? Was hatte sie geschrieben? Eure heute arg zerknitterte Ur-Ursula. Was mochte das bedeuten, ging es ihr nicht gut? Vielleicht war der Tag gestern ein bisschen viel gewesen. Und wahrscheinlich ging sie normalerweise früher ins Bett als hier an den letzten beiden Abenden. Wenn sie am Vormittag draußen war, hatte sie sich jetzt eventuell ein wenig hingelegt. Emily war ohnehin froh, wenn ihr niemand auf die Nerven ging. Heike atmete die salzige Luft ein, genoss den leichten Wind, der ihr durch die Haare fuhr und ihr Shirt trocknete, und hörte dem Plätschern der Wellen zu. Niemand wartete auf sie. Niemand hatte eine Uhrzeit vorgeschlagen, zu der sich alle wieder treffen sollten. Warum dachte sie eigentlich immer nur darüber nach, was die anderen wohl von ihr erwarteten, was sie gerne hätten? Wieso fragte sie sich nicht einmal, wonach ihr jetzt der Sinn stand? Sie füllte ihre Lungen ganz bewusst mit der guten Meerluft. Was würde sie jetzt am liebsten tun? Ihr Magen meldete sich erneut, lauter dieses Mal. Mit einem Lächeln auf den Lippen machte sie kehrt. Wenn sie Glück hatte, würde sie ein vegetarisches Restaurant entdecken. Genau das war es, wonach ihr der Sinn stand.

Eine Stunde später hatte sich Heikes Magen wieder beruhigt. Sie kannte das schon. Wenn sie ihren Hunger ignorierte, verzog er sich irgendwann. Ein vegetarisches Restaurant hatte sie nicht ausfindig gemacht, dafür kannte sie sämtliche Döner-Läden, Imbisse und Asia-Buden der Stadt. Natürlich war sie auch an schicken Lokalen vorbeigekommen, die norddeutsche Küche anboten, doch sie hatte sich einfach nicht aufraffen können, eines zu betreten. Der Appetit war das eine, allein an einem Tisch zu sitzen das andere. So ein blöder Currywurst-Stand kam nicht infrage. Aber war sie für ein anständiges Restaurant überhaupt gut genug angezogen? Ihr war das nette Café eingefallen, in dem sie am Vortag gesessen hatten, nur hatte sie es einfach nicht wiedergefunden. Jetzt war sie wieder nass geschwitzt, müde und frustriert. Sie beschloss, den Rückweg anzutreten, und hoffte inständig, dass sie sich nicht wieder verfuhr. Der Weg vom Parkplatz hinter dem Rathaus bis zum Kurplatz war ihr gar nicht so lang vorgekommen. Hätte sie womöglich schon früher abbiegen müssen? An die Grünfläche konnte sie sich nicht erinnern, und auch keins der Häuser kam ihr bekannt vor. Hafenstraße. War sie vorhin durch die Hafenstraße gekommen? Ein italienisches Restaurant, ein Fischstübchen. Nein, die hatte sie noch nie gesehen. Schauten hübsch aus, aber Heike war der Appetit vergangen. Sie würde bis zur nächsten Querstraße gehen. Wenn sie dann noch immer keine Ahnung hatte, wo sie war, musste sie eben jemanden fragen. Sie schnaufte. Manchmal verlor sie selbst die Geduld mit sich. Kein Wunder, dass niemand großen Wert auf ihre Gesellschaft legte. Weder in ihrer Familie noch unter den Kollegen in der Redaktion. Heike sah zur Seite und entdeckte ihr eigenes Spiegelbild in einem Schaufenster. Hängende Schultern, ein runder Rücken, strähnige Haare ohne Schnitt. Äußerlichkeiten waren ihr eben nicht wichtig. Aber schön war dieser Anblick auch nicht. Vor allem spiegelte er perfekt ihr seelisches Innenleben.

»Du bist die Frau deines Lebens.« Heike stutzte. Erst jetzt wurde ihr bewusst, dass sie vor dem Schaufenster einer Buchhandlung stand. Sie las den Titel noch einmal, dann den Untertitel: »Wie frau ein starkes Selbstbewusstsein aufbauen und für immer behalten kann«. Spontan betrat sie den kleinen Laden.

»Guten Tag, ich hätte gern das Buch aus dem Fenster.« Dann erst sah sie sich um. »Oh, Entschuldigung, ich bin noch gar nicht dran.«

»Doch, doch, alles gut. Bestimmt *die Frau deines Lebens*, oder?«, wollte die Buchhändlerin wissen und kletterte auch schon in die Auslage.

Heike nickte. »Oh, und ich sehe gerade, Sie haben auch Künstlerbedarf. Dann nehme ich noch einen Skizzenblock und den Holzkoffer mit den Ölpastellkreiden.«

»Den mit zweiundsiebzig Farben?« Die Frau machte große Augen.

»Ja, genau. Und die Aquarellstifte bitte, das Vierundzwanziger-Set.« Sie atmete durch, spürte ein aufgeregtes Flattern. So viel Geld hatte sie lange nicht einfach so für sich und ungeplant ausgegeben. Na und? Sie war niemandem gegenüber Rechenschaft schuldig. Rahel stand lange auf eigenen Beinen und brauchte nun wirklich kein Geld mehr von ihrer Mutter. Und was gönnte sie sich schon? Für gute Lebensmittel gab sie Geld aus und für Kleider aus dem Eine-Welt-Laden, die nach zwei Wäschen die Form verloren, falls sie je eine gehabt hatten, und nach Viechern rochen, wenn sie nass wurden.

Zurück in der Villa Sanddorn, zog Heike sich um. Sie war allein in der Wohnung. Keine große Überraschung. Auf Rahels Zettel, der noch immer auf dem Esstisch lag, war eine Notiz hinzugekommen. »Emmchen und ich sind noch mal los. Wir sehen uns alle heute Abend. Ursula«, stand darauf.

Heike ging, Skizzenblock und Aquarellstifte unter dem Arm, den Vitter Weg entlang und folgte dann der Beschilderung zum Rügenhof. Sie bummelte durch den restaurierten Gutshof, ließ sich vom Kerzenmacher zum Bernsteinschleifer, vom Korbflechter zu den Herstellern der Rügener Kreidemännchen treiben. Sie hatte ja noch gar kein Geburtstagsgeschenk für Mutti! Gut, ein paar Tage blieben ihr noch, aber sie musste sich darum kümmern. Ihr wurde heiß und kalt, doch dann war sie plötzlich sicher, dass sie hier etwas Hübsches finden würde. Sie würde Rahel und Emily vorschlagen, sich hier gemeinsam nach etwas Passendem umzusehen. Warum eigentlich? Schon ein paarmal hatte sie das Thema angeschnitten, als sie noch zu Hause gewesen waren, aber sowohl Rahel als auch Emily waren nur genervt gewesen. Sie hatten keine Idee und hätten es am liebsten, wenn sich Heike um alles kümmerte.

»Außerdem ist doch noch viel Zeit«, hatte Rahel am Telefon gesagt. Selbst schuld. Es war ja nicht so, dass sie sich nicht hätte kümmern wollen, aber man musste doch gemeinsam überlegen, über verschiedene Vorschläge abstimmen. Nun waren es nur noch wenige Tage bis zu Muttis großem Fest. Wenn die beiden dann ohne etwas dastanden, konnte sie auch nichts dafür. Du bist nicht immer für alle verantwortlich, hatte Mutti ihr das nicht immer wieder gepredigt? Als ob sie das nicht selbst wüsste. Nur klappte eben nichts, wenn sie sich nicht darum kümmerte. Na und? Dann klappte es eben nicht. Rahel und Emily würden schon nicht ohne Geschenk aufkreuzen, das konnte sie sich nicht vorstellen. Und wenn doch? Wenn sie mit irgendeinem Verlegenheitspräsent auftauchten? Dann würden sie sich eben blamieren, mit ihr hatte das nichts zu tun. Und Mutti würde es wahrscheinlich nicht mal etwas ausmachen, dachte Heike. Sie hatte immer wieder betont, dass die gemeinsame Zeit alles war, was sie sich wünschte, und dass sie sonst alles hatte, was sie brauchte. Und wenn Ursula das sagte, meinte sie es auch. Heike streckte den Rücken durch. Nicht ihr Problem!

Sie holte sich ein Brötchen mit Räucherfisch. Nachdem sie das mit großem Appetit verputzt hatte, suchte sie sich ein Plätzchen etwas abseits, von wo sie den Trödel- und Antikmarkt beobachten konnte, der vor dem alten Gutshaus aufgebaut war. Sie begann mit ihrer ersten Skizze. Mehr und mehr vergaß sie die Menschen um sich herum. Es fühlte sich herrlich an. Sie hatte Zeit, sie musste sich um nichts kümmern, sie war frei. Trotzdem wäre es schön, sich mit jemandem über die Eindrücke auszutauschen, die sie mit schnellen Strichen festhielt. Vielleicht hatte sie Glück und traf diese Gesa wieder. Falls die ihr noch einmal anbieten sollte, gemeinsam zu malen, würde sie dieses Mal keine Sekunde zögern.

19

Rahel

Gottchen, der Spaziergang hatte ihr wirklich gutgetan. Rahel verließ die Boutique, die in Binz in einer alten Villa untergebracht war. Oder war es der Spitzenbody, den sie sich gegönnt hatte? Die Papiertasche im edlen Glanzlackdruck fest in der Hand, durchquerte sie die Fußgängerzone, ging über die Straße und blickte über den Schmachter See. Das Schilf raschelte leise, rund um das stille Gewässer gab es jede Menge Grün. Warum hatte Oma Usch hier keine Wohnung gemietet oder noch besser für jede ein Zimmer in einem eleganten Hotel? Die Villa Sanddorn war schön, keine Frage, aber hier hatte man das Meer und diesen zauberhaften See in direkter Nähe und unzählige Lokale vor der Haustür. Von der Seebrücke konnte man immer am Wasser entlang bis Prora laufen, und wenn man sich an dem Koloss vorbeimogelte, wie Rahel es vorhin getan hatte, sogar noch viel weiter bis nach Mukran. Sie stand eine Weile ganz still und vergaß die vielen Touristen, die hier die Caféterrassen bevölkerten, auf hölzernen Liegen ausruhten oder die Hände in den nahe gelegenen Brunnen tauchten. Da war nicht nur das Rascheln der hohen Gräser, da waren außerdem Vogelstimmen. Und das leise Säuseln des Windes. Es musste Ewigkeiten her sein, dass sie das zuletzt gehört hatte. In Frankfurt gab es keine Vögel. Obwohl … es war wohl eher so, dass sie sich nicht mehr die Zeit genommen hatte, darauf zu achten. Immer in Eile, immer mit den Gedanken beim nächsten Projekt oder bei ihrem Kontostand.

Daran hätte sie besser nicht denken sollen. Schlechtes Gewissen kroch in ihr hoch und vermieste ihr den wunderschönen Tag. Wenn dieses winzige Spitzendings in ihrer Tüte auch heruntergesetzt war, waren neunzig Euro noch immer ziemlich viel Geld für ziemlich wenig Stoff. Immerhin war es eine Investition in ihre Zukunft. Cord Mahler musste sie einfach unwiderstehlich finden, wenn sie das erste Mal die Hüllen fallen ließ. Was hoffentlich bald passierte.

Plötzlich hatte Rahel das dringende Bedürfnis, die kleine Tasche mit ihrem überteuerten Inhalt im hohen Bogen in den See zu pfeffern. Investition in die Zukunft. Ha! Das war ein Witz, nur leider kein guter. Sie musste endlich aufhören, sich etwas vorzumachen. Sie durfte sich nicht länger mit Shoppingorgien belohnen oder trösten. Die lindernde Wirkung war immer nur von kurzer Dauer, der verheerende Effekt auf ihre wirtschaftliche Lage dafür umso nachhaltiger. Sie wollte unbedingt einen Einzeltermin bei Franziska Marold, und sie wollte endlich den Job inklusive fetter Gehaltserhöhung, der ihr schon lange zustand. Mit Lore Kommer hatte sie einen Termin für den Folgetag vereinbart, um eine Analyse zu erstellen, deren Ergebnis Rahel jetzt schon kannte. Sie zückte ihr Smartphone und wählte Cords Nummer. Zwei Minuten später war sie mit ihm verabredet. Sie würde direkt zu ihm fahren, nachdem sie im Kommödchen war. Wie gut, dass sie ihrem Impuls nicht nachgegeben und den kostspieligen Traum aus Spitze nicht im Schmachter See versenkt hatte.

Rahel wollte gerade in den Leihwagen einsteigen, den sie am Bahnhof abgestellt hatte, als sie ein lautes Fluchen hörte.

»So ein unglaublischer Mist! Ausgereschnet jetzt.« Die Stimme kannte sie doch. Augenblicklich machte sich ein höchst angenehmes, warmes Gefühl in ihrem Nacken und ihren Schultern breit. Sie sah sich um. Tatsächlich, der Wunderheiler, das Sahneschnittchen, das ihr so herrlich die Verspannung weggeknetet hatte. Sie ging lässig zu ihm hinüber. Er bemerkte sie gar nicht, so sehr war er mit der offenen Motorhaube eines Geländewagens beschäftigt.

»Gibt's ein Problem?«

»Mon Dieu!« Er schlug sich die Hand gegen die Brust. »Aben Sie misch erschreckt. Ah, die Dame mit dem kaputten Als.« Er strahlte und reichte ihr die Hand. »Aben Sie noch Schmerzen?«

Sie schenkte ihm ihr schönstes Lächeln. »Nein. Aber gegen eine weitere exklusive Massage hätte ich nichts einzuwenden. Vorbeugend sozusagen.« Sie lachte. »Ich hätte Sie gern eingeladen. Als Dankeschön für die Wunderheilung. Aber Sie waren so schnell weg.«

»Kein Wunder.« Rahel stutzte. »Isch meine, es war kein Wunder, es war nur Massage.« Er hob seine kräftigen Hände.

»Ach so, jetzt verstehe ich.« Sie lachte wieder.

»Sie könnten sisch jetzt revanschieren. Die Kiste springt nischt an. Fahren Sie zurück zur Villa?«

»Ja. Soll ich Sie mitnehmen?«

»Das wäre sehr nett von Ihnen.« Der große Kerl mit der Lattemacchiato-Haut wirkte ein wenig überdimensioniert in dem Mini. »Sie waren einkaufen?« Er deutete mit dem Kopf auf den Rücksitz, wo der Spitzenbody ein Stück aus der Tüte gerutscht war.

»Auch. Eigentlich habe ich einen langen Spaziergang gemacht. Danach ist mir das hübsche Teil gewissermaßen zugelaufen.« Kehliges Lachen. Das kam immer gut an. »Gefällt's Ihnen?« Sie betrachtete ihn kurz von der Seite. Es war ihm nicht unangenehm, sondern er musterte den Body in aller Ruhe.

»Sieht an Ihnen bestimmt sehr schön aus«, sagte er. Um ein Haar hätte sie ihm angeboten, sich davon zu überzeugen, aber das ließ sie mal besser sein. Sonst würde am Ende alles zu kompliziert. »Wenn Sie nur spazieren wollten«, begann er, »warum sind Sie dann nach Binz gefahren? Sie können von Vitt kilometerweit am Meer laufen. Von mir aus bis nach Juliusruh und weiter, wenn Sie wollen.«

»Wir sind ja noch einige Tage hier. Das Schönste spart man sich doch immer zum Schluss auf«, sagte sie lächelnd, ohne ihn anzusehen. Keine Ahnung, wohin das führte, aber sie flirtete nun mal für ihr Leben gern.

»Finden Sie? Isch esse das Beste immer zuerst. Wäre doch dumm, wenn isch es aufbewahre und dann satt bin oder misch verschlucke und sterbe.« Er erwartete keine Antwort von ihr, sondern sprach gleich weiter: »Sie sind vielleischt eine komische Familie. Nur Frauen, und jede ist immer allein unterwegs. Nein, die Ur-Ur-Ursula war mit Emily zusammen in Vitt.«

»Das war eine Ur zu viel.«

»Wie bitte?«

»Ach nichts.« Sie schwiegen eine Weile.

»Was ist mit Ihnen, haben Sie Familie?«, fragte sie dann.

»Nischt ier, in meiner Eimat.«

»Woher kommen Sie, aus Marokko oder Tunesien?«

»Senegal. Genauer gesagt aus der Casamance, das liegt im Süden des Landes.«

»Ich weiß, wo das liegt. Das ist dieses Widerstandsnest, das sich gegen die französischen Kolonialherren zur Wehr setzt, richtig?«

Er lachte. »Widerstandsnest. Sie sind lustisch. Die Casamance ist kein Dorf. Und der Senegal ist schon seit 1960 unabängig von den Franzosen.«

»Das weiß ich.«

»Tatsäschlisch? Sie interessieren sisch für Afrika?«

»Nicht so speziell. Aber ich lese Zeitung, was denken Sie denn? Ich habe meinen Kopf nicht nur, um ziemlich gut auszusehen.«

Er lächelte. »Sagen Sie nicht, Sie mussten in Deutschland Asyl beantragen, weil Sie zu Hause durch Terroranschläge die Autonomie des Südens erzwingen wollten.«

»Im Gegenteil. Isch verabscheue Gewalt. Es gab Zeiten, da war es schwer für einen jungen Mann, nischt für irgendeine Seite zu kämpfen. Jedenfalls im Süden. Sie aben schon rescht, es gab dort Unabängigkeitsbestrebungen vom Rest des Landes, die man notfalls auch mit Waffen durschsetzen wollte. Also bin isch weggegangen.«

»Nach Rügen«, unterbrach sie ihn.

»Nischt gleisch. Erst abe isch es weiter nördlisch im Zentrum des Senegal versucht, wo riesige Erdnussplantagen sind. Aben Sie auch in Ihrer Zeitung gelesen, dass der Senegal einer der größten Erdnussproduzenten der Welt ist?«

»Nein, das wusste ich nicht.« Als er zu ihr ins Auto geklettert war, hatte Rahel vermutet, dass sie ein wenig mit ihm schäkern, sich ansonsten aber eher nicht mit ihm unterhalten konnte. Großer Irrtum.

»Dafür werden Unmengen von Land gebraucht. Und mindestens solsche Unmengen Wasser. Nur aben wir keins, der Senegal ist trocken, sehr trocken. Trotzdem wird die Fläsche mit der Erdnuss bepflanzt und gleischzeitig Reis und Weizen importiert, weil nischt genug Platz übrig bleibt, um Nahrungsmittel anzubauen.«

»Die Erdnuss ist doch ein Nahrungsmittel. Noch dazu ein ziemlich gehaltvolles und vielseitiges, wenn ich mich nicht irre.«

»Das stimmt. Nur bekommen wir sie nischt, sondern verkaufen sie in die ganze Welt. Klug, nischt wahr?« Er lächelte ironisch und sah dabei ziemlich traurig aus.

»Und wie sind Sie nun ausgerechnet auf den nördlichsten Zipfel von Rügen gekommen?«

Während sie Altenkirchen hinter sich ließen und auf Putgarten zuhielten, erzählte er von dem Zufall, der ihn vor Jahren zum ersten Mal auf die Plantage von Rügorange verschlagen hatte. Jedes Jahr war er wiedergekommen, um während der Erntezeit gutes Geld zu verdienen, hatte sich zum Vorschneider hochgearbeitet.

»In meinen Semesterferien«, setzte er hinzu. Sie musste ziemlich überrascht ausgesehen haben, denn er erklärte sofort, dass er in der Schweiz studiert habe. Wirtschaftsingenieurwesen. »Mein Vater at mit Korruption sehr viel Geld gemacht. Isch abe alles gelernt, um die Korruption in meinem Land zu bekämpfen.« Er zuckte mit den Schultern. »Ausgleischende Gereschtigkeit.« Er hatte lange vorgehabt, in die Politik zu gehen, Präsident des Senegal zu werden, verriet er ihr. Bis er begriffen hatte, dass ein Mann alleine nichts ausrichten konnte. Nicht einmal ein Präsident. Darum hatte er Niks Angebot angenommen, ganzjährig zu Rügorange zu kommen und mit ihm gemeinsam den Laden zu schmeißen, während Nik sich in Vitt ein zweites Standbein aufbaute und sich vor allem um Franziska und die Zwillinge kümmerte. Er liebte seine Heimat, doch anscheinend hatte er resigniert. Jedenfalls was politische Veränderungen anging.

20

Ursula

Kreolisches Essen! Ursula hatte ja schon einiges ausprobiert, aber darunter konnte sie sich nicht viel vorstellen. Sie schlüpfte in eine leuchtend blaue Hose und in ihre weiße Bluse mit Fledermausärmeln und legte die großen goldenen Ohrringe und die passende Kette an. Ganz schön Farbe hatte sie heute bekommen. Kein Wunder, es war ja auch ziemlich heiß gewesen. Sie musste wieder an das nette Gespräch mit dieser Thekla und an Emmchen auf diesem komischen Brett denken. Zu schade, dass sie den anderen beiden nicht erzählen konnte, wie gut sich das Mädchen angestellt hatte. Kreolisch. So hieß das doch, oder? Ja, sie war ganz sicher. Ra hatte erzählt, dass sie das Restaurant in Binz entdeckt habe.

»Das passt doch irgendwie zu deiner Suche. Dieser Jens und du, ihr habt doch beide von der großen, weiten Welt geträumt. Was hältst du davon, wenn wir im Yuanas essen gehen? Da erlebst du ein bisschen Karibik, wenn auch nur auf dem Teller.« Ein schöner Vorschlag.

Sie fuhren mit Rahels Leihwagen.

»Willst du den nicht langsam mal wieder abgeben?«, fragte Ursula leise, die neben Ra auf dem Beifahrersitz saß. »Sind doch nur unnötige Kosten.«

»Damit ich Mutter auf Knien anbetteln muss, dass ich ihre Klapperkiste haben darf, und anschließend erst recht auf Knien dafür beten muss, dass ich damit zu meinem Termin komme, ohne dass die Gurke liegen bleibt?«

»Als ob du jemals betteln müsstest«, kam es leise vom Rücksitz.

»Mach dir nichts draus, Oma«, meinte Emily, »Dankbarkeit war noch nie ihre Stärke.«

»Dann weiß ich ja, von wem du das geerbt hast, junge Dame«, erwiderte Rahel scharf und warf einen Blick in den Rückspiegel.

»Ich möchte bitte aussteigen.« Ursula hatte es so satt. Ja, da konnten sie sie ruhig alle entgeistert anstarren.

»Hier, mitten in der Gegend? Das geht doch nicht, Mutti!«

»Wir haben's ja kapiert, Usch«, sagte Ra spitz. »Jedenfalls die meisten von uns. Wir sind schon ganz brav«, säuselte sie.

»Wer's glaubt!« Ursula schnaubte. »Wenn ihr euch im Restaurant auch ständig streitet, setze ich mich an einen Einzeltisch.«

Das Lokal war glücklicherweise wirklich hübsch. Überwiegend weiße, grob verputzte Wände, eine einzige bestand aus roten Ziegeln. Die Möbel waren aus dunklem Holz, die Stühle hatten gedrechselte Lehnen. Alles wirkte irgendwie rustikal und gemütlich, nur an den ausgestopften Alligator auf dem Kaminsims musste Ursula sich erst gewöhnen.

»Boah, tote Tiere als Dekoration. Sehr geschmackvoll!« Emily verdrehte die Augen.

»Ist auch nicht gerade mein Fall«, flüsterte Ursula ihr zu. Dann entdeckte sie einen jungen Mann, der ihr sehr bekannt vorkam. »Sag mal, Emmchen, ist das nicht der hübsche Kerl, den wir vorhin am Strand getroffen haben?« Emilys Kopf fuhr herum, ihre Wangen schimmerten. Ach nee. Ursula lächelte. Der junge Mann hatte sie auch erkannt und winkte ihnen zu. In Emilys Gesicht ging die Sonne auf.

»Hi, Rafael«, rief sie leise. Ursula überlegte sich schon eine Erklärung, woher sie sich kannten, aber Rahel und Heike hatten überhaupt nichts mitbekommen. Heike war schwer damit beschäftigt, den besten Tisch auszusuchen, Rahel hatte ihr Smartphone vor der Nase.

»Du gehst am besten rüber und sagst ihm, dass du die anderen mit deinen Kite-Künsten am Ende des Urlaubs überraschen willst«, wisperte Ursula. »Sonst verplappert er sich noch.«

»Was gibt's denn zu tuscheln?« Rahel konnte anscheinend gleichzeitig Nachrichten lesen und zuhören.

»Nix.« Emily sauste los.

»Sehr guter Vorschlag von dir, Ra. Wenn das Essen nur halb so gut ist wie die Atmosphäre, könnte das hier mein Lieblingsrestaurant werden.« Ursula tätschelte ihr den Arm und ließ sich dann an einem Tisch nieder. Sie musste Fakten schaffen, sonst erörterte Heike in einer Stunde immer noch, ob der Blick in den Garten es wert war, ein wenig beengt zu sitzen, oder ob man in der Nähe der Eingangstür nicht zu viel Zug befürchten musste.

Kaum hatte Ursula sich gesetzt, schlängelte sich eine Frau zwischen Tischen und Stühlen hindurch. Keine Frau, eine Schönheit! Zu ihrer braunen Haut und den dunkelbraunen gewellten Haaren, die verrieten, dass ihre Wurzeln nicht auf dieser Insel liegen konnten, hatte sie blaue, ausgesprochen wache Augen. Ihre langen Beine stellten sogar die von Rahel in den Schatten. Ursula bemerkte Rahels Blick, die sich gerade auf einem Stuhl niederließ. Dieses dunkelhäutige Prachtweib mit den üppig-fraulichen Rundungen war für ihre Enkelin vor allem eins: Konkurrenz.

»Buenas tardes!« Die Schöne lächelte in die Runde. Freundlich, aber auf keinen Fall unterwürfig. Sie war mehr Gastgeberin als Dienstleisterin, das sah man sofort. Und diese Frau entschied, wer hier Gast sein durfte. »Haben Sie schon einen Getränkewunsch, oder möchten Sie sich erst orientieren?«, fragte sie, nachdem sie Speisekarten verteilt hatte.

»Bringen Sie uns doch bitte eine Flasche Wasser mit Sprudel. Den Rest entscheiden wir später«, sagte Ursula. Sie hätte das

Wasser auch auf Spanisch bestellen können. Da hätten Heike und Rahel schön dumm aus der Wäsche geguckt. Oder es wäre peinlich geworden.

Das Essen war ganz wunderbar. Es gab lauter exotische Dinge wie Süßkartoffelpüree, Erdnusssoße, was Rahel doch eher afrikanisch unpassend für ein kreolisches Restaurant fand, und Banananendip. Fleisch und Fisch waren gut gewürzt und auf den Punkt gegrillt oder gekocht. Es gab kein Gemaule und kein langes Gesicht. Welch eine Sensation!

»Du hast reingehauen wie ein Scheunendrescher, Mutti. Ich dachte, im hohen Alter hat man nicht mehr so viel Hunger.« Heike war noch immer ein wenig gekränkt wegen ihres Frischkorn-Debakels vom ersten Abend.

»Das war auch zu viel!« Ursula schnaufte. »Aber es war so lecker! Dafür esse ich wahrscheinlich nie wieder etwas.«

Emily kicherte. »Ich wette, wenn wir nachher zu Hause sind und Schokolade auf den Tisch kommt, hast du das schon vergessen, Uroma.«

»Schokolade isst man nicht, die genießt man.«

»Liest du uns nachher wieder Briefe vor?«

»Gerne, wenn es nicht zu spät wird.« Ursula ging das Herz auf. Emily wollte nicht nur nett sein, sie interessierte sich allmählich wirklich für die Geschichte.

Der hübsche junge Mann vom Strand räumte die leeren Teller ab. Er half im Service und war offenbar der Sohn der Schönheit. Dann war ja klar, woher er sein gutes Aussehen hatte. Einmal hatten die beiden sich ganz dicht aneinander vorbeizwängen müssen, um an einem Tisch zu servieren, an dem daneben abzuräumen. Bauch an Bauch hatten sie gelacht, Rafael hatte die freie Hand um die Taille seiner Mutter gelegt, und sie hatten getanzt. Es waren nur Sekunden, aber man konnte sehen, wie viel Rhythmus beide im Blut hatten. Welch ein Hüftschwung – bei Mutter und Sohn! Zwischendurch hatte sich der Koch sehen lassen, ein Mann, den Ursula auf Ende sechzig schätzte. Als er zu ihnen an den Tisch getreten war und sich erkundigt hatte, ob alle zufrieden seien, war ein ganz merkwürdiger Schauer über Ursulas Haut gehuscht. Irgendetwas in dem Gesicht kam ihr für einen winzigen Moment vertraut vor. Vielleicht war es auch nur eine Geste oder ein Blick gewesen. Es ging zu schnell, als dass sie die Empfindung hätte festhalten können. Ob er der Ehemann der Schönen war? Nein, eher der Vater. Vielleicht war es die Ähnlichkeit mit ihr, die Ursula für den Bruchteil einer Sekunde verwirrt hatte.

»Kinder, das war wie ein Kurzurlaub in der Karibik!«, rief Ursula fröhlich, als sie sich schwerfällig auf den viel zu niedrigen Beifahrersitz rutschen ließ. »Wisst ihr was? Das Yuanas ist genau der richtige Ort für meine Geburtstagsfeier.«

Es war noch sehr warm, als sie zurück in der Wohnung waren. Deshalb ließen sie sich auf dem Balkon nieder. Heike zündete die Windlichter an, Emily brachte Gläser und Schokolade, und Ursula griff sofort zu. Rahel sorgte für die Getränke. Heike erzählte kurz von ihrem Besuch in einem Seniorenheim, Emily hatte offenbar wirklich in diesen Netzwerken gestöbert. Da hörte man immer, dass dort mehr Menschen beteiligt waren, als das bevölkerungsreichste Land der Welt Einwohner hatte, und trotzdem war sie, genau wie Heike, keinen Millimeter weitergekommen.

»Hat er dir denn überhaupt noch mal geschrieben?«, wollte Rahel wissen. »Ich meine, im letzten Brief hat er doch erzählt, dass er sieben Tage pro Woche arbeitet.«

»Das war ja nur eine Phase.« Ursula hatte ihren geliebten alten Karton auf dem Schoß. »Ich lese euch nicht alles vor.« Emily murrte enttäuscht. »Ich habe gar nicht mehr alle Briefe, Emmchen. Keine Ahnung, wo die gelandet sind, einige sind einfach verschwunden. Aber ich erinnere mich, dass er viel darüber geschrieben hat, wie sehr sich die Lage in der DDR verschlechterte. Er wollte weg. Unbedingt.« Sie sah in die erwartungsvollen Gesichter. »Das hat er geschafft.«

»Echt, er ist abgehauen?« Emily zog die Füße auf den Korbstuhl und schlang die Arme um die Knie.

»Ihr werdet staunen.«

Lübeck, 18.8.1957

Uschka, du Liebe,
ich bin im Westen, in der BRD! Heute um 7:12 Uhr habe ich mit dem Zug die Grenze bei Herrnburg überquert. Ich bin jetzt ganz nah bei Dir, in Lübeck. Doch kann ich nicht zu Dir nach Heiligenhafen kommen, ich muss mich schon morgen im Hamburger Hafen einfinden. Ich gehe zum Bruder meiner Mutter, zu Onkel Oskar – hatte ich ihn schon einmal erwähnt?«

»Das war doch der Einzige in der Familie, der berühmt geworden ist oder so.« Emily war richtig aufgeregt.

»Stimmt, die schillernde Figur.« Heike sah in ihrem Notizbuch nach.

»Nun lasst sie doch weiterlesen«, sagte Rahel atemlos.

Ja, Uschka, ich gehe nach Kuba! Onkel Oskar wohnt seit einem Jahr dort. Er scheint in Havanna in kurzer Zeit eine große Kürschnerwerkstatt aufgezogen zu haben. Mit zehn Angestellten! Jetzt sucht er einen zuverlässigen Gesellen. Ich bin zwar Schneider, habe in der Lederverarbeitung also keine Erfahrung, trotzdem möchte Onkel Oskar, dass ich sofort komme.

Stell Dir vor, er hat mir die Fahrkarte für das Schiff sofort beigefügt.
Uschka, das ist meine Chance, die Welt kennenzulernen, von der ich schon so lange träume! Vielleicht die letzte Chance. Einer aus der Leitung der Lauterbacher Werft hat erzählt, dass Reisen in den Westen bald ganz verboten werden. Er hat Beziehungen nach ganz oben, nach Berlin. Es wird also etwas dran sein.
Bitte sei nicht böse, dass ich Dir erst jetzt davon erzähle, ich wollte den Plan und vor allem meine Familie nicht in Gefahr bringen.

»Hä, wieso das denn? Was denn für eine Gefahr? War der Spion oder so was?«

»Nein, Emmchen, aber DDR-Bürger mussten damals damit rechnen, dass Post in den Westen durchschnüffelt wurde.«

»Echt jetzt, die haben Briefe gelesen, oder was?«

Heike nickte. »So war das damals. Hattet ihr so etwas nicht in der Schule?«

Ursula sagte: »Von Lübeck bestand keine Gefahr. Von dort konnte er mir schreiben, mit welchem Schiff er wann fährt.« Sie glitt mit dem Finger über die Zeilen, es knisterte leise, dann hatte sie die Stelle gefunden.

Die MS Stuttgart legt am 24. August ab. Ich bin also noch fast eine Woche in Hamburg, um meine Papiere bei allen möglichen Behörden vorzulegen. Könntest Du es nicht einrichten, liebe Uschka, hierherzukommen? Ich möchte nicht fortgehen, ohne Dich einmal von Angesicht zu Angesicht gesehen und Deine Stimme gehört zu haben.
Die MS Stuttgart liegt am Niederhafen, es ist ein Stückgutfrachter mit vielen Ladebäumen, Du kannst sie nicht verfehlen.
Liebe Ursula, ich würde mich unendlich freuen und bete, dass

Du kommen wirst. Wir legen am Mittwoch, den 24.8., gegen 6 Uhr ab. Wenn Du willst, frage ich meinen Onkel. Wer weiß, vielleicht braucht er noch eine gute Sekretärin, und Du kommst bald nach!
Mit freudigen, bangen, hoffenden Grüßen
Dein Jens

21

Ursula

Mann, war das gestern eine Aufregung gewesen! Ursula hatte sich vor lauter Fragen gar nicht retten können. »Du hast ihn getroffen? Das hast du nie erzählt.« – »Du wusstest die ganze Zeit, dass er Rügen den Rücken gekehrt hat. Was verschweigst du uns noch alles?« – »Cool, Uroma, der hat dich gleich eingeladen? Wieso bist du nicht nach Kuba gegangen? Oder bist du?«

Ursula hatte sie auf den nächsten Abend vertröstet. Ein bisschen spannend machen wollte sie es ja nun auch. Von der Euphorie war am nächsten Morgen leider nicht viel übrig. Schweigsam nahmen sie das Frühstück zu sich. Immerhin gemeinsam. Außerdem gefiel Ursula die Routine, die sich ergeben hatte und die sie beibehalten wollten. Von gemeinsamen Ausflügen abgesehen, die sie noch planen wollten, gehörte der Tag jeder allein, was nicht bedeuten musste, dass sie nicht auch mal in wechselnden Konstellationen oder zu viert losziehen konnten, wenn es passte. Ab dem frühen Abend würden sie sich in der Ferienwohnung einfinden, auswärts oder zu Hause essen und natürlich weiter ihrer Detektivarbeit nachgehen.

»Sehr schön, ich danke euch.« Rahel lächelte in die Runde. Gestern Nacht, als sie die Windlichter auf dem Balkon gelöscht hatten, waren ihre Fingernägel noch orange gewesen, jetzt waren sie rötlich braun. Wie schaffte sie das? »Dann kann ich heute also mit gutem Gewissen meine Arbeit machen?«

»Klar!« Emily strahlte sie an, Ursula musste schmunzeln. »Ich gehe sowieso an den Strand. Hab da eine Clique kennengelernt. Die würde ich gern treffen.«

»Was sind das denn für Leute?« Rahel sah sie ernst an.

»Die Leute sind in meinem Alter, Mami.« So hatte Emily ihre Mutter lange nicht genannt. Hoffentlich wurde Ra nicht misstrauisch. Emily stand auf und schlang ihrer Mutter die Arme von hinten um den Hals. »Keine Angst, die sind voll nett und vernünftig. Die spielen Theater. Shakespeare und so.«

»Das ist ja toll.« Heike war beeindruckt, und auch Rahel war offenbar zufrieden. Emily löste sich von ihr und ging zur Wohnungstür, wo ihre Tasche schon bereitstand. Von dort zwinkerte sie Ursula zu.

»Der Kellner von gestern Abend ist übrigens auch manchmal dabei. Der hat dir doch so gut gefallen.« Damit hatte sie Ra in der Tasche. Schlaues Kind. Sie konnte unbehelligt zum Kiten gehen und hatte höchstens ein bisschen geschwindelt.

»Na dann, hab Spaß!«, rief Rahel über die Schulter.

»Nur komm nicht schwanger wieder«, ergänzten sie zu dritt und mussten lachen.

Emily fand das überhaupt nicht lustig. »Sagt mal, geht's noch? Wie seid ihr denn drauf?«

»Du musst entschuldigen, Kind, aber es liegt nun mal in der Familie, dass uns schon intensiver Blickkontakt befruchten kann.«

»Mutti!« Heike war entsetzt, konnte aber trotzdem nicht ernst bleiben.

»Genau. Und du musst uns ja nicht alles nachmachen.« Rahel kicherte albern.

»Nee, besser, ich mache euch gar nichts nach.« Emmchen schüttelte den Kopf, aber ihre Mundwinkel zuckten verräterisch. »Ich glaube, wenn ihr euch mal einig seid, kann man euch noch schlechter aushalten, als wenn ihr euch zofft. Tschüss!« Die Tür klappte, und Rahel, Heike und Ursula sahen sich verdutzt an, ehe sie in schallendes Gelächter ausbrachen.

Danach machte sich Rahel auf den Weg. »Soll es jetzt eigentlich noch ein gemeinsames Coaching geben? Sonst würde ich auch allein …« Sie hatte schon die Hand auf dem Türgriff.

»Also ich fände das gut.« Heike hatte keine Sekunde gezögert. »Wenn dir das nicht zu teuer wird, Mutti. Sonst können wir auch alle etwas dazugeben, finde ich. Außer Emily natürlich.«

»Schon gut, das letzte Hemd hat keine Taschen, sagt man doch so treffend. Machen wir uns nichts vor, es rückt auf meiner Kleiderstange immer weiter nach vorne. Von mir aus gerne. Ich frage Franziska nachher gleich mal, wann sie Zeit hat.«

»Fein«, sagte Rahel spitz. Sie hätte es lieber gesehen, Franziska für sich allein zu haben. Ursula hatte nichts dagegen. Aber eine gemeinsame Stunde hatte Vorrang. »Na dann, schönen Tag euch zwei!« Weg war sie.

»Tja, Mutti, schon sind nur wir beiden Hübschen übrig. Also ich habe nichts vor.« Das klang nicht gerade überzeugend. »Wenn du Lust hast, unternehmen wir etwas zusammen.«

»Das hätte ich fast vergessen.« Ursula tippte sich an die Stirn. Herrje, sie wurde doch nicht etwa tüdelig? »Ich habe diese Gesa getroffen. Sie sagt, du sollst dich unbedingt bei ihr melden, damit ihr zusammen malen gehen könnt.«

»Das ist aber nett.« Heike strahlte. Wie schön. »Aber das hat doch Zeit. Heute können wir auch erst mal …«

Ursula fiel ihr beherzt ins Wort: »Du, so ein Urlaub ist schneller rum, als du denkst. Deine alte Mutter hast du die ganze Zeit zur Verfügung, aber diese Gesa muss doch arbeiten. Wer weiß, wie sie es überhaupt einrichten kann.«

»Sie arbeitet hier bei Rügorange. Wenn es dir wirklich nichts ausmacht, gehe ich mal gucken, ob sie da ist.«

»Gute Idee. Und ich komme mit. Ich spreche mit Franziska wegen der Coaching-Termine. Außerdem hat sie vielleicht noch eine Idee, wie ich Jens auf die Spur kommen kann.«

»Über das Internet haben Sie es bestimmt zuerst versucht, was?« Franziska legte den Kopf schief. »So habe ich mal jemanden gefunden, den ich viele Jahre aus den Augen verloren hatte.« Sie lächelte versonnen.

»Einen Mann?«

Sie nickte. »Meine erste große Liebe. Ein Musiker. Na ja, eigentlich ein Farmer.« Franziska lachte. »Ich habe ihn in Irland kennengelernt, habe mich aber nicht getraut, in Deutschland meine Zelte abzubrechen, um bei ihm zu bleiben. Gott sei Dank!«

»Wieso, ist er fett geworden?« Ursula schmunzelte.

»O nein, er sieht noch immer gut aus. Zum Niederknien.« Sie zwinkerte fröhlich. »Leider sind sein Aussehen und sein Charme alles, womit er punkten kann. Pflichtgefühl, Verantwortung und geregeltes Leben sind Begriffe, die ihn zuverlässig in die Flucht schlagen.«

»Nicht gut, wenn man eine Familie gründen will.«

»Gar nicht gut. Da habe ich es mit Nik deutlich besser getroffen.« Franziska dachte nach. »Seniorentreffs sind eine gute Idee. Ich leite eine Sprechstunde für ältere Herrschaften, die ihren Lebensabend planen wollen. Sie wissen schon, betreutes Wohnen, Senioren-WG, Haushaltshilfe. Es will gut überlegt sein, wie man sich einrichtet, wenn man vielleicht nicht mehr alles alleine kann.«

»Und dabei beraten Sie die Menschen?« Franziska nickte. »Das finde ich gut.«

»Leider fällt mir niemand ein, der aus Sassnitz stammt oder sich besonders gut mit den alteingesessenen Familien auskennt. Dafür ist die Insel auch zu groß, als dass es da den einen Fachmann gäbe.« Sie zögerte kurz. »Warten Sie, mir fällt doch gerade etwas ein. Meine Schwiegermutter Marianne lebt in Sassnitz. Mit ihr sollten Sie mal reden. Vor allem, weil sie mit Heiner zusammen ist. Er arbeitet bei der *Ostsee-Zeitung* und kümmert sich um Lokales. Der kennt wirklich Gott und die Welt, wie man so sagt.«

»Das hört sich gut an.«

»Wenn Sie nachher Zeit haben, mache ich Sie mit Marianne bekannt. Sie kommt rüber, um die Zwillinge zu besuchen. Mit Kindern ändert sich viel, das wissen Sie selbst«, sagte Franziska schmunzelnd. »Vor allem kommt niemand mehr Ihretwegen, alle kommen wegen der süßen Kleinen.«

Ursula mochte Marianne auf Anhieb. Na gut, sie war nicht gerade ein Sonnenschein, sondern eher Typ Nieselwetter. Aber sie war offen, sofort bereit, Ursula mit Reporter Heiner bekannt zu machen, und trug das Herz offenbar am rechten Fleck. Zwischen den beiden entwickelte sich ein Gespräch, als wären sie sich schon mehrfach begegnet. Marianne interessierte sich sehr für Ursulas Wunsch eines Familien-Coachings.

»Wie ist es gelaufen?«, wollte sie wissen.

Ursula seufzte. »Zuerst ganz gut. Leider hat meine Enkelin es zum Schluss vermasselt. Ich habe mit Franziska gerade einen zweiten Termin vereinbart und hoffe sehr, dass sie sich dann besser im Griff hat.«

»Familie kann manchmal ziemlich anstrengend sein, was? Hätten Sie die erste Sitzung denn nicht ohne Ihre Enkelin weiterführen können?«

Ursula schüttelte den Kopf und erklärte in groben Zügen die Situation. »Meine Urenkelin Emily ist ein sensibles Mädchen. Es kann einem das Herz brechen, wie sie um die Aufmerksamkeit ihrer Mutter kämpft. Rahel ist ein Karrieretyp, sie wollte kein Kind. Wie gesagt, es ist ein Jammer.«

»Meine Schwiegertochter hat sich eine Zeit auch extrem um ihren Beruf gekümmert. Sie war ja schon ziemlich erfolgreich, ehe sie nach Rügen kam. Aber hier hat sie gemerkt, dass es

Wichtigeres gibt. Meinen Sohn zum Beispiel.« Mariannes kantige Miene wurde sanft. »Seit die Zwillinge da sind, denke ich manchmal, sie würde am liebsten gar nicht mehr arbeiten.« Sie lachte.

»Die jungen Frauen von heute. Alles oder nichts, was?«

Marianne fragte nach Ursulas Suche und wollte wissen, ob sie denn gar nichts von der Insel sehen mochten.

»Doch, natürlich.« Ursula musste zugeben, dass sie in dieser Hinsicht noch ziemlichen Nachholbedarf hatten. »Immerhin macht Emily jetzt einen Kite-Kurs unten in Vitt. Das soll aber niemand wissen.«

»In Vitt? Bestimmt bei Ronja, oder?« Ursula nickte. Dann schwärmte sie von dem kleinen Fischerort.

»So etwas Niedliches. Ich könnte jeden Tag hingehen. Ich möchte durchaus noch mehr von Rügen sehen, aber dieses Plätzchen ist so zauberhaft. Eigentlich braucht man gar nichts anderes.«

Marianne schlug vor, sich dort am nächsten Tag mit Heiner zu treffen. »Wir können mittags in der Fischhütte essen. Frischer kriegen Sie Fisch nirgends.«

»Sehr gerne. Dann bin ich gestärkt für das zweite Coaching.« Ursula lachte. Sie erzählte, dass sie schon längst in der Fischhütte essen wollte. »Bisher habe ich nur einmal in dem kleinen Café gefrühstückt.« Die Ziege fiel ihr ein, die ihr mit dem Vortrag fast den Morgen versaut hatte. Empört berichtete sie von dem weiblichen Feldwebel mit seinem Gefolge.

»Ach, das war mit Sicherheit die Henriette. Sie verkraftet es einfach nicht, dass es die gute alte DDR mit ihrer tollen Stasi nicht mehr gibt.« Marianne verzog abfällig das Gesicht. »Leider gibt es noch immer ein paar Ewiggestrige auf der Insel. Henriette ganz vorneweg.«

Als Ursula sich durch die Hitze zurück zur Wohnung schleppte, war ihr merkwürdig zumute. Es fühlte sich wieder an wie gestern in dem Restaurant, als der Koch kurz an ihrem Tisch gewesen war. Er hatte irgendetwas in ihr ausgelöst, nur wusste sie beim besten Willen nicht, was das gewesen war. Jetzt wieder. Ursula freute sich auf das Mittagessen mit Marianne und deren Lebensgefährten Heiner. Aber irgendetwas arbeitete in ihr. Hatte Marianne nicht etwas gesagt, etwas, worüber ihr Unterbewusstsein gestolpert war? Es musste doch möglich sein, sich das klar vor Augen zu führen. Ursula blieb stehen, als wäre sie gegen eine unsichtbare Wand gelaufen. Henriette! Die ewig gestrige Ziege hieß Henriette. Der Name war es, der etwas in ihr angestoßen hatte. Sie war sich fast sicher, dass der Name in Jens' Briefen vorgekommen war. Bestimmt gab es mehrere Henriettes auf Rügen. Vielleicht war es falscher Alarm. Oder eine Spur …

22

Rahel

Rahel schlug die Beine übereinander.

»Nun, haben Sie Ihre Analyse abgeschlossen?« Lore Kommer stellte ihr unaufgefordert einen Latte macchiato hin. Mit zwei Keksen. Die Hotelchefin hatte sich gemerkt, dass Rahel behauptet hatte, die Plätzchen, nach einem Rezept der Uroma gebacken, konnten süchtig machen. Und das stimmte. Rahel könnte sie tonnenweise wegknuspern. Nur war das natürlich indiskutabel. Gottchen, sie würde aus dem Leim gehen wie ihre Mutter.

»So schnell geht das nicht«, erklärte Rahel mit einem sanften Lächeln. »Ich habe jetzt sämtliche Daten aufgenommen, die ich brauche. Die Auswertung wird ein Weilchen dauern.«

»Natürlich.« Lore Kommer setzte sich zu ihr. »Ich hoffe wirklich, dass es noch einen anderen Weg gibt, aber ich fürchte … Ich sehe keine andere Lösung.« Sie lachte leise. »Sonst hätte ich Sie schließlich gar nicht hergebeten. Es stehen einfach zu viele Reparaturen und Sanierungsmaßnahmen aus, da hat Herr Mahler schon recht. Ich darf gar nicht darüber nachdenken, was allein der Wintergarten kostet. Der Erhalt des Hauses ist uns allen wichtig. Jedem aus der Familie würde das Herz brechen, wenn es abgerissen werden müsste.«

»Warum auch? Es ist ja weiß Gott nicht baufällig.«

»Natürlich nicht. Aber es wird eben kosten, es wieder flottzumachen.« Lore Kommer seufzte. »Wir hätten längst verkaufen können, doch die meisten Interessenten wollen das Grundstück.

Das ist ein kleines Vermögen wert. Abreißen und viel größer neu bauen, das haben sie alle im Sinn.« Sie schnaubte böse. »Der Herr Mahler ist anders. Ich vertraue ihm. Und die Aussicht auf eine feste Anstellung und geregelte Arbeitszeiten ohne unendlich viele Überstunden hat doch auch etwas.«

»Da haben Sie völlig recht, das klingt sehr gut.« Rahel dachte nach. »Ich habe den Passus des Vertragsentwurfs nicht im Kopf. Festanstellung bedeutet, dass Sie nichts mehr zu sagen haben?« Lore Kommer sah sie entsetzt an. »Entschuldigen Sie meine drastische Ausdrucksweise. Ich meine nur, Sie wären dann nicht mehr die Chefin, sondern eine Angestellte, ist das richtig?«

»Nein, ich wäre die Geschäftsführerin mit voller Entscheidungsgewalt.« Ihre Stirn legte sich mit jedem Wort mehr in Falten. »Dieses Vertragsdeutsch ist nicht mein Fall, aber Herr Mahler hat es mir so erklärt.«

»Dann ist das sicher richtig so.« Rahel lächelte sie an. Die D.M.B.-Kette sollte bereit sein, jede Menge Geld zu investieren, auf eigene Kosten Personal aufzustocken und Lore Kommer ein anständiges Geschäftsführergehalt zu zahlen, ohne dafür die alleinige Entscheidungsmacht zu bekommen? Nie im Leben!

»Das glaube ich auch. Wissen Sie, Frau Reinecke …«

»Sagen Sie ruhig Rahel zu mir.« Mehr Nähe, mehr Vertrauen.

»Gerne, Rahel. Wissen Sie, mich lockt das Angebot von Herrn Mahler sehr. Aber meine Familie möchte, dass wir jede Möglichkeit ausgelotet haben, ehe wir unterschreiben. Insulaner, noch dazu aus Vorpommern, sind skeptische Menschen.«

»Das ist nie verkehrt.«

»Ja, schon, aber das Angebot von der D.M.B. ist doch wie ein Sechser im Lotto, meinen Sie nicht?« Rahel knetete ihre Finger. Diese Frau wollte das gleiche Ergebnis der Analyse, das Cord Mahler ohnehin erwartete. Einfacher konnte Rahel ihr Geld nicht verdienen. Nur gab es da diesen Haken. »Natürlich, Sie müssen die Daten erst auswerten, aber Sie haben doch viel Erfahrung und bestimmt schon eine Einschätzung, oder? Das Kommödchen ist nicht anders zu retten, stimmt's?«

Auf dem Weg zu ihrer Verabredung mit Cord fühlte sich Rahel eigenartig schmutzig. Gottchen, diese Lore Kommer war eine zutiefst sympathische Frau. Und Rahel konnte sie so gut verstehen. Genau wie sie kämpfte auch Lore jeden Tag gegen Windmühlen an. Sie war davon überzeugt, dass die D.M.B.-Kette quasi ihre Rettungsleine war. Rahel erhoffte sich genau das von diesem Auftrag. Dummerweise hatte sie den Verdacht, dass nur eine von ihnen ihr Ziel erreichen und erschöpft an Land gezogen werden würde. Schließlich kämpfte Rahel nur vordergründig für die Interessen des Familienbetriebs, in Wahrheit aber für die der D.M.B. Das hieß: Wenn das Kommödchen als Gewinner vom Platz ging, hatte sie verloren. Und umgekehrt. Cord hatte sie noch immer nicht in alle Details eingeweiht, würde das möglicherweise auch nie tun, aber sie ahnte, dass es für Familie Kommer ein ziemlich übles Ende nehmen könnte, wenn er alle seine Pläne durchsetzte. So eine vertrackte Situation! Ihr Mitgefühl war unprofessionell und vor allem höchst hinderlich, das war ihr klar. Nur konnte sie es nicht einfach ignorieren. Zumal sie immer mehr eine neue Sicht auf die Dinge gewann. Lore hatte völlig recht, Rahel brauchte nicht erst alle Daten der Situationsanalyse auszuwerten, dank ihrer Erfahrung wusste sie schon jetzt, dass das Hotel gute Chancen hatte, von allein auf die Füße zu kommen. Die Stärke der Familie war ihr Zusammenhalt. Von den Kindern bis zu den Großeltern waren alle bereit, für die Zukunft des Betriebs zu kämpfen. Cousins und Cousinen eingeschlossen. So ließen sich Personalkosten im großen Stil einsparen. An den neuralgischen Punkten waren ungelernte Aushilfen tabu. Lore und ihre Eltern kümmerten sich um die Küche. Sie zauberten nicht nur hervorragende Kuchen und Kekse, ihr selbst gebackenes Brot war so gut, dass viele Gäste es vor ihrer Abreise zum Mitnehmen bestellten. Hinzu kamen Salate, Suppen und andere kleine Speisen. Vom Frühstück nicht zu reden. Es kamen ausschließlich selbst gemachte Marmeladen auf das Büfett, dazu Eier in allen Varianten, Speck, frischer Obstsalat, Müsli und, und, und. Nicht einmal die finanzielle Lage war nach Rahels erster Einschätzung so dramatisch, wie Lore es offenbar sah. Natürlich, es musste Geld in die Hand genommen werden, um notwendige Sanierungsmaßnahmen durchzuführen. Nicht nur am Wintergarten. Aber wie Lore schon gesagt hatte, das Grundstück war ein Vermögen wert. Es würde jeder Bank als Sicherheit für einen anständigen Kredit reichen. Und bei den momentanen Zinsen und der soliden Auslastung des Hauses konnte Lore die monatlichen Raten bedienen.

Rahel hatte keinen Blick für die Seebrücke in Binz. Tief in Gedanken betrat sie das Hotel und ging durch in das Restaurant. Blausamtene Cocktailsesselchen und Sofas, weiße Wände, riesige Kristallleuchter an der Decke. Alles kühl, alles edel. Eigentlich genau das, was Rahel mochte, doch etwas störte sie. Sollte man es den Gästen nicht auch ein bisschen behaglich machen? Von Cord Mahler noch keine Spur. Kein Problem, sie war auch früh dran. Rahel bestellte sich ein Wasser und setzte sich an einen Zweiertisch an einem der großen Fenster. Draußen knallte die Augustsonne vom blauen Himmel. Die Menschen bewegten sich langsam in der Hitze, nur die Kinder rannten herum, als würden sie von den extremen Temperaturen nichts bemerken. Gottchen, viele waren so verbrannt, die konnten jedem Hummer Konkurrenz machen, den man aus einem Kochtopf fischte.

Cord kam zwanzig Minuten zu spät. Rahel dachte gar nicht daran, für die Begrüßung aufzustehen.

»Sie sehen mal wieder umwerfend aus«, raunte er ihr zu, während seine feuchten Lippen ihr Ohr streiften. Kein Wort der Entschuldigung, dass er sie hatte warten lassen. Rahel musste sich zusammenreißen. Er war ihr Joker bei ihrem Boss, sie konnte es sich nicht erlauben, ihn zu verärgern. Leider. »Wie läuft es mit der kleinen Kommer?«

Er nahm ihr gegenüber Platz, fuhr sich durch die gelglänzenden blonden Haare und zeigte sein Zahnpasta-Lächeln. Die kleine Kommer. Rahel atmete tief durch. Sie sprachen hier von einer erwachsenen Frau, die ihr Geschäft verstand, von einer Frau mit großem Herzen, Anstand und Manieren. Rahel konnte sich lebhaft vorstellen, dass ihr Chef auch so von ihr sprach, wenn sie nicht anwesend war. Rührend, wie sich die kleine Reinecke bemüht. Hübsches Ding. Aber Senior Consultant wird sie trotzdem nie. Dazu fehlen ihr die entscheidenden zwölf Zentimeter. Hahaha.

»Rahel?«

»Gut, es läuft sehr gut«, stotterte sie. »Natürlich hängt viel von den Ergebnissen meiner Analyse ab.«

»Dann kann ja nichts mehr schiefgehen.« Rahel holte Luft. Sie musste ihn glauben machen, dass Lore Kommer längst nicht bereit war zu unterschreiben. Er sollte denken, dass alles von Rahel abhing. Doch ehe sie einen guten Satz formulieren konnte, sagte er: »Ist Ihnen aufgefallen, dass in Analyse ein schmutziges kleines Wort versteckt ist?« Er sah ihr in die Augen, streckte das Bein aus, sein Knie drückte gegen ihren Oberschenkel. Rahel erstarrte. Sie stand auf Draufgänger, und sie mochte es, sich in der Öffentlichkeit ein wenig anzuheizen. Verbal hatte er allerdings gerade komplett danebengegriffen.

»Mir ist vor allem aufgefallen, dass es um das Kommödchen längst nicht so übel bestellt ist, wie mein Chef und Sie es dargestellt haben.«

»Sie wissen, was Sie zu tun haben. Können Sie das oder nicht?« Das charmante Lächeln war verflogen, aber sein Knie behielt seine Position. Rahel sah ihre Felle wegschwimmen, sie musste zupacken. Das tat sie. Sie schloss die Beine, hielt sein Knie dazwischen fest und sah ihm tief in die Augen.

»Sie können sicher sein, dass ich gut bin in dem, was ich tue.«

»Das glaube ich gern.« Er rückte näher.

»Ich weiß, dass ich Lore Kommer überzeugen kann«, sagte Rahel. »Sie ist allerdings auf der Hut. Sie fragt nach Einzelheiten in dem Vertrag. Den würde ich gern mit Ihnen durchgehen.«

»Das halte ich nicht für nötig«, erklärte er schroff und rückte ein wenig ab.

»Ich schon. Je mehr ich nämlich weiß, desto besser kann ich die Vorteile für Frau Kommer herausstellen. Falls es Nachteile geben sollte, ist es gut, wenn ich auch diese Passagen kenne, damit ich eine Erklärung vorbereiten kann. Wenn Sie verstehen, was ich meine.« Sie lächelte zuckersüß und spürte leichte Übelkeit in sich aufsteigen.

»Ich habe mich zweimal mit der Frau getroffen, und wir sind alles haarklein durchgegangen. Das muss reichen.«

»Gut, wie Sie meinen.«

»Schön.« Sein Verführer-Lächeln war zurück. »Was treiben Sie eigentlich so allein an diesen schwülen Abenden auf der Insel? Apropos, die Hitze ist mörderisch, finden Sie nicht? Ich schlafe nur noch nackt, anders hält man es ja nicht aus.« Gottchen, wie plump!

»Da haben Sie recht, mehr als ein bisschen Spitze kann ich im Moment auch nicht auf der Haut ertragen.« Tiefer Blick. Schade, der Mann sah wirklich ziemlich gut aus, der Flirt hätte Spaß machen können. Leider fehlten ihm Charisma und Charakter. Die waren fürs Bett vielleicht nicht nötig, werteten die Sache aber ungeheuer auf.

»Im Sommerkino am Strand läuft dieser Erotikstreifen. Fifty Dings, Sie wissen schon. Haben Sie Lust dazu?« Sie hob fragend die Augenbrauen. »Haben Sie Lust, mit mir hinzugehen?«

»Warum nicht?«

»Sehr gut. Ich schicke Ihnen Tag und Uhrzeit per SMS.« Rahel saß endgültig in der Falle. Hoffentlich lohnte sich das alles.

Eine Staubwolke wirbelte auf, als Rahel das Lenkrad herumriss, um auf den Parkplatz der Villa Sanddorn zu fahren. Den Zwillingskinderwagen sah sie in der letzten Sekunde, trat mit aller Kraft auf die Bremse und kam wenige Zentimeter vor dem Doppel-Buggy zum Stehen. Die Staubwolke wurde noch größer. O mein Gott, das war knapp. Sie sprang aus dem Auto.

»Tut mir wirklich leid, ich habe ihn gar nicht gesehen.«

»Kein Wunder, Sie waren ziemlich flott unterwegs. Das ist ein Privatgrundstück und nicht der Nürburgring.« Das war also Franziskas Ehemann Niklas. Attraktiver Kerl. Nur sah er gerade ziemlich sauer aus. Kein Wunder, sie hätte fast seinen Nachwuchs platt gefahren. Warum ließ er ihn auch mitten im Weg stehen? Das war schließlich ein Parkplatz und keine Kita.

»Alles in Ordnung?« Franziska sah sie prüfend an.

»Ja, ja, danke. Ich habe einfach einen Schreck bekommen.«

Niklas hatte sich an seinem Auto zu schaffen gemacht. Jetzt kam er und hob eins der Kinder aus der Karre.

»So, Marold junior Nummer eins«, sagte er und hielt einen kleinen Kerl in die Höhe, der vergnügt kicherte.

»Wir fahren zu meinem Bruder nach Stralsund«, erklärte Franziska, während sie ihre Tochter aus dem Wagen hob. Auch so ein drolliger Fratz. Rahel musste schlucken, ihre Brust wurde eng. Bestimmt hatte sie zu wenig getrunken. »Das Wunder ist geschehen, und er hat eine nette Frau kennengelernt, die es mit ihm aushält.«

»Klopf auf Holz«, brummte Niklas missmutig. »Bei Onkel Jürgen weiß man nie, stimmt's?« Er hatte Franziska Junior Nummer zwei abgenommen und rieb seine große Erwachsenennase an der winzigen seiner Tochter.

»Ich hatte Ihnen ja von meinem Bruder erzählt, meinem Halbbruder, der auch sein Halbbruder ist. Ist schon komisch, als Kind habe ich ihn wie verrückt vermisst, als Erwachsene bin ich fast durchgedreht vor Glück, weil ich ihn wiedergefunden habe, und wir sehen uns trotzdem eher selten.« Sie schüttelte den Kopf, als wäre ihr das eben erst selbst klar geworden. »Seit die Kinder da sind, sehen wir uns noch weniger«, sagte sie. Nik steckte zur Hälfte in dem großen Familienauto und murmelte unablässig, während er die beiden Zwerge in ihren Sitzen sicherte. »Man trifft sich nicht mal eben, sondern muss alles planen und ist dann mit dem halben Hausstand unterwegs.«

»Ja, das kenne ich.« Rahel lächelte. Das kenne ich? Ein- oder zweimal hatte sie Emily in so einem Schalendings im Auto mitgenommen. Sonst hatte sie sie bei Heike oder bei Ursula geparkt, wenn sie längere Auswärtstermine gehabt hatte. Für die normalen Bürotage hatte es zwei Babysitter gegeben, die sich im Wechsel um Emily gekümmert hatten. Tja, wenn man einen Mann hatte, der einen unterstützte, war alles wesentlich leichter. Aber als Alleinerziehende musste man eben kreativ sein.

»Ich bin froh, dass wir uns von vornherein einig waren, dass unsere Kinder an erster Stelle stehen.« Franziska lächelte dieses grundzufriedene Lächeln, das Rahel jedes Mal einen Stich versetzte. »Wir lieben beide unsere Arbeit. Aber gerade in den ersten Jahren werden die Kleinen doch maßgeblich fürs ganze Leben geprägt. Wir wollen auf keinen Fall, dass das irgendein Babysitter erledigt.« Ja, nur weiter so. Der Dolch steckte bereits tief, aber Franziska musste ihn auch noch ganz langsam drehen. »Und wir wollen nichts verpassen. Früher haben wir uns vor lauter Arbeit manchmal kaum gesehen. Heute perfektionieren wir es, uns vor allen Aufgaben zu drücken, die uns von den Kleinen fernhalten.« Sie lachte unbekümmert.

»Wir müssen langsam los.« Niklas hatte den Kinderwagen verstaut, trat zu ihnen und nahm Franziska in den Arm. Diese Blicke, das war ja kaum auszuhalten. Gottchen, fehlte nur noch, dass rote Herzchen aufstiegen und Geigen dazu ertönten.

»Ich will Sie auch nicht aufhalten.« Rahel räusperte sich. Wieso war ihre Stimme denn plötzlich so belegt?

»Wir sehen uns ja morgen. Ihre Großmutter hat vorhin bei mir den zweiten Termin gebucht.«

23

Ursula

Heike und Emmchen ruckelten schon eine ganze Weile unruhig auf ihren Korbstühlen herum. Emilys Handy war nirgends zu sehen, der Fernseher blieb dunkel und stumm. Ursula schmunzelte. Die Stimmung erinnerte sie an die Zeit, als sie eine junge Mutter gewesen war. Jeden Abend hatte sie ihrer Tochter eine Gutenachtgeschichte vorgelesen, immer war Heike vor Aufregung ganz hibbelig gewesen. Ursula hatte jedes Mal lange lesen müssen, ehe ihr die Äuglein zugefallen waren. Jetzt ging Heike auf die sechzig zu, war selbst Mutter und Großmutter, und trotzdem: Noch immer hockte in ihr das kleine Mädchen, das die Geschichte zur Nacht kaum erwarten konnte. Nur Rahel war an diesem Abend seltsam in sich gekehrt. Wo war sie nur mit ihren Gedanken?

Wie schon am Abend zuvor hatten sie es sich auf dem Balkon bequem gemacht. Obwohl es noch hell war, brannten bereits die Kerzen in den Laternen und Gläsern. Ein sanfter Wind strich Ursula durch das Haar und brachte würzige Ostseeluft mit. Herrlich. Emily erzählte von der echt coolen Clique, mit der sie den Tag verbracht hatte und gern öfter etwas unternehmen würde. Rahel nickte nur abwesend. Emily und Ursula tauschten irritierte Blicke. Immerhin besser, als wenn sie Emily mehr auf den Zahn fühlte. Heike berichtete, dass sie Gesa angetroffen habe und auch gleich mit ihr losgezogen sei.

»Sie ist wirklich lustig und eine begnadete Malerin. Ich wünschte, ich hätte ihr Talent.«

»Wahrscheinlich unterschätzt du dich nur wieder«, meinte Ursula. »Das Bild, das du im Coaching gemalt hast, war fantastisch.«

»Danke.« Heike lächelte. »Aber es war ja nur eine Skizze.«

»Apropos Coaching.« Ursula teilte ihren drei Damen die Uhrzeit für den nächsten Tag mit. »Bin gespannt, was Franziska dieses Mal mit uns vorhat.«

»Wir sind auch gespannt. Aber auf den nächsten Brief, Uroma«, drängelte Emily. »Du solltest Jens in Hamburg treffen, an seinem Schiff. Und, hast du? Erzähl schon!«

Ursula lachte fröhlich. »Ist ja gut.« Sie nahm ihren Karton auf den Schoß und hielt ihn ganz fest. »Ja, ich sollte ihn in Hamburg treffen. Leider habe ich seinen Brief vom 18. August erst am 23. erhalten.« Seit sie sich wieder mit der alten Geschichte beschäftigt hatte, hatte Ursula es peinlichst vermieden, über diesen Tag des Jahres 1957 nachzudenken. Ihre Mutter hatte das Kuvert zwei Tage zurückgehalten, weil sie den richtigen Moment abpassen wollte, so hatte sie es ausgedrückt, um mit Ursula zu reden. Sie habe immerhin auf eine Heiratsannonce geschrieben, und die Korrespondenz gehe nun schon eine ganze Weile hin und her. Sei es nicht an der Zeit, den jungen Mann kennenzulernen und ihrer Mutter vorzustellen? Ursula erinnerte sich sehr gut, wie sie geflunkert hatte, er habe zu viel zu tun, aber natürlich hätten sie das Thema schon angesprochen. Es war ihr gelungen, relativ gelassen zu bleiben, bis sie schließlich alleine gewesen war und Jens' Zeilen gelesen hatte.

»Mutti, geht es dir nicht gut?«

Ursula sah Heike an, dann auf ihre Hände. Für den Bruchteil einer Sekunde war sie verwirrt, dass ihre Haut schrumpelig und voller Altersflecken war. Dann kam sie langsam wieder in der Gegenwart an und bemerkte, dass sich Tränen in ihren Augen gesammelt hatten.

»Diese fürchterliche Hitze macht mir etwas zu schaffen«, brachte sie mühsam hervor.

»Sollte das Schiff nicht am 24. August ganz früh ablegen?« Emily starrte Ursula ängstlich an.

»So ist es.« Ursula nickte.

»Und du hast den Brief am 23. bekommen?«

»Mach den Mund zu, Emmchen.« Jetzt gelang Ursula auch wieder ein Lächeln.

»Du hättest sofort aufbrechen müssen, um ihn zu sehen«, warf Heike ein, nicht minder entsetzt. Sogar Rahel hörte nun gebannt zu, sagte aber noch immer kein Wort.

»Bist du?« Emilys Stimme überschlug sich. »Hast du alles liegen und stehen lassen und bist ihm im letzten Moment um den Hals gefallen? Das wär voll romantisch.« Sie seufzte.

»So war es leider nicht. Nicht nur Jens hatte sich darum gekümmert, sein Heimatdorf zu verlassen, sondern ich auch. Ich hatte mich bei der Post in Hamburg beworben und sogar eine Einladung erhalten, mich persönlich vorzustellen.«

»Hamburg, der Hafen, das Schiff. Das war voll Schicksal!«, quietschte Emily.

Ursula holte tief Luft. »Meine Mutter ist fast durchgedreht, als ich ihr sagte, dass ich nach Hamburg müsse. Sofort. Kein Wunder, ich habe irgendeinen Unsinn gefaselt, dass ich das Vorstellungsgespräch völlig vergessen hätte. Dabei kannte sie den Termin. Mütter sind nicht dumm.« Sie warf Heike einen schnellen Blick zu. »Ihr war klar, dass mein überstürzter Aufbruch mit dem Brief zu tun hatte. Also mit einem Mann und nicht mit einer Arbeitsstelle. Darum habe ich meine Strategie geändert und wieder erzählt, der vermeintliche Heiratskandidat sei ständig auf Reisen. Nun hätte er in Hamburg zu tun, müsse aber am nächsten Vormittag schon wieder aufbrechen. Ach, Kinder, ich weiß nicht mehr, was ich mir alles zusammengesponnen habe. Jedenfalls hat sie mir etwas Geld gegeben, und ich bin los.« Sie trank einen Schluck Wasser. Herrje, die Erinnerung regte sie wirklich auf. Nach all den Jahren. Ihre Nachkommen, oder musste man heutzutage Nachkomminnen sagen? Jedenfalls hingen sie an ihren Lippen. Der Wind sang leise, schon das Knacken eines Korbstuhls kam Ursula störend laut vor. »Damals war das noch nicht so einfach wie heute. Und Heiligenhafen liegt am Arm der Welt. Ich musste zuerst nach Oldenburg. Ich weiß noch, dass ich von dort den letzten Zug nach Lübeck gekriegt habe. Und da saß ich dann fest.«

»O nein!«, tönte es dreistimmig.

»Erst mal.« Ursula schmunzelte. Drollig, wie überrascht sie alle aus der Wäsche guckten. »Ein Stück habe ich per Anhalter geschafft. Ich weiß gar nicht mehr, wie das Kaff hieß, in dem ich dann gestrandet bin.« Sie legte nachdenklich die Stirn in Falten. »Dort saß ich jedenfalls lange fest. Natürlich wurde ich immer verzweifelter. Schließlich habe ich mir von dem Geld, das meine Mutter mir für eine Übernachtung in Hamburg gegeben hatte, ein Taxi geleistet. Der Fahrer sagte erst, für die paar Kröten könne er mich nicht ganz bis zum Hafen bringen.«

»Boah, voll die linke Bazille!«, schimpfte Emily.

»Nein, Emmchen, voll der nette Mann!« Sie lachte leise. »Er hat's nämlich doch gemacht. Hat gemeint, er könne mich unmöglich im Morgengrauen irgendwo am Stadtrand stehen lassen. Ich war ja beinahe noch ein Kind. Na ja, ein junges Mädchen. Er hat mich bis zum Niederhafen gefahren. Dummerweise war mir schon, als ich eingestiegen bin, klar, dass die Zeit sehr knapp werden würde.« Sie sah in drei funkelnde, weit aufgerissene Augenpaare. »Ich war fünf Minuten vor sechs da. Sie haben gerade die Taue eingezogen und den Anker gelichtet.«

Wieder das dreistimmige »O nein!«, schrecklich enttäuscht dieses Mal.

»Ich habe ihn sofort erkannt. Er hat an Deck gestanden und Ausschau nach mir gehalten. Als ich aus dem Taxi stieg und zum Kai rannte, packte er die Reling. Ich dachte schon, er würde springen. Das hat er natürlich nicht getan. Es war wohl einfach nur die Anspannung, weil er mich erkannt hatte. Er riss den Arm hoch und winkte. So standen wir da, er an Bord, ich an Land, und wir winkten, bis wir kein Blut mehr in den Händen hatten.«

Heike tupfte sich eine Träne weg. »Wie traurig, ihr habt euch so knapp verpasst? Was hast du dann gemacht, ganz allein in einer riesigen fremden Stadt und ohne einen Pfennig in der Tasche?«

»Das Geld für die Rückfahrt hatte ich nicht angerührt. Um sieben oder halb acht stand ich noch immer da. Dann habe ich meinen Grips wieder eingeschaltet. Es war nicht damit zu rechnen, dass die MS Stuttgart doch noch umdreht.« Sie lachte leise. »Also habe ich mich zur Oberpostdirektion durchgefragt. Postpalast hat man das Gebäude am Gorch-Fock-Wall damals auch genannt. Als ich da ankam, wusste ich, warum. Den Namen von dem Herrn, der mir die Einladung zum Bewerbungsgespräch geschickt hatte, hatte ich noch im Kopf.«

»Aber du hattest doch gar keinen Termin, oder?«

»Nein, Emmchen, nicht für den Tag. Ich habe zwar nicht verraten, was mich nach Hamburg verschlagen hatte, aber ich habe gesagt, wie es ist, dass ich nun schon mal da bin und wir uns dann doch auch früher unterhalten könnten.«

»Gottchen, wie mutig!« Sieh an, Rahel hatte die Sprache wiedergefunden. »Ich weiß ja nicht, wie das damals war, aber heute bereitet man sich auf so ein Gespräch gründlich vor. Du warst die ganze Nacht unterwegs und musstest auch noch so eine Enttäuschung verkraften.« Sie zog die Augenbrauen hoch und schüttelte leicht den Kopf.

»Dem Herrn, Winkelmann hieß er, gefiel wohl, dass ich so forsch zu Werke gegangen bin.« Ursula lachte wieder. Dann strich sie über ihren Karton. »Ja, so war das damals.«

»Jens war weg, und du hattest nicht einmal eine Adresse von ihm auf Kuba.« Heike hatte laut nachgedacht.

»Stimmt. Aber er hat dir doch sicher geschrieben. Ich habe genau gesehen, dass du noch ganz viele Briefe da drinnen hast.« Emily deutete auf ihren geliebten alten Karton. Ursula beugte sich zu Emily hinüber und tätschelte ihr die Hand. Dann hob sie schweigend den Deckel hoch und griff nach dem nächsten Kuvert.

La Habana, 10.9.1957, 6 Uhr am Morgen

Liebste Uschka,

gestern bin ich angekommen. Noch schwankt der Boden unter mir, als wäre mein Körper noch immer auf hoher See. Während der Überfahrt war ich so grauenvoll und dauerhaft krank, dass ich mir tausendmal schwor, nur mit einem Flugzeug wieder zurück nach Europa zu reisen. Der Kapitän hatte uns fünf Passagiere schon kurz nach Pagensand in die Messe beordert und uns Anweisungen gegeben, wie wir uns zu verhalten hätten, wenn das Schiff die freie Nordsee erreicht. Stets festhalten, nicht an Deck gehen, den Anweisungen der Mannschaft folgen.

Liebste Uschka, ich habe ihm nicht zugehört, denn ich war immer noch zutiefst aufgewühlt von unserem Treffen, das eigentlich keines war. Zudem war ich voller Trauer über all die Menschen und Orte, die ich wohl jahrelang nicht wiedersehen werde, wenn überhaupt.

Warum bist Du nur so spät gekommen? Kannst Du Dir nicht ausmalen, wie sehr ich auf Dich gewartet habe? Jeden Tag habe ich an der Reling gestanden, bin vor dem Schiff auf und ab gelaufen und habe jeder jungen Dame entgegengestarrt, in der

Hoffnung, Du seist es. Ich war unendlich verzweifelt, als das Schiff ablegte. Dann sah ich ein Taxi und wusste sofort, dass Du es bist. Es hat mir beinahe das Herz zerrissen, anzusehen, wie Du den Kai entlanggelaufen kamst. Glaube mir, es hat nicht viel gefehlt, und ich wäre von Bord gesprungen.

»Ha, du hattest recht, Ur-Usch, er wollte springen!«

»Gott sei Dank hat er das schön sein lassen.« Ursula setzte eine strenge Miene auf. »Ein Matrose hat ihm wohl gesagt, dass es auf Kuba auch hübsche Mädchen gibt. Das überspringe ich mal, die Beschreibungen der Überfahrt auch.«

»Was?« Heike und Emily sahen sie entgeistert an.

»Nee, ist doch total spannend.« Emily griff nach einer Lakritzschnecke und fing an, sie mit den Zähnen abzurollen.

»Na schön.«

Ein Sturmtief, das von Schottland über die Nordsee zog, erfasste unser Schiff, gleich nachdem wir bei Cuxhaven den Schutz der Elbmündung verlassen hatten. Hinter Helgoland türmten sich die Wellen höher als die Ladebäume der MS Stuttgart. Stundenlang musste ich befürchten, meine Eltern und meine Heimat nie wiederzusehen und Dich erst gar nicht kennenlernen zu dürfen. Ich hatte Angst um mein Leben. Nachdem wir den Ärmelkanal passiert hatten, beruhigte sich das Wetter, und das Schiff stampfte bei stetigem Westwind durch den unendlichen Atlantik, neben dem unsere gute Ostsee einem Badeteich gleicht. Auf den Azoren legten wir einen Zwischenstopp ein. Diese zauberhaften Inseln ließen in mir die Vorfreude auf das tropische Kuba aufflammen.
Und nun bin ich da, liebste Uschka! Onkel Oskar erwartete mich am Kai. Während der Überfahrt hatte ich mir oft ausgemalt, was für ein Mensch er wohl ist. Meine Eltern hatten mich

gemahnt, ich solle von seinem Wohlstand und meinem Posten in seiner Firma nicht zu viel erwarten. Doch alle Bedenken waren unbegründet. Obwohl wir uns bislang nur ein- oder zweimal persönlich begegnet sind, hat er mich aufgenommen wie seinen eigenen Sohn. Er ist wirklich der Mann von Welt, als den ich ihn mir vorgestellt habe: weißer Anzug, feinster Strohhut, enormer Schnurrbart und meistens eine dicke Zigarre im Mund. Vom Hafen fuhren wir mit seinem hellblauen Rambler Six eine prächtige Uferstraße entlang. Das Meer ist hier gewaltig, seine Wellen warfen sich mit einer Gewalt gegen die niedrige Mauer, dass die Gischt immer wieder auf die Frontscheibe prasselte. Malecon heißt diese Uferpromenade. Hier treffen sich abends alle jungen Leute von Havanna, erzählte Onkel Oskar. Unsere Fahrt endete auf der Auffahrt eines riesigen modernen Hotels. Sogleich kamen zwei Diener in Livree herbei und hielten uns die Wagentüren auf. Die Eleganz des Hauses raubte mir den Atem, Onkel Oskar hingegen schien sie gar nicht wahrzunehmen, so geläufig ist sie ihm wohl. Die Mitarbeiter behandelten ihn ausnehmend freundlich und nannten ihn Don Oscar.
Wir speisten nicht drinnen, sondern in einem Garten mit Palmen und anderen exotischen Pflanzen, die ich nicht kenne. Von dem extra für uns geschmückten Tisch hatten wir einen wunderbaren Blick aufs Meer. Mir war gar nicht bewusst, dass die Küste der USA ganz nah ist. An klaren Tagen, sagt Onkel Oskar, kann man sie vom obersten Stock des Hotels sehen!

Ursula ließ das Blatt sinken und trank einen Schluck Wasser. »Ich überspringe mal wieder ein bisschen, sonst schlaft ihr mir noch ein.« Diese Gefahr bestand zwar ganz gewiss nicht, aber es ging hier schließlich um Hinweise, die für ihre Spurensuche wichtig waren. Natürlich wollte Ursula auch, dass die drei besser verstanden, warum sie Jens nach so vielen Jahren unbedingt aufspüren wollte. Ehe eine von den dreien protestieren konnte, fasste sie zusammen: »Jens schwärmt an dieser Stelle von dem Essen. Er hatte in Hamburg schon gesehen, dass das Lebensmittelangebot sehr viel reicher war als in der DDR, aber was er auf Kuba zu probieren bekam, hat ihn vollkommen begeistert: Hummer in Kokossoße, exotisches Gemüse, Steak mit gerösteten Kartoffeln.«

»Das hätte glatt aus dem Restaurant gestern kommen können«, stellte Emily fest. Und sie hatte recht, fiel Ursula auf.

»Na ja, kubanisch und kreolisch ist nun auch nicht so unterschiedlich«, stimmte Rahel zu.

»Als Nachspeise wurde eine kleine Torte serviert«, erzählte Ursula weiter. »Mit der kubanischen und der Flagge der BRD geschmückt. Der Kellner hat gesagt, eine DDR-Fahne sei nicht zu bekommen gewesen.« Sie lachte. »Alkohol floss anscheinend in Strömen, verschiedene süße Liköre und natürlich Rum.«

Dazu spielte eine Kapelle kubanische Lieder. Als die Sonne beinahe untergegangen war, wurden Fackeln angezündet, und ich saß da mit einem leichten Schwips und war glücklich wie lange nicht.

»Dieser Oskar hat ihm erzählt, dass seine Angestellten zwar fleißig seien, solange er selbst anwesend sei, doch drehte er ihnen den Rücken, seien sie eher faul. Er brauchte also dringend einen zuverlässigen Mitarbeiter, der ihm bei der Erledigung der zahlreichen Aufträge zur Hand ging, der aber auch ein Auge auf Oskars Leute haben konnte.«

»Eine Kürschnerei auf einer tropischen Insel.« Heike legte sich ein gefilztes Tuch um die Schultern. »Ich kann mir gar nicht vorstellen, dass sich damit Geld verdienen ließ.«

»So ging es Jens auch.« Ursula schob sich wieder ihre Brille auf die Nase.

Es ist hier eigentlich Tag und Nacht viel zu warm, um einen Pelzmantel zu tragen. Du siehst, ich habe noch viele Fragen, aber einige wird Onkel Oskar mir sicher schon heute beantworten. Es ist gleich sieben Uhr, und er will mir die Werkstatt zeigen und mich den Arbeitern vorstellen. Man fängt hier früh an und macht über Mittag eine längere Pause, weil es einfach zu heiß zum Arbeiten ist. Siesta nennen sie das, eines der fünf spanischen Wörter, die ich bisher aufgeschnappt habe.
Also schließe ich vorerst, liebste Uschka, verrate Dir aber noch schnell, was ich beim Blick aus meinem Fenster sehe: Da ist ein Stück Straße und ein Teil der Plaza Mayor, die Bogengänge, schmiedeeisernen Gitter und Rundbögen der prächtigen Bauten scheinen in der Morgensonne zu glühen, und das Leben pulsiert bereits zu dieser frühen Stunde. In meiner Erinnerung wirkt Hamburg dagegen wie ein grauer Friedhof im November. Auf den ersten Blick haben sich meine Erwartungen an Kuba mehr als erfüllt.
Es grüßt Dich aufs Herzlichste und mit Vorfreude auf mein neues Leben auf Kuba
Dein Jens

Die Abenddämmerung spannte ein rosa-violettes Tuch über Rügens Himmel, Grillen zirpten Gutenachtlieder. Wahrscheinlich gab es Hunderte von ihnen zwischen den Sanddornbüschen. Ein kühler Wind war aufgekommen, den Ursula vorhin noch als Wohltat nach der Hitze des Tages empfunden hatte. Jetzt fröstelte sie.

»Soll ich dir eine Jacke holen, Mutti?«

»Danke, mein Kind, das ist sehr lieb von dir, aber das lohnt nicht. Es ist ohnehin langsam Zeit, ins Bett zu gehen.«

»Och nö, Uroma, noch einen Brief!« Emily setzte einen Blick auf, der die Kreidefelsen schmelzen konnte. »Bitte, bitte, bitte!«

Heike sprang ihr bei. »Ich hole dir wirklich gerne deine Strickjacke. Ich möchte wenigstens noch erfahren, was du ihm geantwortet hast und wie das Vorstellungsgespräch gelaufen ist.« Rahel nickte und bot an, eine Kanne Tee zu machen.

In ihre Strickjacke gekuschelt, einen Becher Tee neben sich, erzählte Ursula wenig später weiter: »So exotisch wie auf Kuba ist es in Heiligenhafen natürlich nicht zugegangen. Aber langweilig war es bei mir auch nicht gerade. Ich war natürlich noch immer traurig, dass wir uns am Hafen so knapp verpasst hatten. Ein kleiner Trost war ein Brief aus Hamburg. Ich hatte die Stelle bei der Post bekommen.«

»Echt? Krass!«

»Meine Mutter wollte zwar noch immer, dass ich möglichst bald heirate, aber eine solide Anstellung hat sie auch nicht verachtet. Sie hat mich gehen lassen. Unter der Bedingung, dass ich bei einer ehemaligen Schulfreundin von ihr zur Untermiete einziehe.«

»Gottchen, das waren Zeiten.« Rahel hatte sich offenbar die Lippen nachgezogen, als sie drinnen gewesen war, um Tee zu machen. Wofür? Wahrscheinlich war das schon ein Reflex.

»Einiges ändert sich nie, Ra. Zum Beispiel, dass Mütter sich Sorgen um ihre Töchter machen und ihnen mit ihrer Angst die Luft abschnüren. Meine Mutter wollte, dass jemand ein Auge auf mich hat, immerhin war ich noch sehr jung und Hamburg eine Großstadt.« Ursula nahm einen Schluck Tee und räusperte sich. »Mit dem Brief aus Kuba hatte ich Jens' dortige Adresse. Ich schrieb ihm natürlich sofort zurück, davon, dass ich auch ziemlich überstürzt aus Heiligenhafen weggegangen bin. Um ehrlich zu sein habe ich damals sehr gehofft, dass dieser Onkel Oskar tatsächlich eine Sekretärin brauchte, die beide Sprachen konnte, Deutsch und Spanisch. Kaum dass ich in Hamburg angekommen war, habe ich mich schon in der Volkshochschule für einen Spanischkurs angemeldet.«

»Du wolltest ernsthaft auswandern, Mutti?« Ursula konnte Heikes Blick nicht deuten. War das Bewunderung oder Empörung?

»Du kannst Spanisch, voll der Hammer! Los, Ur-Usch, sag mal was!« Emily rappelte sich sogar auf und setzte sich ganz aufrecht hin vor Anspannung.

»Na ja, ich habe vieles vergessen.« Sie lächelte. »An einen Satz erinnere ich mich allerdings. Ich dachte, der wäre sehr wichtig, dabei hätte ich mit Jens ja Deutsch sprechen können.« Sie lachte. Drei Augenpaare fixierten sie. »Was denn? Ach so, der Satz. En que estas pensando?«

»Hört sich voll schön an.«

»Und was heißt das?«, wollte Rahel wissen.

»Woran denkst du?«

»Das hättest du auf Deutsch, Spanisch oder Russisch fragen können, den Satz versteht sowieso kein Mann.« Rahel hielt nicht viel von Tee, sondern schenkte sich lieber Wein ein. Sie trank jeden Abend, dachte Ursula beklommen. Na ja, war schließlich Urlaub.

»Liest du noch einen Brief?«, bat Emily noch mal.

»Na schön, wenn ihr alle wollt.« Das eifrige Nicken schien von Herzen zu kommen. Also schob sie den ersten Kuba-Brief nach unten und nahm den nächsten zur Hand.

La Habana, 18.10.1957

Liebste Uschka,

hab Dank für Deine so rasche Antwort. Es freut mich sehr, dass Du es in Hamburg gut getroffen hast und Dir die neue Stellung in der Oberpostdirektion Freude macht. Deine Abreise nach Hamburg war also ebenso überstürzt wie mein Weggang von Rügen!

Und nun verstehe ich auch endlich, weshalb mein Brief aus Lübeck Dich nicht eher erreicht hat. Es betrübt mich zutiefst, dass Du eine schreckliche Nacht auf Dich genommen hast, um zu mir zu kommen, mich am Ende aber doch nicht mehr angetroffen hast. Denk Dir, das prachtvolle Gebäude der Oberpostdirektion am Gorch-Fock-Wall, in der Du jetzt arbeitest, ist mir von meinem Besuch besonders in Erinnerung geblieben. Ich habe es auf einem meiner Gänge zu den verschiedensten Ämtern bestaunt. Hier gibt es viele Bauwerke, die ihm ein wenig ähneln. Wann immer ich eines in der Art sehe, werde ich jetzt noch mehr an Dich denken.

Ach Uschka, wie schön wäre es gewesen, wenn wir ein wenig Zeit hätten gemeinsam in Hamburg verbringen können. Wer weiß, vielleicht hätte ich Dich sogar überredet, mit mir nach Kuba zu kommen. Ein vertrauter Mensch hier in diesem fremden Land ist das, was ich mir im Moment am sehnlichsten wünsche.

Onkel Oskar ist mir vertraut und fremd zugleich. Seine Bewegungen, manchmal seine Sprache und vor allem seine Augen ähneln seiner Schwester, meiner Mutter. Nur hat die Zeit in Amerika aus ihm einen völlig anderen Menschen gemacht, und nur noch wenig erinnert an den bodenständigen, wortkargen Rügener, der er einst gewesen sein soll. Er spricht mit amerikanischem Akzent, erzählt viel und gern, eher untypisch für uns schweigsame Rügener. In wohlhabenden Kreisen bewegt er sich sicher wie der Fisch im Wasser. Zumindest ist es das, was er mir sagt. Meine wenigen ersten Eindrücke bestätigen das. Seine Arbeiter scheinen ihn zu respektieren und womöglich sogar ein wenig zu fürchten. Ich fürchte ihn nicht, aber er ist mir eben recht fremd.

Bislang gibt es auf Kuba nichts, das mir Angst macht. Nur etwas beunruhigt mich ein wenig: Es soll Rebellen geben, die sich von den östlichen Provinzen gegen Havanna vorkämpfen. Onkel Oskar meint, das habe nichts zu bedeuten. Die Armee habe diese halbwilden Buschmänner, so hat er sich ausgedrückt, bald wieder im Griff.

Meine Liebe, die Arbeit ruft. Heute liefere ich eine Blaufuchsstola im Hotel Nacional aus, das ist das Hotel, in dessen Restaurant mich Onkel Oskar am ersten Abend eingeladen hatte. Es ist das erste Haus am Platz, die Kürschnerei von Don Oscar, wie er sich hier selbst nennt, hat sehr zahlungskräftige Kunden.

Es grüßt und umarmt Dich aus der Ferne

Dein Freund Jens

Ursula konnte ein Gähnen nicht unterdrücken. »Schluss für heute«, verkündete sie. Heike sprang sofort auf, um den Tisch abzuräumen. Auch Emily war augenblicklich auf den Beinen. Sie kam zu Ursula herüber und drückte ihr einen Kuss auf die Wange.

»Boah, Uroma, ich hätte nicht gedacht, dass olle Kamellen so spannend sein können.« Sie kicherte. »Danke, dass du uns das alles erzählst.«

24

Ursula

Der erste bedeckte Tag, seit sie auf Rügen angekommen waren. Ursula atmete auf. Nicht, dass sie etwas gegen die Sonne hätte, ganz bestimmt nicht. Nur mit zunehmendem Alter vertrug sie Hitze, vor allem, wenn sie drückend und schwül daherkam, immer weniger. Insofern ganz gut, dass sie Jens nicht nach Kuba gefolgt war. Sie ging hinüber in Franziskas Büro, das den wenigen Gästen, die die Villa Sanddorn nur unterbringen konnte, als Rezeption diente. Ursula wollte unbedingt ihren Geburtstag im Yuanas feiern. Am besten, sie reservierte jetzt einen Tisch.

Eine Viertelstunde später ging sie gut gelaunt in Richtung Vitt. Eigentlich hatte sie einen Tisch für vier Personen bestellen wollen, aber dann hatte sie eine bessere Idee gehabt. Der Achtzigste war schließlich etwas Besonderes. Und eigentlich hatte sie einen Spaziergang nach Putgarten vorgehabt, doch auch diesen Plan spontan verworfen. Ihr war die kleine Kapelle eingefallen, an der sie auf dem Weg runter zum Strand jedes Mal vorbeikam. Höchste Zeit, die mal zu besichtigen. Es war gerade mal der fünfte Urlaubstag, noch nicht einmal Bergfest, wie einige es nannten. Ursula mochte den Begriff nicht sonderlich. Hieß das nicht, dass es von da an bergab ging? Jedenfalls staunte sie, wie vertraut ihr der Anblick der Sträucher mit den silbrig grünen Blättern bereits war, wie behaglich sie sich fühlte, wenn John sie von Weitem grüßte oder sie die Stufen zu dem kleinen Fischerort hinabstieg. Als gehörte sie hierher. Das Frühstück fiel ihr ein. Eine Spannung war zu spüren gewesen, nicht die Vorfreude auf den Fortgang von Jens' Geschichte, sondern etwas Beklemmendes. Wahrscheinlich stand allen die nächste Coaching-Sitzung mit etwas Furcht bevor. Was würde Franziska von ihnen erwarten? Blieben dieses Mal alle friedlich, oder platzte die nächste Bombe? Ursula ließ ihren Blick schweifen. In der Ferne reckten die beiden Leuchttürme von Kap Arkona ihre Kuppeln in den Himmel. Von dort oben konnte man bestimmt weit über das Meer blicken. Die Aussicht von der Steilküste würde ihr schon reichen. Nicht nötig, die vielen schmalen Stufen hinaufzukraxeln. Sie musste an Rahel denken. Ausgerechnet Rahel hatte doch beim Frühstück vorgeschlagen, gemeinsam die Insel zu erkunden.

»Dieser Baumwipfelpfad soll sehr schön sein und auch nicht zu anstrengend«, hatte sie gesagt. »Und du wolltest doch den Ausflug mit dem Fischerboot machen, Oma Usch. Mir macht es nichts aus, so früh aufzustehen.« Wenn sie doch schon mal da seien, sollten sie auch die Kreidefelsen vom Wasser aus gesehen haben, meinte sie, dazu vielleicht ein Kreidemuseum, die Seebrücke von Sellin, die so hübsch sein sollte, oder das berühmte Jagdschloss. »Ich weiß nicht, wie es euch geht, für mich ist ein Zug nur ein Zug. Aber dieser Rasende Roland scheint ein echter Touristenmagnet zu sein. Wenn ihr möchtet, fahren wir damit auch mal eine Etappe«, hatte sie vorgeschlagen. Ursula schmunzelte bei der Erinnerung. Alle hatten sie schweigend angestarrt, als hätte sie vorgeschlagen, gemeinsam an einem Inselmarathon teilzunehmen. Und Rahel hatte offenbar gar nicht kapiert, womit sie die anderen so überrascht hatte. »Was?«, hatte sie gereizt gefragt und von einer zur anderen geblickt.

»Nichts. Gute Idee, Ra.« Ursula hatte versucht, die Stimmung zu retten. Auch Heike und Emily berappelten sich.

»Gerne. Mich würde auch Putbus sehr interessieren«, hatte Heike gesagt. Und Emily erinnerte an die Störtebeker Festspiele.

Ursula betrat die kleine Kapelle. Kühl war es hier drinnen und so ruhig. Das Rauschen des Windes, der heute recht kräftig über die Insel zog, das Rollen der Wellen und das Kreischen der Möwen waren wie abgeschnitten, nachdem sie die Eingangstür hinter sich geschlossen hatte. Schon von außen hatte das Gotteshaus verraten, dass es mit Protz und schönem Schein nichts im Sinn hatte. Das Innere bestätigte den Eindruck. Klein war die Kapelle und schlicht. Bis auf das Wandgemälde, durch das Ursula gewissermaßen getreten war, nachdem sie den Vorraum hinter sich gelassen hatte. Sie schloss die bogenförmige Holztür und betrachtete das Motiv. Das Meer war zu sehen. Segelschiffe, die sich durch schwere See kämpften. Da waren Männer, Fischer vielleicht, auch Kinder waren dabei und Frauen. Sie standen am Ufer und blickten einen Mann an, der halb im Wasser stand. Ob das Jesus sein sollte? Nein. Ursula legte den Kopf schief. Sie war nicht gerade bibelfest. Aber irgendwie hatte das Gemälde etwas Beruhigendes, strahlte die Gewissheit aus, dass da jemand war, der auf einen aufpasste, wenn man sich ihm nur anvertraute. So jemand hatte ihr im Leben gefehlt, ging ihr plötzlich durch den Kopf. Da war immer das Gefühl gewesen, es alleine schaffen zu müssen. Zuerst als Einzige der Familie, die außer der Mutter den Krieg körperlich unbeschadet überstanden hatte. Dann im großen Hamburg an einem Arbeitsplatz, der ihr mehr abverlangte als das Büro des Fischhändlers in Heiligenhafen. Schließlich als junge Witwe, die eine Tochter großziehen musste. Mit jemandem an ihrer Seite wäre Ursula womöglich weniger hart gewesen, und Heike hätte sich freier entfalten können. Herrje, es hätte doch sein können, dass Heike nicht das gleiche Schicksal als alleinerziehende Mutter erwischt hätte. Wenn alles anders gekommen wäre, gäbe es ihre drei Nachfahrinnen vielleicht nicht. Oder es gäbe sie, aber sie hätten kein Coaching nötig, dachte sie. Sie schüttelte den Gedanken ab und verließ die Kapelle.

Sie hatte es sich mit einer jener Frauenzeitschriften auf der Terrasse der Fischhütte bequem gemacht, die sie im Grunde verachtete, sich aber hin und wieder gönnte, wie man sich Currywurst mit Pommes frites gönnte, obwohl man wusste, was man seinem Körper damit antat. Fischer Heinrich hatte sie freundlich, aber sehr bestimmt darauf hingewiesen, dass Selbstbedienung sei. Dann hatte er sie erkannt.

»Ach, Sie sind das. Is ja nich viel los gerade, da mach ich für Sie auch gern 'ne Ausnahme.« Dann hatte er gestrahlt, dass die Augen in der faltigen, vom Wetter gegerbten Haut verschwanden.

»Ich möchte erst mal nur etwas trinken. Ich bin zum Essen verabredet, aber später.«

»Ach so. Jo. Getränk nimmst dir aber selbst, ne?«, hatte er gemurmelt und auf das kleine Holzboot neben der Hütte gedeutet, in dem in Behältern mit Eiswürfeln Flaschen mit Saft, Wasser und anderem lagen. »Oder willst was Warmes? Ich hab auch Kaffee und Tee. Kann man heute fast brauchen, was?«

»Nein, danke, ich nehme mir eine Apfelschorle.« Sie hatte das Portemonnaie gezückt.

»Bezahlst am besten nachher alles zusammen«, meinte er und winkte ab.

Je näher die Mittagszeit rückte, desto schwieriger wurde es, den Tisch zu verteidigen. Ursula kam nicht einmal dazu, das Rätsel zu lösen, auf das sie sich am meisten gefreut hatte.

Wenigstens waren Marianne und Heiner pünktlich. Gott sei Dank. Lange hätte sie den Tisch nicht mehr halten können. Herrje, dieser Heiner war ein Hüne, breite Schultern, bestimmt zwei Meter groß und ein Schädel wie Gert Fröbe. Die Knopfäuglein wollten so gar nicht zu dem breiten Gesicht passen.

»Wie schön, Sie kennenzulernen. Marianne hat ganz viel erzählt. Das klingt ja spannend wie ein Agentenstreifen, so spannend.« Er schüttelte Ursula die Hand so heftig, dass sie das Bedürfnis hatte, anschließend ihre Finger durchzuzählen.

Sie holten sich etwas zu essen, dann bestürmte Heiner sie mit Fragen.

»Meine Güte, die arme Ursula verhungert ja vor ihrem Teller, wenn du sie nicht mal ein bisschen in Ruhe lässt«, warf Marianne ein. Ohne nennenswerten Erfolg.

»Jens Carstensen war Einzelkind, wie ich unserem Archiv entnehmen konnte, Einzelkind. Die Schneiderei hat nach dem Tod von Jens' Mutter noch einige Jahre existiert. Jens' Vater hatte dann aber wohl nicht mehr die Kraft, alleine weiterzumachen. Er wollte wohl auch nicht weiter auf Rügen leben, ohne Sohn und ohne Frau. Einer der alten Haudegen in der Redaktion sagte mir, der Carstensen hat seine Familie sehr vermisst, ist über den Verlust nie so richtig weggekommen. Nie so richtig«, erzählte er ein wenig atemlos. »Er soll zu sehr entfernten Verwandten in den Harz gezogen sein, in den Harz, danach verliert sich seine Spur.« Marianne schien etwas sagen zu wollen, kam aber nicht zu Wort. »Die Schneiderei ist noch einige Jahre von einem Gesellen weitergeführt worden«, berichtete Heiner weiter, als hätte er Sorge, etwas zu vergessen. »Der ist aber seit dem Eiswinter 1978/79 verschollen. Die Leute meinen, er sei aus irgendwelchen Gründen raus aufs zugefrorene Meer. Hat sich vielleicht verirrt und ist erfroren oder eingebrochen und ertrunken.« Er zuckte mit den Schultern. »Die Schneiderei, ein kleines unscheinbares Haus, stand einige Jahre leer und ist schließlich abgerissen worden.«

»Tut mir sehr leid, dass er nichts herausgefunden hat, das Ihnen mehr hilft.« Marianne hatte in rasendem Tempo ihren gedünsteten Fisch mit Salat verdrückt. Als Einzige verzichtete sie auf Nachspeise.

»Darum quetsche ich Sie ja aus wie eine Zitrone.« Heiners Lachen klang wie Donnergrollen. »Wenn Sie noch andere Ansatzpunkte haben, dann tauche ich noch mal ab in die Katakomben der Redaktion, ich tauche noch mal ab, wenn Sie wollen.«

Ursula stellte fest, dass sie gar nicht enttäuscht war. Sie war hier mit ihrer Familie. Es machte ihr ungeheure Freude, den dreien von ihrer Vergangenheit zu erzählen und sich so selbst noch einmal ganz bewusst an alles zu erinnern. Vielleicht war das genug. Andererseits … Wäre schon schön gewesen, wenn es die Schneiderei noch gegeben hätte. Einmal angucken, sich vorstellen, dass er da gearbeitet hat.

»Diese Henriette, die der guten alten DDR so hinterhertrauert, sagten Sie nicht, die lebt in Sassnitz?« Ursula sah Marianne an.

»Lebte.« Sie nickte. »Als junges Mädchen ist sie dort aufgewachsen.«

»Wissen Sie, wo sie genau wohnte? Ich frage, weil doch auch Jens dort aufgewachsen ist.«

»Soweit ich weiß, hat sie früher in einer der Gassen gewohnt, die der Rügen-Galerie weichen mussten.« Ursula schnappte nach Luft. Die Nachbarstochter, die im Betrieb geholfen hatte. »Alles in Ordnung mit Ihnen?« Marianne sah sie prüfend an.

»Ja, alles bestens. Und wo lebt die Frau jetzt?« Ursula fühlte, wie ihr Herz klopfte. Mit jemandem sprechen zu können, der ihn als Jungen gekannt hatte, wäre dann doch ziemlich aufregend.

»In Putbus. Sie hat beim VEB Bootsbau in Lauterbach gearbeitet. Aber viel mehr kann ich Ihnen über sie auch nicht sagen. Die Frau ist nicht so mein Fall.« Ein schmales Grinsen erschien auf Mariannes Lippen. »Jeder muss selbst wissen, woran er glaubt und hinter welcher Ideologie er herrennt. Leben und leben lassen. Aber ich muss mit einigen Leuten dann eben nichts zu tun haben.«

Ursula nickte bedächtig. »Wären Sie trotzdem bereit, mir die Adresse von dieser Henriette zu geben?«

»Ach je, die habe ich nicht. Ich meine, die wohnt an der Straße, die raus nach Lauterbach führt. Irgendwo auf Höhe des Stadions, oder, Heiner?« Ehe er antworten konnte, erklärte sie Ursula: »Das heißt Stadion, ist aber nur ein Fußballplatz.«

»Ja, meine ich auch, dass die da wohnt«, stimmte Heiner ihr zu. »Ich glaube, sie lebt in einem dieser alten Häuser, die längst weggerissen werden sollten, in so einem alten Haus. Da sollten doch neue hin, weißt noch, Marianne, da gab es doch diesen Streit. Und ihretwegen konnte nicht weiter abgerissen und neu gebaut werden, weil sie ihren ollen Kasten verteidigt hat wie ein General. Sie und noch eine junge Wilde.«

25

Emily

Sie hätte gut auf diesen zweiten Termin verzichten können. Was da wohl wieder auf sie zukam? Nicht dass sie nachher ihre Gefühle tanzen mussten oder so was Bescheuertes. Wobei, wenn Oma Heike an der Reihe war, konnte es echt lustig werden. Auch bei Ur-Usch, die würde bestimmt den sterbenden Schwan geben. Oder eher die sterbende Graugans oder so. Nee, lieber gar nichts Sterbendes, nicht Uroma. Ihre Mutter würde darauf achten, dass sie gut aussieht, oder sie würde sich gleich ganz drücken. Egal, so was Schräges würde Franziska schon nicht mit ihnen vorhaben. Trotzdem. Emily hätte mehr Lust auf einen Ausflug. Mit einer Dampfeisenbahn war sie noch nie gefahren.

»Es geht los, Emmchen!« Ur-Usch war irgendwie total aufgekratzt. Wie sie wohl ihren Vormittag verbracht hatte? Entweder hatte sie etwas über Jens rausgekriegt oder Drogen eingeschmissen.

»Komme.« Sie seufzte und ging langsam die Treppe runter. Wie gut, dass Ronja abends keine Theaterprobe hatte, sonst hätten sie die Kite-Stunde für das blöde Coaching ausfallen lassen müssen. Dabei war das echt Emilys Trost und Highlight des Tages. Abends war die Chance nicht besonders gut, dass sie Rafael treffen würde. Der musste bestimmt wieder im Restaurant helfen. Okay, man konnte eben nicht alles haben. Kiten war wichtiger als Kerle.

»Na, worüber schmunzelst du?«, wollte Heike wissen, die ein kastenförmiges Kleid trug, in dem sie aussah wie eine Geschenkschachtel auf Füßen.

»Nix«, schwindelte Emily.

Im Raum war schon alles vorbereitet. An einer Tafel hingen verschiedene Fotos. Emily erkannte Schmuck, auf einem anderen hüpfte Erpel Dagobert gerade in einen Tresor voller Geld. Familienausflug, irgendwelche Landschaften, ein Fallschirmspringer.

»Herzlich willkommen. Schön, dass Sie alle wieder hier sind. Ich erkläre Ihnen kurz, was wir heute machen.« Franziska wandte sich der Tafel zu. »Sie sehen hier Bilder, die als Symbole gemeint sind. Wie Sie sehen, ist jedes Bild viermal da.« Sie fuhr mit dem Daumen über den Rand des Fallschirmspringers. Stimmt, da hing gar nicht nur ein Blatt, wie Emily erst gedacht hatte. »Wenn Sie sich also alle dasselbe Motiv aussuchen, ist das überhaupt kein Problem.« Den Typ mit dem Fallschirm nimmt außer mir sowieso keiner, dachte Emily. »Wonach sollen Sie auswählen?« Franziska blickte einmal in die Runde. »Nun, es geht darum, was das Wichtigste im Leben ist. Nicht das Wichtigste in Ihrem Leben jetzt gerade, sondern grundsätzlich. Nehmen Sie sich eine Weile Zeit für Ihre Entscheidung. Ich verteile inzwischen das Material für später und gebe Ihnen dann das Kommando.« Sie lächelte fröhlich. »Dann dürfen Sie jeder nacheinander das jeweilige Bild unter Ihren Namen heften und etwas dazu sagen.« Damit schlug sie eine Seite an einem dieser großen Notizblöcke auf, die man auf Staffeleien stellte. Flipchart hatte ihre Mutter mal dazu gesagt. Irgend so ein Managerkram eben, der Emily nicht die Bohne interessierte. Auf diesem Flip-Dings kam eine Tabelle zum Vorschein, in der vier Namen über jeweils einer Spalte standen: Ursula, Heike, Rahel und Emily. »Du hast Farbe gekriegt, steht dir gut«, sagte Franziska, als sie Emily ein paar zusammengetackerte Seiten und einen Stift hinlegte, dazu diese Klebezettel in verschiedenen Neonfarben.

»Danke.« Emily wollte sich gerade die Bogen ansehen.

»Noch nicht gucken, das ist später an der Reihe. Jetzt sollst du dich für ein Symbol entscheiden.«

»Habe ich schon.«

»Ganz sicher?« Emily nickte. »Okay. Trotzdem sollst du dich hiermit noch nicht beschäftigen, das lenkt nur ab.« Sie legte auch den anderen dreien das Zeug auf den Tisch, die gehefteten Blätter immer verkehrt herum, damit noch niemand zu lesen anfing.

»Sind alle so weit?« Eifriges Nicken. »Gut, dann fangen Sie doch dieses Mal an, Rahel! Heften Sie bitte Ihr gewähltes Symbol unter Ihren Namen, und dann verraten Sie uns, wofür das Symbol in Ihren Augen steht und warum Sie es grundsätzlich für etwas sehr Wichtiges, wenn nicht das Wichtigste im Leben halten.«

Rahel ging zielstrebig auf die Tafel zu, Emily schloss die Augen. Jede Wette, ihre Mutter würde den Tresor nehmen. Und bestimmt konnte sie total gut erklären, warum von Wohlstand alles andere abhing.

»Danke, Rahel«, sagte Franziska, und Emily machte die Augen wieder auf.

»Das ist doch ’n Scherz!«, rief sie. Mutter, Vater, Kinder, dazu Oma und Opa und obendrein noch ein Hund.

»Bitte, Emily«, sagte Franziska sanft, »wir wollen wie beim letzten Mal niemanden kritisieren oder verunsichern.«

»Ja, das hab ich gemerkt«, brummte Emily leise.

»Ich dachte, ich soll jetzt erklären, wofür das Bild steht und warum ich es gewählt habe«, sagte Rahel spitz. Sie war schon wieder mächtig angepisst, dass Emily sich zu Wort gemeldet hatte. Emily verschränkte die Arme und reckte das Kinn. Auf die Erklärung war sie ja mal gespannt.

Franziska hatte Rahel zugenickt. Die setzte offenbar zu einer Rede an.

»Nun ja, wofür das Symbol steht, sieht man ja wohl, für die Familie. Und bevor gleich wieder Protest kommt, möchte ich erst einmal erläutern, warum ich mich so entschieden habe.« Emily war so klar, was jetzt kam. Ihre Mutter würde sich als die Heilige darstellen, die am liebsten jede Minute mit ihrer Tochter verbringen würde, das aber nicht konnte, da sie Tag und Nacht schuften musste, um Emily den besten Start ins Leben zu ermöglichen, bla, bla, bla. »Frau Marold hat gesagt, es gehe um das Grundsätzliche, nicht um das, was wir im Moment am wichtigsten nehmen.« Sie hüstelte, als hätte sie einen ganzen Froschteich im Hals. Wo war denn ihr gigantisches Selbstbewusstsein hin? »Gerade in den letzten Tagen ist mir bewusst geworden, dass man alles schaffen kann, wenn man als Familie felsenfest zusammenhält. Einfach alles. Dann kann man eine drohende Pleite abwenden, selbst mit schwerer Krankheit zurechtkommen. Aus der Familie lässt sich unendlich viel Kraft schöpfen, wenn man es nur versteht, diese Quelle zu nutzen.«

Emily sah verstohlen zur Seite. Oma und Uroma beobachteten Rahel mit glänzenden Augen. Was ging denn hier bitte ab? Sie schaute wieder nach vorne. Sah aus, als würde ihre tolle Frau Mutter gleich die Fassung verlieren. Mit einem Schlag verstand Emily. Na klar, Rahel hatte noch immer die Strategie geändert, wenn sie merkte, dass sie ihr Ziel nicht erreichte.

»Das machst du bisher doch ganz gut«, platzte es aus Emily heraus. Alle sahen sie an. Franziska schritt nicht ein, und ihre Mutter lächelte sogar ein ganz kleines bisschen. »Das mit der Quelle, meine ich«, fuhr Emily fort. Da war plötzlich eine Wut in ihr, die ihr fast selbst Angst machte. Nur eins machte ihr in diesem Augenblick noch mehr Angst: Was würde passieren, wenn sie jetzt wieder die Klappe hielt und sich kleinmachte? »Seit ich auf der Welt bin, nutzt du Oma Heike und Ur-Ursula doch ständig. Sie mussten von Anfang an auf mich aufpassen, sich um mich kümmern, damit du ungestört Karriere machen kannst und freie Bahn für deine Lover hast.« Ihre Mutter wurde blass, öffnete den Mund, aber es kam nichts heraus. Oder hörte Emily es nur nicht, weil es in ihrem Kopf so rauschte? Franziska hörte sie, die sanft versuchte, sie zu stoppen. Nee, dieses Mal nicht! »Hat sie euch jemals gefragt, ob es euch überhaupt passt oder ob ihr etwas anderes vorgehabt hättet?« Emily sah Oma und Uroma an. Die waren irgendwie ganz schön verschwommen. Egal. »Hat sie sich wenigstens bedankt?« Emily wurde immer lauter. »Hat sie nicht! Weil sie mich los sein wollte und es total selbstverständlich fand, dass ihr zur Verfügung steht. Weil sie immer fand, dass das, was sie vorhatte, am wichtigsten war. Was hattet ihr schon vor? Eine Rentnerin und jemand, der bei so einem Käseblättchen alberne Artikel schreibt. Darüber hat sie sich doch die Schenkel blutig geschlagen vor Lachen.« Emily schüttelte wütend Franziskas Arm ab. »Familie ist dir wichtig, ja? Und wieso putzt du mich dann runter, wenn ich mal ganz dezent nach meinem Vater frage? Warum nimmst du mich nicht zur Seite und verstehst, dass ich wenigstens ein bisschen über ihn wissen will?« Was war das denn für ein komischer würgender Gurgellaut? Emily stellte fest, dass es ihre Stimme gewesen war, die ihn produziert hatte. »Wenn man nur zusammenhält, kann man alles schaffen. Zu mir hast du doch nie gehalten!« Emily rannte los. Sie sah noch, wie Ur-Usch sich an die Brust griff, registrierte, dass Franziska sie aufhalten wollte, es sich aber offenbar anders überlegte und zu Rahel lief. Emilys Herz fühlte sich an, als hätten sich Finger aus Eisen darum gelegt, die ganz langsam zudrückten. Hoffentlich war nichts mit Ur-Usch und mit Mami Ra. Sie hätte es zu gerne gewusst, aber sie musste weg hier. Nur weg!

»Was ist denn heute los mit dir?« Ronja sah nicht wütend aus oder genervt, sondern richtig besorgt.

»Weiß auch nicht. Ist nicht mein Tag.«

»Wollen wir lieber Schluss machen, ehe du dir noch die Gräten brichst?«

»Weiß nicht«, maulte Emily. Nein, sie wollte nicht aufhören, sondern am liebsten mit dem Brett ganz weit raustreiben. Und nie mehr zurückkommen.

»Okay, dann weiß ich, dass es heute keinen Sinn mehr hat. Du bist total unkonzentriert. Im Ernst, Emily, auf dem Brett zu stehen und nicht bei der Sache zu sein kann wirklich böse enden.«

»Im Ernst, Emily«, äffte sie Ronja leise nach. Die zog nur kurz die Augenbrauen hoch und schob auch schon ihr Board aus dem Wasser. Blöder Mist, dabei hatten sie heute die Drachen einsetzen wollen. Emily ließ sich vom Brett ins Wasser gleiten und landete auf etwas Spitzem.

»Verdammter Scheißdreck!«, schrie sie.

Ronja sah sich um. »Meine Güte, mit welchem Fuß bist du denn heute zuerst aus dem Bett gestiefelt?«

»Du bist ja so witzig!«

»Eins bin ich mal sicher nicht.« Emily runzelte die Stirn. »Schuld an deiner miesen Laune.«

»Nee, stimmt, 'tschuldigung«, murmelte sie.

»Eis?«

»Au ja!«

Sie schleppten die Ausrüstung zum Schuppen. Auf dem Rückweg holte Ronja zwei Eishörnchen aus der Fischhütte. Emily sah sich nach einem Plätzchen um, wo sie sich niederlassen konnten.

»Lust auf einen Strandspaziergang?«, fragte Ronja.

»Weiß nicht.«

»Also ja.« Ronja grinste und marschierte los. Emily blieb nichts anderes übrig, als hinter ihr herzulaufen, vorbei an Buden, in denen Fischer Netze, Angeln und was sie sonst so brauchten aufbewahrten, wie man durch kleine Fenster in den Türen erkennen konnte. Der Streifen zwischen Meer und Bäumen war schmal und steinig. Emily fand's meistens komisch, mit jemandem zusammen zu sein, ohne zu reden. Aber mit Ronja war es irgendwie okay. Sie latschten einfach immer weiter. Der winzige Strand vor der Fischhütte war gar nicht alles, wie sie immer gedacht hatte. Er zog sich unendlich Richtung Norden. Zu ihrer Linken wuchs die Steilküste immer weiter in die Höhe.

»Sieht voll krass aus. Als ob hier der ganze Berg abgebrochen und auf den Strand gerutscht wäre.« Sie mussten über kleine Felsbrocken steigen. Emily entdeckte sogar einen Baum, der die Wurzeln in die Luft streckte.

»Sieht nicht nur so aus«, meinte Ronja gelassen. Emily wartete, aber sie fing nicht an zu lachen.

»Du verarschst mich doch.«

»Nein.« Sie schüttelte den Kopf, und ihre Haare flogen ihr um die Nase. »Das passiert hier öfter, wenn es tagelang geregnet hat. Die Kreide wird dann so weich oder so. Jedenfalls rutscht dann manchmal ein Teil von der Steilküste ab. Hast du die Schilder nicht gesehen?« Emily schüttelte den Kopf. »Ganz schön leichtsinnig«, sagte sie, und es klang ein bisschen vorwurfsvoll.

»Hat doch nicht geregnet«, verteidigte Emily sich.

»Sonst würde ich auch nicht mit dir hier langgehen.« Sie knuffte sie fröhlich. Dann wurde sie aber wieder ziemlich ernst. »Echt, du solltest auf Schilder achten. Franziska ist ungefähr hier, wo wir jetzt stehen, fast gestorben.«

»Was? Das wusste ich nicht.« Emily wurde mulmig. »Hat sie etwa ein paar Steine auf den Kopf gekriegt?«

»Dann wäre sie auf jeden Fall tot gewesen. Nein, sie hatte Glück. Sie hat die Schilder zwar gesehen, sich aber nicht darum gekümmert«, erzählte sie. »Als sie gerade zum Meer geguckt hat, ist das Stück da abgebrochen und auf den Strand gerauscht.« Sie zeigte zu einer Schneise in den Kreidefelsen, in der kein Baum oder Strauch wuchs. »Siehst du ja zum Teil noch. Den Rest haben sie zur Seite geräumt, damit nicht noch irgendwelche Touris stolpern und sich die Beine brechen.«

»Wurde Franziska verletzt?«

»Ja, ganz schön übel. Sie musste ins Krankenhaus, hat noch lange gehumpelt und so.« Ronja bekam plötzlich glänzende Augen. »Stell dir vor, Niklas hat sie gerettet. Seitdem sind sie zusammen. Jedenfalls ungefähr. Romantisch, oder?« Emily nickte. Ob sie auch jemand rettete, wenn der Berg auf sie fallen würde? Bestimmt nicht, sie würde niemandem fehlen. Emily trat nach einem Stein. Er rollte zur Seite und gab den Blick auf einen anderen Stein frei. Der sah ja mal cool aus. Wie ein Finger oder eine Zigarette. Sie bückte sich.

»Ey, guck mal, voll der witzige Stein.«

»Das ist ein Donnerkeil.«

»Ein was?« Emily musste lachen.

»Mann, du hast Glück. Die findet man nicht oft. Das sind Schalen von urzeitlichen Tintenfischen, die schon lange ausgestorben sind. Weiß auch nicht, warum die so einen bescheuerten Namen haben. Auf jeden Fall bringen die Glück.«

»So'n Quatsch, wieso sollen vierblättrige Kleeblätter, Schornsteinfeger oder diese Dinger Glück bringen?« Glaubte doch kein Mensch. Trotzdem hielt Emily das gelbliche Ding, das so gut in der Hand lag, ganz fest.

»Bei Schornsteinfegern kommt's, glaube ich, drauf an, wie die aussehen.« Emily schaute irritiert zu Ronja hinüber. Die grinste über das ganze Gesicht. Emily musste schmunzeln. »Dieser Donnerkeil bringt ganz bestimmt Glück«, stellte Ronja überzeugt fest. »Meine Mutter sagt, die helfen gegen Rückenschmerzen, wenn du die an einer Kette trägst.« Sie zuckte mit den Schultern. »Na ja, meine Mutter ist manchmal ein bisschen esoterisch drauf.«

Emily hielt den glatten langen Stein ganz fest. Er fühlte sich irgendwie warm an, als hätte er magische Kräfte. Sie schloss die

Augen und wünschte sich etwas. Dann musste sie zusehen, dass sie hinter Ronja herkam, die sich längst auf den Rückweg gemacht hatte.

Als sie zurück in Vitt waren, erkannte Emily Rafael schon von Weitem. Dieser Donnerkeil war echt zu gebrauchen.

»Hi, Rafi«, begrüßte Ronja ihn.

»Hallo«, sagte Emily leise.

»Na, Mädels, wart ihr heute gar nicht mit den Brettern draußen?«

»Doch, klar, aber Emily ist nicht so gut drauf, und deshalb haben wir früh Schluss gemacht.« Super, danke! Wollte Ronja ihm nicht gleich auf die Nase binden, dass Emily ihre Tage hatte, obwohl's nicht stimmte? Mann, wie er sie mit seinen tollen braunen Augen durchbohrte. »Außerdem muss ich mich um Heinrich III. kümmern. Ich kann euch bestimmt alleine lassen, ne?« Ronja blickte von einem zum anderen.

»Klaro.«

»Na ja, ähm, ich werde dann wohl auch gleich mal zurückgehen.« Emily wäre liebend gern noch mit Rafael alleine geblieben, aber erstens war es ihr unheimlich, zweitens hatte er bestimmt auch was zu tun. »Musst du nicht ins Restaurant?«

»Nein, heute ist da eine geschlossene Gesellschaft. Dafür hat meine Mutter eine professionelle Kellnerin engagiert, die öfter für uns arbeitet. Ich kann ja nicht ständig im Restaurant sein, ich muss ja auch mal lernen und so.«

»Sind doch Ferien.«

Ronja pustete sich eine Strähne aus der Stirn. »Ihr könnt euch ja ganz in Ruhe eure Lebensgeschichten erzählen«, meinte sie spöttisch. »Ich bin dann mal weg. Sehen wir uns morgen wieder, Emily?«

»Gerne!«

»Alles klar, bis dann!« Ronja hatte sich schon umgedreht und hob lässig die Hand, während sie davonschlenderte.

Emily hatte keinen Schimmer, was sie machen oder sagen sollte. Er hatte ziemlich coole Shorts an, darüber ein Hemd, das er offen trug. Sie hatte einen kurzen Blick auf seinen Waschbrettbauch ergattert. Mann, Rafo sah einfach nur göttlich aus, und seine Nähe war so deutlich zu spüren, als könnte er irgendwelche Strahlen aussenden. Fast wie dieser Donnerstein, den sie in ihrer Hosentasche verwahrte. Nee, die Spannung war nicht auszuhalten. Sie ging los Richtung Wasser und ließ sich auf einem der Steinbrocken nieder.

»Und, was ist dir über die Leber gelaufen?« Rafo setzte sich auf den Nachbarstein.

»Nix.« Weil er nicht antwortete, sah sie ihn an. Er grinste total niedlich. Emily hatte trotzdem keine Lust, von ihrer verkorksten Familie zu erzählen, die ihr mal wieder richtig schön den Tag versaut hatte. »Kannst du tanzen?«

Er sah sie über den Rand seiner Sonnenbrille an. »Du willst jetzt tanzen, echt?« Er machte Anstalten, aufzustehen.

»O Gott, nein!« Glück gehabt, er machte es sich wieder bequem. »Ich frage nur, weil du neulich im Restaurant mit dieser Frau so Schritte gemacht hast.«

Er lächelte. »Diese Frau ist meine Mutter.«

»Ihr gehört das Restaurant?«

»Ja. Aber ohne Großvater Luis könnte sie den Laden nie so schmeißen.«

»Auch so eine«, flüsterte Emily und schlang die Arme um ihre Knie.

»Bitte?«

»Gehst du etwa mit deiner Mutter zum Tanzkurs, oder was?«

Er lachte und schob sich die Sonnenbrille in die gelglänzenden Locken. Endlich. Erstens war es sowieso bedeckt, zweitens wurde es bald dunkel. Und so konnte Emily seine schönen Augen sehen. Jedenfalls wenn sie sich traute, ihn direkt anzugucken.

»Meine Mutter braucht dafür keinen Kurs, es liegt ihr im Blut.« Er sah übers Meer. Mann, der hatte ein Profil wie diese griechischen Statuen, die im Museum herumstanden. »Mir eigentlich auch. Ich mache auch keinen Tanzkurs, nur Capoeira. Kennst du das?« Er wandte sich ihr zu. Emilys Herz hüpfte aus dem Takt.

»Nee.«

»Das kommt aus Brasilien und ist eine Kombination aus Tanz, Akrobatik und Kampfkunst. Macht richtig viel Spaß, und du trainierst den ganzen Körper.« Tanzen, Kampftechniken lernen und dabei so eine Figur kriegen klang ziemlich verlockend. Akrobatik klang ziemlich anstrengend. »Soll ich dir mal was zeigen?«

»Ja!« Hoffentlich hatte sie nicht zu begeistert geklungen.

Während er sich ein sandiges Stück suchte und ein paar einzelne Steine in hohem Bogen in die Wellen warf, auf die er sonst womöglich getreten wäre, erklärte er ihr, dass sie sich Trommeln dazu vorstellen müsse. »Okay. Oder ich trommel einfach.« Emily schlug rhythmisch abwechselnd auf ihre Oberschenkel, ihre Handflächen und einen glatt gewaschenen großen Stein.

»Gutes Musikgefühl«, lobte Rafael und fing an, in ihrem Takt mit dem Kopf zu nicken und mit einem Fuß zu stampfen. Ehe sie sichs versah, sprang er in die Luft und drehte seinen Körper seitlich wie eine Schraube. Mal nahm er Anlauf und vollführte einen Salto, dann wirbelte er herum, als müsste er einem unsichtbaren Gegner ausweichen. Emily hätte ihm ewig zugucken können. Sie vergaß völlig das Trommeln. Zwei Sekunden Stille, nur Wind, Meeresrauschen, und Rafo hörte auf. »Und so weiter«, sagte er lachend. Keuchend ließ er sich wieder neben ihr nieder.

»Das war super! Ist bestimmt voll schwer.« Sie gab sich alle Mühe, ihre Augen auf etwas anderes zu richten, aber es ging nicht. Sie hingen wie Saugnäpfe an seiner Brust, die sich hob und senkte.

»Alles Trainingssache. Jetzt will ich endlich wissen, warum du nicht gut drauf bist.« Plötzlich ging es ganz leicht, den Blick von ihm abzuwenden.

»Ach, nix«, murmelte sie.

»Hast du vorhin schon gesagt. Hab ich dir da schon nicht geglaubt, und ich glaube es noch immer nicht. Stress mit deiner Familie?« Treffer, versenkt.

Emily holte tief Luft. »Eigentlich nur mit Rahel, meiner Mutter. Ich war wohl ein Unfall, zumindest wollte Rahel kein Kind. Mit wem sie mich gezeugt hat, weiß ich nicht. Hab ihn nie kennengelernt.« Da war sie wieder, diese Wut. Nur hatte sie nicht mehr die Kraft von vorhin, sondern fühlte sich wie eine Schwere an, die Emily in einen tiefen schwarzen Abgrund ziehen wollte. Ihr fiel nur ein einziges Mittel ein, das sie davor bewahren konnte: Reden. Sie konnte gar nicht mehr aufhören, erzählte ihm von den vielen Männern, die ihre Mutter nach Hause mitbrachte. Meistens spät. Emily hörte dann nur das Klappen der Tür, das Flüstern, leises Lachen und meist ziemlich schnell Stöhnen und Keuchen und andere sehr eindeutige Geräusche. Am nächsten Morgen waren die Typen immer schon weg.

»Ist auch gut so. Wenn mal einer länger bleibt, fällt der mir sowieso nur auf die Nerven, und ich sehe zu, dass der wieder verschwindet.« Rafo sagte nichts, wiegte nur den Kopf. Also sprach sie weiter. »Auf die ganzen One-Night-Stands von Rahel habe ich echt keinen Bock. Auf ihr ganzes Leben nicht. Und wenn einer öfter wiederkommt, meint er gleich, er kann einen auf Ersatzvater machen, oder was? Nicht mit mir. Ich will erst mal wissen, wer mein richtiger Vater ist, bevor ich mir von einer Nummer zwei etwas sagen lasse.« Sie kratzte Flechten von einem Stein oder angetrocknete Algen oder was das war. Irgendetwas mussten ihre Hände tun. »Auf so ein Leben wie das von Rahel habe ich nun wirklich keinen Bock«, wiederholte sie und schüttelte den Kopf.

»Was ist denn so schlimm dran?« Er sah sie ernst an.

»Alles! Wie die schon rumläuft mit ihren gelackten Nägeln und angepinselten Lippen.«

»Sind bunt gefärbte Haare und ein Ring in der Nase besser?«

»Auf jeden Fall.« Sie hatte neulich schon selbst daran gedacht, auf das Piercing zu verzichten. Jetzt ärgerte sie sich, dass sie es nicht herausgenommen hatte. »Außerdem sind das nur Äußerlichkeiten. Viel schlimmer ist dieser ganze Karrierescheiß. Um jeden Preis immer mehr Kohle machen, auch wenn es ihr gar keinen Spaß macht. Die ist doch wie eine Nutte.«

Rafo lachte los. »Hast du ihr das mal gesagt?« Jetzt klang er gar nicht mehr amüsiert. »Dann ist es kein Wunder, dass du Stress mit ihr hast. Schon mal dran gedacht, dass sie auch für dich so viel schuftet?« Die alte Leier. Und wenn Emily das gar nicht wollte? Nur danach fragte keiner. »Meine Mutter macht das jedenfalls«, erzählte er weiter und warf einen kleinen Stein in die grauen Wellen. »Mein Erzeuger zahlt keinen Cent für mich. Ich kenne den übrigens auch nicht, das haben wir gemeinsam.« Hammer, wie er sie ansah! »Meine Mutter will, dass ich studieren kann.«

»Aber ich will gar nicht studieren, ich will ’ne Mutter haben, die da ist, wenn ich schon keinen Vater hab.« Emily musste schlucken. Blöder Mist, sie war laut geworden und fing auch noch fast an zu heulen. Sie sprang auf. »Ich muss los, sonst ticken die alle komplett aus.« Ur-Usch fiel ihr ein. Hoffentlich hatte die keinen Herzinfarkt bekommen. Das würde sie sich nie verzeihen.

26

Heike

Das Wetter passte vollkommen zu Heikes Stimmung. Grauer Himmel und Nieselregen. Sie seufzte tief. Daran konnte der Sonnengruß, den sie heute Morgen geturnt hatte, auch nichts ändern. Rahel war schon weg gewesen, als Mutti, Emmchen und sie sich zum Frühstück trafen. Dabei waren sie alle früh dran. Emily sagte kein Wort mehr zu ihrem Ausbruch am Vortag. Heike überlegte fieberhaft, wie sie an ihre Enkelin herankommen sollte.

Ehe sie die richtigen Worte fand, verkündete Emily: »Ich gehe heute schon früh zum Kiten. Ist das okay?«

»Ach, du …« Weiter war Heike nicht gekommen.

»Natürlich, geh nur, Schätzchen.«

»Danke. Bis nachher. Tschüss.« Emily hatte ihre Sporttasche über der Schulter, mit der sie jeden Tag an den Strand zog. Allmählich dämmerte es Heike. Sie sah ihre Mutter an, die mild lächelte.

»Sie geht zum Kiten?«

»Jeden Tag.«

»Weiß Rahel …?«

»Natürlich nicht.«

»Bist du sicher, dass du nicht nur denkst, sie lernt diesen Wassersport, und stattdessen probiert sie in einer Clique Drogen oder schläft mit einem Jungen?«

Ursula wirkte sehr belustigt. »Wie kommst du denn darauf?«

»Hast du mal aus dem Fenster gesehen? Es nieselt.«

»Aber es ist nicht besonders kalt, nehme ich an. Nass wird sie doch sowieso.«

Sie räumten gemeinsam den Tisch ab und stellten das Geschirr in die Spülmaschine.

»Deine Tochter hat nichts begriffen«, sagte Ursula plötzlich und ließ das Tuch sinken, mit dem sie gerade über die Arbeitsfläche gewischt hatte. »Als die Kleine gestern zurückkam, war Rahel schon in ihrem Zimmer und hat sich nicht mehr sehen lassen. Sie schläft quasi Wand an Wand mit unserem Wohnzimmer hier, sie hat ganz genau gehört, wann Emmchen nach Hause gekommen ist und dass wir noch mit ihr geredet haben.«

»Natürlich hat sie. Emilys Vorwürfe haben sie hart getroffen. Ich denke, sie war noch nicht so weit, in Ruhe mit dem Kind zu reden.«

»Sie war noch nicht so weit? Heike, sie ist erwachsen, Emily ist ein Kind. Sie hätte es hinkriegen müssen.« Ursula schmiss den Lappen über den Wasserhahn, wo er baumelnd hängen blieb, und verschränkte die Arme vor ihrer stattlichen Brust. »Vielleicht hat sie auch einfach weitergemacht wie immer und es uns beiden Dummen überlassen, sich um ihre Tochter zu kümmern.« Ursula sah sie herausfordernd an. »Emmchen hat schon recht, Rahel hat nie viel gefragt, sie hat sich darauf verlassen, dass ihre Mutter oder ihre Oma Zeit für das Mädchen haben.«

»Emily mag eine harte Schale haben, aber sie hat ein gutes Herz. Ich habe sie immer gern bei mir. Wenn wir allein sind, öffnet sie sich und ist viel anpassungsfähiger und umgänglicher, als wenn Rahel dabei ist. Mir hat es nie etwas ausgemacht.«

»Mir auch nicht, Heike, aber verstehst du denn nicht?« Muttis typischer strenger Ton, bei dem Heike selbst jetzt noch ein flaues Gefühl im Magen bekam. »Sie hat es eiskalt ausgenutzt, dass wir gern für Emmchen da waren. Sie hat *uns* ausgenutzt.« Eine Weile blieb es still. Heike hörte den Tropfen zu, die draußen an das

Küchenfenster klopften, und der Uhr mit ihrem monotonen Ticken. »Wir haben Emmchen gestern wieder in die Spur gebracht. Das wäre Rahels Aufgabe gewesen. Und warum sind wir heute wohl beide so früh aus den Federn gekrochen, obwohl es gestern nach Mitternacht war? Weil wir da sein wollten, wenn die beiden aufeinandertreffen. Ich weiß ja nicht, wie es dir geht, aber ich bin hundemüde. Und dabei wollte ich dich bitten, heute mit mir zu dieser Henriette zu fahren.« Ursula schnaubte erbost. »Unsere liebe Rahel schafft einfach Fakten und ist weg. Wir können unsere Pläne schön hintanstellen.«

So hatte Heike das noch gar nicht gesehen. In diesem Buch über mehr Selbstbewusstsein hatte sie gelesen, dass man sich nur für Dinge schuldig fühlen sollte, für die man auch verantwortlich war. Für Rahels Verhalten war sie nicht verantwortlich. Trotzdem. Immerhin war Rahel ihre Tochter. Vielleicht hatte es etwas mit falscher Erziehung zu tun. Buch hin oder her, Heike fühlte sich schrecklich schuldig.

»Aber warum, Mutti? Wir können doch zu dieser Henriette fahren. Emily kommt so schnell bestimmt nicht wieder.«

»Nein, ich bin einfach zu kaputt. Ich fühle mich jetzt nicht imstande, dieser Person gegenüberzutreten. Es wäre wunderbar, wenn sie mir etwas über Jens sagen könnte. Andererseits fürchte ich …«

»Was denn, Mutti?«

»Womöglich ist das die …« Ursula stockte und fuchtelte ungeduldig in der Luft herum. »Womöglich ist es gar nicht die Henriette, die Jens kannte, oder sie hat keine Lust, Leuten aus dem Westen zu helfen, oder was weiß ich.«

Arme Mutti. Sie hatte sich diese Reise sicher ganz anders vorgestellt. Das Theater zwischen Rahel und Emily machte ihr mehr zu schaffen, als Heike vermutet hätte. Na ja, es ging wohl allen an die

Nieren. Und dann noch die bevorstehende Begegnung mit dieser Henriette. Heike warf einen Blick in ihr Notizbuch. Henriette war Jens' Nachbarin, die ausgeholfen hatte, wenn es besonders viel zu tun gab. Sie und Jens waren in dieselbe Schule gegangen. Kein Wunder, dass der bevorstehende Besuch Mutti so aufregte. Hoffentlich war es auch wirklich die Henriette, die in den Briefen erwähnt wurde. Und hoffentlich konnte sie etwas zu Jens' Verbleib sagen. Heike hatte vorgeschlagen, dass Ursula sich noch ein wenig ausruhen sollte. Sie würden einfach ein bisschen später fahren. Also hatten sich beide in ihre Zimmer zurückgezogen. Und jetzt? Heike fühlte sich auch schlapp, aber gleichzeitig hatte sie eine innere Unruhe ergriffen. Sie klappte ihr Notizbuch zu. Sie hat uns ausgenutzt. Heike wurde den Satz einfach nicht mehr los. Ständig spukte er durch ihren Kopf, ganz gleich, womit sie sich beschäftigte. Ihr fielen immer mehr Situationen ein, in denen Rahel sie wirklich regelrecht überrumpelt hatte. Einmal hatte sie eine Theaterkarte verfallen lassen. Dritte Reihe, Mitte, teuerste Kategorie. Von Rahel gab es dafür nicht mal ein Dankeschön. Ein anderes Mal hatte sie sich nur eine Stunde nach Rahels Anruf in den Zug nach Frankfurt gesetzt. Mit einer dicken Erkältung. Die Unruhe in ihr wuchs. Sie hielt es in der kleinen Kammer nicht mehr aus, schnappte sich ihre Malsachen, legte einen Zettel auf den Esstisch und ging hinaus. Der Himmel war noch immer finster, aber es hatte vorerst aufgehört zu regnen.

Emily hatte wirklich recht, mehr als einmal hatte sich Rahel über die Themen und Termine lustig gemacht, mit denen es Heike als Lokalredakteurin zu tun hatte. Aber sie hatte den Umstand, dass Heike relativ selbstständig arbeiten und zwischendurch mal schnell nach Hause kommen konnte, ganz selbstverständlich einkalkuliert. »Ja und, du musst ja keinen Urlaub nehmen, um dich um Emmi zu kümmern!« Wie oft hatte Heike sich das angehört?

Sie baute ihre Staffelei am Rande des Sanddornfeldes auf und skizzierte die Villa. Gesa fiel ihr ein, die bei ihrer ersten Begegnung mit so ausladenden Gesten gemalt hatte, dass Heike schon wildeste abstrakte Kunst erwartet hatte. Jetzt ließ eine Wut in ihr sie ebenfalls mit einem Schwung die Kreiden über das weiße Papier führen, der ihr selber fremd war. Das würde niemals die leicht verträumte Villa Sanddorn werden. Sie zögerte kurz, wollte noch mal anfangen. Nein! Dann wurde es eben etwas anderes. Oder auch gar nichts. Es spielte keine Rolle. Hauptsache, sie hatte Spaß. Und den hatte sie tatsächlich. Die Ölpastellkreiden flogen geradezu über den Bogen. Rahel hatte alle immer ausgenutzt. Und sie, was war mit ihr? War sie besser? Hatte sie sich nicht auch aus praktischen Erwägungen für Bad Bevensen entschieden? Weil Mutti dort in der Nähe war und schnell mal auf Rahel aufpassen konnte? Grau für den Himmel. Auch, ja, aber sie hatte Ursula immer gefragt, ob es für sie in Ordnung war, wenn sie sie überhaupt mal um Hilfe gebeten hatte. Meistens war sie selber irgendwie klargekommen, hatte Rahel zu einem Termin mitgenommen oder zu Hause gearbeitet. Orange, kräftiges leuchtendes Orange für diese schönen Sanddornsträucher! Ganz anders ihr Fräulein Tochter! Eine Zeit lang war Heike sogar regelmäßig nach Frankfurt gefahren, hatte klaglos das Bahnticket bezahlt, damit Rahel wahlweise ein Arbeitswochenende einlegen oder mal etwas für sich tun konnte. Letzteres hieß, sich von irgendeinem Kerl abschleppen lassen. Hoppla, ein bisschen fest aufgedrückt. Glück gehabt, nur ein Kratzer, kein Riss. Emily und Ursula hatten vollkommen recht, Rahel dachte immer nur an sich, nie an andere. Sie war Heikes Tochter. Höchste Zeit, ihr mal die Meinung zu sagen.

»Da bist du ja, Kind.« Heike fuhr herum. Sie hatte ihre Mutter gar nicht kommen hören. Eilig klappte sie den Zeichenblock zu.

»Hast du dich ein bisschen ausgeruht, wollen wir los?«

Ursula antwortete nicht, sondern sah an ihr vorbei zur Staffelei. »Was ist das? Das war ja … Das hast du gemalt?« Heike packte rasch zusammen. »Zeig doch mal!«

»Nein, es ist nichts geworden.«

»Wie bitte? Was ich sehen konnte war … fantastisch!«

»Ach was, Mutti, ich habe nur ein paar Fingerübungen gemacht.«

»Die möchte ich trotzdem sehen.« Mutti hatte aber auch einen schlimmen Dickkopf. Nicht nachgeben, auch mal Nein sagen und dabeibleiben.

»Kommt nicht infrage.« Ach je, sie sah richtig enttäuscht aus. »Es ist noch nicht fertig. Ich zeige es dir, wenn es fertig ist. In Ordnung?«

»Glaub bloß nicht, dass ich das vergesse.« Daran glaubte Heike ganz und gar nicht. Ursula hatte in der Familie das beste Gedächtnis, daran gab es keinen Zweifel.

Als sie sich auf den Weg nach Putbus machten, fing es wieder an zu nieseln. Graue Wolken hingen tief, als wollten sie die Insel erdrücken. Ursula hatte eine Straßenkarte auf den Knien, und Heike hoffte inständig, dass sie diese Frau fanden.

»Also, Mutti, was weißt du über die Dame?« Sie hatten Wiek hinter sich gelassen und hielten auf die Wittower Fähre zu, die sie über den Bodden bringen sollte.

»Sie heißt Henriette Kurz. Ihr Elternhaus in Sassnitz ist diesem Einkaufszentrum zum Opfer gefallen. Genau wie das von Jens. Sie hat in Lauterbach gearbeitet. Muss etwa mein Jahrgang sein, vielleicht ein bisschen jünger.«

Das Übersetzen mit der kleinen Autofähre klappte tadellos, Heike fiel ein Stein vom Herzen. Sie erwischten auch die richtigen Abfahrten in Trent und sogar später mitten im Nichts zwischen Feldern, die bis zum Horizont reichten, sodass sie ohne Umwege nach Bergen kamen.

»So, Mutti, jetzt gut aufpassen bitte. Eigentlich müssen wir nur gerade durch die Stadt durch, aber so einfach wird es bestimmt nicht. Leider.« Warum hatte sie das wohl gesagt? Damit ihre Mutter die Karte fest im Blick behielt. Aber nein, ausgerechnet jetzt musste sie durch die Gegend gucken. »Wirklich, Mutti, es wäre schön …«

»Putbus geradeaus«, sagte Ursula.

Heike warf ihr einen Seitenblick zu. »Woher …?«

»Da war gerade ein Schild. Hast du das nicht gesehen?« Wer brauchte so ein neumodisches Navigationsgerät, wenn er eine aufmerksame Mutter neben sich hatte? In null Komma nichts hatten sie Bergen hinter sich gelassen. Erste Häuser, dann Bäume dicht an dicht, ehe sich vor ihnen ein Platz ausbreitete, ein Rondell, das Heike den Atem raubte. Nicht nur ihr.

»Du liebe Güte, dieser Fürst hat nicht gekleckert, sondern geklotzt. Aber so richtig.« Ursula betrachtete das gewaltige, von strahlend weißen klassizistischen Häusern eingerahmte Rund mit großen Augen. In der Mitte erkannte Heike einen Obelisken, auf den völlig symmetrisch breite Alleen zuliefen.

»Wie mit dem Lineal gezogen«, meinte Heike. »Dieser Fürst, meinst du den Fürsten zu Putbus?«

»Hier abbiegen!«, rief Ursula. »Bahnhofstraße.«

»Ach je, jetzt … Das hättest du früher sagen müssen. Jetzt bin ich schon … Entschuldige, Mutti, meine Schuld, ich war so abgelenkt von diesem Platz.« Heikes Herzschlag hatte sich beschleunigt. So ein Ärger, rechts rauszufahren wäre viel einfacher gewesen. Nun hatte sie sich schon anders einsortiert und musste noch einmal um den Pudding fahren.

»Circus«, sagte Ursula, »der Platz heißt Circus. Ist doch nett, kann ich ihn mir noch einmal in Ruhe ansehen.« Sie lächelte. Heike hatte den Verdacht, dass ihre Mutter froh über den Aufschub war. Die bevorstehende Begegnung regte sie auf, das verrieten die roten Flecken an ihrem Hals. »Genau den meine ich«, fuhr sie fort, als wäre nichts geschehen. »Das hier ist die Heimatstadt von Fürst Wilhelm Malte I. zu Putbus. Anfang des 19. Jahrhunderts hat er sie zu einer klassizistischen Residenzstadt ausgebaut. Ziemlich eindrucksvoll. Und sieh nur, die hübschen Rosen überall. Nein, du guckst lieber auf die Straße. Wir könnten bei schönem Wetter noch mal herkommen und uns zu Fuß umsehen. Was meinst du?« Heike nickte. »Früher hieß Putbus die weiße Stadt, heute nennt man sie wegen dieser wunderschönen Bepflanzung meistens Rosenstadt.« Mutti hatte ihren Reiseführer gründlich studiert. Nach der zweiten Runde erwischte Heike die Ausfahrt in die Bahnhofstraße.

»Jetzt gleich rechts?«

»Nein, die ist zu klein, die nächste.«

»Lauterbacher Straße. Prima, Mutti, das müsste stimmen.«

»Marianne hat etwas von einem Park gesagt. Das hier rechts könnte er sein. Dann wären wir wohl richtig.« Ursula atmete tief durch.

Wie sollten sie das richtige Haus finden? Mutti hatte etwas von Altbau erzählt. Damit schieden einige Gebäude aus. Trotzdem würden sie wohl von Grundstück zu Grundstück laufen und auf die Klingelschilder gucken müssen. Plötzlich deutete Ursula sehr entschlossen auf ein grau verputztes unscheinbares Häuschen.

»Das ist es.«

»Woher willst du …?«

»Parkplatz. Ich bin sicher, das ist es.« Keine Ahnung, wie ihre Mutter zu der Einsicht gelangt sein wollte, aber dennoch fuhr Heike auf einen Sandstreifen. Kein Parkverbotsschild, und sie blockierte keine Einfahrt. Ja, hier konnte sie den Wagen wohl lassen. Sie musste sich beeilen, um hinter Ursula herzukommen, die schon auf den schlichten Garten zusteuerte. Nicht besonders hübsch. Eine Fläche mit kurzem Rasen, ein einziges Beet, in dem bunte Blümchen in brauner, peinlichst von Unkraut befreiter krümeliger Erde wuchsen. Plötzlich entdeckte Heike ein rotes Dreirad.

»Mutti, soll die alte Dame denn nicht alleine wohnen?« Noch bevor ihre Mutter antworten, geschweige denn auf das Namensschild schauen konnte, flog die Tür auf.

»Tach, kann ich helfen? Sie wollen hoffentlich nicht zu meinem Opa, oder?« Die junge Frau in kreischend bunter Hose mit Piercing und verfilzten, zu Schnüren gedrehten Locken hätte Emily vermutlich gefallen. Wenigstens hatte sie ein freundliches Lächeln.

»Nein, eher zu Ihrer Oma.« Die Verwunderung war Ursula ins Gesicht geschrieben.

Heike hatte zu den beiden aufgeschlossen. »Wir suchen eine Henriette Kurz.«

Die junge Frau zuckte mit den Schultern. »Tut mir leid, ich bin gerade erst eingezogen. Ich habe das Haus von meinem Großvater geerbt. Ich habe den oft besucht, so ist es nicht. Nicht dass Sie denken, die kennt sich hier nicht aus, weil sie nie da war, erbt aber gerne. Nee, nee, aber mein Opa hatte mit den Nachbarn nicht viel am Hut. Viele Zugezogene, wissen Sie. Na ja, und auch die Alteingesessenen müssen ja nicht automatisch ziemlich beste Freunde sein.« Sie lachte. Heike hatte sich schon Sorgen gemacht, dass die junge Wilde gar nicht mehr Luft holen wollte. »Wie soll die heißen?«

»Henriette Kurz«, antwortete Ursula.

»Ach doch, klar. Das ist die Touristentante, die immer diese Themenführungen macht, oder?« Ursula nickte. »Logo, die kenne ich. Ist nicht so ganz meine Wellenlänge, aber die hat das gleiche Problem, was schon mein Opa hatte. Jetzt hab ich es. Ständig will uns hier jemand weg haben, also unsere Häuser. Da sollen noch mehr von den Klötzen hin.« Sie deutete mit dem Kopf zu größeren Neubauten, die Heike hübscher fand als das triste graue Haus von Opa. »Aber wir wollen hierbleiben. Die Kurz führt ihren Kampf wohl lieber allein. Aber mein Opa hatte wegen dieser Grundstückssachen mal mit ihr zu tun.« Die Frau machte Anstalten, sich zu verabschieden.

»Können Sie uns denn sagen, wo Henriette Kurz wohnt?«, fragte Heike schnell.

»Ach so, ja klar!« Die Filzlocke zeigte auf das Haus auf der anderen Straßenseite.

Das Gebäude sah dem von eben sehr ähnlich. Vermutlich derselbe Architekt. Allerdings hatte hier jemand Geld hineingesteckt und renoviert. Die grauen Riemchen lösten sich leider schon wieder hier und da von der Fassade, den gläsernen Bogen über der Haustür, auf dem sich Grünspan prächtig entwickelte, fand Heike auch nicht gerade hübsch. Immerhin war der Garten sehr gepflegt, überall wuchsen üppige Rosensträucher. Auch neben der Haustür kletterten sie an Rankgittern hoch bis weit über das gläserne Vordach und sorgten mit ihren prachtvollen Blüten für Farbe und Schmuck.

»Also dann, auf in den Kampf!« Ursula drückte auf den Klingelknopf.

Es dauerte nicht lange, bis laute Schritte zu hören waren. Ganz offensichtlich war Herr Kurz zu Hause. Die Tür wurde geöffnet. Vor ihnen stand … eine Frau. Heike schätzte die Dame auf Mitte bis Ende siebzig. Sie trug einen dunkelblauen Trainingsanzug, der Heike an Sportunterricht vor fast fünfzig Jahren erinnerte. Kräftig war sie. Wie sagte man immer? Zu klein für ihr Gewicht. Und das stimmte, klein war sie außerdem. Mit den dunkel gefärbten dauergewellten Löckchen hatte sie etwas von Igel Mecki.

»Guten Tag, bitte entschuldigen Sie die Störung«, setzte Heike an, da es ihrer Mutter anscheinend die Sprache verschlagen hatte.

Merkwürdig, Frau Mecki fixierte Ursula mit einem Blick, den Heike nicht deuten konnte. Ihr Mund wirkte verkniffen, als stünde auch sie unter größter Spannung. War es möglich, dass sie Ursula erkannt hatte? Es fehlten noch viele Briefe, womöglich hatte es mal eine Begegnung auf Rügen gegeben, von der Ursula noch nichts erzählt hatte. Das war nicht sehr wahrscheinlich, aber es sah so aus, als stünden sich die beiden Frauen nicht zum ersten Mal gegenüber. Und Ursula hatte sich vorhin so merkwürdig aufgeführt, als sie von dieser Henriette gesprochen hatte. Heike wurde bewusst, dass noch immer niemand etwas sagte. Mecki hatte sie nicht einmal begrüßt. »Meine Mutter ist auf der Suche nach Henriette Kurz«, erklärte Heike und versuchte einen Blick auf ein Klingelschild zu erhaschen. Da war keins. »Sie benötigt ein paar Auskünfte von früher.« Heike sah Hilfe suchend zu ihrer Mutter. Konnte die vielleicht auch mal etwas beitragen?

»Die bin ich«, kam es zackig von Mecki. Huch, die klang ja wie ein Feldwebel und stand im Türrahmen wie ein Grenzposten, breitbeinig und mit verschränkten Armen. Heikes Blick wanderte an Frau Kurz hinunter. »Tritt ein, bring Glück herein« stand auf der rostroten Fußmatte. Wenn sie sich die Haltung der Bewohnerin ansah, kam ihr eher der Todesstreifen in den Sinn. Tritt ein, nur nicht auf eine Mine. Wie konnte die Stimmung zwischen zwei Frauen, die sich noch nie getroffen hatten, von Anfang an so frostig sein? Irgendetwas stimmte nicht. Ursula sagte noch immer kein Wort. Irgendetwas stimmte hier ganz und gar nicht.

»Dürfen wir vielleicht einen Moment reinkommen?« Heike versuchte ein Lächeln. »Meine Mutter hätte ein paar kurze Fragen, Frau … Kurz.« Sie räusperte sich. »Dauert nicht lange.« Ursula warf ihr einen Blick zu, als wollte sie sie umbringen. Was war denn jetzt schon wieder falsch? Heike zuckte entschuldigend mit den Schultern. Mecki Kurz gab einen undefinierbaren Laut von sich, der wie Schnauben klang, machte kehrt und verschwand irgendwo im düsteren Inneren des Hauses. »Was meinst du, sollen wir einfach hineingehen?« Heike sah ihre Mutter an.

»Was denkst du denn? Auf eine freundlichere Einladung können wir lange warten.« Du liebe Güte, Ursula war entweder noch immer schrecklich müde, oder sie nahm es Heike doch übel, dass die sich im Circus verfahren hatte. Sie war ja nicht mit Pfeffer und Salz zu genießen. Sie schlossen die Haustür hinter sich und betraten gleich darauf ein überraschend geräumiges Wohnzimmer. Über den riesigen Flachbildschirm flimmerte irgendeine Quizshow. Die Couchgarnitur, Velours mit Blumenmuster in Beige-Braun, gefiel Heike nicht, schien aber recht neu zu sein. Herzstück des Raums war einer dieser Sessel, bei denen man Rückenlehne, Sitzhöhe und -winkel und überhaupt alles einstellen und vermutlich auch noch eine Massagefunktion aktivieren konnte. Vor den bodentiefen Fenstern, durch die man einen schönen Blick in den herrlichen Rosengarten hatte, stand ein Heimtrainer. Hanteln und eine Metallstange lagen daneben.

»Hoffentlich haben wir Sie nicht beim Training gestört.« Heike hüstelte.

»Nein, wie kommen Sie darauf?«

»Na ja, das Trimmrad, Ihr Anzug.«

»Ich hab's zu Hause gern bequem«, blaffte sie. »Ist bei Ihnen im Westen wohl nicht üblich.«

»Doch, auch. Wir haben's auch gern gemütlich. Nicht, Mutti?« Heike ließ sich instinktiv auf das Sofa fallen. Ursula starrte von der Fototapete, die einen Palmenstrand zeigte, zu einer Vitrine. Hinter dem Glas meinte Heike Pokale, Orden und Abzeichen zu erkennen. Vielleicht war Frau Kurz im Schützenverein. Heike hätte aufstehen müssen, um das herauszufinden.

»So, und was wollen Sie jetzt?« Die Kurz stemmte die Hände in die Seiten.

»Ich bräuchte ein paar Auskünfte zu einer Familie, die Sie kennen müssten«, begann Ursula leise. Halleluja, sie hatte ihre Sprache wiedergefunden!

»Ach nee, jetzt brauchen Sie die Stasi-Tussi also, was? Wie hatten Sie mich noch genannt, Feldwebel?« Heike sah erschrocken von einer zur anderen. Sie kannten sich tatsächlich. Doch das schien kein Vorteil zu sein.

Frau Kurz setzte sich auf ihren Sessel wie auf einen Thron. »Ich hatte gehofft, dass diese widerliche West-Arroganz endlich ausgerottet ist.« Sie seufzte demonstrativ. »Aber nein, wie ich bei Ihrem Auftritt in Vitt feststellen musste, existiert sie nach wie vor.«

Liebe Güte, jetzt begriff Heike. Sie waren im Wohnzimmer der Frau gelandet, mit der sich ihre Mutter bei dem Frühstück mit Emily angelegt hatte. Eine kleine Vorwarnung wäre nett gewesen.

Ursula schnappte nach Luft. »Danke, gleichfalls!« Es gelang ihr nicht, das Zittern in ihrer Stimme zu unterdrücken. »Ihre Ost-Verbohrtheit ist vor dreißig Jahren jedenfalls nicht mit dem DDR-Regime untergegangen, leider.«

Frau Kurz' Gesichtsfarbe veränderte sich auf beängstigende Weise. Gerade noch eher blass, waren ihre Wangen jetzt dunkelrot. Sie sprang von ihrem Sessel auf, als hätte sie ein Katapult unter dem Hintern. Bis zu diesem Moment hätte Heike gewettet, dass Pummelchen ihr Fitnessrad höchstens als Ablage nutzte. Das sah sie jetzt ganz anders. Welch eine Beweglichkeit! Wahrscheinlich hatte sie die Orden und Pokale für sportliche Leistungen kassiert.

»Das Regime wäre nicht untergegangen, wie Sie es nennen, wenn nicht Ihre Regierung kräftig dabei geholfen hätte, es zu unterlaufen. Aber das wird natürlich gerne unterschlagen«, polterte die Kurz. Ursula begann sich aufzupumpen. Gleichzeitig rutschte sie nach vorne an die Kante des Sofas, als würde auch sie sich gleich zu voller Größe entfalten. Dazu brauchte sie allerdings eher dreimal Anlauf als einen einzigen beherzten Sprung.

»Es geht zwar um Informationen von früher«, meldete sich Heike vorsichtig zu Wort, »aber das ist doch kein Grund, politische Grundsatzdiskussionen zu führen.«

»Du hast doch keine Ahnung, was das für eine ist«, schimpfte Ursula. »Eine Stasi-Tussi, wie sie im Buche steht. Ja, das wiederhole ich gerne.« Sie funkelte Frau Kurz an. Die holte zum Gegenschlag aus.

Heike kam ihr zuvor. »Zugegeben, ich weiß nicht, warum ihr euch so in den Haaren habt, Mutti. Ich weiß aber, dass es überhaupt nichts bringt, sich nach dreißig Jahren für etwas an die Gurgel zu gehen, was wir alle nicht beeinflussen konnten.« Ihr fiel etwas ein. »Ich habe kürzlich ein Buch gelesen. Es ging um alte Wunden, um die Verletzungen der Wende und das Leid, das daraus entstanden ist.« Die beiden belauerten sie regelrecht. Heike fühlte sich in ihrer Haut überhaupt nicht wohl, aber sie sprach weiter: »Der Osten ist vom Westen nach der Wende in vielerlei Hinsicht über den Tisch gezogen worden. Da sind wir uns alle einig, nehme ich an? Ist doch kein Wunder, wenn viele Menschen das noch heute als verletzend empfinden, oder? Also, ich habe jedenfalls Verständnis dafür.«

»Du hast ja für alles Verständnis«, knurrte ihre Mutter.

»Recht haben Sie!« Frau Kurz klang jetzt eine Spur ruhiger. Sie setzte sich sogar wieder. »Die DDR hat Tugenden und Werte hochgehalten, die der Kapitalismus im Westen vollkommen hat aussterben lassen: Solidarität mit den unterdrückten Völkern, Ablehnung von Konsumdenken. Wir hatten noch Ideale, wir haben für die Gemeinschaft gearbeitet und für den Aufbau des Sozialismus …«

Ursula verschränkte die Arme vor der Brust. »Wie selbstlos«, sagte sie höhnisch. Frau Kurz schob das fleischige Kinn vor und sah ein wenig aus wie ein Greifvogel mit Übergewicht. Ursula zeigte mit dem Finger auf den monströsen Fernseher. »Der Westen hat Sie doch nicht gezwungen, Ihre tollen Werte mit Schwung über Bord zu schleudern. Genau das haben Sie aber getan, meine Liebe. Stereoanlage, Heimtrainer, Fernsehsendungen, die Sie im Osten nur heimlich hätten sehen dürfen, in Kinoformat. Sieht so aus, als hätten Sie das Konsumdenken ganz schnell gelernt, liebe Frau Kurz. Über den bösen Westen und die vielleicht nicht ideal verlaufene Wiedervereinigung schimpfen und gleichzeitig die Vorzüge genießen, das habe ich gern.«

»Wiedervereinigung, dass ich nicht lache.« Frau Kurz spuckte die Worte geradezu aus, und tatsächlich sah Heike einen Speicheltropfen fliegen. »Geschluckt worden ist die DDR, in einem Stück und mit Haut und Haaren. Wie die Maus von der Schlange. Und zwar mit all ihren Errungenschaften und sozialistischen Fortschritten.«

Heike musste an einen Kollegen denken, der kurz in Bad Bevensen gearbeitet hatte. Wie hieß er noch? Sie erinnerte sich, dass er etwas Ähnliches geäußert hatte, obwohl er ein glühender Befürworter der Wiedervereinigung war. Vor der Wende war er ein relativ hohes Tier bei der *BZ am Abend* gewesen. Von einer täglichen Auflage von rund zweihunderttausend Exemplaren hatte er gesprochen. Und dann also die *Bevensener Wochenzeitung*, weil er nach der Wende seine Arbeit verloren hatte. Die Stelle bei dem Regionalblättchen war weit unter seiner Qualifikation, aber er war verunsichert. Vor allem brauchte er Arbeit. Mit ihm hatte sie oft über die Ungerechtigkeiten bei der Abwicklung des Ostens gesprochen. Wie hieß er bloß? Sie kam einfach nicht drauf. Jedenfalls hatte sie nach den Unterhaltungen mit ihm immer ganz anders über etwas gedacht, zu dem sie vorher eine klare Meinung zu haben glaubte.

»Ein weites Feld«, meldete sich Heike zu Wort. »Wir drei Frauen werden dieses komplexe Thema ganz sicher nicht in wenigen Minuten abschließend erörtern können.« Die beiden alten Damen sahen sie an, als hätte sie Esperanto gesprochen. Heike schaute ihrer Mutter eindringlich in die Augen. So unsympathisch die beiden sich auch waren, Frau Kurz war möglicherweise die einzige Person, die etwas über Jens wusste. Keine gute Idee, sich völlig mit ihr zu überwerfen, nur um recht in einem Streit über Vor- und Nachteile der verschiedenen politischen Systeme zu behalten. »Wir sind ja auch aus einem ganz anderen Grund hier.« Sie warf ihrer Mutter noch einen Blick zu und hatte den Eindruck, dass sie endlich verstand. Gott sei Dank. »Wie gesagt, wir suchen jemanden, den Sie kennen müssten. Vielleicht können Sie uns sagen, was aus ihm geworden ist, ob er eine Familie gegründet hat, ob er vielleicht sogar wieder nach Rügen zurückgekommen ist. Sein Name ist Jens Carstensen.« Es sah ganz so aus, als könnte sie mit dem Namen etwas anfangen. Jedenfalls war Frau Kurz wieder etwas blasser, und ihre Mundwinkel zuckten.

»Carstensen, sagen Sie? Das ist doch kein Name, das ist ein Sammelbegriff hier im Osten«, betonte sie und sah Ursula feindselig an. Dann blickte sie auf ihren rechten Daumen, mit dem sie ständig über die Armlehne ihres Sessels fuhr, als müsste sie einen alten Kaugummi abpulen. »Ja, unsere Nachbarn in Sassnitz hießen auch so«, gab sie dann zu.

Ursula starrte sie an. »Sie kennen die Familie also tatsächlich? Soweit ich weiß, leben Jens' Eltern nicht mehr. Natürlich nicht«, sie lachte verlegen, »Jens war ein wenig älter als ich.« Ihre Ablehnung Frau Kurz gegenüber war vergessen. »Haben Sie eine Ahnung, was aus ihm geworden ist? Wie lange hatten Sie Kontakt?«

»Sie brauchen mir nicht noch mehr Löcher in den Bauch fragen, ich weiß nichts. Kann mich nicht erinnern, was er nach der Ausbildung gemacht hat.«

»Denken Sie doch bitte nach! Sie sind mit ihm in Sassnitz zur Schule gegangen, haben in der Schneiderei ausgeholfen.« Heike beobachtete fasziniert, wie sich die Miene von Henriette Kurz grundlegend änderte. Ihre Feindseligkeit verwandelte sich in grenzenlose Überraschung. Und da war noch etwas, das sie aber nicht deuten konnte. »Jens hat mir davon geschrieben«, erzählte Ursula unbeirrt weiter. »Er war mein Brieffreund, wissen Sie? Etwa zu der Zeit, als er nach Kuba ausgewandert ist. In den Zeilen, die noch auf Rügen entstanden sind, hat er Sie immer wieder erwähnt.«

Henriette Kurz sackte in sich zusammen. Sie musste sich regelrecht an der Armlehne festhalten, um nicht in den Tiefen des Polsters zu versinken.

»Fühlen Sie sich nicht wohl?«, fragte Heike sanft. Henriette Kurz biss sich auf die Lippe. Sie blickte irritiert zu Heike, als hätte sie deren Anwesenheit komplett vergessen, dann zurück zu Ursula. Dabei öffnete sie mehrfach den Mund, als wollte sie etwas sagen. Schimmerten plötzlich nicht sogar ihre Augen feucht? Heike wollte sich noch einmal versichern, dass alles in Ordnung war, da verwandelte sich die zusammengesunkene alte Frau zurück in den vitalen Feldwebel. Mit einem Satz war sie wieder auf den Füßen, ging zu den großen Fenstern und drehte ihrem Besuch den Rücken zu.

»So, so, dieser Jens hatte also Westkontakt. Und hat Republikflucht begangen.« Sie nickte langsam vor sich hin. Anscheinend war sie nicht gewillt, mehr dazu zu sagen. Ganz anders Ursula. Die rappelte sich mühsam vom Sofa hoch.

»Ja, das hat er getan«, fauchte sie und ging langsam auf Henriette Kurz zu. »Weil er die Enge und die Überwachung in der DDR nicht ausgehalten hat.« Ihre Mutter hatte einen Ton am Leib, der Heike in höchstem Maß beunruhigte. Sie stand ebenfalls auf, um notfalls eingreifen zu können. »Es ging ihm um Freiheit. Wie den meisten anderen Flüchtlingen übrigens auch. Jeans und andere Luxusgüter des Westens waren ihm scheißegal.«

»Mutter!« Heike konnte sich nicht erinnern, dieses Wort je aus Ursulas Mund gehört zu haben.

»Ich nehme an, meine Damen, Sie wollen jetzt gehen«, sagte Henriette Kurz eisig, ohne sich ihnen zuzuwenden. »Hat mich gefreut, Sie kennenzulernen.« Ob sie das versöhnlich meinte oder ironisch?

»Mich nicht«, brachte Ursula schwer atmend hervor und stapfte los. »Ich glaube Ihnen sogar, dass Sie nichts weiter von Jens wissen«, schimpfte sie auf dem Weg zum Ausgang. »Mit einer wie Ihnen wollte er bestimmt nichts zu schaffen haben.« Kaum hatte Ursula es ausgesprochen, hörte Heike schnelle schwere Schritte hinter sich. Sie schob ihre Mutter fast ins Freie, weil sie Angst hatte, dass es doch noch zu Handgreiflichkeiten käme. Eben standen sie auf dem rostroten Fußabtreter, als die Tür hinter ihnen krachend ins Schloss fiel. Die Erschütterung brachte die Kletterrosen zum Beben, aus denen Tropfen auf die beiden herabregneten. Tritt ein, bring Glück herein.

27

Ursula

Musste denn ausgerechnet diese verblendete, fanatische … diese dusselige Kuh Jens' Nachbarin sein? Ursula hatte es ja geahnt, befürchtet. Aber sie hatte sich so sehr gewünscht, dass es eine andere Henriette gab, eine freundliche, sanfte Frau, die noch immer mit Jens in Kontakt stand und sich freute, Ursula von ihm zu erzählen. Alles nur zufällige Übereinstimmungen mit der falschen Henriette. Das wäre ja auch zu schön gewesen. Ursula stand am Fenster und starrte auf den Hof vor der Produktionshalle. Das Leben war kein Wunschkonzert, so war es nun mal. Sie würde schon irgendwie irgendetwas über Jens' Verbleib herausbekommen. Ohne diese Ziege!

Es wurde langsam Zeit, zu den anderen zu gehen. Schade, sie konnten heute nicht auf dem Balkon sitzen, dazu hatte es sich zu sehr abgekühlt. Ursula seufzte. Auch das noch! Der nächste Briefe-Abend stand ihr bevor. Nicht dass es ihr keine Freude machte, aus Jens' Schreiben vorzulesen. Nur dachte sie mit Grauen an die Spannung, die zwischen Rahel und Emily herrschte. Sie hatte kaum Hoffnung, dass sich bis heute Abend etwas gebessert hatte. Nach dem Katastrophentreffen hatten sie gestern schon darauf verzichtet, sich der Post aus Kuba zu widmen. Noch ein verlorener Abend wäre mehr als ärgerlich. Sie schob den Gedanken an den Besuch beim Feldwebel, ein glatter Schlag ins Wasser, beiseite und wappnete sich gegen das, was noch so auf sie wartete in diesem verrückten Urlaub. Ursula klemmte sich ihren Karton unter den Arm und ging langsam zur Zimmertür. Eine Weile hörte sie dem leisen Tuscheln zu. Viel konnte sie nicht verstehen, aber es war geradezu greifbar, dass jede sich jedes Wort gut überlegte. Nur nicht wieder einen Streit vom Zaun brechen.

»Hallo, Uroma! Du warst echt bei der blöden Kuh?« Emily zwinkerte ihr zu. »Und, hast du was von ihr übrig gelassen?«

»Nicht viel«, antwortete Heike an ihrer Stelle.

»Sie aber auch nicht von mir«, sagte Ursula müde.

»Da wäre ich gern dabei gewesen. Du hast ihr bestimmt gezeigt, wo der Frosch die Locken hat, Oma Usch, was?« Rahel hatte sich für blauen Nagellack und einen bläulichen Lippenstift entschieden. Ob sie damit ihre Tochter beeindrucken wollte?

»Locken hat die selber, da wird's jedem Frosch schlecht.« Ursula schmunzelte. »Nichts gegen Dauerwelle, aber mit den Löckchen, dann auch noch fast schwarz gefärbt, kann die jeder Negerperücke Konkurrenz machen.«

»Neger sagt man nicht mehr«, ermahnte Heike sie.

»Ich schon. Du glaubst doch nicht, dass ich Schaumküsse sage. So weit kommt's noch.«

»Ich muss mich für gestern entschuldigen«, sagte Rahel unvermittelt. Alle sahen sie an. »Tut mir leid, dass ich mich so früh zurückgezogen habe. Wie ich hörte, habt ihr deswegen auch nicht mit den Briefen weitergemacht. Das wollte ich wirklich nicht. Aber ich hatte rasende Kopfschmerzen.« Sie blickte zu Boden, Emilys Augenbrauen schnellten kurz in die Höhe.

»Bei Heike und mir brauchst du dich nicht zu entschuldigen.« Ursula dachte kurz nach. Ach, was sollte es? Sie musste Rahel nicht immer schonen. »Jedenfalls nicht für gestern Abend«, setzte sie hinzu. »Darüber und über vieles mehr musst du endlich in Ruhe mit Emmchen reden. Lass dir das von deiner bald achtzigjährigen Großmutter gesagt sein«, ergänzte sie sanfter. Rahel sah nun doch sehr erschrocken aus, und es nützte ja nichts, wenn sie sich gleich wieder verkroch. »Sind denn alle bereit hierfür?« Sie klopfte auf ihren Karton. Als sie die Postkarte zur Hand nahm, die oben auf dem Stapel lag, musste sie lächeln, und etwas in ihr entspannte sich. Bunt war die und kitschig. Gott sei Dank war das meiste von dem Glitzerzeug im Lauf der Jahre abgegangen.

La Habana, 6.12.1957

Liebe Uschka,
Weihnachten scheint hier auf Kuba keine große Bedeutung zu haben, vielleicht, weil viele Menschen noch immer einem wilden Glauben anhängen, der Santeria. Voller Sehnsucht denke ich an unser schönes deutsches Jahresendfest! Um nicht schwermütig zu werden, stürze ich mich in die Arbeit. Onkel Oskar überlässt mir immer mehr die Leitung der Werkstatt, während er fast rund um die Uhr neue Aufträge beschafft. Das macht er gut. Trotz des heißen Klimas bestellen zum Fest vor allem die ansässigen US-Amerikaner teuerste Pelze und Stolen für ihre Gattinnen.
Die Postkarte zeigt eine ländliche Szene, ich bin noch nicht aus Havanna herausgekommen. Zu viel Arbeit. Noch traue ich mir auch keinen Ausflug zu, mein Spanisch ist noch sehr dürftig.
Meine Liebe, während mir ein Schweißtropfen über den Rücken läuft, wünsche ich mich zu Dir unter einen heimatlichen Tannenbaum und werde ganz nachdenklich und still.
Ich wünsche Dir ein schönes Fest – Feliz Navidad!
Dein Jens

»Das klang nicht besonders glücklich.« Heike nippte an ihrem Yogi-Tee.

»Hätte er nicht einfach zurückkommen können?«, wollte Emily wissen.

»So einfach war das nicht. Und ich glaube, er hat die Karte in so einer ganz bestimmten Stimmung geschrieben. Hat man ja manchmal. Aber im Großen und Ganzen hat ihm sein aufregendes Leben dort gefallen, denke ich.« Ursula holte den nächsten Brief hervor. »Ihr bildet euch am besten selbst ein Urteil.«

La Habana, 27.2.1958

Liebe Uschka,
für Deinen langen Weihnachtsbrief danke ich Dir sehr. Ich habe ihn mit Sehnsucht erwartet. Leider hat er unendlich lange bis in die Karibik gebraucht, so wie mein letzter drei Wochen zu Dir unterwegs war. Aber nun sind Deine lieben Zeilen da, und ich freue mich umso mehr.
Du schreibst, dass Du die Feiertage bei Deiner Mutter verbracht und gemerkt hast, wie fremd sie und Heiligenhafen Dir langsam werden. Heiligenhafen und Hamburg seien zwei verschiedene Welten, sagst Du. Das verstehe ich so gut! Auch das Leben hier in Havanna ist so anders als das in Sassnitz. Havanna ist riesig, Tag und Nacht voller Leben, Hitze, Gerüche und Geräusche und Menschen aller Hautfarben. Mein Geburtsort erscheint mir in der Erinnerung als armseliges graues Nest. Trotzdem habe ich an meinem ersten Weihnachten in der Ferne bitterlich getrauert, meine Heimat und meine Eltern verlassen zu haben.
Jorgito, einer unserer Arbeiter, der mir eine wichtige Hilfe beim Vorzwecken der Pelze ist, hat sich zum Glück meiner erbarmt und übt täglich mit mir Spanisch, damit ich mich unterhalten kann, auf niemanden angewiesen bin.
Auch Onkel Oskar hat sich Mühe gegeben, mich aufzumuntern. Denk Dir, zu Silvester hat er mir einen Anzug nach der neuesten amerikanischen Mode geschenkt. Schau Dir das Foto an, Uschka, erkennst Du mich wieder?

»Ein Foto, hast du es noch? Zeig doch mal, Ur-Usch!« Emily warf sich förmlich auf den großen Tisch. Ursula bemerkte Rahels Zucken. Bestimmt wollte sie die Kleine zur Ordnung rufen, weil immerhin Gläser, Tassen und Rahels geliebter Rotwein herumstanden, doch sie verkniff sich jeglichen Kommentar.

»Natürlich habe ich es noch!« Ursula reichte ihr das Bild.

»Der sieht nett aus.« Emily begutachtete die vergilbte kleine Fotografie lange.

»Dürfen wir auch mal sehen?« Heike reckte den Hals, Rahel ebenso.

»Den würde ich auch suchen, um zu wissen, ob er noch lebt«, sagte Emily und reichte das Bild weiter. Ob er noch lebt. Nicht einmal das wusste Ursula.

»Ja, ein sympathisches Gesicht«, stimmte Heike zu.

»Ein bisschen verängstigt vielleicht«, fand Rahel.

»Kein Wunder. Er schreibt, dass er vor einem halben Jahr noch Holzschuhe und geflickte Wollpullover getragen hat. Plötzlich steckt er in einem dreiteiligen Anzug, hat Budapester an den Füßen und einen feinen Hut auf dem Kopf. Hier, hört weiter.«

Ich habe mich bei dem Herrenausstatter neben dem berühmten Hotel Inglaterra im Spiegel kaum wiedererkannt. Doch für die Silvesterfeier mit Onkel Oskars wichtigsten Geschäftspartnern war mein Aufzug gerade recht. Die Herren alle in edelsten Stoffen, goldene Krawattennadeln und Manschettenknöpfe mit Brillanten besetzt, die Damen in so prächtigen Roben, wie ich sie vorher nie gesehen habe. Ich hörte, wie eine Dame sagte, sie sei extra zwei Wochen in Paris gewesen, um sich ihr Kleid dort maßanfertigen zu lassen. Stell Dir das nur vor! Viele der Damen trugen trotz der Schwüle des Abends Pelzstolen – natürlich alle von uns.

Ursula musste einen Schluck trinken, ihr Mund wurde noch fusselig, wenn sie alles las.

»Dieser Oskar war wohl im Lauf der Zeit ganz Geschäftsmann von Welt geworden. Jens dagegen war ziemlich unsicher.«

»Kann ich mir vorstellen. Für mich wäre das nichts«, sagte Heike. Rahel gab einen Laut von sich, der wohl Widerspruch bedeuten sollte. Ihre Miene zeigte deutlich, dass sie nichts gegen einen solchen Onkel hätte, in dessen Umfeld sie sich nur zu gerne einleben würde.

»Jens hat sich lieber mit einem Serviermädchen unterhalten, schreibt er, einer jungen Mulattin, die offenbar ein wenig Deutsch sprach.« Ursula überflog die Zeilen. »Das dürfte euch wieder interessieren.«

Ich muss leider sagen, dass die vornehmen Damen und Herren sich mit zunehmendem Alkoholkonsum überhaupt nicht mehr vornehm verhielten. Kurz nach dem Feuerwerk, das wir von der Dachterrasse des Hotels betrachteten, fiel die Frau des amerikanischen Generalkonsuls betrunken in den Swimmingpool, was die umstehenden Herren dazu brachte, die Serviermädchen zu packen und ebenfalls hineinzuwerfen. Als die Damen aus dem Wasser stiegen, zeichneten sich ihre weiblichen Formen nur zu deutlich unter ihren Kleidern ab. Aber niemand blickte beschämt zur Seite. Im Gegenteil. Es wurden obendrein obszöne Witze gerissen, von Gesten untermalt, die mehr als deutlich waren.

»Bäh, voll die geilen Böcke!« Emily verzog angewidert das Gesicht. »Das war also früher auch schon so: außen hui, innen pfui.«

»Ja, Emmchen, diese Gattung Mensch gab es schon immer, und sie stirbt nie aus. Jens schreibt, dass er sich richtig für die Herrschaften geschämt hat. Vor allem für seinen Onkel, der wohl ganz vorne mit dabei war.« Sie las weiter, suchte eine Stelle, an der sie fortsetzen wollte, und stutzte.

»Na, Faden verloren?« Rahel sah sie an.

»Nein, nein, das hier ist nur … Ist alles ein bisschen lang. Ich überspringe … Nein, vielleicht sollte ich das vorlesen.« Sie schaute kurz zu Heike, dann hob sie den brüchigen Bogen an.

Im »Neuen Deutschland«, dem DDR-Propagandablatt, wurde so oft von der westlichen Dekadenz gesprochen, dass ich es schon nicht mehr hören konnte. Das klang alles so übertrieben, so schwarz-weiß. Aber so ist die Realität doch nicht, dachte ich immer. Da gibt es doch unendlich viele Nuancen. Jetzt weiß ich jedoch, was mit der Dekadenz gemeint war, und ich denke ganz anders über die Propaganda.

Heike hüstelte und warf ihr einen bedeutungsvollen Blick zu.

»Ja, ist ja gut, Tochter, ist mir auch aufgefallen.«

»Habe ich was verpasst?« Rahel zog die perfekt gezupften Augenbrauen hoch.

»Ist doch klar, Mann, Ur-Usch hat gerade kapiert, dass Jens auch so getickt hat wie diese Stasi-Zicke. Jedenfalls ein bisschen.«

»Ich kann mich erinnern, dass ich ihm zurückgeschrieben habe, er würde falsche Schlüsse ziehen. Schlechtes Benehmen hat nicht zwangsläufig etwas mit Kapitalismus zu tun.« Etwas leiser sagte sie: »Leider weiß ich auch noch, dass ich ihn immer besser verstehen konnte, je mehr Briefe kamen. Die Dekadenz, die er beschrieben hat, die riesigen Standesunterschiede …« Sie seufzte. »Ist doch kein Wunder, wenn jemand plötzlich von einer Staatsform schwärmt, in der alle gleich viel wert sind und alles dem Volk gehört. Nichts gegen die Idee des Sozialismus, nur hat er in der Praxis nicht funktioniert.« Den Rest des Briefes fasste sie zusammen und erzählte, dass Jens alleine und zu Fuß nach Hause gekommen sei. Traurig habe er die Musik aus den kleinen Bars und Bodegas gehört, in denen fröhlich gefeiert wurde, und hätte sich den Menschen dort liebend gern angeschlossen. »Der Onkel ist im Morgengrauen in seiner Limousine nach Hause kutschiert worden. Er war so betrunken, er konnte nicht mehr stehen. Jens schreibt noch, dass dieser Oskar eine Leidenschaft für Automobile hegte. Seinen schneeweißen Pontiac Chieftain, keine Ahnung, was das für eine Kiste war, ließ er jeden Morgen und jeden Abend blitzblank putzen.«

»Nee, ne? Zweimal am Tag?«

»Ja, Emmchen, zweimal. Und wenn die Limousine auf der Straße stand, musste der Chauffeur sie bewachen und aufpassen, dass niemand dem guten Stück zu nahe kam.« Sie runzelte kurz die Stirn. »Wahrscheinlich hatte es auch mit dieser Autoverrücktheit zu tun, dass in der Pelzwerkstatt die Rede von einem bevorstehenden Grand Prix war, einem Autorennen. Kennt sich von euch jemand damit aus?« Sie sah in die Runde. »Batista, der damalige Regierungschef, hat wohl jedes Jahr Unsummen dafür springen lassen. Dieses Rennen stand nun bevor, aber dann hat jemand den Favoriten gekidnappt.«

»Hä, wie jetzt? Die haben einfach so einen Promi-Rennfahrer hopsgenommen?«

Ursula nickte. Dann suchte sie nach dem Namen. »Ja, hier, Juan Fangio hieß er und war ein argentinischer Formel-1-Pilot. Der war spurlos verschwunden. Und jetzt, meine Damen, wird es spannend.«

Jorgito, mein geduldiger Spanischlehrer, hat mir die Radionachrichten übersetzt. Eine Gruppe namens »26. Juli« hat Fangio entführt. Dass die Polizei keine Ahnung hatte, wohin man ihn gebracht haben könnte, wurde natürlich nicht vermeldet, denn alles, was die Regierung schlecht aussehen lässt, wird hier verschwiegen. Ich weiß nicht genau, woher Jorgito diese

Information hat. Jedenfalls scheint er mir, obwohl er sich auf das Rennen gefreut hat, belustigt oder sogar heimlich einverstanden damit zu sein. Dabei ist er sonst ein ehrlicher und treuer Mann, denke ich. Also habe ich ihn gefragt, wie er eine so ungeheuerliche Tat wie eine Entführung gutheißen kann. Er raunte mir eine Antwort ins Ohr, von der ich leider nur wenig verstanden habe. Es ging um einen Fidel und um Kämpfe im Osten. Von denen liest man nie in der Zeitung. Onkel Oskar hat sie einmal erwähnt, und ich meinte, dieser Aufruhr sei längst besiegt. Jetzt bin ich nicht mehr sicher. Was die Aufständischen wollen, weiß ich nicht. Na schön, die Regierung hier ist vielleicht nicht demokratisch, aber das Leben ist doch in Ordnung, die Menschen sind meist fröhlich und zufrieden. Ist das nicht die Hauptsache? Was also wollen diese Rebellen? Ich werde Jorgito bei Gelegenheit fragen.

Ursula ließ das Schreiben sinken. »Tja, er war in einer aufregenden Zeit auf Kuba. Wenn euch die Geschichtsstunde nicht gelangweilt hat, werdet ihr davon noch einiges zu hören bekommen.«

»Dann lies doch zu Ende. Wenigstens diesen Brief. Oder?« Heike sah die beiden anderen unsicher an. Die nickten.

»Klar, voll spannend!«

»Finde ich auch, Ursula.«

»Den nächsten Brief gibt es morgen.« Sie blickte einer nach der anderen in die Augen. »Nachdem wir vorher alle etwas Schönes zusammen unternommen haben«, sagte sie fest. »In diesem steht sowieso nicht mehr viel. Der Onkel hat Jens wohl mitgeteilt, dass der Grand Prix auch ohne diesen Fangio stattfindet. Sie waren von einem Dustin Deamer eingeladen, das Rennen mit ihm auf der Terrasse des Hotel Nacional zu verfolgen. Das muss ein amerikanischer Schauspieler gewesen sein.«

Emily legte ihre noch beneidenswert glatte Stirn in Falten. »Weißt du, Ur-Usch, was ich nicht kapiere? Dieser Typ, dieser Oskar, der war doch nur Kürschner. Okay, Pelze und so. Aber deswegen war er doch trotzdem ein Handwerker. Wieso wurde der von solchen Promis eingeladen?«

»Sehr kluges Mädchen! Genau das hat Jens sich auch gefragt. Und er hat das Rätsel gelöst.« Sie schmunzelte. »Gute Nacht, die Damen.«

28

Rahel

Schon wieder diese grässlichen Kopfschmerzen. Sie hatte nichts anderes erwartet. Auslöser war ihr verspannter Nacken, das wusste sie genau. Rahel ließ den Kopf kreisen. Es knirschte beängstigend. Sie sog die Luft zwischen die Zähne. Verflixt, tat das weh! Die Reise war der Horror, sie hatte es ja geahnt. Das konnte auch nicht gut gehen. Vier Menschen, so weit voneinander entfernt wie die vier Himmelsrichtungen. Gottchen, da nützte es auch nichts, dass sie verwandt waren. Ja, die Windrose bestand aus Norden, Westen, Süden und Osten, alle gehörten dazu. Aber wer in den Süden wollte, musste zwangsläufig dem Norden den Rücken kehren. So war das eben. Sie rieb sich die Schläfen und ließ den Kopf erneut kreisen, vorsichtiger dieses Mal.

Oma Usch hatte am Vortag klargemacht, dass es ab sofort eine Planänderung gab. Kaum dass Emily im Bad verschwunden war, hatte sie Heike und Rahel beiseitegenommen.

»Morgen um neun Uhr ist Frühstück, anschließend haben wir einen Termin mit Franziska. So geht's nicht weiter.« Rahel musste schlucken, wenn sie nur daran dachte, wie wütend und gleichzeitig wie enttäuscht Ursula ausgesehen hatte. »Ich habe mir so gewünscht, dass wir uns während dieser Reise alle ein wenig näherkommen, dass wir dumme Reibereien endlich hinter uns lassen können. Jetzt hoffe ich nur noch, dass diese Familie nicht vollständig auseinanderbricht.« Ihre Stimme hatte gezittert, sie hatte sich räuspern müssen. »Wir müssen uns wieder einkriegen und zusammenraufen. Wir alle. Das sind wir Emily schuldig. Sie ist noch jung und hat ein Recht darauf, vernünftig aufzuwachsen.« Und dann hatte sie etwas gesagt, das Rahel noch jetzt eine Gänsehaut verpasste. »Wenn wir so weitermachen, kann das verheerende Folgen für ihre Zukunft haben, die wir uns gar nicht ausmalen können.«

Der Sommer war zurückgekehrt, und Emily hatte sich mit ihrer Sporttasche an den Strand verzogen, nachdem sie schweigend ein Brötchen verdrückt und zwei Tassen Kaffee hinuntergestürzt hatte. Ob es normal war, dass Jugendliche in dem Alter Kaffee tranken? Rahel hatte keine Ahnung. Ebenso wenig davon, was Emily stundenlang alleine in Vitt trieb. Rahel hätte sie liebend gerne mit einem Kite-Kurs überrascht, nur hätte sie sie dann immer fahren müssen. Wie sollte das gehen? Vom Geld gar nicht zu reden. Hundertvierzig Euro musste man schnell hinblättern. Für einen einzigen Tag! Sie hatte nachgesehen, hatte die Preise sämtlicher Schulen auf der Insel verglichen. Ein Klopfen holte Rahel aus ihren Gedanken. Heike ging zur Wohnungstür. Sie schlurfte nicht mehr so energielos durch die Gegend, fiel Rahel auf. Und anscheinend hatte sie auch keine Lust mehr auf Mickymaus und andere Comicfiguren auf ihren Shirts. Jedenfalls trug sie in letzter Zeit eher schlichte Teile. Nicht sehr modisch, aber auch nicht mehr ganz so peinlich.

»Guten Morgen, die Damen.« Franziska hatte ihren Sohn auf dem Arm. »Tut mir leid, dass ich den jungen Mann mitbringen muss«, entschuldigte sie sich sofort. »Seine Schwester ist bei Nik und schläft friedlich, aber er hier ist putzmunter und will momentan nirgends sein, außer auf Mamas Schoß. Stimmt's?« Sie stupste zärtlich das Näschen des Kleinen.

»Macht doch nichts.« Heike war hin und weg. »Der ist doch so niedlich. Nicht, du störst uns nicht, nein, das machst du nicht.«

Hoffentlich verfiel Heike nicht gleich in diese schreckliche Dudidudi-Sprache, an die sich Rahel aus Emilys ersten Wochen mit Grauen erinnerte. Glück gehabt, so weit kam es nicht. Sie setzten sich alle an den großen Esstisch.

Ursula kam gleich zur Sache. »Ich hatte Sie um dieses Gespräch gebeten, weil die Situation nach Emilys Ausbruch nicht mehr auszuhalten ist. Ich wüsste gern, was wir tun können, um noch die Kurve zu kriegen. Es wäre einfach furchtbar, wenn wir völlig zerstritten abreisen würden. Das darf nicht passieren.«

»Sie haben völlig recht, das wäre furchtbar.« Franziska wippte mit dem rechten Knie, auf dem ihr Sohn fröhlich auf und nieder hüpfte. »Es tut mir sehr leid, dass es so gelaufen ist. Ich hätte eingreifen müssen oder vorher mit Emily alleine reden. Natürlich bin ich keine Psychologin oder Familientherapeutin. Mir scheint, die würde hier eher gebraucht. Trotzdem, ich habe als Coach versagt, und wie ich Ihnen schon erklärt habe, Frau Henrici, werde ich Ihnen die Stunde selbstverständlich nicht berechnen.«

»Das spielt keine Rolle«, stellte Ursula klar. »Es geht darum, wie wir den Schaden begrenzen können. Deshalb möchte ich heute Nachmittag etwas gemeinsam unternehmen. Aber ich habe eben auch Angst, gleich in die nächste Katastrophe zu schlittern.« Sie knetete ihre fleischigen Hände. Arme Oma Usch, sie hatte sich das alles ganz anders vorgestellt. Rahel schluckte hart. Und sie hatte es ihrer Oma und allen anderen verdorben.

»Es ist erst mal eine gute Idee, sich bewusst Zeit füreinander zu nehmen, Frau Henrici«, Franziska lächelte, »Ursula. Sie alle brauchen ein gemeinsames Erlebnis, das Sie ablenkt, das Ihre Aufmerksamkeit fordert.«

Rahels Gedanken schweiften ab. Während Heike und Ursula mit Franziska fleißig Pläne schmiedeten, überlegte sie fieberhaft, wie sie ihren Auftrag trotzdem noch erfolgreich abschließen konnte. Mit viel Glück reichte ein weiterer Termin im Kommödchen und einer mit Cord Mahler. Was aber, wenn sich einer von beiden querstellte, wenn sie noch mal und noch mal nach Sassnitz oder Binz fahren musste? Dann war sie wieder die Böse, der die Arbeit wichtiger war als die Familie. Und was das alles kostete! Sie hörte die Worte Sommerrodelbahn, Tauchglocke und jetzt auch noch Störtebeker Festspiele in Ralswiek.

»Meinen Sie wirklich, das ist das Richtige?« Rahel suchte verzweifelt nach Argumenten. »Ich meine, wenn wir als Zuschauer nebeneinandersitzen, kommen wir doch gar nicht ins Gespräch, machen nicht wirklich etwas gemeinsam.« Rahel warf Franziska einen skeptischen Blick zu, konzentrierte sich dann aber schnell auf ihre violetten Fingernägel. Gottchen, wie diese Frau ihren Sohn ansah! Es musste wundervoll sein, ein eigenes Kind großzuziehen. Rahel schluckte, kämpfte gegen den Neid, die Traurigkeit, die Verzweiflung, die plötzlich mit aller Macht in ihr aufstiegen. Sie hätte es haben können. Sie hatte es verpasst, weil sie ihren Alltag einfach weitergelebt hatte, als wäre sie nicht schwanger, als hätte sie keinen Winzling zur Welt gebracht. Sie war in diesem Hamsterrad geblieben, gerannt und gerannt. Ihre Tochter hatte sie abgegeben. Ohne Rücksicht auf Verluste.

»Frau Reinecke? Rahel?« Franziska musste sie schon eine Weile beobachten.

»Entschuldigung.« Rahel zauberte ihr professionelles Lächeln aus dem Hut. Was hatte Franziska gerade gesagt? Ja, stimmt, sie hatte erzählt, dass sie mit Nik in Ralswiek gewesen war, als sie sich gerade kennenlernten. »Wenn Sie meinen, dass das etwas ist.«

»Greifvogelschau und Schiffe, die über den Bodden kommen, kämpfende Piraten, das hört sich sehr gut an, finde ich.« Heike nickte eifrig.

»Ja, und dann so eine tolle Atmosphäre mit Sonnenuntergang und Feuerwerk über dem Wasser«, stimmte Ursula zu. »Erinnert ihr euch nicht, wie begeistert Emmchen auf der Herfahrt war, als sie ein Plakat an der Straße entdeckt hat? Das ist bestimmt etwas für die Kleine. Und für uns alle.«

»Das denke ich auch.« Franziska hob ihren Sohn auf das andere Knie. »Geben Sie dem Kind in Emily den Raum, den es braucht. Mir scheint, das Mädchen ist in eine Erwachsenenrolle geschlüpft, um Ihnen eine ebenbürtige Gesprächspartnerin zu sein. Oder sogar Geschäftspartnerin.« Sie lächelte sanft. »Wie gesagt, ich bin keine Therapeutin, sondern ein Coach. Das wird gerne verwechselt, sind aber zwei Paar Schuhe.«

»Kriegt man denn dafür überhaupt noch Karten?« Rahels letzte Hoffnung. Wenn es wirklich zu diesem Ausflug kam, würde sie das Geld eben besorgen müssen. Bisher hatte sie nur ihren Dispo bis zur Schmerzgrenze ausgereizt, jetzt würde sie einen Minikredit aufnehmen müssen, noch einen. Doch wie sonst sollte sie alles bewältigen, was dieser Urlaub ihr noch abverlangen mochte?

»Das könnte wirklich schwierig sein. Aber ein Bekannter von mir ist Makler. Holger kennt den Chef der Festspiele. Ich rufe ihn gerne an, wenn Sie möchten.«

29

Heike

Wenn das nur gut ging. Heike packte ihren Zeichenblock unter den Arm und die Pastellkreiden in einen Baumwollbeutel. Das musste es einfach. Bewusst gemeinsame Erlebnisse schaffen, ja, das war bestimmt eine gute Idee. Schöne Erlebnisse. Nur war Harmonie eben nicht zu erzwingen. Sie verließ ihr Zimmer und ging langsam die Stufen hinab. Franziska hatte Mutti mit dem Auto nach Putgarten mitgenommen, aus Rahels Zimmer ertönte das Klappern einer Tastatur, Emily war am Strand. Es war alles genau besprochen: Um vier wollten sie sich treffen und dann zusammen zu den Leuchttürmen gehen. Emily wusste natürlich noch nichts davon, aber sie würde schon rechtzeitig wieder in der Wohnung sein, immerhin war sie heute sehr früh aus dem Haus gegangen. Bis dahin hatte nun also jede von ihnen Zeit für sich. Heike hatte sofort zugestimmt, auch dem Plan, in den verbleibenden Tagen gleich morgens zu besprechen, was unternommen wurde. Dann war Schluss damit, dass jede ihrer Wege ging. Sie trat hinaus und atmete ganz tief ein. Herrlich, diese frische, klare Luft mit diesem ganz eigenen Aroma. Die würde ihr fehlen, wenn sie zurück in Bad Bevensen war. Heike überlegte kurz, ob sie sich gleich hier auf der Veranda niederlassen sollte, stellte aber fest, dass sie keine Lust hatte, ihrer Tochter früher als nötig zu begegnen. Und das würde sie, wenn sie direkt vor dem Haupteingang der Villa malte. Es konnte nicht lange dauern, ehe Rahel das Haus verließ, dessen war sie sicher. Sie ging die Stufen hinab und unentschlossen über den Hof. Wo sollte sie sich ein Plätzchen suchen?

»Hallo, Frau Kollegin!« Gesa hatte offenbar gerade die Produktionshalle verlassen und steuerte auf sie zu. »Geht's zum Malen?« Ehe Heike etwas sagen konnte, lachte Gesa laut auf. »Nee, bestimmt wolltest du gerade 'n paar Flundern bügeln.« Sie lachte wieder ihr ansteckendes Lachen. »Blöde Frage, sieht ja ein Blinder, was du vorhast. Und, gibt es neue Werke?« Sie deutete mit dem Kopf auf Heikes Zeichenblock. In ihren Strubbelhaaren saß heute ein blaues Tuch mit weißen Ankerherzen.

»Ich habe gestern angefangen, die Villa zu skizzieren. Ist aber nichts geworden.«

»Echt? Zeig mal!« Gesa stutzte. »Waren wir überhaupt per Du?« Niedlich, sie konnte richtig unsicher sein. Das passte gar nicht zu der großen und sonst so resoluten Frau.

»Weiß ich auch nicht mehr. Aber ich finde, Malerinnen sollten sich duzen.« Heike lächelte.

»Jo, finde ich auch.« Die Sonne ging in Gesas Gesicht auf. »Im Ernst, ich würde es gerne sehen.« Wieder deutete sie auf Heikes Block.

»Na schön.« Sie gingen zu einer hölzernen Möbelgruppe, derbe Bänke und ein Tisch unter einem Marktschirm. Heike schlug das Deckblatt um. Irgendwo krächzte ein Fasan, der Wind brachte Sträucher zum Rascheln, und wenn man sich anstrengte, konnte man irgendeine Maschine in der Halle hören. Ansonsten Stille, kein Wort von Gesa. Als Heike es nicht mehr aushielt, sah sie zu ihr hinüber. Gesa starrte auf das angefangene Bild, ihre Augen schienen jeden Millimeter abzutasten, hoch konzentriert.

»Siehst du, es ist nichts.« Heike lachte leise. Eigentlich mochte sie die Skizze, sie musste sie nur noch ausgestalten. Vielleicht. Aber wenn eine Fachfrau derartig schockiert reagierte, entsorgte sie die Zeichnung besser.

»Mann, hat das eine Kraft!«, brachte Gesa nach einer gefühlten

Ewigkeit heraus. Ihre Stimme war ganz heiser. Ob sie Witze machte? »Das ist richtig große Kunst.«

»Ach was, nein …« Heike traute sich noch nicht, sich zu freuen. Es konnte nicht ernst gemeint sein.

»Heike, das ist … Mir fehlen die Worte. Und das passiert nicht oft, das kannst du aber glauben.« Allmählich schien sie sich zu beruhigen. »Das hier ist definitiv ein Meisterwerk. Ich will mich ab sofort vegan ernähren, wenn du dafür nicht ein Vermögen verlangen kannst. Dieser Ausdruck, diese Emotionen! Wie hast du das gemacht?«

»Ich weiß auch nicht, ich habe einfach drauflosgemalt.« Heike überlegte noch, wie das mit der veganen Ernährung gemeint war, als Gesa auf die Uhr schaute.

»Mist, ich muss los, habe einen Termin mit dem Chef. Der kriegt die Krise, wenn ich nicht pünktlich bin.« Sie sah noch einmal das Bild an, dann Heike. »Du solltest dir überlegen, ob du hier auf der Insel Kurse geben willst oder so. Oder am besten suchst du dir gleich einen Galeristen. Du bist ein absolutes Genie. Ehrlich, ich verneige mich vor dir.« Das tat sie, und es war Heike ein wenig peinlich. Gleichzeitig hätte sie diese eigentlich fremde Frau am liebsten umarmt. So viele schöne Dinge auf einmal hatte noch nie jemand zu ihr gesagt.

Sie hörte Gesas Schritte auf dem Kies, die sich entfernten, und strich sich eine Strähne hinter das Ohr, die der Wind ihr ständig ins Gesicht pustete. Wann, überlegte sie, hatte sie sich das letzte Mal so gefühlt? Vielleicht, als Gregor ihr gesagt hatte, sie habe Talent. Du bist ein Genie. Das war sogar noch ein bisschen schöner als Gregors Worte. Nicht, weil Genie mehr war als Talent, sondern weil sie dieses Mal wusste, dass es stimmte. Sie lachte und schüttelte den Kopf. Jetzt schnappte sie wirklich über. Das war doch nicht zu glauben. Eigenlob stinkt, das wusste jeder. Trotzdem. Zum ersten Mal war sie richtig zufrieden mit einem

Bild und stolz darauf. Es war perfekt, so wie es war. Keinen weiteren Strich würde sie daran tun. Sie dachte kurz darüber nach, ein neues Bild anzufangen, aber dann hatte sie eine bessere Idee. Den Zeichenblock unter dem Arm, die Baumwolltasche in der Hand, ein breites Lächeln auf den Lippen ging sie zurück zur Villa Sanddorn. Plötzlich fiel ihr Ursulas Begeisterung ein, als sie nur einen kurzen Blick auf das Bild erhascht hatte. Wenn Gesa es auch so toll fand, mochte Mutti es womöglich auch nach eingehender Betrachtung leiden. Dann wäre das doch ein passendes Geschenk für den achtzigsten Geburtstag. Obwohl sie nicht pfeifen konnte, stimmte sie ein Liedchen an, während sie leichtfüßig die Stufen zu ihrem Zimmer hinaufstieg.

Keine Stunde später machte sich Heike schon wieder auf den Weg. In Rahels Zimmer klapperte es noch immer. Heike dachte kurz daran, ihr Bescheid zu sagen, dass sie nach Binz fuhr, doch sie ließ es bleiben. Rahel hielt es selten für nötig, ihre Mutter über ihre Aktivitäten zu informieren. Andersherum ging es Rahel auch nichts an, was sie so vorhatte. Als sie gerade zum Auto ging, kam Emily ihr entgegen.

»Schon fertig mit dem K…, schon zurück vom Strand?« Sie zwinkerte ihrer Enkelin verschwörerisch zu.

»Ja, Ronja ist heute verdonnert zum Kulissenbauen. Florian, der Leiter von den Stage-Kids, also von ihrer Theatertruppe, meint, jeder muss alles machen. Nix da von wegen Hauptrolle und Starallüren, auch die Julia muss mit anpacken. Du weißt schon, Romeo und Julia, Shakespeare«, erklärte sie, als wäre das ihre tägliche Lektüre.

»Das klingt vernünftig. Scheint ein kluger Mann zu sein, dieser Florian.«

»Jepp.« Emily sah sich um und runzelte die Stirn. »Fährst du alleine weg, Oma?«

»Ja, ich gönne mir mal was und gehe zum Friseur. Ist schließlich bald Muttis Ehrentag. Ich habe gerade einen Termin gemacht.«

»Toll!« Das klang wirklich begeistert.

»Komm doch mit, wenn du Lust hast. Und dann lässt du dir einen ganz neuen Haarschnitt machen.« Emilys Augen leuchteten, aber sie zögerte. »Komm, Lieblingsenkelin, ich lade dich ein.«

»Echt, Oma? Au ja!«

»Na, dann mal los! Bring deine Sachen weg, ich warte hier auf dich. Ich möchte nicht zu spät kommen, und du weißt ja, dass ich immer etwas mehr Zeit einplane. Falls ich mich verfahre.« Heike zwinkerte wieder. So war sie nun einmal, wurde Zeit, damit umgehen zu lernen. Und wer mit ihr zusammen sein wollte, musste das auch lernen.

»Keine Panik, Oma, mein Handy hat 'ne Navifunktion.« Sie kicherte und sauste los.

Zwei Stunden später war es passiert. Heike hatte den Blick in den Spiegel die ganze Zeit vermieden. Sie hatte sich von dem Friseur, einem sehr gut aussehenden jungen Mann mit kinnlangen schwarzen Haaren beraten lassen.

»Es gehört schon ein bisschen Mut dazu, aber Sie haben die perfekte Gesichtsform dafür. Ich wette, damit sind Sie ein ganz neuer Typ. Nein, falsch, damit betonen Sie erst Ihren Typ.«

»Einverstanden. Legen Sie los!« Sie wollte beweisen, dass sie Mut hatte. Nur hatte der sie mit jeder Sekunde mehr verlassen, als sie lange Strähnen neben sich zu Boden segeln sah. Seitdem war sie ihrem Spiegelbild ausgewichen. Damit war es nun aber gleich vorbei. Der Moment der Wahrheit rückte unausweichlich näher, und Heike wurde immer flauer im Magen.

»Oma? Krass, das bist du wirklich!« Emily war ihr zuvorgekommen. Sie war offenbar schon fertig und betrachtete Heike staunend. Dabei war sie es doch, von der man den Blick nicht mehr abwenden konnte. Blau und Gelb waren aus ihrem Schopf verschwunden. Sie hatte sich ihr Haar gleichmäßig in einem Braun färben lassen, das ihrem Naturton sehr nahekam. An der Seite, die sie vor anderthalb Jahren rasiert hatte und die darum immer deutlich kürzer gewesen war als die andere, waren nur die Spitzen geschnitten worden. Die lange Seite war kräftig gekürzt, sodass Emily natürlich noch immer einen asymmetrischen Schnitt hatte. Er wirkte jedoch weniger radikal, sondern weich und weiblich.

»O Emmchen, du bist so hübsch!« Heike schossen die Tränen in die Augen.

»Danke.« Ihre Wangen leuchteten rosig. »Mir gefällt's auch. Aber Oma, du schießt echt den Vogel ab. Du siehst rattenscharf aus.«

»Was?« Heike musste lachen, drehte sich zum Spiegel und sah sich an. »O Gott, das bin ich«, flüsterte sie. Sie konnte nichts dagegen tun, die Tränen liefen ihr einfach über die Wangen.

»Ach Mensch, Oma, du siehst spitze aus. Ehrlich.« Emily schlang ihr die Arme um den Hals.

»Das finde ich ja auch«, brachte Heike schluchzend hervor. Sie mussten beide lachen. Sie sahen sich an, wie sie nebeneinander vor dem Spiegel hockten. Zwei ganz neue Menschen, die unkontrolliert kicherten und sich Tränen abwischen mussten. »Und jetzt? Gehen wir ein Eis essen und dann shoppen?« Heike spürte einen Tatendrang wie nie zuvor. »Wir müssen erst um vier zurück sein, wir haben also noch Zeit.«

»Eis wäre toll. Meinst du, wir kriegen hier irgendwo veganes laktosefreies Bioeis?« Heike sah das kesse Blitzen in Emilys Augen.

»Wenn nicht, nehmen wir irgendein knallbuntes, fettes Zeug mit ganz viel Zucker. Und wir nehmen extra Soße und Streusel.«

»Geil!«

»Heute habe ich die Spendierhosen an, Emmchen. Nach dem Eis suchen wir uns ein paar schicke Sachen für Ursulas Geburtstagsfeier aus.«

30

Rahel

Oma Usch war mit Franziska mit dem Auto nach Putgarten gefahren. Sie wollte ein wenig bummeln, eine Kleinigkeit essen und zu Fuß zurückkommen. Emily war mit weiß Gott wem am Strand. Heike hatte natürlich mal wieder nicht gewusst, was sie mit sich allein anfangen sollte. Rahel hatte sie gehört, wie sie die Treppe heruntergekommen war und die Wohnung verlassen hatte. Kurz darauf die Tür und wieder die Treppe. Rahel hatte die Besprechung mit Lore Kommer perfekt vorbereitet. Und es war ihr gelungen, den Termin vorzuziehen. Jetzt galt es. Sie stand auf und streckte sich. Warum war sie so nervös, verdammt? Beinahe fahrig packte sie Laptop und die Papiere zusammen. Sie wusste, dass sie gut war. Sie wusste, dass es ihr möglich war, heute den Sack zuzumachen. Wovor also hatte sie Angst? Die Antwort traf Rahel wie ein Faustschlag. Vor Emily. Allein der Gedanke, ihr jetzt zu begegnen, ohne die anderen, schnürte ihr die Luft ab. Erwachsene Menschen zu überzeugen, zu manipulieren war eine Disziplin, die sie beherrschte. Kinder waren unberechenbar. Wie ging man mit einer Heranwachsenden um? Wo lernte man das? Du hast dich von Anfang an davor gedrückt, jetzt kriegst du die Quittung, Rahel Reinecke. Gottchen, wie naiv musste man sein, um zu denken, dass man automatisch mit einem Menschen klarkam, wenn der ein bestimmtes Alter erreicht hatte. Die Schultern leicht hochgezogen, die Laptoptasche an ihren Körper gepresst, verließ sie die Villa und steuerte eilig auf den Leihwagen zu, ohne nach links oder rechts zu sehen.

»Schon wieder auf dem Weg zur Arbeit bei dem schönen Wetter?« John schob die Hände in die Hosentaschen und wippte auf den Zehen. Wie konnte sich ein Mann von diesem Format völlig geräuschlos auf dem Kies bewegen?

»Sie haben auch nicht ständig frei, nur weil die Sonne scheint, nehme ich an.« Sie wollte sich abwenden. Er brauchte gar nicht zu denken, dass sie nett mit ihm plaudern wollte, nur weil er ihr einmal den Nacken massiert hatte.

»Stimmt, isch bin ier aber auch nischt im Urlaub. Sehr schade, dass Ihnen Freizeit und Familie nischt so wischtig zu sein scheinen wie Ihr Beruf.« Rahel hatte ihm bereits den Rücken zugedreht. Sie erstarrte in der Bewegung. Ob Franziska ihm etwas über den Familienkrach erzählt hatte? Nein, niemals, die wusste ganz sicher, dass Diskretion ein Muss in ihrem Job war. Selbst wenn, wie kam er dazu, sich in ihr Leben einzumischen? Rahel wollte hier weg. Auf der Stelle. Vorher musste sie sich allerdings Luft machen, sonst würde sie platzen.

»Ja, genau, keine Ahnung haben, aber erst mal auf mich einprügeln!« Sie fuhr herum und funkelte ihn an.

»Bitte?«

»Sie glauben, Sie wissen etwas über mich. Vielleicht haben Sie mitgekriegt, was zwischen mir und meiner Tochter los war, dass ich eine Rabenmutter bin. Arme Emily!« Sie schluckte. Das hatte ironisch klingen sollen. Dummerweise empfand sie genau das: arme Emily. »Vielleicht ist sie zu bedauern, aber ich mache das alles doch auch für sie.« Rahel wusste selber nicht, wem sie das weismachen wollte. Bloß nicht darüber nachdenken. »Und damit Sie es wissen: Ich werde jetzt meinen Job erledigen und mir damit eine lohnende Gehaltserhöhung sichern. Ich werde eine Hotelbesitzerin von dem einzigen Weg überzeugen, wie sie ihren Betrieb retten kann. Sobald das geschehen ist, werde ich mich mit dem Retter der Hotelbesitzerin verabreden. Das war's. Die restliche Zeit ist Freizeit und für die Familie. Zufrieden?« Ihre Stimme überschlug sich.

»Ja«, sagte er ruhig, »sehr.«

Rahel schnappte nach Luft. »Dann ist es ja gut.«

»Ja.« Wie machte er es, so gelassen zu bleiben, trotz ihres Ausbruchs?

»Dann kann ich jetzt ja wohl gehen.«

»Selbstverständlisch.«

»Gut!« Sie blieb stehen.

»Gut.« Er lächelte. Rahel drehte sich um und stapfte los. »Ach, Rahel?«

»Was?«

»Meinen Sie, Sie ätten Lust, mit mir essen zu gehen? Wenn Sie dann bald so viel Freizeit aben, meine isch.«

Gottchen, das Gespräch mit Lore Kommer lief fantastisch. Obwohl Rahel während der Fahrt nach Sassnitz größte Bedenken gehabt hatte, es in diesem aufgewühlten Zustand überhaupt zu führen.

»Ach wissen Sie, Rahel, die paar Ungereimtheiten im Vertrag. Mein Vater hat mir die Unterlagen für die letzten größeren Um- und Anbauten am Haus gezeigt. Er hat völlig recht.« Sie lachte. »Wenn man sich die Paragrafen und Klauseln durchliest, hat man ständig das Gefühl, entweder über den Tisch gezogen zu werden oder schon mit einem Bein im Gefängnis zu sein. Oder beides. Herr Mahler hat mir die Folgen, die aus meiner Unterschrift für meine Familie und mich erwachsen, in aller Ruhe erklärt.« Sie senkte den Blick, als wäre da etwas, das sie lieber vor Rahel verbergen wollte. Vermutlich, dass sie viele Details noch immer nicht völlig verstand. »Und Sie sagen ja auch, dass es der richtige Weg ist.«

»Ich sagte, dass es ein richtiger Weg sein kann«, korrigierte Rahel.

»Der einzige, der mit einem Schlag eine ordentliche Summe in unsere Familienkasse spült. Geld, das wir sehr dringend brauchen.« Wer konnte besser verstehen, dass dieses Argument alle Bedenken schlug? Dummerweise war der Preis noch nicht endgültig ausgehandelt. Wenn sich die gute Lore nur nicht täuschte und am Ende mit viel weniger dastand, als sie sich jetzt noch erhoffte.

»Sie wissen aber auch, dass Ihnen womöglich auch die Bank das benötigte Kapital geben würde. Gottchen, ich möchte Sie bestimmt nicht verunsichern.« Rahel lachte, beugte sich über den kleinen runden Tisch und legte ihre Hand auf die von Lore Kommer. Dabei sah sie ihr tief in die Augen. »Es ist Ihre Entscheidung. Ich möchte Sie nur daran erinnern, dass das Ergebnis meiner Analyse auch andere Möglichkeiten offenlässt. Es wäre ein harter Weg, ja, aber ein anderer Weg.«

Lore seufzte. »Von dem wir nicht wissen, ob er zum Ziel führt.«

Rahel zog ihre Hand zurück. »Wann weiß man das schon im Leben? Stolpern wir nicht oft genug blind voran, ohne die Richtung zu kennen?« Sie räusperte sich. »Wie ich schon sagte: Es ist Ihre Entscheidung. Ich konnte Ihnen nur mit meinen bescheidenen Mitteln Denkanstöße und Anhaltspunkte geben.« Sie schlug ein Bein über das andere und legte ihre Hände auf die Knie. Nagellack in Altrosa, das wirkte seriös und unaufdringlich. »Dann gehe ich also davon aus, dass Sie Ihren Entschluss gefasst haben.« Rahel nickte ihr Gute-Entscheidung-Lächeln. »Schön, alles Weitere erledigen Sie dann mit Herrn Mahler. Ich werde ihn informieren. Hat mich sehr gefreut.« Sie machte Anstalten, Lore Kommer die Hand zu reichen. Sie freute sich wirklich. Sie musste sich beileibe keine Vorwürfe machen, die Frau in den Vertrag hineingequatscht zu haben. Ganz und gar nicht.

»Tja, mein Entschluss … Um ehrlich zu sein, bin ich selbst gar nicht so überzeugt davon.« Gottchen, was kam denn jetzt? »Aber meine Mutter geht vor die Hunde, wenn diese Unsicherheit, die Angst um die Zukunft des Hauses noch lange andauern. Wenn ich eine falsche Entscheidung treffen sollte, wenn ich es alleine versuchen würde, was eigentlich viel eher meinem Naturell entspricht, und ich würde scheitern«, Lore sah Rahel in die Augen, »das würde sie umbringen. Damit könnte ich nicht leben.« Rahel wurde plötzlich kühl. Sie hatte nichts übrig für Theatralik. Leider hatte sie das dumme Gefühl, dass in diesem Fall kein Wort übertrieben war.

31

Ursula

In drei Tagen war es vorbei mit der Sieben. Dann stand die Acht vorne. Herrje, achtzig Jahre, das war wirklich alt. Ach wo, mit vierzig oder fünfzig hatte sie sechzig und siebzig für unfassbar alt gehalten. Kaum stand die Sieben vorne, hatte sich das irgendwie relativiert. Dieses Jahr würde es anders sein, das fühlte sie. Ihre Knochen machten ihr zu schaffen, und das Ziehen in der Brust wies sie in den letzten Tagen allzu deutlich darauf hin, dass ihre Kraft nicht mehr weit reichte. Die Wanderung zu den Leuchttürmen etwa hatte sie mächtig angestrengt. Noch schlimmer der Gewaltmarsch zum Jagdschloss Granitz. Sie waren in Putbus bummeln gewesen und hatten von dort diesen niedlichen Dampfzug genommen. Emily hatte am Bahnhof mit großen Kinderaugen in die Richtung gestarrt, aus der das erste Tuten zu hören gewesen war. Emily. Ursula freute sich sehr darüber, dass sie beim Friseur gewesen war. So eine Überraschung. Und wie hübsch sie jetzt aussah. Die noch größere Überraschung war Heike gewesen. Ursula konnte es noch immer nicht fassen. Die dünnen Fusselhaare ihrer Tochter waren Vergangenheit, jetzt trug sie sie raspelkurz. Heike war früh grau geworden und lehnte Färben ab. Bisher hatten die gräulichen Büschel sie alt gemacht, aber jetzt? Beinahe weiße Strähnen wechselten sich mit ihrem ehemaligen Naturton ab, was die streichholzkurze Pracht lebendig wirken ließ. Hätte Heike von ihrem Vorhaben erzählt, hätte Ursula alles darangesetzt, sie umzustimmen. Ein Mecki. Heike. In dem Alter. Mit Sicherheit hätte sich ihre Tochter auch leicht umstimmen lassen. Wie gut, dass sie es einfach gemacht hatte. Womöglich wäre sie in ihrem Leben besser gefahren, wenn sie häufiger auf ihren eigenen Kopf, auf ihren eigenen Bauch gehört hätte, statt sich zum Beispiel von ihrer Mutter beeinflussen zu lassen. Kein schöner Gedanke, Ursula schob ihn beiseite. Auf jeden Fall war Emily ganz aufgeregt gewesen. Noch nie hatte sie eine Dampflok in Aktion erlebt. Die gesamte Fahrt hatte sie draußen gestanden, zwischen zwei Abteilen, und sich die Luft um die Nase wehen lassen. Ja, und dann also der Ausstieg mitten im Wald. Zum Schloss ging es ständig bergauf. Ursula hatte mindestens so geschnauft wie vorher der Rasende Roland, nur dass bei ihr von Rasen keine Rede gewesen sein konnte.

Als sie am Tag nach dem Gespräch mit Franziska bei den Leuchttürmen gewesen waren, konnte man die Spannung noch deutlich spüren. Zwar hatten sich alle zusammengerissen, aber gerade dieser übervorsichtige Umgang miteinander war Ursula mächtig auf die Nerven gegangen. War Normalität denn so schwer? Glücklicherweise hatte sich das in den letzten Tagen gebessert. Ursula lächelte, wenn sie daran dachte, was sie alles gesehen und unternommen hatten. Das gute Essen auf der Seebrücke in Sellin zum Beispiel, wo gerade eine Hochzeitsgesellschaft Fotos machte.

»Die Dummen werden nie alle«, hatte Ursula gesagt.

Dann Heike im Ton eines bösen Trolls: »Ein Ring, sie zu knechten …« Da hatten sie schon alle ein breites Grinsen im Gesicht gehabt.

»Heiraten ist doch so was von von gestern«, meinte Emily.

»Von von«, sagte Rahel und kicherte. »Genau, das ist voll Fünfziger oder so.«

»Was ist eine glückliche Ehe?« Ursula sah erwartungsvoll in die Runde.

»Unmöglich!« – »Ein Widerspruch in sich.« – »Gibt's nicht!«, tönte es durcheinander.

»Alles falsch.« Ursula triumphierte. »Eine glückliche Ehe ist, wenn die Frau ein wenig blind und der Mann ein wenig taub ist.«

Sie hatten einen Tagesausflug von Schaprode nach Hiddensee gemacht und sich Ralswiek angesehen.

»Wusstet ihr, dass das Dorf im frühen Mittelalter ein bedeutender Handelsplatz der Wikinger war?«, hatte Ursula gefragt. »Kann man sich gar nicht vorstellen, oder, ich meine, dass Ralswiek damals zu den wichtigsten Häfen des gesamten Ostseeraums gehört hat.«

»Ich habe gelesen, dass es die erste Siedlung auf Rügen war«, hatte Emily ganz ernsthaft erwidert. Kein »krass« oder »cool«. Mit ihrem neuen Haarschnitt sah sie nicht nur erwachsener aus, sie benahm sich auch anders. Jedenfalls manchmal.

»Das habe ich auch gelesen.« Heike erzählte, dass archäologische Funde von Specksteinschalen aus Norwegen und schwedischen Henkelgefäßen bis zu persischen Münzen die umfangreichen Handelsbeziehungen belegten.

»Genau, die haben Kinder entdeckt«, rief Emily eifrig, »diese archäologischen Funde.«

»Wirklich? Kann ich mir nicht vorstellen.« Typisch Rahel. »Hast du darüber auch etwas gelesen? Erzähl doch mal!« Gerade noch die Kurve gekriegt. Ursula musste daran denken, was ihr in dem Moment durch den Kopf gegangen war: Wer nicht wusste, dass Rahel Mutter war, konnte meinen, sie sei kinderlos und deshalb einfach vollkommen ungeübt im Umgang mit ihnen. Und irgendwie stimmte Letzteres ja auch.

»Das ist schon voll lange her, da war ich noch nicht mal geboren.« Eine Sekunde hielten alle die Luft an, aber es kam kein Seitenhieb, sondern Emily berichtete von dem Artikel, den sie irgendwo in die Finger bekommen hatte. »Hier ganz in der Nähe im Wald haben sie einen richtigen Schatz gefunden. Das war echt eine Sensation! Die haben eine ganz toll dekorierte Eisenschatulle entdeckt, und da war Goldschmuck drin, und der gehörte der Königin von Schweden.«

»Vielleicht sollten wir mal in dem Wald nachsehen, ob die Königin noch mehr Schätze vergraben hatte.« Nicht auszuschließen, dass Ra es ernsthaft erwog.

»Mann, Mami, das war ungefähr, als du geboren wurdest, glaube ich, so lange ist das schon her.«

»So lange?«, fragten Heike und Ursula gedehnt und lachten.

»Vielen Dank!« Rahel schnitt eine Grimasse.

»Der Wald wurde danach bestimmt auf links gedreht, da findest heute nichts mehr.«

Ursula war sehr zufrieden. Schön, die Suche nach Jens war irgendwie zur Nebensache geworden. Obwohl sie ihnen fast alle Briefe vorgelesen hatte. Gebannt hatten die drei Jens' Worten gelauscht, der zuerst fasziniert war von der reichen Schicht, in der er sich auf Kuba bewegen durfte. Sie hörten fassungslos zu, was er Ursula vor so vielen Jahren über verschiedenste Ereignisse geschildert hatte, die ihm die Augen über die schlimme Lage der einfachen Menschen immer mehr geöffnet hatten. Je tieferen Einblick Jens in die ungerechten Verhältnisse im Land bekam, desto schwerer war es ihm gefallen, das Verhalten an den Tag zu legen, das sein Onkel von ihm erwartete. Sein Spanisch wurde immer besser, schrieb er, bis er schließlich auf Spanisch träumte. Auch sein Englisch ging ihm fließend und leicht über die Lippen, und er hatte sich gegen Mitte des Jahres derartig gut in das Kürschnerhandwerk eingearbeitet, dass sein Onkel ihm in Aussicht stellte, ihm in einigen Jahren das Geschäft zu übergeben. Heike hatte daraufhin gemeint, sie sollten sich vielleicht auf Kuba umhören.

»Au ja, unser nächster Urlaub geht nach Kuba«, hatte Emmchen gejubelt.

»Du würdest doch gar nicht noch einmal mit so alten Leuten in die Ferien fahren wollen, was? Ich bin dann achtzig!«

»Na und, ich wette, ich habe die coolste Uroma und Oma der Welt.« Das war wieder so ein Moment gewesen. Ra hatte nicht gewusst, wohin sie schauen, was sie sagen sollte. Doch Emmchen hatte die Situation gerettet: »Und mit ihren Eltern verreisen die anderen aus meiner Klasse auch alle noch. Ist voll normal.«

Eine Weile war es noch darum gegangen, ob und wie man doch noch etwas über Jens' Verbleib herausfinden konnte, ohne dafür gleich um die halbe Welt zu fliegen. Für Ursula spielte es keine große Rolle mehr. Selbst wenn Jens noch lebte, war er ein alter Mann. Einer mit Familie sehr wahrscheinlich, der sich möglicherweise nicht einmal mehr an sie erinnerte. Wenn sie ehrlich zu sich war, hatte sie nach dem Tod einer weiteren Freundin einfach nur eine sentimentale Phase gehabt. Als ihr der Karton mit den Briefen dann auf dem Dachboden in die Hände gefallen war, war da plötzlich die Idee gewesen, sich mit ihren Nachfahrinnen auf die Suche zu machen. Ein Vehikel, um mit ihnen über ihr Leben ins Gespräch zu kommen, mehr nicht. Viel wichtiger war ihr, dass die Stimmung zwischen ihnen von Stunde zu Stunde gelöster wurde. Noch immer gab es Momente, in denen sie einander wie rohe Eier behandelten, aber immer häufiger riskierten sie es inzwischen auch, sich gegenseitig auf den Arm zu nehmen. Morgen würden sie die Störtebeker Festspiele besuchen. Das wurde bestimmt auch wieder ein ganz besonderes gemeinsames Erlebnis. Ursula freute sich schon auf Emilys Gesicht. Als sie in Ralswiek ganz in der Nähe der Freilichtbühne gewesen waren, hatte Emmchen angefangen zu schwärmen.

»Ich wusste gar nicht, dass dieses Theater auf Rügen ist. Celina aus meiner Klasse war da mal. Die sagt, die Schauspieler waren ganz toll, und da spielen auch immer ziemlich berühmte Leute mit. Und echte Pferde sind auf der Bühne. Muss voll schön sein.«

»Wir wollten mit dir hingehen«, hatte Rahel angesetzt.

»Ist bestimmt teuer, ne? Muss ja auch nicht sein. Trotzdem ein bisschen schade.« Ursula hätte es beinahe das Herz gebrochen, doch sie hielt sich an die zu dritt getroffene Abmachung, Emily nichts zu verraten.

»Der Eintritt ist nicht das Problem, Emmchen, aber man muss die Karten schon so lange im Voraus bestellen«, erklärte Ursula. »Franziska hat dafür gesorgt, dass wir auf der Warteliste sind. Vielleicht haben wir ja noch Glück.«

In Wahrheit hatte Franziska längst Karten für sie besorgt. Morgen Abend, erste Reihe der dritten Preisgruppe. Sie würden die Darsteller zwar nicht aus nächster Nähe sehen, dafür hätten sie einen perfekten Überblick über die weitläufige Bühne und das Wasser, hatte Franziska ihnen versichert. Übermorgen ein Tag ohne konkrete Planung und dann ihr Achtzigster. Ursula seufzte. Auf das Essen im Yuanas freute sie sich. Ihre drei hatten vielleicht Augen gemacht, als sie ihnen eröffnet hatte, sie habe das gesamte Lokal gebucht.

»Warum denn nicht? Besonders groß ist es ja nicht. Ich habe Franziska und Nik eingeladen, und jeder von euch darf jemanden mitbringen.«

»Irgendjemanden?« Heike und Rahel hatten sie angestarrt.

»Ja. Vielleicht habt ihr im Urlaub jemanden kennengelernt, den ihr gerne dabeihättet. Ich würde mich freuen. Eine etwas größere Runde ist doch netter, als wenn wir da zu viert rumsitzen.«

War Ursula vor drei Tagen noch sicher gewesen, sie wäre froh, wenn sie nur endlich im Auto sitzen und nach Hause fahren durfte, wurde sie nun ein wenig melancholisch bei dem Gedanken an das Ende ihres Urlaubs. Besonders der heutige Tag machte ihr den Abschied und die Vorstellung, wieder allein in ihrer Wohnung in Hannover zu hocken, schwer. Gleich nach dem Frühstück waren sie nach Gummanz aufgebrochen. Dort hatten sie das Kreidemuseum besucht, das in einem hübschen alten Industriegebäude aus rotem Backstein untergebracht war. Nachdem sie sich über die Entstehung von Kreide, den Abbau und ihre Aufbereitung informiert hatten, waren sie draußen über das Gelände des ehemaligen Kreidebruchs spaziert. Emily fand die alten Gerätschaften und Schienenfahrzeuge für den Transport besonders spannend. Die Sonne knallte auf sie herunter und brachte die Reste der Kreide so sehr zum Strahlen, das man nicht hingucken konnte. Sie wollten schon wieder gehen, da sah Emmchen diesen See.

»Der sieht voll schön aus! Ob man darin baden darf?«

»Kann ich mir nicht vorstellen.« Heike entdeckte eine Tafel und marschierte auch schon hin. »Das ist ein Kreidesee«, rief sie. »Der ist sechzehn Meter tief. Viele der ehemaligen Tagebaugebiete sollen mit Wasser vollgelaufen seien, nachdem man sie aufgegeben hat. In Sassnitz müssen einige solche Seen sein.«

»Aber mit den Füßen darf man doch bestimmt rein.« Schon schlüpfte Emmchen aus den Sandalen.

»Sei vorsichtig«, rief Rahel. »Sechzehn Meter ist ganz schön tief.«

»Ich kann doch schwimmen.« Sie setzte einen Fuß vor den anderen und erreichte den weißen Uferstreifen. »Igitt«, schrie sie auf, dann musste sie lachen und zeigte auf ihre Zehen. Dazwischen quoll weißer Matsch hervor.

»Wieso igitt?« Rahel sah sie entrüstet an. »Du bekommst gerade eine Kreidepackung gratis. Hast du eine Ahnung, was die in einem Wellnesshotel kosten würde?«

Und da hatte Ursula den Einfall. »Kinder, das ist die Idee. Hat eine von euch eine Tüte dabei? Heike, du schleppst doch dauernd irgendwelche Dosen für deinen Frischkornbrei herum. Ist eine davon im Auto?«

»Wir sind mit Rahels Leihwagen da.«

»Stimmt, Mist.«

»Willst du etwa was von dem Modder mitnehmen, Ur-Usch?« Emily hob und senkte abwechselnd die Füße und kicherte jedes Mal, wenn sich der Schlamm mit unanständigen Tönen durch ihre Zehen drückte.

»Natürlich. Nachher in der Wohnung machen wir uns daraus Gesichtspackungen. Was meint ihr, wie zart unsere Haut wird?«

»Mutti, im Eingangsbereich des Museums gibt es einen Shop. Ich meine, ein Kilo Heilkreide kostet nicht mal zwei fünfzig. Die ist gereinigt, und wir werden nicht verhaftet, weil wir Kreide aus dem See klauen.« Der Argumentation konnte sich Ursula nicht entziehen.

Rahel war völlig begeistert. »So günstig? Dann gebe ich eine Runde aus!«

Gesagt, getan. Eine nach der anderen war, kaum dass sie ihre gemütliche Wohnung Kap Arkona betreten hatten, unter die Dusche gegangen und in Badeanzug oder Bikini geschlüpft. Heike rührte das feine Pulver währenddessen schon mal laut Packungsaufschrift an. Ein Kilo von dem Zeug war natürlich viel zu viel.

»Lieber zu viel als zu wenig. Dann gibt es eben nicht nur Gesichtspackungen, sondern wir schmieren gleich noch das Dekolleté und die Arme ein«, schlug Ra vor.

»Und die Beine«, rief Emmchen. Wenig später sahen sie aus wie Schneemänner oder besser wie Schneefrauen.

»Ich hab alles im Ohr«, rief Heike und prustete los. »Das kriege ich da nie wieder raus.«

»Besser als Tomaten auf den Augen, Oma.«

»Ich hab's in den Haaren«, meldete sich Rahel zu Wort. »Und zwar überall.«

»Rahel!« Heike riss die Augen auf, sofort platzte Kreide von ihren Schläfen ab.

»Auch in den Haaren auf meinen Beinen«, sagte Rahel, »nicht, was du gerade gedacht hast. Bin noch nicht dazugekommen, sie zu rasieren.«

»Stimmt, du hast voll die Mecki-Beine!« Emily zeigte auf Rahels Beine. Dunkle Stoppeln stachen durch die weiße Schicht.

»Mann, sieht das blöd aus!« Rahel sah an sich hinunter, dann bekam sie einen Lachkrampf. Natürlich bröselte sofort von überall getrocknete Kreide ab, gebräunte Haut wurde darunter sichtbar, und Rahel war gescheckt wie ein Dalmatiner. Je mehr sich die drei darüber amüsierten, desto mehr platzte auch von ihnen die Pracht ab.

»Liebe Güte, ich kriege alles in die Augen!« Ursula liefen die Tränen vor Lachen.

O Mann, hatten sie eine Sauerei angerichtet. Zwei Stunden hatte es gedauert, ehe die Spuren in der Wohnung entfernt waren und alle vier noch einmal geduscht hatten.

Und nun saßen sie also auf der Terrasse. Ursula würde den letzten Brief von Jens vorlesen. Sie hatten unterwegs gut zu Mittag gegessen. Jetzt stand eine Platte mit Käsewürfeln auf dem Tisch, ein Korb mit Brot, eine Salami und ein bisschen Schinken, beides aus einem Hofladen. Statt Wein und Tee tranken sie dazu Bier aus einer Brauerei der Insel. Für Emily gab es einen Bier-Limo-Mix.

»Ist das echt schon der letzte Brief, Ur-Usch?« Sie strich sich eine Strähne hinter das Ohr. Ihr braunes Haar glänzte warm im Licht der dicken Kerze.

»Ja, der letzte. Aber keine Sorge, es ist eigentlich kein Brief, sondern ein Roman.« Sie holte lachend den Umschlag hervor.

»Gottchen, tatsächlich! Hat er mehrere Jahre daran geschrieben?«

»Nein, aber die Ereignisse haben sich derartig überschlagen, dass Jens den Brief wohl wie ein Tagebuch weitergeführt hat. Ich fange einfach mal an.« Ursula schob sich die Brille auf die Nase.

La Habana, 10.1.1959

Uschka, querida mia,
Unglaubliches ist passiert. Die Revolution ist in La Habana angekommen. Gestern ist die Armee der Rebellen in die Stadt einmarschiert, der Staatschef ist mit etlichen seiner Vasallen geflohen. Seit zwei Tagen tanzen die einfachen Menschen auf den Straßen, während unsere feinen Kunden sich vor Empörung überhaupt nicht beruhigen können. Diejenigen, die noch übrig sind. Einige haben es Batista nämlich gleichgetan und haben mit ihren Jachten oder Privatflugzeugen die Insel verlassen. Sie werden wohl nach Florida geflüchtet sein, nehme ich an. Einige planen, es noch zu tun. Diejenigen, die hier auf Kuba bleiben wollen, weil sie hoffen, der ganze Spuk sei bald vorbei, haben sich mit Waffen eingedeckt, private Sicherheitsleute engagiert und sich in ihren Villen verschanzt.

»Ihr könnt euch vorstellen, wie unruhig mich diese Zeilen gemacht haben.« Das Orchester der Grillen hatte mit seinem Konzert begonnen. Die flirrende Hitze des Tages wurde von einem frischen Abendwind davongetragen. Es rauschte und raschelte. »Auf den nächsten Seiten hat Jens der Reihe nach erklärt, wie es zu diesem Ausnahmezustand hatte kommen können. Er schrieb, so sehr er sich auch lange danach gesehnt habe, dass ich bei ihm sei, so froh sei er, dass ich diese gefährliche Zeit nicht miterleben müsse. Es muss sehr heikel gewesen sein, denn niemand konnte damals ahnen, wie sich die politische Lage entwickeln würde.«

Schon im vergangenen Herbst machten Gerüchte die Runde, dass ein Umsturz bevorsteht. Anfang Dezember berichtete Jorgito mir von Kämpfen vor Santiago und davon, dass immer mehr Menschen sich dem »movimiento de liberación« anschlossen, der Befreiungsbewegung. Es hieß, immer mehr von Batistas Soldaten würden desertieren oder sich diesem Fidel Castro und seinen Truppen ergeben. Die Regierung dementierte das natürlich, und auch in den Zeitungen war nichts dergleichen zu lesen. Aber inzwischen kann ich andere Quellen nutzen. Ich verstehe jedes Wort, wenn ich mich unter die einfachen Leute mische, und Jorgito ist mein Freund. Er vertraut mir an, was er weiß. In La Habana blieb zunächst alles ruhig, es erschien mir jedoch wie die Ruhe vor dem Sturm. In der Nacht zu Nikolaus glaubte ich in der Frühe Schüsse gehört zu haben. Dennoch verrichteten wir alle unsere Arbeit, als wäre nichts geschehen. Ich hatte alle Hände voll zu tun, einen mit Kantonseide gefütterten Chinchilla-Mantel für Mr. Santo T. zu fertigen. Die Felle waren erst Ende November per Flugzeug aus Peru eingetroffen, ich musste mich also sputen. Eine Lieferverzögerung kam nicht infrage. Santo T. ist Chef einer der übelsten Mafiavereinigungen in La Habana. Jeder weiß es, und alle haben Angst, darüber zu sprechen. Die Felle landeten wie üblich zum Vorzwecken auf Jorgitos Werkbank. Du kannst Dir nicht ausmalen, mit welcher Wut mein lieber Freund sich daran zu schaffen machte. Ich musste ihn mehrfach ermahnen, die wertvollen Stücke mit seinen Nadeln nicht zu durchlöchern wie eine Voodoopuppe.

»Witzig, ein Voodoomantel!« Emily feixte. »Geschieht dem Santo Dings ganz recht. Mafia ist doch voll übel, und ich finde den ganzen Pelzkram sowieso total daneben.«

»Das steht auf einem ganz anderen Blatt, Emmchen. Trotzdem war es alles andere als witzig. Dieser Jorgito hat riskiert, dass das

Material unbrauchbar und der Mantel nicht rechtzeitig fertig wurde.«

Heike sah nachdenklich aus. »Hat Jens verraten, welchen Grund dieser Jorgito hatte, so in dem Fell herumzustechen?«

»Das hat er.« Ursula ließ ihren Zeigefinger über die Zeilen gleiten. »Ach ja, hier.«

Er fluchte und schimpfte ununterbrochen und in einer Lautstärke, dass ich befürchten musste, man könne ihn draußen auf der Straße hören. Jederzeit konnte einer von Batistas Schergen an unserem Fenster vorbeigehen. Oder jemand konnte etwas aufschnappen und Jorgito verraten, um sich selbst einen Vorteil zu verschaffen. Schließlich habe ich ihm den Mund verboten. Zu seinem eigenen Schutz zwar, dennoch tat es mir in der Seele weh, wie er mit finsterster Miene seine Arbeit beendete, schweigend aufstand, als Feierabend war, und die Werkstatt grußlos verließ. Einer der Arbeiter erklärte mir später hinter vorgehaltener Hand, dass Jorgito diesen Santo T. für das Verschwinden seiner Nichte verantwortlich macht. Sie ist Mitte September von der Arbeit im Hotel Capri nicht mehr nach Hause gekommen. Ich mag es Dir kaum schreiben. Die Familie ist sich sicher, dass man das Mädchen zur Prostitution gezwungen hat. Auch das gehört zum Geschäft der Mafia.

»Wie schrecklich!« Rahel nahm einen Schluck Bier und verzog leicht das Gesicht.

»Aber echt, total grausam. Mann, Ur-Usch, dein Jens ist aus der DDR abgehauen, weil er offen seine Meinung sagen wollte. Freiheit und so. Der war ja vom Regen in die Traufe gekommen.«

»Ganz genau, mein Kind. So etwa hat er es auch empfunden.«

Uschka, in mir war alles in Aufruhr! Vor nicht einmal zwei Jahren bin ich unerfahren und blauäugig in die Karibik gekommen, um hier ein besseres Leben zu beginnen. Ich bin vor den zunehmenden Zwängen und der Enge der DDR davongelaufen. Kuba erschien mir als ein Paradies. Die Wärme, die exotischen Früchte! All der Reichtum und der Luxus, die ich durch meinen Onkel einfach so genießen durfte.
Mein ärmliches Leben in Sassnitz habe ich hinter mir gelassen – und bin nun Teil der Schicht, die Armut hervorbringt, die ihren Wohlstand auf dem Elend anderer gründet. Die Gringos, wie man die Ausländer hier nennt, in ihren Luxusautos und riesigen Villen leben auf Kosten der Einheimischen. Direkt neben ihren Palästen hausen Menschen in Blechhütten, stehen Kinder in Lumpen und betteln um ein paar Pesos. Und niemanden kümmert es! Uschka, es ist unerträglich. Jorgito würde sich freuen, wenn er diese Zeilen lesen könnte. Er ist es, der mich im letzten halben Jahr auf diese schrecklichen Wahrheiten aufmerksam gemacht hat, die Onkel Oskar und seine Freunde stur leugnen. Ich war so unwissend!

Ursula ließ die gelblichen Blätter sinken. »Am besten, ich kürze mal wieder ein Stück ab. Jens stand das zweite Weihnachtsfest fern von der Heimat bevor. Schon während der Adventszeit hat er diese eigenartige Spannung gespürt. Und er schreibt, dass es ihm immer schwerer fiel, freundlich mit seinem Onkel umzugehen.«

»Kein Wunder!« Heike schüttelte den Kopf. »Ihre Einstellungen waren offenbar grundverschieden. Jens dachte ganz anders als sein Onkel, musste aber tun, was der von ihm verlangte.«

»Wes Brot ich ess, des Lied ich sing«, sagte Rahel bitter.

»Das bringt das Berufsleben für alle mit sich. Nur hat alles seine Grenzen. Die waren Weihnachten für Jens erreicht«, erklärte Ursula.

»Haben sie sich gefetzt?« Emily zog die Füße unter den Po.

»Und wie! Sie waren mal wieder zu einer Cocktailparty in einem der großen Hotels eingeladen.« Ursula ließ den Blick über die Zeilen gleiten. »Dieser Oskar hatte Jens zum Fest wieder einen teuren Anzug fertigen lassen, dieses Mal aus einem hellen Seidenstoff. Dazu schenkte er ihm einen weißen Hut.«

Emily lachte auf. »Wie so'n Mafioso!«

»Ach, Emmchen, ich wünschte, ihr könntet euch kennenlernen, Jens und du. Du sprichst ihm nicht zum ersten Mal aus der Seele. Hört nur!«

Teuer und edel, aber ich sah darin aus wie ein Mafioso und war dementsprechend wenig erfreut über das Geschenk.

Emily hielt Ursula die Handfläche hin, und diese klatschte dagegen. Das hatte sie in diesem Urlaub gelernt.

»Oskar bestand darauf, dass Jens den Anzug zur Party trug. Jens hat auch klein beigegeben. Um sich in Stimmung zu bringen, hatte sich der Onkel schon zwei Cuba Libre hinter die Binde gekippt, bevor der Chauffeur den Wagen vorfuhr. Sie sind eingestiegen, aber noch nicht gleich losgefahren«, berichtete sie und las dann weiter.«

Ein paar Häuser neben dem unseren bröckelt eine kleine katholische Kirche vor sich hin. Die Glocken läuteten, und aus allen Seitenstraßen kamen die Menschen, um dem Gottesdienst beizuwohnen. Unter ihnen erkannte ich Jorgito mit seiner alten Mutter, Stefania, unserer Büglerin. Auch einige andere unserer Arbeiter gingen zur Kirche. Ich bin nicht besonders gläubig, wie Du weißt. Doch in dem Moment überkam mich die Sehnsucht danach, mich den einfachen Menschen anzuschließen, mit denen ich jeden Tag zusammenarbeite und die mir so vertraut waren. Ich wünschte, ich könnte mit ihnen in die Kirche gehen und den Gottesdienst hören. Noch ehe ich so recht darüber nachgedacht hatte, sprach ich es laut aus. Du kannst Dir nicht vorstellen, wie wütend Onkel Oskar geworden ist. Ich habe ihn nie zuvor derartig aufgebracht erlebt.

Emily stopfte sich ein Stück Käse in den Mund. »Ist doch nichts Schlimmes, was Jens gesagt hat«, nuschelte sie. »Kapier ich nicht.«

Rahel nickte zustimmend. »Ich auch nicht. Dieser Oskar könnte doch froh sein, dass sein Neffe das Herz am rechten Fleck und guten Kontakt zu den Arbeitern hat.«

Ursula sah in die Runde. »Ich glaube, Oskar hat an diesem Abend begriffen, dass Jens doch nicht zu seinem Nachfolger taugt.«

»Das verstehe ich jetzt aber auch nicht.« Heike pulte nachdenklich das weiche Innere aus einer Scheibe Brot. »Ich denke, das hatte er Jens schon in Aussicht gestellt.«

»Na, dann will ich euch mal aufklären.« Ursula seufzte. Sie wusste noch genau, wie entsetzt sie gewesen war, als sie damals als junge Frau Jens' Erklärungen gelesen hatte. »Wie sagt man? Kleine Kinder und Betrunkene sagen die Wahrheit. Auf Oskar schien das zuzutreffen. Er hat Jens reinen Wein eingeschenkt: Das Pelzgeschäft diente der Mafia zur Geldwäsche.«

»Was? Wie bitte? Das gibt's doch nicht.«

»Leider war es so. Oskar hat seinen Betrieb zur Verfügung gestellt, damit illegal erworbenes Geld aus Drogenhandel, Glückspiel und Prostitution blitzsauber wurde. Jens war nicht weniger empört als ihr. Im Gegenteil. Vor allem war er verletzt, weil sein Onkel ihn in diese Machenschaften hineingezogen hat.«

»Hat er ihn denn zur Rede gestellt?« Heike war erstarrt. Den Ring aus Brotkruste in ihrer Hand schien sie vergessen zu haben. Wie gut, dass die Möwen sich zu dieser Zeit schon ein Schlafplätzchen gesucht hatten.

»Natürlich hat er. Warte, ich lese euch vor, wie der feine Onkel reagiert hat.«

»Was hast du denn gedacht, wie ich sonst zu dem Reichtum gekommen bin?«, hat er geschrien. Und dann sagte er mit einer Verachtung, die mich jetzt noch schrecklich zornig macht, dass er nicht enden wolle wie meine Eltern auf Rügen. Arbeiten, arbeiten, arbeiten und dann arm sterben. Liebste Uschka, ich verlor komplett die Beherrschung und habe ihn beschimpft, eine Mitschuld am Elend der Bevölkerung Kubas zu tragen und an unzähligen Verbrechen der Mafia. Mit dieser Anschuldigung konfrontiert, tat Onkel Oskar überrascht, dass ich nicht längst Bescheid wisse. Jedem in der Werkstatt sei klar, für wen die Kürschnerei arbeite, und alle würden mitmachen, alle meine Arbeiterfreunde. Das behauptete er.

»Gottchen, das ist ja spannender als ein Krimi.«

»Das kannst du laut sagen.« Ursula nahm die Brille ab, die an einer Kette um ihren Hals baumelte. »Jens muss sich gefühlt haben, als wäre er mitten in einen Mafia-Thriller geraten. Sein Onkel hat ihm nämlich auch noch eröffnet, schon in New York mit Geldwäsche zu tun gehabt zu haben. Als die Polizei kurz davor war, ihm auf die Schliche zu kommen, hat Don Vito, ein New Yorker Mafiaboss, die Flucht nach Kuba organisiert und ihm dort natürlich gleich Kontakte zu reichen Kunden und vor allem zur dortigen Mafia verschafft. Oskar hat Jens gegenüber behauptet, er habe in Don Vitos Schuld gestanden. Hätte er versucht auszusteigen, wäre er noch in New York im Gefängnis gelandet, oder die Mafia auf Kuba hätte ihn sich vorgeknöpft.«

»Das hätte er sich ja wohl früher überlegen können«, warf Emily aufgebracht ein. »Es hat ihn doch niemand gezwungen, in Amerika überhaupt mit Geldwäsche und so'nem Scheiß anzufangen.« Sie kassierte strenge Blicke. »'tschuldigung, aber ist doch wahr.«

»Natürlich ist es wahr. Und dieser Onkel hat sich herausgeredet, wie es alle tun, die etwas auf dem Kerbholz haben. Erst hat er

Jens vorgehalten, er hätte ohne die krummen Geschäfte nicht einmal das Geld für Jens' Überfahrt zusammenbekommen, geschweige denn die teuren Anzüge, das große Haus, die schicke Limousine und die Angestellten finanzieren können.«

»Vielleicht hätte er es mal mit harter Arbeit versuchen sollen«, meinte Rahel.

»Oder mit weniger Luxus«, wandte Emily ein. »Das braucht doch kein Mensch. Außerdem hat Oskar Jens doch gar nicht gefragt. Ich meine, das Haus und das Auto und so hatte er doch schon, bevor Jens nach Kuba kam. Ihm das jetzt vorzuhalten ist echt link.«

»Er hat ihm vorgehalten, dass Jens das alles genossen hat, Emmchen. Als er gemerkt hat, dass sein Neffe sich diesen Schuh nicht anzieht, hat er ihm einreden wollen, dass die Arbeiter nicht nur alle Bescheid gewusst, sondern auch ordentlich profitiert hätten. Er hätte sie immer gut bezahlt, was ohne das Geld der Mafia gar nicht denkbar wäre. Obendrein hat er ihnen einiges ermöglicht. Warte mal.« Ursula überflog die Seite, legte sie zu den anderen auf den Schoß und nahm sich die nächste vor. »Hier zum Beispiel. Oskar hat seinen Chauffeur Cristobal finanziell unterstützt, damit dessen Frau einen kleinen Gemüseladen aufmachen konnte.«

Einige Sekunden war es still. Abenddämmerung hüllte die vier Frauen ein, die Flammen in den Laternen, die jede Ecke des Balkons erleuchteten, flackerten in dem auffrischenden Wind.

»Das ist voll gemein«, sagte Emily mit einem Mal. »Wenn ich mir das vorstelle ... Mir geht es auch besser als vielen anderen Menschen. Ich gehe auf eine gute Schule, wohne in einer tollen Wohnung, kriege immer alles, was ich brauche, und darf Urlaub machen.« Sie starrte in das Windlicht auf dem Tisch. »Ich denk oft, dass ich mit weniger zufrieden wäre, wenn meine Mutter dafür mehr Zeit hätte.« Ursula warf Rahel einen schnellen Blick zu.

Die fror förmlich ein. Emily sprach weiter, als wäre Ra gar nicht da. »Aber wenn ich mir jetzt vorstelle, es kommt raus, dass sie dafür Leute über den Tisch zieht und deren Existenz ruiniert, und dann würde sie mir noch weismachen, dass sie die Leute fertigmacht, damit es mir so gut geht, und mir vorwerfen, dass ich das genieße, ich wüsste nicht, was ich machen würde. Ich glaub, da würde ich lieber unter der Brücke schlafen.«

Ursula und Heike wechselten Blicke, Rahel starrte verkniffen auf ihre Hände.

»Wenn keiner mehr etwas möchte, räume ich mal ab.« Heike stand auf. »Der Käse ist sonst gleich Gummi, und der Schinken biegt sich schon an den Seiten hoch.«

»Ja, danke, mein Kind.« Ursula schenkte Rahel und Emily die Gläser voll. »Ich könnte einen Nachtisch vertragen«, sagte sie dann so fröhlich, wie es eben ging. »Emmchen, mein Schatz, haben wir noch Schokolade?«

»Bestimmt, Ur-Usch.« Sie stand auf und ging hinein.

Sofort legte Ursula Rahel eine Hand auf den Arm. »Deine Tochter ist ein wunderbarer Mensch mit einem ausgeprägten Gerechtigkeitssinn. Du kannst sehr stolz auf sie sein.«

»Es ist nicht mein Verdienst«, keuchte Rahel heiser. »Sie hasst mich, Oma Usch.«

»Aber nein, Kindchen, das tut sie gewiss nicht. Du hast es doch gehört, sie würde dich verachten oder vielleicht sogar hassen, wenn du wärst wie Onkel Oskar. Aber du hast uns doch erzählt, dass du diese Hotelerbin vor so einem Großkonzern rettest. Ich glaube, Emmchen wollte dir zu verstehen geben, wie toll sie das findet.« Nur einen Augenblick später waren Heike und Emily zurück. »Sieh dir die beiden nur an, Ra, sehen sie nicht großartig aus?«

»Das liegt bestimmt an der Kreide«, antwortete Emily und lächelte. Gott sei Dank, das Eis war wieder gebrochen. Na, zumindest taute es langsam.

»Dann müssen die Innenseiten meiner Ohren umwerfend aussehen«, sagte Ursula. »Ich glaube, da klebt noch immer etwas von dem Zeug.«

»So, ich hoffe, du erzählst uns jetzt, dass Jens mit seinem Onkel gebrochen und sich auf Kuba eine eigene Existenz aufgebaut hat, Mutti.« Heike griff nach der Schokolade. Der Urlaub schien ihr gut zu bekommen. »Wie ich das sehe, ist der Brief noch lange nicht zu Ende.«

»Das stimmt. Allerdings hat er nicht den Inhalt, den du dir wünschst.« Ursula tätschelte Rahels Hand noch einmal, ehe sie sich ein Stück Schokolade stibitzte, die Brille aufsetzte und weiterlas.

Natürlich hatte ich dieses Leben genossen, doch nun, da ich wusste, wie verlogen und sogar ungesetzlich es war, konnte ich es nicht länger ertragen. Das sagte ich Onkel Oskar. Seine Wut schien mit einem Mal verflogen, und er sah müde aus. Ganz leise sagte er: »Ich habe nie das Glück gehabt, Vater zu werden. Deine Eltern habe ich deinetwegen beneidet, und ich habe verfolgt, wie schwer ihr es im Krieg hattet und danach. Deine Mutter schrieb mir, dass du mit der politischen Entwicklung in der DDR unglücklich warst. Deshalb habe ich dich zu mir geholt, um dir etwas Gutes zu tun, um dir irgendwann einmal all das hier zu vererben.« Er eröffnete mir, dass er Krebs hat. In den Knochen. Ihm bleibt nicht mehr viel Zeit.

Wieder herrschte Stille. Irgendwo rief ein Uhu. Das Licht reichte kaum noch, um den Rest zu lesen.

Um ihre Augen zu schonen, fasste Ursula aus dem Kopf zusammen: »Jens war komplett durch den Wind, das könnt ihr euch wohl denken. Er ist aus der Limousine gesprungen und kreuz und quer durch die Stadt gerannt. Bis zum Morgengrauen saß er an dieser Uferpromenade auf einer Mauer, bis sein teurer neuer Anzug und der Hut vom Salzwasser völlig ruiniert waren, das mit den Wellen bis auf die Straße spritzte. Was sollte er tun? Die Arbeiter glaubten, er würde die Kürschnerei inklusive der finsteren Geschäfte weiterführen, die Mafia musste auch davon ausgehen. Jens steckte mächtig in der Klemme. Bis Silvester ist er seinem Onkel aus dem Weg gegangen. Der lud ihn mal wieder zu einer großen Feier im Hotel Hilton ein, mit aus New York eingeflogenen Bands und puerto-ricanischen Tänzerinnen.« Ursula hob vielsagend die Augenbrauen.

»Da ist er doch hoffentlich nicht hingegangen«, sagte Emily, die gebannt an Ursulas Lippen hing.

»Nein, natürlich nicht. Der arme Kerl stellte fest, wie einsam er auf Kuba war. Er hatte vor lauter Arbeit keine Freundschaften zu Leuten in seinem Alter geknüpft. Wenigstens hatte er am Vorabend am Hafen Matrosen kennengelernt. Stellt euch das mal vor, die waren mit der MS Stuttgart dort.«

»Das war doch das Schiff, mit dem er selbst nach Kuba gereist ist.«

»Richtig, Heike, genau das. Jens war glücklich, mit ihnen Deutsch sprechen zu können, schrieb er mir. Und die waren wohl froh, dass sie in den Hafenkneipen dank seiner Sprachkenntnisse und seines Wissens über die Tricks nicht über den Tisch gezogen wurden. Mit den Matrosen und ein paar Passagieren der MS Stuttgart ist er zum Teatro Shanghai gezogen. Der Besitzer war ein guter Kunde des Onkels, und so ließ er die Truppe herein, obwohl das Shanghai am Silvesterabend eigentlich komplett ausverkauft war. Jens ist draußen geblieben. Er wusste, dass viele der Mädchen, die ihre Reize dort zur Schau stellten, das aus purer Not taten. Das muss ganz schön zugegangen sein auf der Bühne. Jens schrieb von Obszönitäten, zu denen die Mädchen gezwungen wurden. Deshalb blieb er draußen, hatte aber beschlossen, auf die Matrosen zu warten und sie zu überreden, ihn mit nach Deutschland zu nehmen.«

»Dann ist er doch nach Rügen zurückgekehrt?«, fragte Heike atemlos.

»Richtige Entscheidung, guter Typ!«, kommentierte Emily.

Rahel schwieg, doch auch sie wartete offensichtlich voller Spannung darauf, wie es weiterging.

»Das war sein Plan«, sagte Ursula leise und dachte, wie schön es gewesen wäre, wenn er funktioniert hätte. Sie hätten sich treffen können. Zum zweiten Mal. Und wieder war es im letzten Moment anders gekommen. »Doch dann überschlugen sich die Ereignisse. Um Mitternacht hörte er Schüsse. Dann kamen drei Halbwüchsige die Straße entlanggerannt und riefen immerzu: ›*Viva La Revolución, viva el maximo líder!*‹ Sie erzählten ihm, dass die Truppen der Aufständischen auf die Stadt vorrückten. Anscheinend gab es niemanden mehr, der sich ihnen in den Weg stellte. Die Nachricht verbreitete sich natürlich wie ein Lauffeuer. Immer mehr Menschen strömten auf die Straße. Jens versuchte in dem Chaos, die Matrosen zu finden, doch die waren weg, vielleicht durch den Hinterausgang. Er rannte zum Hafen, sah aber nur noch das Beiboot auf dem Weg zur Stuttgart, die draußen auf Reede lag. Für Jens muss das ein Schlag gewesen sein, für die Besatzung die richtige Entscheidung. Wenige Tage später wurden Frachtschiffe im Hafen versenkt als Barrikade gegen amerikanische Kriegsschiffe, die nach Kuba kamen.«

»O Mann, hätten die mit dem Aufstand nicht ein paar Stunden warten können? Ist Jens deswegen etwa auf Kuba geblieben?« Emily zog die Knie an die Brust und schlang die Arme darum. Ihre typische Haltung.

»Ich lese euch den Rest vor.«

Der 1. Januar war völlig chaotisch. Gerüchte machten die Runde, dass Batista, der Diktator, außer Landes geflohen sei. Erst jetzt wurde mir deutlich, wie verhasst er bei der Bevölke-

rung gewesen war. Menschen spuckten auf Bilder von ihm oder verbrannten sie. Gegen Mittag zogen die Rebellen tatsächlich in die Stadt ein, ihnen voran ein bärtiger, ungepflegter Mann, Che Guevara, von dem man sagt, er sei sehr gebildet. Für mich sieht er eher aus wie ein Wilder. Vom Fuße des José-Martí-Denkmals konnte ich den riesigen Platz überblicken. Uschka, Abertausende Menschen jubelten und hießen die Rebellen willkommen. Die Menschen umarmten sich, weinten. Auch mir fiel unversehens jemand um den Hals, eine wildfremde Señorita. Sie küsste mich und redete pausenlos! Ich verstand, dass sie zu den Kämpfern gehörte, die mit den Revolutionstruppen in die Stadt gekommen waren. Liebe Uschka, auch Frauen kämpfen hier, mit Patronengürteln um die Hüften und Gewehren ausgerüstet, für Freiheit und ein besseres Leben. Das Mädchen schien mir noch jünger zu sein als ich, und doch hatte sie mitgeholfen, Batistas Armee zu vertreiben. Die ganze Nacht wurde auf den Straßen gefeiert und getanzt. Irgendwann verlor ich die kleine Revolutonärin, Fidelia hieß sie, aus den Augen.

»Die gesamte Infrastruktur in Havanna kam zum Erliegen. Jens wollte den Brief schon abschicken, aber alle Postämter hatten geschlossen. Darum riss er ihn auf und schrieb weiter. Allerdings nur noch wenige Zeilen, und die etwa zwei Wochen später.«

Liebe Ursula, Onkel Oskar geht es schlechter, ich muss den Laden allein schmeißen. So ein Zufall, ich traf Fidelia wieder. Du erinnerst Dich? Die kleine Kämpferin, die mich so stürmisch umarmt hat. Ich begegnete ihr, als ich beim Wirtschaftsministerium wegen der Einfuhrgenehmigung für Rindshaut vorsprechen wollte. Seitdem habe ich viel Zeit mit ihr verbracht, und sie hat mir alles über die Revolution und Che Guevara erzählt. Sein voller Name ist Ernesto Rafael Guevara de la Serna.

»Rafael«, platzte Emily heraus. »Ist ja lustig, so heißt der Typ, der manchmal bei der Strandclique dabei ist, der in dem schönen Lokal arbeitet«, setzte sie auffällig beiläufig hinzu. Ursula schmunzelte und las schnell weiter, ehe jemand auf die Idee kam, nachzuhaken.

Ich habe mich von Äußerlichkeiten täuschen lassen. Dieser Mann hat studiert, die Welt bereist und Bücher geschrieben. Er stammt aus einer sehr wohlhabenden Familie, hat auf seinen Reisen aber große Armut und Ungerechtigkeit gesehen und sein Leben dem Kampf dagegen gewidmet. Ist es nicht ganz unglaublich, Ursula? Hier im fernen Kuba begegne ich einem Mann, der mich mit dem Kommunismus versöhnt. Ich hätte nie für möglich gehalten, dass ich Dir das einmal schreiben würde, aber wenn ich mit Fidelia zusammen bin, schäme ich mich beinahe, dass ich die DDR so wenig verstanden habe. Ich bin inzwischen sogar ein wenig stolz auf meine Heimat, die dem dekadenten Kapitalismus widerstanden hat.

32

Heike

Schon beim Frühstück hatten sie sich wieder alle auf ein Thema gestürzt: Jens. Emily war der festen Überzeugung, dass er sich den Revolutionären angeschlossen hatte.

»Wenn sie den Diktator gestürzt haben, ist er vielleicht sogar in der neuen Regierung gewesen. Das müssen wir unbedingt überprüfen, Ur-Usch!«

Heike und ihre Mutter hatten sich beinahe in die Haare gekriegt, weil Ursula es ganz schön fand, dass Jens mit der DDR versöhnt war. Aber so einfach war es doch wohl nicht. Der Kapitalismus hatte seine Fehler, ja, aber der Kommunismus doch auch. Dieses Schwarz-Weiß-Denken ging Heike gehörig auf die Nerven. Weil sich ein Regime gegen Dekadenz und Kapitalismus aussprach, war es noch lange nicht gerecht. Außerdem hatte es in der DDR ja wohl auch reiche Leute gegeben, die es verstanden hatten, ein bisschen mehr vom Volkseigentum abzukriegen als der Rest.

Ob Jens wirklich auf Kuba geblieben oder irgendwann doch zurückgekehrt war, konnte man nicht wissen, wenn jede natürlich auch irgendwelche Hinweise aus den Briefen herausgehört haben wollte. Sein großes Heimweh, zum Schluss sein Stolz auf die Heimat – natürlich war er zurück nach Deutschland gekommen. Der Aufbau eines neuen Kubas, die Faszination des Guevara – war doch klar, dass Jens dort sesshaft geworden war. Zumal er die Sprache inzwischen perfekt beherrschte. Heike fand, beides war plausibel.

Für Rahel stand nur eines fest: »Der hat etwas mit dieser kleinen Revoluzzerin angefangen, mit dieser Fidelia. Sollte die Beziehung gehalten haben, was ich mir kaum vorstellen kann, ist er auf jeden Fall geblieben.«

»Tja, vielleicht werde ich zu Hause wirklich weiterforschen oder eine Reise nach Kuba buchen.« Heike hatte sich verschluckt, und ihre Mutter hatte in aller Ruhe erklärt: »Und jetzt, meine Lieben, gebe ich euch frei.« Sie hatte gekichert. »Wie sich das anhört. Egal, wir haben in den letzten Tagen viel zusammen unternommen, ich habe es genossen. Aber jetzt ist es auch mal wieder gut. Ich brauche ein paar Stunden für mich. Und heute Abend ziehen wir ja sowieso wieder zusammen los.« Heike wusste, was jetzt kam, und sah die ahnungslose Emily an. »Wir fahren nämlich nach Ralswiek …« Weiter kam Ursula nicht.

»Zu Störtebeker?«, rief Emily und fiel ihrer Urgroßmutter auch schon um den Hals.

»Ja, Emmchen, Franziskas Bekannter hat seine Beziehungen spielen lassen.« So sehr die Kleine sich freute, so unglücklich sah Rahel aus. War es denn wirklich zu viel verlangt, ihrer Tochter die Freude zu machen? Hoffentlich hatte Rahel nicht schon eine andere Verabredung, das würde ihre zurückhaltende Reaktion erklären. Das wäre so typisch. Ursula verkündete, sie wolle baden gehen. »Ich will es ausnutzen, solange ich das Meer direkt vor der Tür habe.« Außerdem ordnete sie an, dass der nächste Tag ein freier Tag für alle sein sollte. Jede sollte ruhig mal wieder ihrer eigenen Wege gehen, auch am Abend. »Ist morgen schließlich die letzte Gelegenheit. Übermorgen müsst ihr mit mir feiern.« Sie war schon auf dem Weg zu ihrem Zimmer, als sie sich noch einmal umdrehte. »Übrigens, kommt bloß nicht auf die Idee, ich würde euch morgen freigeben, um irgendetwas für mich vorzubereiten oder damit ihr für mich einkaufen gehen könnt. Ich will nichts haben, ist das klar? Mein Geschenk habe ich schon, und mehr brauche ich nicht. Basta!«

Rahel behauptete, sie fühle sich nicht wohl und wolle sich hinlegen, um für Störtebeker wieder fit zu sein. Emily ging mit Ursula runter nach Vitt. Heike dachte kurz daran, die Leuchttürme zu malen, doch dann hatte sie eine bessere Idee. Sie fuhr nach Binz und ließ ihre wilde Villa Sanddorn rahmen.

»Ein umwerfendes Bild«, flüsterte die Verkäuferin ehrfurchtsvoll. »Von wem ist es? Nein, warten Sie! Sie haben es gemalt, oder?« Heike wusste nicht, was sie mehr freuen sollte, die Reaktion auf ihr Werk oder die Tatsache, dass die Frau ihr zutraute, es erschaffen zu haben.

»Ja, es ist von mir«, antwortete sie laut und deutlich. Konnten die anderen Kunden ruhig hören. Während das Bild in den Rahmen gebracht wurde, ging Heike in ein Restaurant. Allein. Und ließ sich einen Salat servieren. Als alles erledigt war, spürte sie eine tiefe Zufriedenheit und bleierne Müdigkeit. Die letzten Tage waren mehr als turbulent gewesen. Morgen würde sie lesen, malen, schwimmen oder einfach nur die Ruhe genießen. Und im Stillen hoffte sie auf eine Gelegenheit, sich mit Rahel auszusprechen. Sie wollte ihr sagen, wie enttäuscht sie von ihrer Tochter sei. Sie würde sich allerdings auch bei ihr entschuldigen müssen. Es war ein Fehler gewesen, Gregor aus ihrem gemeinsamen Leben herauszuhalten. Rahel hätte Anspruch auf sein Geld gehabt, was ihnen das Leben deutlich erleichtert hätte. Heike hatte ihre Tochter nicht einfach irgendwo abgegeben, wie Rahel es mit Emily praktiziert hatte, aber sie hatte sie zu beruflichen Terminen mitgeschleppt und zu Hause gearbeitet, statt mit der Kleinen zu spielen oder ihr bei den Hausaufgaben zu helfen. War das so viel besser? Wenn sie so darüber nachdachte, musste sie sich eingestehen, dass sie Rahel zu früher Selbstständigkeit und zu diesem übertriebenen Ehrgeiz erzogen hatte. Die Erkenntnis schmeckte ihr ganz und gar nicht.

»Kann ich da so hingehen?« Emily drehte sich im Esszimmer. Sie trug eine weiße Jeans ohne Löcher und eine violette Bluse. »Das wollte ich eigentlich für die Geburtstagfeier aufbewahren«, erklärte sie ernst und zwinkerte Heike kurz zu. Dafür hatte sie ja nun ein Kleid, aber das wussten die anderen ja noch nicht.

»Du siehst entzückend aus. Störtebeker wird sich Hals über Kopf in dich verknallen!«

»Quatsch, Ur-Usch, der ist doch viel zu alt für mich.« Sie kicherte. »Schläft Mami noch?« Heike und Ursula sahen sich hilflos an.

»Keine Ahnung.« Heike seufzte leise. »Sie sah wirklich ein wenig blass aus. Es wäre gut, wenn sie sich gründlich ausgeruht hätte.«

»Dann wird es jetzt aber langsam Zeit, dass sie zu sich kommt«, stellte Ursula fest.

Heike klopfte behutsam an Rahels Tür. »Langsam wach werden, du Schlafmütze!« Nichts, kein Klappern ihrer Tastatur, keine Antwort, nicht einmal das Rascheln der Bettdecke.

»Wie genau ging noch mal die Geschichte von Klaus Störtebeker?«, wollte Emily von ihrer Uroma wissen. Sie war vollkommen aufgedreht. Heike klopfte noch einmal.

»Das sehen wir doch heute Abend, Schätzchen. Ich weiß nur noch, dass er am Ende geköpft wurde, aber das werden sie ja wohl hoffentlich nicht zeigen.« Sie schüttelte sich. »Huch Gott, nee.«

»Rahel, Liebes«, rief Heike ein wenig lauter, »Zeit zum Aufbruch.«

»Aber das ist nur eine Legende, oder? Das mit dem Kopf, meine ich.« Emily schauderte. »Der ist doch nicht ohne Kopf noch an einigen seiner Leute vorbeigerannt, oder?«

Heike drückte die Klinke herunter und trat in Rahels Zimmer. Sie war weg. Ihr Bett war ordentlich gemacht. Sah nicht aus, als hätte sie gerade noch darin gelegen. Heike seufzte. Hatte sie es doch geahnt, Rahel hatte natürlich wieder mal ihre eigenen Pläne. Dann entdeckte sie den Brief auf dem Tisch.

»Alles in Ordnung mit euch beiden?«, rief Ursula.

»Ja, ja, ich komme gleich!« Heike faltete den Bogen auseinander.

Ihr Lieben,
ich kann das nicht. Ich weiß, dass ihr ohne mich viel mehr Spaß habt. Ich fürchte, mir fehlt einfach die Übung. Ich weiß nicht, wie ich es besser ausdrücken soll. Es tut mir wirklich leid. Ich wünsche euch auf jeden Fall einen schönen Abend und ganz viel Spaß!
Ich hoffe, ihr seid mir nicht böse, vor allem du, Emily, Schätzchen, aber ich werde lieber früh ins Bett gehen. Ich habe schreckliche Kopfschmerzen.
Liebe Grüße,
Rahel

Ich, ich, ich. Fast jeder Satz fing mit diesem Wort an. Heike ließ den Brief sinken, da flog die Tür auf. Emily.

»Sie ist ja gar nicht da.« Jetzt hatte sie die Nachricht in Heikes Hand entdeckt. »O Mann, Mami!« Sie rannte raus. An ihrer Uroma kam sie Gott sei Dank nicht vorbei.

»Na, na, na, junge Dame, hiergeblieben. Ich weiß, du bist enttäuscht, aber siehst du, deine Mutter hat gerade einiges zu verdauen, fürchte ich.« Heike trat zu ihnen und streichelte Emilys Rücken. Wütend verdrehte sie die Augen, doch sie schluckte ihren Kommentar hinunter. »Lass ihr etwas Zeit, Emmchen. Wir drei machen uns jetzt einen richtig schönen Abend, und morgen sprecht ihr euch mal ganz in Ruhe aus. Nur deine Mutter und du.«

Dank Emilys Handy fanden sie den Weg zum Theater auf Anhieb. Kein Wunder, Emmchen und sie waren inzwischen beinahe schon ein eingespieltes Team. Man merkte dem armen Ding die Enttäuschung an, doch als die ersten Greifvögel in atemberaubendem Tempo über die Köpfe der Zuschauer hinwegflogen, war sie so fasziniert, dass sie alles um sich herum vergaß. Heike ertappte sich dabei, dass es ihr nicht anders ging. Wilde Tiere in Gefangenschaft, die Kunststücke zeigen mussten, waren eigentlich nicht ihr Fall. Doch diese majestätischen Geschöpfe, die mal anmutig über den Himmel segelten, um in der nächsten Sekunde einen Sturzflug hinzulegen und punktgenau auf der Hand des Falkners zu landen, wirkten frei und wild. Sie entschieden allein, ob sie ihre Künste zeigten oder sich auf und davon machten, so schien es ihr. Nach einer kleinen Pause begann die Theatervorstellung. Heike hatte schon befürchtet, dass es weniger um eine glaubhafte oder gar historisch korrekte Handlung ging als um Effekte. Je mehr Emily juchzte, desto besser gefiel es ihr aber. Es war ein buntes Spektakel mit prächtigen Kostümen, überzeugenden Darstellern und viel Spannung.

»Huch Gott«, schrie Ursula einmal, als plötzlich etwas explodierte. Emily hatte sich vor Schreck an Heike geklammert und bekam einen Lachanfall.

»Es ist toll«, rief sie, als Pause war.

»Mir gefällt's auch. Das war eine prima Idee von dir, Emmchen.« Ursula sah sich um. »Geht jemand mit auf die Toilette?«

»Nö, ich muss nicht.«

»Aber ich gehe mit dir, Mutti.« Kaum waren sie außer Hörweite, schimpfte Heike: »Wie konnte Rahel dem Kind das antun?«

»Was hat sie denn genau geschrieben?«

»Nichts, nichts Genaues. Ich verstehe sie einfach nicht.«

»Ach, Kind, wir haben als Mütter alle unsere Defizite, meinst du nicht? Und deine Tochter hat noch einen Haufen Probleme obendrauf. Emily hat uns. Hatte sie schon immer, und das wird auch so bleiben.«

Auf dem Weg zurück zu ihren Plätzen fiel Heike eine Frau auf, die auf einer fast leeren Bank in der hinteren Reihe saß.

»Guck mal, Mutti, ist das nicht diese Frau Kurz?«

»Wo?« Ursulas Augen wurden zu Schlitzen. »Tatsächlich. Na, die hat mir gerade noch gefehlt.«

»Sieht traurig aus, wie sie dasitzt«, sagte Heike nachdenklich. »Richtig einsam.«

»Mein Mitleid hält sich in Grenzen! Ha, von wegen einsam.« Tatsächlich, Mutti hatte recht, der Junge, der auf die letzte Bank zusteuerte, wollte zu dieser Henriette. Man belauschte keine fremden Gespräche, aber ganz offensichtlich war Ursula genauso neugierig wie Heike. Was hatte die dralle ältere Dame mit dem Schlacks von vielleicht fünfzehn oder sechzehn Jahren zu tun, der sich gerade mit einer Tüte Pommes in der Hand neben sie setzte. Ohne ein Wort darüber zu verlieren, pirschten sie sich näher heran.

»Na, wie gefällt's dir denn?«

»Toll, Henriette, richtig toll! Danke noch mal, dass Sie mich mitgenommen haben. Meine Eltern haben für so was nichts übrig. Weder Zeit noch Geld.«

»Schon gut.«

Er schob sich ein Kartoffelstäbchen in den Mund. »Stimmt es eigentlich, dass es die Störtebeker Festspiele schon zu DDR-Zeiten gab?«

»Fettnäpfchen-Alarm«, zischte Ursula. »Ob der Junge nicht weiß, dass er sich gerade in vermintes Territorium begibt?«

»Ja, Junge, das stimmt. Die Naturbühne, die du hier siehst, wurde 1959 im Zuge eines Kulturauftrages der DDR für die Rügenfestspiele angelegt. So nannte man das damals. In fünf Monaten entstand sie, und das Dorf wurde zum Festspielort umgebaut.

Schon damals spielten wir *Die Dramatische Ballade von Klaus Störtebeker.*« Sie lachte leise.

Heike und Ursula starrten sich an. »Wir?«, formten sie tonlos. Der Junge fragte glücklicherweise frei heraus.

»Ja, ich habe ein paar Jahre selbst auf der Bühne gestanden. Die war natürlich längst nicht so aufwendig wie die heute. Und ich hatte auch nur eine kleine Rolle. War aber schön.« So weich hatte ihre Stimme in keiner Sekunde geklungen, als Heike und Ursula bei ihr zu Besuch gewesen waren. »Die Festspiele waren der Höhepunkt des Jahres, eine Abwechslung im harten Leben auf unserer Insel.«

»Wieso, was war denn so hart? Sorry, wenn ich so blöd frage, aber meine Eltern sind noch ziemlich jung, die haben das auch nicht mehr so richtig mitgekriegt. Und mein Opa hat nie Bock darüber zu reden, wie das so war in der DDR. Vorbei ist vorbei, sagt er immer.«

»Schade, dein Großvater sollte sich über dein Interesse freuen. Tja, wie war das?« Er hielt ihr die Pommestüte hin, sie griff zu und lächelte ihn an. »Frauen und Männer waren ziemlich gleichberechtigt. Das hieß aber auch, dass Frauen genauso ranklotzen mussten wie die Kerle. Im Beruf, meine ich. Wenn du was am Haus machen wolltest, musstest du sehen, wo du das Material herkriegst. Es gab oft nichts, aber man hatte natürlich immer Wünsche. Eine Freundin von mir ist in den Westen gegangen. Die hat mir manchmal Pakete geschickt, guten Kaffee oder Blusen, die sie nicht mehr tragen mochte. Das war immer ein Fest!«

»Ich kapier nicht, wieso Sie sich nicht früher gegen die DDR-Bonzen gewehrt haben.«

»Weißt du, mein Junge, ich habe fest an den Sozialismus geglaubt. Ich fand es richtiger, wenn es an allen Ecken und Enden fehlt, als wenn einer alles hat und der andere nischt.« Sie drehte sich plötzlich nach hinten. Heike und Ursula sprangen entsetzt zur Seite und mussten sich aneinander festhalten, um nicht der Länge nach hinzuschlagen.

»Das war knapp«, raunte Ursula keuchend, als sich Henriette wieder nach vorne drehte. Die zeigte über ihre Schulter zum Ralswieker Schloss, dessen dunkle Turmspitzen sich vor dem rosa Abendhimmel abhoben.

»Solche Prachtbauten gehörten mal Einzelpersonen, weißt du? Reichen Menschen, die darin wohnen oder sie verfallen lassen konnten, ganz wie sie wollten. Ich fand es richtig, dass die verstaatlicht und in Altersheime, Schulen oder auch in Wohnraum für ärmere Leute umgewandelt worden sind.« Sie sah ihn an. »Meine Eltern waren fleißige und rechtschaffene Menschen in Sassnitz. Die konnten noch so viel arbeiten, die hätten sich nie ein Schloss leisten und mir vererben können. Hattest du reiche Eltern, warst du selber reich, auch wenn du nichts in der Birne hattest und faul warst wie ein Nichtsnutz.«

Der Junge nickte. »Verstehe ich. Sie wollten Ihren Kindern genauso viel vererben können wie andere.«

»Das hätte ich gewollt, ja.« Leiser sagte sie: »Ich habe allerdings keine Kinder.«

»Aber verheiratet waren Sie bestimmt, oder? Oh, Entschuldigung, so was fragt man nicht.«

»Schon in Ordnung, Junge. Nein, stell dir vor, so ein Prachtexemplar wie ich ist noch Fräulein.« Sie lachte traurig. »Ich war schrecklich in einen Nachbarjungen verliebt. Leider ist der auf und davon, ab in den Westen.« Sie zuckte mit den Schultern. »Na ja, ich hatte meine Arbeit und den Sport.« Ein Gong rief die Zuschauer wieder auf ihre Plätze.

»Komm, Mutti, wir müssen.«

»Kleinen Moment noch.«

»Ich wäre um keinen Preis von Rügen weggegangen«, sagte Henriette da. »Das war meine Heimat. Ich konnte studieren und es in einer Werft zur Betriebsleiterin bringen. Zu der Zeit mussten die Frauen in der BRD noch ihre Männer fragen, ob sie überhaupt arbeiten dürfen.« Sie lachte. »So ungefähr jedenfalls. Weißt du, mein Land hat mich immer unterstützt. Ich konnte nie verstehen, dass man sich von materiellen Dingen so verlocken lassen konnte, ihm den Rücken zu kehren. Die Leute haben reihenweise ihre Überzeugung verraten. Sind blind dem Luxus hinterhergerannt, egal, ob andere auf der Strecke blieben. Das hat mir damals wirklich zugesetzt.«

Der nächste Gong. Heike knuffte ihrer Mutter in die Seite.

»Los jetzt. Bestimmt hat Emily schon die Fahndung eingeleitet.«

33

Emily

Emily freute sich tierisch, den Tag ganz für sich zu haben. Eigentlich fand sie die Idee ganz gut, heute mit Rahel zu reden. Sie hätte sogar gerne etwas mit ihr unternommen. Nur sie beide. Emily hätte sie mit ihren Künsten auf dem Board überraschen können. Aber ihre Frau Mutter war natürlich schon weg gewesen, als Emily aufgestanden war. Okay, sie hatte ein bisschen verpennt. Aber nachdem sich Rahel gestern Abend schon gedrückt hatte, wäre es doch nicht zu viel verlangt, wenn sie heute mal auf ihre Tochter gewartet oder sie geweckt hätte. Sie hatte etwas verpasst gestern Abend. Geschah ihr recht! Emily hüpfte die Stufen hinunter, die ihr schon so vertraut waren. Sie durfte gar nicht daran denken, dass sie nur noch ein- oder zweimal nach Vitt gehen und Ronja treffen konnte.

»Guten Morgen«, rief sie Fischer Heinrich zu, der natürlich eine Wollmütze auf dem dicken Kopf trug. Wie hielt er das nur aus bei der Hitze? Er grüßte fröhlich zurück und wendete irgendeinen Fisch in der Pfanne. Von Ronja keine Spur. Emily ließ ihre Sporttasche von der Schulter gleiten. Bestimmt kam sie gleich. Ronja war zuverlässig. Schnelle Schritte im Sand. Aha, da war sie schon.

»Hallo, Emily!« Sie drehte sich herum. Vor ihr stand Rafael.

»Hi, Rafo.«

»Wo warst du denn so lange? Ich dachte schon, du bist abgereist.«

»Ich musste einen auf Familie machen.« Sie verdrehte demonstrativ die Augen, taumelte und tat, als würde sie tot umfallen.

Er lachte. »Schade, dass du nicht auf Rügen wohnst, du wärst eine echte Bereicherung für die Stage-Kids.« Der Wind pfiff ganz schön, eine Welle nach der anderen schwappte an den Strand, und das Wasser war kabbelig. So nannten die das hier.

»Wo Ronja wohl bleibt?« Emily wusste nicht, was sie sagen sollte. Sie traute sich auch kaum, Rafael anzusehen. Er trug lässig eine Lederjacke an einem Finger über der Schulter. Bestimmt war er mit seinem Motorroller unterwegs. Freier Oberkörper und dann 'ne Lederjacke drüber. Sicherheitsbekleidung war das nicht gerade. Sah allerdings supersüß aus.

»Ach so, Mensch, Ronja kann heute nicht. Soll ich dir sagen. Irgendwas mit Thekla. Nichts Schlimmes, aber Familie geht bei Ronja eben vor.« Er grinste breit. »Sie meinte, wir könnten ja eine Runde drehen.«

»Ja, klar.«

»Allerdings weiß ich nicht recht. Ich meine, du bist gut, keine Frage, aber der Wind … Ist nicht ungefährlich heute.«

»Hast du etwa Schiss?« Einen auf cool machen mit seinem Silberkettchen, der Sonnenbrille und dem Waschbrettbauch, aber nichts dahinter. Der Typ war doch genauso bescheuert wie alle anderen. Dem war noch nicht mal aufgefallen, dass sie ganz anders aussah.

»Ja«, sagte er schlicht. »Ich habe Angst um dich.« O Mann, wo kamen denn auf einmal all die Schmetterlinge her, die in ihr herumflatterten? »Du sagst nämlich nicht Bescheid, wenn es dir da draußen zu heftig ist, wie ich dich kenne.«

»Du kennst mich ja gar nicht«, entgegnete sie leise.

»Doch, ein bisschen schon.« Hilfe, wenn er noch lange so guckte, fiel sie entweder in Ohnmacht, oder sie knutschte ihn einfach ab. »Allerdings hätte ich dich zuerst beinahe nicht wiedererkannt. Steht dir gut, die neue Frisur.«

»Danke.«

»Du bist echt hübsch ohne das Piercing und so.«

Mit knallroten Wangen sah sie bestimmt gleich noch besser aus. Mist! »Du bist mir noch eine Erklärung schuldig«, sagte sie schnell. Er machte große Augen. »Schon vergessen? Du hast letztes Mal gesagt, dass du nichts über deinen Vater weißt. Genau wie ich.«

Er lachte auf. »Ich habe dir aber keine Erklärung versprochen. Du bist an dem Abend einfach abgehauen. Das hast du wohl vergessen.« Er wurde ernst. Ohne Vorwarnung brachte er ihre Tasche zu Fischer Heinrich, nahm ihre Hand und zog sie mit sich, vorbei an den Hütten mit den Fischernetzen. »Außerdem gibt es da nichts zu erklären«, fuhr er fort, als sie die kleine Bucht hinter sich gelassen hatten. »Ich weiß einfach nicht viel über meinen Vater. Er war ein Ausrutscher meiner Mutter, ein Tourist, der ein bisschen Spaß im Urlaub wollte. Sonst hat sie eigentlich immer alle abblitzen lassen.«

Sie gingen nebeneinanderher, ihren Gedanken nachhängend. Emily wollte so bis ans Ende der Welt laufen, ihre Hand in seiner. »Woher kommst du überhaupt«, fragte sie, als sie das Schweigen nicht mehr aushielt, »deine Familie, meine ich? Aus Brasilien?«

»Wie kommst du denn darauf?«

»Na, wegen diesem Caipirinha oder wie das heißt.«

»Capoeira.« Er lachte. »Nein, wir kommen ursprünglich von Kuba.«

Sie blieb kurz stehen, doch er ging weiter, also lief sie hinter ihm her und griff scheu nach seinen Fingern. »Ist nicht wahr«, sagte sie. »Und jetzt erzählst du mir gleich noch, dass dein Urgroßvater Jens heißt und von Rügen stammt.«

Dieses Mal blieb er stehen. »Woher weißt du das?« Emily bekam einen Lachanfall. Das war mal echt witzig. »Warum, glaubst du, heißt mein Großvater Luis Santoz da Cruz Carstensen?« Sie schüttelte sich aus, sah kurz zu ihm rüber und erstarrte. Der war ja ganz blass. Er meinte das doch nicht etwa ernst.

Mit einem Schlag verging ihr das Lachen. Carstensen. »Echt jetzt?« Und dann war alles klar. »Rafael. Du heißt wie Che Guevara. O Mann, Karibik, Yuanas, Kuba. Wir hatten voll die Tomaten auf den Augen.«

»Kannst du das bitte übersetzen? Ich verstehe gerade kein Wort.«

»Hast du Zeit? Viel Zeit?«

Sie hätte nicht sagen können, wie lange sie einfach nur gelaufen waren. Ab und zu blieben sie stehen, dann machten sie sich wieder auf den Weg. Irgendwann drehten sie um. Emily hatte ihm die ganze Geschichte erzählt, die sie von Ur-Usch gehört hatte. Und er erzählte ihr, was er über seine Familie wusste. Der absolute Hammer! Rafos Großvater Luis war Fidelias und Jens' Sohn! Uroma hatte, ohne es auch nur zu ahnen, das Restaurant von Jens' Sohn und seiner Enkelin für ihren achtzigsten Geburtstag reserviert. Hoffentlich bekam sie nicht vor Schreck einen Herzinfarkt, wenn sie ihr das erzählten.

»Wir müssen es deiner Uroma schonend beibringen«, sagte Rafo, als hätte er ihre Gedanken erraten. »Ich kann das immer noch nicht fassen. Das nenne ich mal eine Geburtstagsüberraschung.«

»Kannst du wohl sagen! Jetzt weiß ich noch immer nicht, wer dein Vater ist.«

»Meine Mutter hat mir nur gesagt, dass es ein Rechtsanwalt aus Hamburg war.« Er grinste. »Ich muss also Grips geerbt haben. Kann ich brauchen, ich will schließlich studieren. Im Restaurant helfen ist prima, aber meine Ma will, dass ich größere Ziele habe. Und die habe ich auch. Ich will auch Anwalt werden.«

»Echt jetzt?« Sie dachte nach. »Wie dein Vater. Nee, auf so viel Lernerei habe ich keinen Bock.«

»Faulheit kann kein Grund sein, um nicht das Beste aus sich zu machen. Wenn du nicht üben würdest, könntest du nicht kiten.

Auf der Welt passiert so viel Mist. Das kann ich nicht verhindern, aber ich will Menschen helfen, dass sie wenigstens ihr Recht bekommen. Auf Kuba kriegt meistens der Recht, der Geld hat, sagt Opa Luis.«

»Immer noch? Ich dachte, die hatten Revolution, und jetzt werden alle gleichbehandelt.«

»Das ist eine Utopie. Was willst du mal werden?«

»Keine Ahnung. Jedenfalls will ich nicht Karriere machen. Vielleicht Entwicklungshilfe oder Sonderpädagogik oder so.«

»Also willst du auch Menschen helfen. Da haben wir etwas gemeinsam.« Er strahlte sie an. O Mann, diese Augen. »Und du weißt gar nichts?«

»Hä, was meinst'n jetzt?«

»Über deinen Vater.«

»Ach so. Bis neulich nicht, nein. Nachdem ich in diesem Coaching komplett ausgerastet bin, haben meine Oma und meine Uroma mir erzählt, was sie wissen. Ist noch viel weniger als bei dir. Der Typ war wohl so'n Rechtsverdreher aus Hamburg, mit dem meine Mutter mal was zu tun hatte.« Es dauerte eine Sekunde, ehe in ihrem Hirn ankam, was gerade ihren Mund verlassen hatte. Wie in Zeitlupe drehte sie sich zu Rafael, der sie fassungslos anstarrte. »Nee, ne? Wir haben doch wohl nicht denselben Vater, oder? Das wär ja wie bei Franziska und Niklas von der Villa Sanddorn. Na ja, so ähnlich.« Bloß schlimmer, weil Rafael und sie dann nämlich Halbgeschwister wären. Das wäre …

»Scheiße! Mierda«, flüsterte er.

»Das kannst du laut sagen.« Sie zögerte. »Wieso eigentlich?«

»Weil ich dich heute Abend küssen wollte. Hab ich mir ganz fest vorgenommen.« Sie sah seinen Kehlkopf hüpfen. »Aber wenn du meine Schwester bist …«

»Halb.«

»Reicht auch. 'ne Halbschwester küsst man doch nicht. Jedenfalls nicht so.«

»Wie denn?« Sie hielt die Luft an, sah ihm in die Augen und beugte sich zu ihm hinüber, als hätte er plötzlich einen Magnet in den Lippen, der sie anzog. Nur ein Millimeter noch.

»So vielleicht.« Er schmeckte so gut, wie das Meer roch. Vorsichtig legte er seine Arme um sie und zog sie an sich. Sein Körper war warm und stark. Bitte, bitte, lieber Donnerkeil, das sollte nie mehr aufhören. Leider hörte es schneller auf, als ihr lieb war. »Mann, Emily, wir müssen das klären.«

»Solche Zufälle gibt's nicht, Rafo. Das glaube ich nie im Leben.« Sie beugte sich wieder zu ihm und fuhr ihm durch die Locken.

»Zufälle gibt's nicht? Hast du das gerade gesagt?« Er rückte ein Stückchen von ihr ab. »Deine Uroma kommt nach Rügen, um meinen Uropa zu suchen, und sie spaziert ausgerechnet in unser Lokal. Was glaubst du, wie viele Restaurants es auf Rügen gibt?«

»Okay, überzeugt, es gibt Zufälle. Aber doch nicht zweimal hintereinander.« Das hoffte sie jedenfalls wie verrückt.

»Meine Mutter hat eine Visitenkarte von meinem Vater«, sagte er ruhig. »Sie will keinen Cent von ihm, sie will ihn nicht sehen, aber sie sagt immer: Einen Anwalt in der Familie kann man immer mal brauchen. Bis ich so weit bin, dauert's ja noch ein bisschen.«

»Und jetzt? Willst du zu ihm fahren und ihn fragen, ob er auch mal was mit einer Rahel Reinecke hatte?«

»Hast du eine bessere Idee?«

34

Rahel

Der Film war gar nicht so übel. Die erotischen Szenen, in denen Fesselspiele und Peitschen offenbar zum üblichen Repertoire gehörten, waren durchaus anregend gewesen. Vor allem aber war Rahel hin und weg von dem Lebensstil der Protagonisten: Privatjet, riesige Villen, schnelle Autos. Ein Märchen eben. Cord hatte erst nur den Arm um sie gelegt. Mit jedem Becher Rotwein wurde er deutlicher. Seine Finger berührten ihre Brust, erst dezent an der Außenseite, dann glitten sie über ihre Brustwarzen. Rahel war kein dummes kleines Mädchen, sie hatte seine Einladung angenommen, weil sie ihn ganz sicher auf ihre Seite bringen und ein bisschen Spaß mit einem hoffentlich guten Liebhaber wollte. Jedenfalls ursprünglich. Entsprechend verführerisch hatte sie sich gekleidet – enge, leicht transparente Bluse über dem neuen Spitzenbody, dazu einen knapp knielangen Rock. Doch selbst sie hatte eine Schamgrenze. Die war eindeutig erreicht gewesen, als er ihre Hand in seinen Schritt gelegt hatte.

»Nichts gegen Draufgänger, aber hier kann uns jeder sehen«, hatte sie ihm zugeflüstert und sich von ihm zurückgezogen.

»Das macht doch den Reiz aus«, hatte er geantwortet und seine Finger unter ihre ärmellose Bluse gleiten lassen. Er sah sich triumphierend um, während er ihre Brust knetete.

»Gibt es noch Rotwein?« Etwas anderes war ihr auf die Schnelle nicht eingefallen, und es funktionierte. Seine Hand kam wieder zum Vorschein. Sie wurde gebraucht, um Rahels Becher nachzufüllen.

Nun war der Film also zu Ende, die Flasche war leer. Paare gingen eng umschlungen eilig nach Hause. Andere machten sich auf den Weg, um vielleicht noch etwas zu trinken oder es sich in einem der Strandkörbe schön zu machen. Cord hatte den Arm um ihre Taille gelegt und zog sie mit sich den Strand entlang. Er sah ausgesprochen attraktiv aus mit seiner lässig aufgekrempelten Leinenhose und dem offenen Hemd darüber. Trotzdem, Rahel wurde mulmig bei dem Gedanken an das, was unweigerlich kam. Hatte das überhaupt noch einen Sinn?

»Wollen wir noch etwas trinken?«, fragte sie.

»Gerne!«, flüsterte er ganz nah an ihrem Hals und biss ihr ins Ohrläppchen. Als er sich von ihr löste, schlug er nicht etwa eine andere Richtung ein, sondern holte die zweite Flasche Wein aus seiner Tasche. »Becher haben wir keine mehr, aber wer braucht die schon, wenn er so einen schönen langen Flaschenhals haben kann, hm?« Gottchen, entweder war ihm der Film nicht bekommen oder der Rotwein, von dem er eindeutig mehr getrunken hatte als sie. Der Schraubenverschluss knackte, als er ihn öffnete. »Trink!« Er setzte ihr die Flasche an die Lippen. Rahel nahm einen Schluck und wollte seinen Arm wegschieben, doch er hatte die andere Hand in ihren Nacken gelegt und neigte die Flasche nur stärker, je mehr sie sich wehrte. Ihre Bluse war teuer gewesen, sie hatte keine Lust, sie sich mit Rotwein zu versauen. Tapfer trank sie mehr, als sie wollte. Wenigstens ließ Cord die dunkelrote Flüssigkeit langsamer fließen, sobald sie ihren Widerstand aufgab. Schließlich setzte er ab und presste sofort seine Lippen auf ihre. Rahel war schwindelig, sie hatte zu schnell zu viel Alkohol zu sich genommen. Sie schlang die Arme um seinen Hals, um sich festzuhalten. Das Meer rauschte, man hörte hier und da Lachen aus weiter Ferne oder ein Flüstern oder Kichern, das nicht so weit weg zu sein schien.

»Sollten wir nicht woanders …«, begann sie, als er kurz ihre Lippen freigab.

»Nein, ich will nicht mehr warten. Jetzt und hier«, sagte er entschieden. Seine Sprache war überraschend sicher. Nach den Mengen, die er intus hatte, müsste er lallen. Wahrscheinlich trank er regelmäßig, ging ihr durch den Kopf. Cord stieß sie unsanft rückwärts. Zwar hielt er ihre Hände und konnte den Schwung ihrer Landung ein wenig abmildern, aber trotzdem prallte sie schmerzhaft auf das Steißbein. Er war sofort über ihr.

»Bitte, Cord, lass uns woanders …« Er presste seine Lippen auf ihre. Ihr war schon schwindelig, jetzt stieg Übelkeit in ihr auf. »Ich will nicht, Cord, nicht so!« Sie hatte ihren Kopf zur Seite gedreht. Seine Hände schienen überall gleichzeitig zu sein, sein Atem wurde schneller. Er murmelte etwas, doch sie verstand kein Wort, weil ihr linkes Ohr im Sand steckte, der unangenehm knisterte und raschelte.

»Du bist so scharf. Ich wäre am liebsten gleich am ersten Tag mit dir in die Kiste gestiegen.«

»Ich auch. Aber jetzt will ich nicht mehr.« Die Erkenntnis ernüchterte sie. Sie würde auf keinen Fall mit ihm schlafen, egal, was das für ihre berufliche Zukunft bedeutete.

»Sehr schön, finde ich gut, wenn eine Frau sich wehrt. Das macht es nur noch prickelnder«, raunte er an ihrem Ohr. »Ich wusste, dass du eine Wildkatze bist, nicht so eine anschmiegsame Muschi wie die Kommer.«

»Was?« Rahel war alarmiert. Ihr Verstand arbeitete gerade nicht im optimalen Bereich, aber irgendwo in ihrem Hinterstübchen kreischten Sirenen.

»Mit dieser Erbin des Kommödchens bin ich aus rein geschäftlichen Gründen ins Bett gegangen. Das hat nicht mal Spaß gemacht. Ich stehe eben auf Raubtiere wie dich.« Er machte sich an ihrem Rock zu schaffen.

»Aufhören«, keuchte Rahel. »Du mieses dreckiges Schwein hast mit Lore Kommer geschlafen?« Sie schob seine Hand weg, doch da war immer gleich wieder eine an ihren Oberschenkeln. Verdammt, wie viele hatte der denn? War das ein Mann oder ein Krake?

»Reg dich doch nicht auf, Schätzchen.« Er lachte höhnisch. »Du wirst doch wohl nicht eifersüchtig sein. Ich bitte dich, es war doch von Anfang an klar, dass wir zwei Vorteile voneinander und Sex miteinander haben wollen. Nicht mehr und nicht weniger.«

»Das hat sich geändert.« Sie stemmte sich mit aller Kraft gegen ihn. Dummerweise schien ihn das nur anzustacheln. »Ich will gar nichts mehr von dir. Das ist mein Ernst, lass mich sofort gehen!«

»Ich lasse dich kommen, Schätzchen, darauf kannst du wetten.« Rahel spürte, wie Panik ihr die Kehle abschnürte. Er würde sich mit Gewalt nehmen, was er wollte. Und er war ihr überlegen. In ihrem Kopf drehte sich alles. Sie tastete nach einem Stein, nach der Flasche, nach irgendetwas, das sie ihm über den Schädel ziehen konnte.

»Bitte nicht, Cord, das ist kein Spiel, ich will nicht. Wirklich nicht.« Eine Träne lief ihr über die Schläfe. Cord presste sein Knie zwischen ihre Schenkel und kniff ihr brutal in die Brust. »Wenn du nicht sofort aufhörst, schreie ich!« Ein schwacher Versuch, das war ihr klar. Was sollte sie denn sonst tun? Sie meinte Schritte gehört zu haben, gar nicht so weit weg. Wenn er es auch gehört hatte, ließ er vielleicht von ihr ab, ehe jemand ihn vermöbelte, weil er sich an einer wehrlosen Frau verging. Er ließ nicht von ihr ab. Im Gegenteil. Mit einem Griff hatte er ihre beiden Handgelenke über ihrem Kopf fixiert. Verdammt, woher nahm der diese Kraft? Jetzt zog er sich den Schal vom Hals. Er hatte es die ganze Zeit geplant, hämmerte es in ihrem Schädel. Das war kein lässiges Accessoire, das war ein Requisit, um ein bisschen Sado-Maso von der Leinwand in sein Leben zu holen.

»Aufhören! Verdammt, Cord, lass mich los!«, schrie sie.

Schritte im Sand, die schneller wurden und näher kamen.

»Was ist ier los? Brauchen Sie Ilfe?«

»John?« Rahel konnte ihr Glück nicht fassen. »John, ich bin hier. Bitte helfen Sie mir!«

Cord war in der Bewegung erstarrt, sein Gesicht ein einziges Fragezeichen. Jetzt flog er durch die Luft. Rahel ging davon aus, dass sie im nächsten Moment aufwachte. Das war ein Traum, ein hässlicher, irrer Traum. Doch sie wurde nicht wach, und das hier war die Realität. Cord konnte natürlich nicht fliegen, John hatte ihn an Hemd und Hosenbund gepackt und einfach von Rahel heruntergepflückt.

»Kein Grund zur Aufregung, Kumpel«, sagte Cord keuchend, als er wieder auf seinen Füßen stand, John ganz dicht vor ihm. Der Mann aus dem Senegal überragte Cord um gut einen Kopf. »Von wegen schwaches Geschlecht, was? Du kennst das bestimmt auch. Erst machen sie einen heiß, dann behaupten sie, sie hätten das nicht gewollt, und zeigen dich an. Me too und so. Alles Schlampen, hab ich recht? Und soll ich dir sagen, warum sie das macht? Weil sie sich auf der Karriereleiter hochvögeln wollte. Ich bin eine ehrliche Haut, ich habe ihr gesagt, dass ich da leider nichts für sie tun kann. Und schon ist es vorbei mit ihrer Leidenschaft. Stattdessen krakeelt sie, damit ich auf frischer Tat ertappt werde.« Er strich sich mit beiden Händen durch die Haare. »Ich kann ihr nicht behilflich sein, spiele mit offenen Karten, statt das Schäferstündchen still zu genießen, und sie sinnt sofort auf Rache.« John hatte kein Wort gesagt, er stand vor ihm wie ein Baum. Jetzt sah er zu Rahel herüber. Sie hatte sich eilig den Rock runtergezogen und notdürftig die Bluse zurechtgezupft.

»Das ist nicht wahr«, sagte sie leise und schüttelte traurig den Kopf. Wem würde er glauben? John wandte sich wieder Cord zu, in Zeitlupe.

»Verschwinde oder isch bresche dir sämtlische Knochen.« Mehr war nicht nötig, um Cord in die Flucht zu schlagen. Nachdem der auf und davon war, wandte John sich ihr zu. Gott, sie war so erleichtert wie wohl noch nie in ihrem Leben. Wenn sie nur in Johns Miene lesen könnte. Ohne ein Wort reichte er ihr die Hand und half ihr auf. Sofort wurde ihr wieder schummerig. Sie ließ sich erschöpft gegen seine breite Brust sinken. »Nur dass wir uns rischtisch verstehen, isch bilde mir kein Urteil. Isch weiß nischt, wer ier die Wahrheit gesagt at. Isch weiß nur, dass Nein immer Nein bleiben muss.«

»Danke«, flüsterte sie. »Danke sehr!« Zu mehr war sie beim besten Willen nicht fähig. Sie hätte ihm liebend gern erklärt, was wirklich geschehen war. Wieso war er überhaupt hier, mitten in der Nacht? Sie wollte ihn fragen, aber sie brachte keinen vernünftigen Satz zustande. Ihr Kopf dröhnte, alles drehte sich, und sie musste sich aus irgendeinem Grund dauernd die Nase putzen und das Gesicht trocken wischen. Doch ein Traum wahrscheinlich. Hoffentlich wachte sie bald auf.

»Ist das dein Andy?«, fragte er plötzlich.

»Andy? Ich kenne keinen … Ah!« Rahel kicherte. Nur kurz. Ihr Blick folgte seinem. Im Sand lag ein Mobiltelefon, das ihr ziemlich bekannt vorkam. »Guck mal, wie ein Leuchtturm«, wisperte Rahel und betrachtete das hübsche gleichmäßige Blinken.

»Du ast neue Nachrichten, nehme isch an. Bestimmt etwas Beruflisches.« Klang nicht so, als hätte er viel Verständnis dafür.

»Oder die Familie«, erklärte sie mit erhobenem Zeigefinger.

»Willst du nachsehen?« Er bückte sich und reichte ihr das Telefon. Rahel brauchte mehrere Versuche, ehe sie den Anrufer im Display hatte.

»Siehst du? Meine Mutter!« Von wegen etwas Berufliches. »Psst«, machte sie, als sie die Nachricht abhörte.

»Alles in Ordnung?« Er sammelte schon wieder ihr Handy auf. Wieso machte er das ständig? Dann begriff sie. Weil sie es hatte fallen lassen. Weil sie es einfach losgelassen hatte. So wie sie jetzt losließ. Alles. »Was ist passiert?« Er fing sie auf.

»Emily ist verschwunden!«

Rahel versuchte es mit dem, was sie so gut konnte – strukturieren, analysieren, Lösung kreieren. Dummerweise funktionierte es nicht. In ihrem Kopf ging es drunter und drüber, von Struktur keine Spur. Bilder tauchten vor ihrem inneren Auge auf: Emily als Baby. Wie niedlich sie gewesen war! Doch Termine und Aufträge hatten Rahel ständig im Nacken gesessen. Dazu ein schreiendes Kind, das hatte sie überfordert. Da kam sie mit Analysen nicht weiter, also delegierte sie das Problem. Jetzt Bilder von Emily in der Phase, in der Rahel sie Enemy genannt hatte, Feind. Das war sie wirklich gewesen, für alle, ihre Mutter, ihre Mitschüler, für sich selbst, dachte Rahel traurig. Warum hatte sie ihr nicht geholfen, warum war sie nicht spätestens in dieser Zeit für ihr Kind da gewesen? Hatten nicht alle gesagt, Emilys Aussehen, bunt gefärbte Haare, das erste Piercing, nur keine intakten Klamotten, war ebenso Schrei nach Aufmerksamkeit wie ihr Verhalten? Emily hatte geklaut, geprügelt, die Schule geschwänzt, das volle Programm.

»Das ist mein letztes Taschentuch«, sagte eine tiefe Stimme. »Du ast jetzt alle vollgeweint. Isch dachte nischt, dass es so lange dauert. Tut mir leid, du musst später fertig weinen, wird Zeit, dass wir jetzt deine Tochter suchen.« Das war John. Rahel erinnerte sich. Sie wollte ihm danken, ihm zustimmen. Ja, sie mussten Emily finden. Ein neuer Heulkrampf schüttelte sie. »Mon Dieu!« Er seufzte und tätschelte ihr den Arm. »Du weißt nischt, wo sie stecken könnte. Dann überleg mal, mit wem sie zusammen sein könnte.«

»Keine Ahnung.«

»Du ast keine Idee, mit wem deine Tochter ihre Zeit verbringt?« Dieser fassungslose Blick. Er verachtete sie. Und er hatte recht.

Sie schüttelte den Kopf. »Ich bin eine schreckliche Mutter. Nein, ich bin überhaupt keine Mutter. Das war ich nie.« Die nächsten Tränen mussten raus. Sie hasste es, aber sie konnte es nicht stoppen.

»Nischt jammern, denken!«, kommandierte John.

»Che Guevara«, rief sie.

»Du bist betrunken.«

»Ja, und wie. So hieß er. Nein, Rafael, genau wie Guevara. Das hat sie gesagt. Und dass er zu einer Clique gehört, mit der sie sich manchmal trifft. Ich kenne ihn, der ist Kellner im …«

»Rafi?«

Sie nickte eifrig, fiel aber gleich wieder in sich zusammen. »Mehr Namen weiß ich nicht. Mir tut das alles so leid, John. Warum habe ich ihr nicht einfach von ihrem Vater erzählt? Ich meine, ich weiß ja selbst kaum etwas über ihn. Nur dass er Jurist ist und in Hamburg lebt. Aber ich hätte es ihr doch erklären können. Ich hätte es versuchen müssen. Aber stattdessen …« Weiter kam sie nicht, weil sich zwei Finger auf ihre Lippen legten.

»Emilys Vater ist Jurist in Amburg, und sie würde ihn gern kennenlernen?« Wieder nickte sie. »Davon kenne isch noch einen«, sagte er leise.

»Verstehe ich nicht.«

»Aber isch. Isch bin mit Rafaels Familie befreundet. Rafi will Jura studieren. In letzter Zeit at er immer wieder davon angefangen, dass er seinen Vater treffen will. Der ist nämlisch Anwalt. Du darfst dreimal raten, wo er wohnt.«

»Woher soll ich das denn wissen?« Ohne auf sie zu achten, fischte er sein Handy aus der Tasche und wählte eine Nummer.

»Ey, Yuana, John ier.« Rahel ließ ihn nicht aus den Augen. »Verstehe.« Er nickte. »Und dann sind sie mit dem Roller los? Okay, danke dir.«

»Und?«

»Schätze, die beiden planen eine Familienzusammenführung. Komm!« Rahel stolperte hinter ihm her und kletterte auf den Beifahrersitz seines Jeeps.

»Wohin fahren wir? Weißt du, wo Emily ist?«

»Isch abe eine Vermutung. Offentlisch sind sie noch auf der Insel.« Er lachte leise. »Sein Moped ist nischt schnell.«

Meine Güte, dafür fuhr er viel zu schnell. Eben waren sie noch in Bergen gewesen, jetzt lag Samtens schon vor ihnen. Rahel klammerte sich fest. Es war dunkel, die Alleen teilweise schmal. Wenn jetzt ein Reh oder ein Wildschwein über die Straße lief, hatten sie ein echtes Problem. Wenn sie Emily nicht bald fanden, ein noch viel größeres. »Der Vorsprung muss groß gewesen sein«, sagte John einmal, sonst schwieg er. Schilder kündigten Stralsund an und Altefähr. Vor ihnen erhob sich die Rügenbrücke. Sie hatten sie nicht gefunden.

»Ich habe die Brücke noch nie im Dunkeln gesehen«, sagte Rahel leise. »Sieht schön aus mit der Beleuchtung.«

Er hob eine Augenbraue. »Du meinst offentlich nischt das Blaulischt.« Er drosselte das Tempo. »Mon Dieu«, flüsterte er. Tatsächlich, das war gar keine Brückenbeleuchtung. Da stand ein Polizeiwagen. Gleich daneben lag ein Motorroller.

»Emily!« Rahel riss die Tür auf, Bremsen quietschten. Sie stürzte an einem verblüfften Polizisten vorbei und blieb vor dem Zweirad stehen, das böse Dellen und Kratzer hatte. »O Gott, es ist meine Schuld. Sie ist … Ich war wieder nicht da. Alles ist meine Schuld.« Sie taumelte tränenblind davon. Sie wollte doch für ihre Tochter da sein. Lieber spät als nie. Rahel sah das blaue Brückengeländer vor sich, tief unten ein paar Lichter. Nie, sie würde es nie wiedergutmachen können. Ihre Schuld.

»Mami?« Rahel hörte Emilys Stimme. Sie packte das Geländer.

»Ja, Schatz, ich komme zu dir«, flüsterte sie und wollte sich nach oben stemmen.

»Dann ist das aber die falsche Rischtung.« Zwei kräftige Hände packten ihre Schultern und drehten sie um. Rahel sah Emily in Rafaels Arm. Ihr kleines Mädchen schaute verängstigt aus. Sie löste sich von ihm, machte einen Schritt auf Rahel zu und zögerte.

»Tut mir leid, dass ich weggelaufen bin«, sagte sie mit dünner Stimme, und ihre Lippen zitterten.

»Ist dir etwas passiert, bist du verletzt, Schätzchen?« Rahel ging auf sie zu.

»Glaub nicht. Nur die Maschine hat ordentlich was abgekriegt.«

»Ach, Emily, mir tut alles so leid. Ich bin die schrecklichste Mutter, die es gibt. Du bist so ein tolles Mädchen, du hättest etwas viel Besseres verdient.«

»Mon Dieu, wie kann ein Mensch so viel weinen? Sie ist schlimmer als ein ganzes Wasserwerk!«, hörte sie John sagen.

»Aber ich will keine andere Mutter.« Emily bebte am ganzen Körper, Tränen liefen ihr über die Wangen. »Ich will nicht immer bei Oma oder Uroma sein, sondern bei dir. Das ist alles.« Die letzten beiden Schritte lief Rahel auf sie zu, zog sie an sich und wollte sie am liebsten nie wieder loslassen.

»Ich bin so froh, dass du lebst. Als ich das Moped gesehen habe, da dachte ich schon …«

»Wir haben echt Mist gebaut, tut mir leid, Mami.«

»Nein, Emily, ich habe Mist gebaut, mein ganzes Leben lang. Gibst du mir noch eine Chance, bitte?«

»Aber klar, Mami.«

»Ist ja noch mal gut gegangen«, sagte John.

»War echt nicht meine Schuld«, verteidigte Rafael sich. »Da hinten der Mercedes, der hat mich voll geschnitten. Hat uns einfach abgeschossen. Das hätte richtig übel enden können. Ich werde den auf jeden Fall anzeigen.«

»Wo wolltet ihr bloß in um diese Zeit?«

»Nach Hamburg. John, du glaubst es nicht, vielleicht haben Emily und ich denselben Vater. Ich meine, ich hoffe nicht, weil … Wär echt blöd.«

»Sieh dir das an, sie weint noch immer. Isch glaube, sie olt für ihr ganzes Leben nach. Das müssen schon mindestens fünf Liter sein.«

»Ach Mami, beruhige dich doch wieder. Bitte. Guck mal, ich habe was für dich.«

»Offentlisch at sie Taschentüscher.«

Emily holte einen glatten länglichen Stein aus der Hosentasche und hielt ihn Rahel hin. »Für dich, Mami.«

»Der ist aber schön. Hast du den etwa extra für mich gekauft?«

»Das ist ein Donnerkeil, und ich habe ihn gefunden. Die sind total selten. Das ist von einem Tier, das schon seit tausend Jahren oder so ausgestorben ist. Der bringt Glück, und wenn du dir etwas ganz doll wünschst, dann erfüllt er dir den Wunsch. Und wenn du den am Hals trägst, gehen deine Rückenschmerzen weg. Du hast doch immer so doll Rückenschmerzen.« Ihre Stimme war nur noch ein Piepsen. Sie schluchzte auf.

»Oje, es geht wieder los.« Rafael reichte Rahel eine Packung Taschentücher. Sie lächelte ihn an, nahm eines heraus und tupfte Emily zärtlich die Wangen.

»Ist gut, mein Schatz, jetzt wird alles gut. Ich glaube, der Donnerkeil hat mir schon meinen größten Wunsch erfüllt. Ist ja ein tolles Ding.« Sie lachte leise. »Pssst, ist gut, meine Kleine, ich bringe alles wieder in Ordnung. Das verspreche ich dir.«

35

Ursula

Das ist aber hübsch geschmückt. Aber ich habe doch gar nicht verraten, dass ich achtzig werde. Franziska, haben Sie …?« Ursula sah sich in dem kleinen Lokal um. Überall hingen Girlanden, auf den Tischen waren winzige glänzende Zahlen und Wörter ausgestreut. Achtzig. Happy Birthday. Ein bisschen viel Glitzer, aber von Herzen. Sie musste an Jens' Weihnachtskarte aus Kuba denken.

»Ich bin unschuldig«, sagte Franziska. Schön, dass sie und Niklas gekommen waren. Die Zwillinge waren bei Niks Mutter Marianne und ihrem Lebensgefährten, dem Journalisten Heiner, bestens versorgt. Franziska hatte Ursula verraten, dass Heiner jede Gelegenheit schamlos ausnutzte, Babysitter zu spielen. »Er würde die beiden Kinder am liebsten gar nicht mehr hergeben«, erklärte sie lachend.

»Die Dekoration hat Rafael gemacht«, sagte Emily stolz. Wie hübsch sie aussah mit dem neuen Haarschnitt und dem Kleid und vor allem ohne diesen schrecklichen Nasenring. Vollkommen verwandelt.

»Herzlichen Glückwunsch, Frau Henrici.« Rafael reichte ihr die Hand und verneigte sich elegant. Ein netter Junge. Und wie gut er aussah mit der schwarzen Hose und dem weißen Hemd. Ursula konnte verstehen, dass Emily an diesem Abend geradezu leuchtete. Heike hatte Gesa eingeladen. Die beiden schwatzten wie alte Freundinnen. Heike trug einen gerade geschnittenen Rock und eine Bluse, die ihre Rettungsringe kaschierte. So schick hatte Ursula ihre Tochter lange nicht gesehen. Rahel trug ein schlichtes Kostüm und war für ihre Verhältnisse dezent geschminkt. Blass wirkte sie geradezu, und ihre Augen waren noch immer geschwollen. Trotzdem. Ihre Miene wirkte vollkommen entspannt, der verkniffene Zug um den Mund war verschwunden. John wich nicht von ihrer Seite. Und dann war da noch Ronja, die sympathische Kite-Lehrerin. Ursula freute sich schon auf Rahels Gesicht, wenn Emmchen eine Privatvorführung nur für ihre Mutter ankündigen würde. Vielleicht war es etwas übertrieben gewesen, das ganze Restaurant zu reservieren. So groß war die Gesellschaft nun auch nicht. Aber Ursula vermutete, dass es noch einige emotionale Momente geben würde. Immerhin war Rahel noch sehr nah am Wasser unterwegs. So waren sie unter sich und brauchten sich nicht zusammenzureißen.

Sie nahmen die Plätze ein. Yuana kam mit einem Tablett Sekt.

»Herzlichen Glückwunsch und alles, alles Gute, liebe Ursula.« Sie stellte ihr ein Glas hin.

»Danke schön.« Ursula lächelte ihr zu. Das war aber auch wirklich eine attraktive Frau. Allerdings hatte sie letztes Mal lässiger gewirkt. Heute schimmerten ihre Augen, und sie war irgendwie nervös oder angespannt. Nicht Ursulas Problem. In ihrer Familie schien endlich Frieden einzukehren. Der wahre Grund zu feiern. Sie erhob ihr Glas.

»Ich freue mich sehr, dass ihr alle gekommen seid. Übrigens bleibe ich jetzt beim Du. Ich habe das Recht, euch das anzubieten, denn ich bin mit Sicherheit die Älteste, noch dazu eine Frau und obendrein das Geburtstagskind. Ihr könnt mir also nichts abschlagen.«

»Finde ich gut!«, rief Gesa und prostete Ursula zu.

»Ich danke meiner Tochter, meiner Enkelin und meiner Urenkelin, dass sie mit mir alter Schachtel in den Urlaub gefahren sind. Das ist mein schönstes Geburtstagsgeschenk.« Sie musste schlucken.

»Huch Gott, jetzt werde ich schon sentimental. Dabei hat's noch gar nicht angefangen. So was.« Sie lachte. »Jedenfalls habe ich die Zeit mit euch sehr genossen. Überwiegend. Und wenn ich hier auch nicht den gefunden habe, nach dem ich auf der Suche war, haben wir uns doch alle ein wenig gefunden. Und das habe ich mir mehr gewünscht als alles andere. So, und bevor ich jetzt ganz rührselig werde, wünsche ich uns einen schönen Abend und sage: Prost!«

»Prost! Zum Wohl«, tönte es von allen Seiten.

Ursula nippte und stellte ihr Glas ab. »Bin gespannt, was Yuana uns Schönes gezaubert hat. Oder besser der Koch«, sagte sie zu Heike, die neben ihr saß. »Ich habe ihr gesagt, sie sollen sich etwas Nettes einfallen lassen. Hauptsache, es ist viel und schmeckt so gut wie beim letzten Mal.« Kam etwa schon die Vorspeise? Heike deutete jedenfalls mit vielsagendem Augenaufschlag in eine Richtung. Huch, Emmchen hatte sich erhoben. Gott, wie goldig, sie wollte wohl eine Rede halten. Ach je, Ursula tastete nach ihrem Taschentuch. Rafael stand auch auf. Ob die beiden ein Lied einstudiert hatten?

Emily klopfte an ihr Glas, ihre Hand zitterte. »Wir müssen dir etwas sagen.« Sie räusperte sich.

»Ich werde Ururoma!«, platzte Ursula heraus.

»Ur-Usch!« Emily wurde knallrot. »Nein, ähm, wir wollten dir jemanden vorstellen. Nach dem hast du zwar nicht gesucht, aber vielleicht freust du dich trotzdem, ihn kennenzulernen. Also, gesehen hast du ihn schon.« Wieder räusperte sie sich.

»Emmchen, du machst es aber spannend.«

»Vielleicht trinkst du noch einen Schluck«, schlug sie vor. Ursula nippte gehorsam. »Nee, Uroma, mehr. Am besten auf ex.« Liebe Güte, jetzt wurde sie wirklich nervös. Sie trank den Sekt in einem Rutsch. Beifall, als sie das Glas abstellte.

»Okay?«, fragte Rafael Emily leise. Sie nickte. »Opa, kommst du bitte?«, rief er. Luis erschien, der Koch, bei dessen Anblick

Ursula so ein merkwürdiges Gefühl gehabt hatte. Sie konnte sich beim besten Willen keinen Reim auf das alles machen. »Darf ich vorstellen?«, sagte Rafael feierlich. »Mein Großvater Luis Santoz da Cruz«, er machte eine winzige Pause, »Carstensen.«

»Das ist aber ein langer Name.« Ursula wusste nicht, was man von ihr erwartete. »Huch Gott, Carstensen!« Sie starrte ihn an. Das konnte doch nicht … War das etwa …?

»Frau Henrici«, er kam auf sie zu und nahm ihre Hand, »mein Vater war Jens Carstensen. Ich freue mich, Sie kennenzulernen.«

»Nein. Das gibt's nicht«, flüsterte sie und wischte sich eine Träne von der Wange.

»Noch einen Sekt, Mutti?«

»Lieber Schnaps!«

Ursula konnte ihren Blick nicht von ihm wenden. Sie hatte Jens ja nur einmal gesehen, und sie hatte zwei Fotos. Die Augen. Sie waren es gewesen, die sie schon beim ersten Besuch hier verwirrt hatten.

»Du hast seine Augen«, sagte sie. Sie bemerkte, dass Yuana eine Flasche kubanischen Rum und Gläser auf den Tisch stellte, dann verschwanden sie und Rafael in der Küche.

Luis griff in seine Hemdtasche. »Meine Mutter, ihr Name war Fidelia, war sehr eifersüchtig. Leider hat sie alle deine Briefe, die du meinem Vater geschickt hast, vernichtet. Bis auf den hier, deinen allerersten. Den hat er immer aufbewahrt.« Ihre Jungmädchenhandschrift verschwamm vor ihren Augen.

»Fidelia, die Kämpferin der Revolutionstruppen?« Heike sah ihn erstaunt an.

»O ja, das war sie.«

»Seht ihr? Habe ich doch gesagt, er hat etwas mit ihr angefangen und ist auf Kuba geblieben.« Rahel lächelte in die Runde.

»Ich bin natürlich froh, dass die beiden sich über den Weg gelaufen sind, denn sonst würde es mich nicht geben.« Luis sah kurz auf seine Hände. »Andererseits wäre Jens ohne meine Mutter besser dran gewesen. Wer weiß? Ich denke, sie hat ihn für ihre Sache gewonnen, für die Revolution. Dafür hat er mit dem Leben bezahlt.« Ursula musste schlucken. Gebannt hörte sie ihm zu. »Ich wurde am 12. Januar 1961 in Havanna geboren. Mein Vater starb am 15. April desselben Jahres beim Bombardement des Militärflughafens von Santiago de Cuba. Er war dort in einer geheimen Mission unterwegs. Meine Mutter pflegte zu sagen: Er ist für die Revolution gestorben.« Hier und da klirrte leise ein Glas, jemand räusperte sich, sonst waren da nur Luis' Stimme und im Hintergrund karibische Klänge aus dem Lautsprecher. »Jens wollte mit meiner Mutter nach Rügen gehen, die Schneiderei zu neuem Leben erwecken. Maßgeschneiderte Kleider, dazu Pelze und Lederwaren, das war sein Plan. Mit seinem Tod war alles anders. Meine Mutter bekam eine Stellung als Sekretärin. Damit ihr nicht verhungert, mache ich es kurz: Ich habe eine Lehre als Koch gemacht und habe eine wundervolle Frau geheiratet, die bei Yuanas Geburt gestorben ist.« Er bekreuzigte sich kaum sichtbar. »Ich wollte ein gutes Leben für meine Tochter. Als ihr hier die Wiedervereinigung gefeiert habt, ging es bei uns rasend schnell bergab. Unsere Handelspartner waren die kommunistischen Diktaturen Osteuropas. Durch den Wandel rutschten wir in eine Wirtschaftskrise, die uns allen den Boden weggezogen hat.« Er sah auf und lächelte Ursula an. »Da fand ich deinen Brief. Mir fiel ein, dass meine Mutter immer davon gesprochen hatte, mit meinem Vater nach Rügen zu gehen. Rügen war für mich das exotische Paradies, das Kuba wohl für meinen Vater gewesen sein mochte. Ich wollte, dass Yuana ihre Ausbildung zu Hause fertig macht und alt genug ist, um selbst zu entscheiden. Was soll ich sagen? 1998 haben wir den Schritt gewagt.«

Wie auf ein geheimes Stichwort trug Yuana eine Platte herein.

»Hier kommt die Vorspeise«, verkündete sie. »Keine Sorge, mein Vater hat sie vorbereitet, Rafael und ich hatten damit nicht viel zu tun. Die Chancen stehen also gut, dass es schmeckt.« Geschmeidig balancierte sie ihre Fracht in die Mitte des Tisches. »Wenn ich es richtig gehört habe, ist er mit der Familiengeschichte gerade fertig. Dann würde ich ihn jetzt gern entführen, damit ihr auch einen Hauptgang bekommt.«

Ganz allmählich löste sich die Spannung. Ursula wusste, dass sie am nächsten Tag würde leiden müssen. Es gab viel zu viel zu essen, und sie trank mehr Alkohol, als ihr guttat, aber es spielte keine Rolle. Der Geräuschpegel stieg und stieg. Mit jeder Flasche Wein wurden die Gespräche lauter, und Yuana passte die Musik immer wieder an. Das Dessert servierte Luis. Mit den obligatorischen Wunderkerzen. Herrlich kitschig!

Heike klopfte an ihr Glas. »Jetzt ist wohl der Zeitpunkt für die Geschenke gekommen. Ja, Mutti, ich weiß, du wolltest nichts haben. Aber du glaubst doch nicht im Ernst, dass wir uns daran gehalten haben.« Sie stand auf und holte ein ziemlich großes Paket hervor.

»Ein Bild!«, rief Ursula. Heike zuckte mit den Schultern, als hätte sie keinen Schimmer. Ursula zog die Schleife auf und rupfte das Papier ab. »Kind, das ist doch … Das ist deine angebliche Fingerübung. Ich weiß gar nicht, was ich sagen soll. Es ist großartig.« Sie zeigte es herum. Alle nickten und murmelten anerkennende Kommentare.

»Das verschenkst du?« Gesa sah Heike fassungslos an. »Du bist vollkommen irre!«

Ursula betrachtete es noch einmal gründlich. Plötzlich lachte sie laut auf. »Wilde Zeiten in der Villa Sanddorn! Ein perfekter Titel! Danke, mein Kind, ich freue mich sehr, dass du es mir schenkst.« Sie drückte ihre Tochter an sich. »Gut siehst du aus, mein Kind, richtig gut.«

»Ich habe auch etwas Selbstgemachtes!«, rief Emily. »Ist allerdings längst nicht so toll wie das Bild von Oma Heike.« Sie holte ein kleines Stück Holz hervor. Es erinnerte mit etwas Fantasie an einen Delfin. An der Schwanzspitze war ein Loch, dadurch hatte sie ein kurzes Lederband gezogen. »Das habe ich aus Treibgut gebastelt. Du kannst es als Schlüsselanhänger verwenden oder so.«

»Danke, mein Schatz, es ist sehr hübsch. Und es wird mich immer an unseren wunderbaren Urlaub erinnern.«

Rahel erhob sich. Sie sah unglücklich aus. Alle wurden still. »Also ich habe mich daran gehalten, kein Geschenk zu besorgen. Tja, so ist das, wenn man nur arbeitet und sich darauf verlässt, dass schon die anderen sich um alles kümmern werden. Wie immer. Dann steht man am Ende auch mal mit leeren Händen da.« Ursula holte Luft. »Nein, Oma Usch, lass!« Sie räusperte sich, um ihre Stimme in den Griff zu kriegen. »Schön, dann werde ich mich jetzt also vor euch entblößen.«

»Um Himmels willen, Rahel, das ist doch kein Geschenk!« Heike bekam rote Wangen und sah fast ein bisschen panisch aus.

»Geistig, nur geistig, Mutti.« Sie zwang sich zu einem schmalen Lächeln. »Leider ist es so. Ich habe mich immer darauf verlassen, dass jemand für mich die Kohlen aus dem Feuer holt, sich um meine Tochter kümmert, Geschenke besorgt. Fast immer wart ihr das. Du, Mutti, du, Oma Usch. Ich habe mich hinter meiner Arbeit versteckt.« Sie schluckte, und John tätschelte ihr kurz die Hand. »Immer in der Hoffnung, irgendwann viel Geld zu verdienen und meinem Kind dann etwas bieten zu können. Das heißt, ich wollte ihr natürlich schon jetzt etwas bieten, schon die ganze Zeit, obwohl mein Gehalt eher bescheiden ist. Und ich wollte schon immer die erfolgreiche Geschäftsfrau sein. Ohne Umwege. Um es kurz zu machen, ich habe über meine Verhältnisse gelebt und bin verschuldet. Ich hätte nicht mal mehr eine Kleinigkeit besorgen können, so sieht es bei mir aus.« Jetzt wirkte die Musik aber wirklich unpassend laut. »Doch wenn du Lust hast, Oma Usch, dann würde ich dich mal ein Wochenende besuchen, für dich kochen, und wir unternehmen etwas zusammen. Was du willst. Wenn es nicht so teuer ist.«

»Du bist pleite, Mami?« Emily machte große Augen, schien aber nicht wirklich schockiert zu sein. »Hast du nicht gesagt, dieser Auftrag auf Rügen ist richtig fett und bringt dir voll viel ein?«

»Das war der Plan. Tja, aber aus meiner hübschen Gehaltserhöhung wird wohl nichts. Im Gegenteil, ich denke, ich muss mich nach einem neuen Job umsehen.«

»Aber warum denn bloß? Du bist doch gut, die Beste«, sagte Heike. »Ich bewundere deinen analytischen Verstand. Warum sollte jemand dich ersetzen wollen?« Rahel sah John an, der kaum sichtbar den Kopf schüttelte.

»Ich habe Lore Kommer, meine Klientin, ehrlich beraten. Das war mein Fehler. Die Familie hat eine gute Chance, ihr Hotel in die schwarzen Zahlen zurückzuführen. Ohne eine Hotelkette, die ihr Haus schluckt.«

»Deswegen warst du doch hier!« Emily sah völlig verwirrt aus.

»Offiziell ja, inoffiziell nein. Ich sollte dafür sorgen, dass die Familie verkauft. Zu schlechten Bedingungen natürlich. Die Kette hätte das Familienhotel nicht in den Konzern aufgenommen, sondern abgerissen und einen riesigen Klotz an die Stelle gebaut. Es war meine Aufgabe, sicherzustellen, dass Frau Kommer ihre Unterschrift unter den dreckigen Vertrag setzt und damit das Schicksal der Familie besiegelt. Aber dazu kommt es nun nicht.«

»Cool, Mami, gut gemacht!« Emily fing an zu klatschen, alle stimmten ein.

»Mal sehen, ob ihr noch klatscht, wenn ich zum Arbeitsamt gehen muss.« Rahel ließ sich auf ihren Stuhl sinken.

»Nun, es scheint der Abend der Überraschungen zu sein.« Heike sah in die Runde. Sie wirkte wie ein neuer Mensch. Na schon, ein bisschen Unsicherheit war da noch, aber längst nicht mehr so viel wie noch vor zwei Wochen. »Das klingt jetzt vielleicht merkwürdig, aber ich habe gute Neuigkeiten. Dein Vater ist kürzlich verstorben.« Betretenes Schweigen.

»Ich dachte immer, du weißt nicht, wer mein Vater ist.« Rahel legte die Stirn in Falten.

»Das habe ich nie behauptet.«

»Nein, hast du nicht. Aber ich dachte …«

»Er hat zwar nie für dich bezahlt, die Vaterschaft aber nicht geleugnet. Und er hat ein kleines Vermögen hinterlassen. Weißt du, Rahel, er hat dir dein Leben lang nichts zum Geburtstag oder zu Weihnachten geschenkt, jetzt holen wir dir wenigstens deinen Pflichtteil!«

»Cool, dann hast du jetzt ja endlich wirklich Schotter, und ich kann nächstes Jahr wiederkommen und hier wieder kiten.« Ronja und Rafael platzten beinahe. »Außerdem hast du Ur-Usch sehr wohl ein Geschenk gemacht, Mami«, sagte Emily ernst. »Wenn du nicht vorgeschlagen hättest, im Yuanas essen zu gehen, wer weiß, ob wir das Familienrätsel dann überhaupt gelöst hätten.«

»Apropos Familienrätsel.« Rahel sah abwechselnd Emily und Rafael an. »Es gibt in Hamburg schätzungsweise siebenhundert Anwälte. Vielleicht auch viel mehr. Eure Väter sind nicht ein und dieselbe Person. Yuana und ich haben das vorhin geklärt.«

Rahel wollte auf der Stelle alles über ihren Vater wissen, Ronja fragte Emily und Rafael Löcher in den Bauch. Rahel kam gar nicht mehr dazu, ihre Tochter auf die Bemerkung mit dem Kiten anzusprechen. Wieder ging es hoch her, und Ursula bestellte noch etwas von diesem köstlichen Rum. Da stand mit einem Mal Henriette im Raum. Der Feldwebel.

»Entschuldigung, es passt wohl gerade nicht«, sagte sie.

»Nein, es ist gerade schlecht. Wir haben eine geschlossene Gesellschaft«, sagte Yuana kühl.

»Henriette, du warst lange nicht hier.« Luis ging auf sie zu und umfasste ihre Schultern. »Komm, setz dich zu uns!« Er war in der

Küche fertig und hatte sich seit dem Dessert mit an den Tisch gesetzt. Erschrocken sah er Ursula an. »Oh, Entschuldigung, ist das in Ordnung?«

»Nein, ich habe aber wirklich den dämlichsten Zeitpunkt erwischt.« Henriette winkte ab und machte auf dem Absatz kehrt.

»Im Gegenteil, ich freue mich.« Ursula lächelte sie an. »Bitte, bleiben Sie!« So unsicher und peinlich berührt hatte sie den Feldwebel noch nicht gesehen. Wobei sie seit Ralswiek eine deutlich andere Meinung von der Frau hatte. Sie musste sich eingestehen, dass ihre Auseinandersetzungen darauf beruht hatten, dass sie sich kein bisschen in die Lage der Menschen in der ehemaligen DDR hatte einfühlen können. »Mein Fehler«, sagte sie.

»Bitte? Ich verstehe nicht.«

»Sieht man.« Ursula lachte. »Kommen Sie, trinken Sie etwas mit uns. Heute ist Tag der Überraschungen und Versöhnungen. Und wenn wir uns jetzt auch gleich an Ort und Stelle versöhnen, brauche ich Sie nicht noch mal extra besuchen, um mich zu entschuldigen. Manchmal kann ich wirklich ein Elefant im Porzellanladen sein. Und das nicht nur wegen meiner Figur.«

»Ihr kennt euch?« Luis rückte Henriette einen Stuhl zurecht. Dann erzählte er, dass er mit seiner Mutter natürlich nach Spuren von Jens gesucht hatte, als sie nach Rügen gekommen waren. »Henriette war die Einzige, die wir gefunden haben. Sie hat uns Starthilfe gegeben, ist mit uns zu den Ämtern gelaufen wegen der Pachtverträge und allen anderen Formalitäten. Wir hätten es ohne sie viel schwerer gehabt.«

»Das war aber nett von Ihnen«, sagte Heike.

»Bin ja kein Unmensch. Luis ist immerhin Jens' Sohn. Da verlangt doch wohl der Anstand, dass man sich kümmert.« Sie räusperte sich und blickte auf ihre Hände.

»Zwischen meiner Mutter und Henriette war es nicht leicht. Ich sagte ja, dass Fidelia eifersüchtig war. Obwohl mein Vater tot war, hat sie jede Frau schlecht behandelt, die mal etwas für ihn übriggehabt haben könnte.« Irgendwann sei es zum Zerwürfnis gekommen, berichtete er und verschwand in seine Küche. Es war ihm wohl doch nicht ganz geheuer, wenn dort andere fuhrwerkten. Henriette saß stumm neben Ursula.

»Sie haben ihn nicht nur gekannt, Sie hatten Jens gern«, sagte Ursula leise. Henriette nickte. »Er Sie auch. Er hat Sie sehr geschätzt, das hat er mir geschrieben.« Sie sah, dass sich Henriettes Kehlkopf bewegte.

»Spielt keine Rolle mehr. Ist doch alles so lange her«, sagte Henriette schließlich.

»Aber vielleicht spielt es ja eine Rolle, dass Jens seine Werte und Überzeugungen nicht über den Haufen geworfen oder verraten hat.«

»Das denken Sie, nur weil er für die Revolution gekämpft hat? Das war nicht seine Sache, sondern die von Fidelia.«

»Ich weiß es. In seinem letzten Brief hat er geschrieben, dass er die DDR jetzt viel besser versteht und dass er stolz auf seine Heimat ist. Er wollte zurückkommen, schon ehe er Fidelia getroffen hat.« Henriette sah sie überrascht an, und Ursula lächelte und hob ihr Glas. »Auf Jens!«

»Auf Jens«, antwortete Henriette leise.

Luis kam zurück. »Sag mal, Henni, du warst bestimmt anderthalb Jahre nicht mehr hier. Nicht mehr, seit wir Fidelia nach Hause gebracht haben, in ihre Heimaterde. Was wolltest du eigentlich?«

»Ich wollte euch sagen, dass jemand nach Jens Carstensen sucht. Ich dachte, vielleicht wollt ihr diesen jemand ja treffen.«

»Das haben wir auch ohne fremde Hilfe hingekriegt.« Ursula setzte eine abweisende Miene auf, hielt aber höchstens eine Sekunde durch. Dann strahlte sie über das ganze Gesicht. »Danke, Henriette, bist ein feiner Kerl!«

Danksagung

Ich danke meiner Mutter Ursula, die mich mit der Geschichte ihres Brieffreunds Jens zu diesem Roman inspiriert hat.

Außerdem danke ich ganz besonders meiner geschätzten Kollegin Heike Wiechmann, die mir mit ihrem Wissen über Kuba, mit ihrer Kenntnis der Sprache Jugendlicher und mit ihren stets sprudelnden Ideen eine große Hilfe war.